# A fuego lento

ANNA CASANOVAS

# A fuego lento

LOS HERMANOS MARTÍ *Guillermo*

TITANIA

Argentina • Chile • Colombia • España
Estados Unidos • México • Perú • Uruguay

1ª. edición Octubre 2022


Plaza de los Reyes Magos, 8, piso 1.º C y D – 28007 Madrid
www.titania.org
atencion@titania.org

ISBN: 978-84-17421-72-4
E-ISBN: 978-84-19251-02-2
Depósito legal: B-15.020-2022

Fotocomposición: Ediciones Urano, S.A.U.
Impreso por Romanyà Valls, S.A. – Verdaguer, 1 – 08786 Capellades (Barcelona)

Impreso en España – *Printed in Spain*

Para quienes luchan por elegir su camino

«A fuego lento tu mirada,
a fuego lento tú o nada.
Vamos tramando esta locura,
con la fuerza de los vientos y el calor de la ternura.»

*A fuego lento,* Rosana

# 1

*Barcelona, 2007*
*Vuelo 3645 con destino a Nueva York*

Guillermo estaba harto de viajar. Estaba harto de subir y bajar de aviones. Estaba harto de tener reuniones interminables con gente a quien a la mañana siguiente era incapaz de recordar. Estaba harto de dormir en hoteles y de desayunar en salas de espera. Pero de lo que de verdad estaba harto era de no tener un hogar al que regresar.

Hubo una época en la que a Guillermo le encantaba ese tipo de vida. Tiempo atrás, había disfrutado de la sensación de poder que sentía cuando era recibido por los ejecutivos de las empresas a las que iba a asesorar; le había atraído el glamur de visitar tantas ciudades sin reparar en gastos, y había sabido deleitarse con todo lo que estas le ofrecían. Hubo una época, en la que incluso le ilusionó tener tantos puntos en su tarjeta de vuelo y presumir ante sus amigos de todas las conquistas que tenía por el mundo. Pero ya no. Ahora sabía que todo eso no valía para nada.

¿Cuándo había empezado a cambiar de opinión? Si era sincero, hacía ya mucho que no «conquistaba» a nadie, empezaba a tener úlcera de tanto comer en restaurantes y ya no recordaba la última vez que había mostrado interés por saber algo de la ciudad que estaba visitando. Todo eso lo inquietaba, pero lo que lo tenía más preocupado era que no sabía qué había pasado para que se diera cuenta de que todos esos lujos eran en realidad una pobre compensación por lo que estaba perdiendo: su vida. Y ¿por qué la persona que tenía sentada delante llevaba el asiento tan reclinado?

Aquel vuelo era un desastre; todo había ido mal desde el principio. Cuando Guillermo llegó al aeropuerto y vio la cola que había para facturar, se temió que hubiese pasado algo, y por desgracia acertó. La compañía había cometido un error en la venta de billetes y había *overbooking*. Si no tomaba aquel vuelo no iba a llegar a tiempo para la reunión con los directivos de Biotex. Por suerte, dada la categoría de su billete, tenía plaza asegurada, pero se le había asignado un asiento en clase Turista. Guillermo siempre viajaba en Business porque su empresa se lo pagaba a cambio de que, cuando llegara a la ciudad de turno, empezara a trabajar de inmediato. Guillermo era tan alto que viajar en Turista le suponía llegar con todas las extremidades doloridas y un considerable mal humor. No era que se preocuparan por su espalda o por sus piernas. No, a ellos solo les preocupaba obtener el mayor éxito posible, y si enviaban a Guillermo Martí sabían que lo tenían asegurado.

Guillermo aceptó el cambio de asiento con resignación; entendía perfectamente la situación, y él no era uno de esos energúmenos que se quejan e insultan a las azafatas o al personal del aeropuerto cuando no tienen culpa alguna de los errores que han cometido las compañías para las que trabajan. Así pues, entró en el avión y se sentó en su sitio; por suerte, le había tocado pasillo y podía estirar las piernas. A su lado, había un matrimonio de unos sesenta años que iban a Nueva York porque sus hijos les habían regalado el viaje para celebrar sus bodas de plata. Guillermo no era muy hablador, pero eso no había impedido que Dolores (la mujer se había presentado enseguida) le contara todos los detalles del viaje y le dijera, un millón de veces, lo guapos y maravillosos que eran sus hijos. Por suerte, ahora los dos estaban entretenidos, o al menos eso parecía, comiendo la lasaña que les habían servido de cena. Él era incapaz de comerse eso, así que aprovechó para dormir. Por desgracia, su mente parecía incapaz de desconectarse y, para empeorar las cosas, tenía el maldito asiento de delante encima de las rodillas. Respiró hondo; tal vez si le daba un golpecito suave, su ocupante entendería la indirecta y lo incorporaría un poco. Dio ese golpecito. Nada. Dio otro. Tampoco. Inspiró hondo de nuevo. Volvió a intentar dormir, pero cada vez se ponía más nervioso, así que optó por pedirle a la azafata que le trajera un vaso de agua. Ella se lo trajo enseguida, y eso fue la gota que colmó el vaso, literalmente. Al poner el vaso en la bandeja, quien ocupaba el asiento se echó hacia delante un segundo y luego, de nuevo, hacia atrás a toda velocidad, y el agua se derramó por completo encima de Guillermo. Este se levantó en menos de un segundo.

—¡Esto es el colmo! —exclamó a la vez que intentaba secarse un poco con la servilleta que le había pasado Dolores.

—Lo siento.

Guillermo apartó la vista de sus pantalones, completamente empapados, para ver la cara de la culpable de todo aquel estropicio. Nada más levantar la cabeza, se quedó petrificado.

Delante de él había una chica menuda, con cara de agotamiento, que lo miraba preocupada. Debía de tener más o menos la edad de su hermana Ágata, que pronto iba a hacerlo tío. Pero, a diferencia de ella, que era morena, esa chica era pelirroja y con más pecas de las que él hubiese visto jamás. Parecía un hada.

—Lo siento —repitió ella al ver que él no reaccionaba.

—Ya. —Guillermo no pretendía ser maleducado, la verdad era que no sabía qué decir. Y eso a él no le pasaba nunca.

El hada no se tomó nada bien el tono de su respuesta y frunció el ceño, lo que la hizo parecer aún más cansada.

—Bueno, aparte de disculparme no se me ocurre qué más hacer, así que… —Hizo un gesto hacia su asiento y se dio la vuelta para volver a sentarse.

Guillermo levantó la mano como para detenerla, pero antes de tocarla lo pensó mejor y la apartó. No quería que ella se asustara. Seguro que con su monosilábica respuesta ya estaba convencida de que era un neandertal, y no quería empeorar las cosas. Así que optó por decir:

—Si no le importa, ¿podría incorporar un poco el asiento? Si está tan reclinado hacia atrás no puedo ni respirar.

Aunque pretendía ser educado, su tono de voz fue severo, y se olvidó de añadir un «por favor» al final de la frase.

—Claro. Lo que sea para que el señor esté cómodo —respondió sarcástica el hada sin mirarlo directamente. Incorporó un poco el asiento, se volvió a poner los cascos y cerró los ojos.

Guillermo, que seguía de pie, se dio cuenta de que ella daba la conversación por terminada, aunque no se sentó hasta que oyó cómo una señora que quería pasar por el pasillo carraspeaba a su espalda.

—Lo siento —farfulló antes de sentarse. Ahora, aunque no podía decirse que estuviera cómodo, al menos no tenía la sensación de estar encerrado en una caja de zapatos.

Pasaron un par de horas. Había hecho varias veces aquel trayecto, y nunca le había parecido tan largo. No conseguía dormir, era incapaz de relajarse, y cuando por fin lo lograba, o bien Dolores le hacía algún comentario o el asiento del hada volvía a acercarse a sus rodillas. Al parecer, ella sí conseguía dormir, y se había olvidado completamente de su petición. Ante la imposibilidad de lograr su objetivo, descansar, Guillermo optó por repasar la documentación que tenía sobre su nuevo cliente.

Los laboratorios Biotex eran una empresa especializada en productos antienvejecimiento en general. A principios de los años noventa, tuvieron un gran éxito con una de sus cremas, pero en los últimos tiempos, dada la enorme competencia del sector, habían sufrido importantes pérdidas. Hacía un par de meses, otro laboratorio, el más importante de la industria farmacéutica, les había hecho una oferta para fusionarse con ellos, y fue entonces cuando Biotex decidió llamar a Smithsons, M&A, la multinacional para la que trabajaba. Ellos eran especialistas en gestionar fusiones y adquisiciones, y Guillermo era uno de los mejores. Si había una trampa para su cliente, él la encontraría y si había un modo de ganar más dinero, también lo averiguaría. Estaba repasando el gráfico de la segunda página, cuando casi se traga el respaldo del asiento de delante. Otra vez.

—Esto es increíble —farfulló mientras intentaba apartar el asiento lo suficiente como para poder salir de allí—. Señorita, ¿le importaría dejarme un poco de espacio? Ya sabe, necesito respirar. —Tan pronto como hubo pronunciado esas palabras, Guillermo se dio cuenta de que se había pasado. No era propio de él ser tan brusco, pero el cansancio estaba empezando a hacer mella en su carácter.

—Lo siento —respondió el hada al instante. Parecía muy enfadada—. Pero creo que este asiento está roto; cada vez que le doy al botón, se inclina completamente hacia atrás.

—Creo que es la peor excusa que he oído nunca —dijo Guillermo sin pensar.

Ella lo miraba como si fuera un insecto, como si no pudiera soportarlo, y eso le ponía los nervios de punta. Nunca nadie lo había mirado así. ¿Se podía saber qué le había hecho para que reaccionase de ese modo?

—Mire, me importa un bledo si me cree o no, señor Soy el Amo del Mundo, pero el asiento está roto. Si quiere, puede sentarse usted en él y yo me siento en el suyo. Total, con lo que se mueve detrás de mí, yo tampoco puedo dormir.

Guillermo se quedó boquiabierto. ¿Así que él también la molestaba? Perfecto, se negaba a ser el único que no pudiera descansar. ¿Y cómo lo había llamado?

—Escuche —el hada habló de nuevo—, será mejor que los dos nos tranquilicemos y volvamos a sentarnos. Ya solo falta una hora para aterrizar y seguro que no volveremos a vernos.

Cuando los dos estuvieron acomodados, ella dijo entre dientes:

—La próxima vez, compre un billete en primera clase, señor quisquilloso.

—La he oído —dijo Guillermo enfadado, pero sus labios dibujaron una leve sonrisa.

Ella no contestó, y él oyó cómo rebuscaba en su bolso hasta dar con algo y volvía a reclinarse en su asiento, que ahora ya descansaba sobre sus rodillas sin ningún disimulo. En fin, como había dicho su contrincante pelirroja, ya solo quedaba una hora de vuelo, y más le valía resignarse a pasarla atrapado en aquella butaca.

El avión aterrizó sin problemas y, tras el largo y pesado proceso del control de pasaportes, Guillermo estaba por fin esperando que saliera su maleta. Él sabía que eso podía durar un rato, así que optó por telefonear a Ágata. Estaba embarazada de casi siete meses, y no quería que su primera sobrina hiciera la entrada en este mundo sin estar él presente. Desde el año en que no había pasado las Navidades junto a su familia, se había jurado que nunca más se perdería ningún otro evento importante. Se aseguró de tener suficiente cobertura y la llamó. Contestó Gabriel, su mejor amigo y ahora marido de su hermana. Tenía que reconocer que al principio le había costado imaginarse a Ágata con el «sinvergüenza» de Gabriel, pero si era sincero, él siempre había creído que cuando Gabriel se enamorara sería para siempre. Ojalá pudiera decir lo mismo de sí mismo.

—¿Cómo está Ágata? —preguntó Guillermo.

—Igual que ayer. —Gabriel miró a su mujer embobado—. Guillermo, te juro que si hay alguna novedad te avisaré enseguida. No tienes que llamar cada día.

Ágata se acercó a Gabriel y le dio un beso antes de quitarle el teléfono de las manos.

—¡Guille! ¿Dónde estás?

—En el aeropuerto de Nueva York. Acabo de aterrizar.

—¿Qué tal el vuelo? —preguntó ella mientras Gabriel le compraba un refresco en un quiosco.

—Como siempre, aburrido y cansado. Aunque hoy me he peleado con una chica.

—¿Ah, sí? —Guillermo nunca mencionaba a nadie en sus llamadas, así que Ágata supuso que esa pelea había sido importante.

—Sí, tenía una teoría muy interesante sobre cómo sentarse en un avión. En fin —suspiró Guillermo—, seguro que a ti te caería simpática. Espera un momento. ¡Se está llevando mi maleta!

—¿Quién? —Ágata se dio cuenta de que Guille ya no la estaba escuchando, y que había empezado a gritar.

—¡Eh, señorita! ¡Esa es mi maleta! ¿Por qué me compraría una maleta negra?

«Porque eres un soso», pensó su hermana mientras Guillermo seguía refunfuñando.

—Ágata, te dejo. La impresentable que se ha pasado todo el vuelo con el sillón reclinado se está llevando mi maleta. ¡Llámame cuando vayas a Barcelona!

—Lo haré —respondió ella, pero Guillermo ya había colgado.

Saltó por encima de unas maletas que un japonés estaba amontonando junto a él y corrió detrás de aquella melena pelirroja que se estaba alejando con sus cosas.

—¡Oiga! —¿Por qué no le había preguntado su nombre?, se recriminó— ¡Señorita! ¡La pelirroja, deténgase! —Ante la mención del color de su cabello, la joven se paró en seco.

Guillermo se detuvo delante de ella y se pasó la mano por el pelo, que a esas alturas seguro que estaba completamente alborotado. Tendría que habérselo cortado antes de irse de Barcelona.

—¿Se puede saber qué le pasa ahora? —preguntó la chica, indignada.

—Esa es mi maleta —respondió Guillermo señalando con el dedo su preciosa y común maleta negra.

—¿Cómo lo sabe? —preguntó sin apartar la mirada de la suya.

—Lo sé. —Guillermo enarcó una ceja a modo de desafío—. Y si la suelta un segundo, se lo demostraré.

—No pienso soltarla. —Si él era terco, ella lo era aún más.

—Entonces, más le vale que le vaya bien mi ropa, porque le aseguro que «su» maleta está dando vueltas en la cinta, si es que alguien no se la ha llevado ya.

Ante ese comentario, la chica dudó un instante y, sin soltar el asa, dijo:

—Está bien, vamos a verlo. —Echó a andar hacia la cinta número cuatro—. Pero cuando vea que no tiene razón, espero que se disculpe.

—Lo mismo digo. —Guillermo la seguía, y estaba fascinado con lo deprisa que caminaba, a pesar de arrastrar «su» pesada maleta y de lo cansada que parecía. Tenía las ojeras mucho más marcadas que horas atrás, cuando la había visto por primera vez, y llevaba el pelo recogido en un desordenado moño que aún evidenciaba más su agotamiento.

Llegaron juntos a la cinta y, cuando la otra maleta negra pasó por su lado, Guillermo tiró de ella y la colocó en el suelo junto a la «suya». Las maletas eran idénticas, a excepción de un golpe que una tenía junto a las ruedas. Guillermo se acordaba perfectamente de ese golpe, porque cuando lo vio por primera vez, el día que la estrenaba, insultó mentalmente a todo el personal de tierra del aeropuerto asiático donde estaba. Reconocería su maleta en cualquier lugar, y era, sin ninguna duda, la que aquella pelirroja se había llevado.

—¿Y bien? —preguntó Guillermo, satisfecho al ver que ella se daba cuenta de su error.

—Está bien, lo reconozco. Tiene usted razón. —Se frotó los ojos—. Me he equivocado de maleta.

—¿Y? —Guillermo sabía que se estaba pasando, pero le encantaba ver cómo se sonrojaba.

—Lo siento —farfulló finalmente, y tiró del asa de la maleta para irse.

—Espere. —Guillermo le tocó el brazo para detenerla.

Ella miró sorprendida la mano que descansaba encima de su antebrazo, y no se movió.

—¿No cree que podríamos tutearnos? —Al ver que la joven no contestaba, añadió—: Al fin y al cabo, te has pasado casi todo el vuelo encima de mis rodillas. —Se dio cuenta de lo que había dicho, y al notar que empezaba a sudar, corrigió esa última frase—: Tu asiento. Quiero decir que tu asiento se ha pasado casi todo el vuelo encima de mis rodillas. Me llamo Guillermo. —Apartó la mano del brazo y se la ofreció.

Ella dudó un instante, pero finalmente se relajó y contestó:

—Emma. —Aceptó la mano que él le tendía.

—Encantado, Emma —dijo Guillermo con una sonrisa.

—Lo dudo. — La chica apartó la mano y se alisó unas inexistentes arrugas de la camisa.

—Siento haberte hablado mal en el avión. —Esperó un instante para ver su reacción, y añadió—: Estaba muy cansado. —Se pasó la mano por el pelo—. Aún lo estoy.

Emma levantó la vista y, al ver que él era sincero, aceptó sus disculpas y siguió su ejemplo:

—Yo también lo siento. —Se miró de arriba abajo—. Es obvio que los dos estamos cansados. —Tiró de su maleta—. En fin, será mejor que me vaya.

—Yo también.

Los dos empezaron a caminar hacia la salida, y cuando estaban a punto de llegar a la cola de los taxis, el móvil de Guillermo empezó a sonar. ¡Vaya mala pata! Contaba con compartir taxi con ella y así averiguar algo más sobre su misteriosa hada. Eso no era nada habitual en él, pero tal como había estado pensando antes, había llegado el momento de cambiar. Se le ocurrió no contestar, pero cuando vio que era su jefe, no tuvo más remedio que hacerlo.

—¿Sí? —Enarcó las cejas ante el abrupto comentario de Enrique, y se detuvo en seco. Enrique siempre se ponía nervioso cuando tenían que intervenir en una adquisición importante—. Perdona un momento —le dijo con la esperanza de convencer a Emma de que esperara a que él terminara con la llamada, pero cuando miró a su lado, ella ya no estaba. Había seguido andando y lo saludaba con la mano para despedirse—. ¿Qué? No, no pasa nada. Puedes continuar.

Guillermo llegó al hotel mucho más tarde, Enrique lo había tenido al teléfono más de media hora, y como no quería perder la señal, esperó en el aeropuerto hasta terminar la conversación. Luego, se metió en un taxi, solo, y se quedó atrapado en un atasco. Lo único bueno fue que, durante ese rato, pudo dormir un poco. A base de tanto viajar, había aprendido a encontrar siempre el lado positivo de los inconvenientes. Una vez instalado en su habitación, se puso cómodo y empezó a trabajar. Tenía una reunión el día siguiente a primera hora y sabía que, para evitar los efectos del *jet lag*, debía mantenerse despierto hasta la noche, para adaptar así su cuerpo a los horarios de aquel continente. Además, tenía que repasar un montón de documentos. Lo mejor sería que llamara al servicio de habitaciones y pidiera que le subieran algo de cenar. Buscó la carta y escogió un sándwich de pollo con un zumo de naranja. Pasada media hora, llamaron a la puerta y, cuando abrió, tuvo que parpadear dos veces para asegurarse de que el cansancio no le estaba jugando una mala pasada. Detrás del camarero, que lo miraba con cara de pocos amigos porque no se apartaba para dejarlo pasar, vio una melena pelirroja que reconocería en cualquier parte. Guillermo se hizo a un lado y el camarero entró, mientras él seguía mirando a la chica, que intentaba abrir la puerta de la habitación de enfrente.

—¿Emma? —preguntó incrédulo.

A ella se le cayó el bolso, que hizo un ruido seco al impactar contra el suelo, y, despacio, se dio media vuelta.

—¡No me lo puedo creer! —dijo Emma recogiendo las cosas del suelo—. Esto es increíble.

—Tienes toda la razón. Es increíble —repitió Guillermo.

# 2

—¿Qué haces aquí? —le preguntó, antipática. Ella no solía ser así, pero llevaba casi dos días sin dormir y el señor Soy el Amo del Mundo le había amargado el vuelo. Aunque, si era sincera, tenía que reconocer que era increíblemente atractivo y que, bueno, al final se había disculpado. Pero no, estaba demasiado cansada y no le apetecía ser sociable.

—Me alojo en el hotel —contestó él esbozando una sonrisa. Estuvo tentado de añadir que era obvio, pero se mordió la lengua—. ¿Y tú? ¿También te alojas aquí?

—Es obvio, ¿no? —respondió Emma, quisquillosa, mientras buscaba la llave en el enorme bolso.

Guillermo se arrepintió de no haber hecho él ese comentario.

—No encuentro mi llave. ¿Por qué insisten en hacer estas tarjetas tan delgadas? ¿Qué tenían de malo las llaves de toda la vida?

—No tengo ni idea. —Guillermo sonrió. Se dio cuenta de que hacía años que ninguna mujer lo había ignorado tanto, y si eso le hacía gracia, dedujo que era porque ya se había vuelto completamente loco—. ¿Quieres que te ayude?

—No hace falta. —Ella seguía sin mirarlo—. ¡Eureka! —Sacó triunfal la tarjeta y abrió la puerta—. Buenas noches.

Iba a cerrar cuando Guillermo volvió a hablar.

—¿Emma?

—¿Sí?

—¿Vas a quedarte muchos días en Nueva York? —Como pregunta no era muy original, pero no se le ocurrió nada más.

—Sí. —Ella se mantuvo fiel a sus pocas ganas de confraternizar, a pesar de que él estaba siendo encantador.

—¿Podríamos salir a cenar algún día? —Hacía años que no le pedía una cita así a nadie. En el mundo en el que se movía todo era mucho más frío y mecánico—. Conozco bien la ciudad y...

—No, gracias —lo interrumpió—. Mira, Guillermo. ¿Te llamabas así, no? —Emma sabía perfectamente cómo se llamaba, pero no pudo resistir la tentación. Esperó a que él asintiera y continuó—: La verdad es que voy a estar muy liada.

Guillermo se quedó unos segundos sin saber qué contestar; ella ni siquiera había intentado disimular que le estaba mintiendo. Él solo pretendía ir a cenar y charlar un rato con aquella chica. Hacía mucho tiempo que ninguna mujer lo atraía de ese modo tan repentino, pero al parecer eso solo le estaba pasando a él.

—De acuerdo. —Dio un paso hacia atrás y entró en su habitación—. Espero que te guste la ciudad. Buenas noches.

—Buenas noches. —Ella cerró la puerta sin añadir nada más.

Emma tiró el bolso encima de la mesa que había delante del televisor y se frotó la cara con las manos. Había sido muy antipática con Guillermo. Eso de fingir no acordarse de su nombre cuando él solo intentaba ser amable había sido muy ruin. Pero conocía demasiado bien a los hombres como él como para sentirse culpable. Seguro que el tal Guillermo era uno de esos ejecutivos agresivos con un sueldo demasiado alto, una agenda demasiado apretada, demasiadas mujeres repartidas por el mundo y ningún amigo ni hogar al que regresar. De hecho, ella casi se había convertido en uno de ellos.

Emma tenía veintitrés años y había ido a Nueva York a hacer realidad su sueño. Se había apuntado a un curso de cocina internacional que iban a impartir en la Gran Manzana los cocineros más famosos del mundo, incluidos los españoles. Pero Emma no era cocinera, aún no, ella era médico, especializada en cirugía. Sus padres, el doctor Sotomayor y la doctora Pérez-Prado, eran unas eminencias en sus profesiones; él, Ricardo, era neurocirujano, y ella, Manuela, oncóloga. Ambos eran unos pésimos padres. Los doctores Sotomayor y Pérez-Prado, nunca nadie los mencionaba por separado, habían tenido dos hijas, Emma y Raquel, que se habían criado con niñeras de casi todo el mundo y en los mejores colegios que el dinero podía pagar. Raquel, la pequeña, siempre había sido rebelde, y ahora mismo estaba empezando su tercera carrera; lo único constante en ella era su inconstancia. Por el contrario, Emma siempre había sido una hija «ejemplar» y su momento culminante llegó cuando les comunicó a los doctores (Emma había decidido llamar así a sus padres) que ella también iba a estudiar Medicina. A Emma le gustaba la Medicina, pero ser médico le daba miedo. En cambio, en una cocina todo era mucho más sencillo, más creativo; allí podía dar rienda suelta a su imaginación sin que nadie saliera perjudicado. Pero cuando los doctores oían algún comentario al respecto, le decían que se equivocaba, que no podía echarse a perder de ese modo y, en resumen, que no dijera tonterías. Hasta hacía un año, Emma estaba convencida de que tenían razón.

Había estudiado Medicina y había hecho el MIR con notas excelentes. En cambio, no tenía ningún recuerdo de su vida universitaria. Cuando empezó a trabajar en el hospital, todos la temían y la ignoraban. La temían porque era la hija de dos eminencias nacionales y porque se decía que ella iba a seguir el mismo camino, y la ignoraban porque era un muermo. Nunca salía, nunca iba a tomar un café, nunca sonreía. Nunca hacía nada con nadie. No era que no tuviera amigos. En la facultad había conocido a gente tan dedicada, por no decir tan obsesionada, como ella, y tenía un par o tres de amigas de las que sabía poco sobre su vida personal y mucho sobre sus trabajos. Incluso había tenido un par de novios, si se puede llamar «novio» a un hombre con el que te acuestas muy de vez en cuando y que está tan pendiente del busca como tú. A pesar de todo, Emma era feliz. Hasta el día en que aquel chico, Esteban, murió durante su turno.

Ella no conocía a Esteban, no le había visto nunca, pero jamás olvidaría su cara. Tenía treinta y dos años, y llegó a urgencias con un infarto. Emma y el resto del personal de urgencias hicieron todo lo que estuvo en sus manos para salvarlo, pero no lo consiguieron. Esteban murió pocos minutos después. No era el primer paciente que moría delante de Emma, pero había algo en la mirada de aquel chico que la atrapó. Nunca había visto unos ojos tan llenos de remordimiento. Salió a la sala de urgencias para buscar a los parientes de Esteban, pero no había nadie. Esperó un rato. Nadie. ¿Cómo era posible? Seguro que había pasado algo. Emma fue a preguntar a información, y le dijeron que habían llamado a los padres del chico, pero que como eran de Galicia no llegarían a Barcelona hasta el día siguiente.

—¿Y sus amigos? —preguntó, cada vez más intrigada. ¿Cómo podía ser que alguien de aquella edad muriera y que nadie estuviera allí con él?

—He llamado al trabajo —contestó una de las recepcionistas—. Y me han dicho que más tarde ya pasaría alguien.

¿Más tarde?

Emma esperó allí sentada. ¿Aquel chico no tenía a nadie que le quisiera lo suficiente como para dejar todo lo que estuviera haciendo e ir allí para despedirse de él? Le parecía horrible pensar que alguien pudiera desvanecerse sin causar ningún sobresalto, pero...

¿Qué pasaría si fuera ella la de aquella camilla? Sus padres irían, por supuesto, siempre y cuando no estuvieran haciendo nada importante en ese momento. ¿Sus amigas? Quizá, pero seguro que sus vidas no se alterarían demasiado por el hecho de que Emma ya no estuviera con ellas. ¿Sus compañeros de trabajo? Lo único que les preocuparía sería quién iba a cubrir su turno. Si era sincera, la única persona que estaría triste sería su hermana Raquel. Y entonces se dio cuenta de que no quería que eso sucediera. No quería morir y causar solo indiferencia. Bueno, la verdad era que no quería morir. Punto. Pero ya que todos teníamos que hacerlo, le gustaría creer que su muerte le dolería a alguien, aparte de a su hermana pequeña. Oyó cómo una chica preguntaba por Esteban en el mostrador, y salió de su ensimismamiento. ¡Por fin!

—¿Es usted amiga de Esteban? —preguntó Emma, y al ver que la joven no contestaba, añadió—: Soy la doctora Sotomayor. ¿Puedo ayudarla en algo?

—¿Usted es la doctora que ha atendido a Esteban? —La chica no parecía nada afectada—. Yo soy Alicia, trabajo en la misma consultoría que él. Hoy teníamos una cita con un cliente y, cuando he llegado, me han dicho que una ambulancia se lo había llevado. ¿Está bien?

Emma se quedó en blanco. Era obvio que Alicia aún no sabía lo que había pasado.

—No, lo siento. Esteban ha fallecido. Un infarto. No hemos podido hacer nada.

—¿Un infarto? —Alicia se pasó la mano por la frente—. ¿Cuántos años tenía? —Sin darle tiempo a contestar, añadió—: Claro que con la vida que llevaba no me extraña.

Era obvio que entre ella y Esteban no había ninguna relación de amistad.

—¿Qué vida? —Emma no pudo resistir la tentación de preguntarlo.

—Ya sabe, solo pensaba en el trabajo. Quería convertirse en socio antes de los treinta y cinco y estaba dispuesto a todo para conseguirlo.

—¿Eran amigos?

—¿Esteban y yo? ¡No! Que yo sepa, Esteban no tenía amigos, no tenía tiempo. Y no era demasiado simpático que digamos.

—Se miró el reloj—. En fin, será mejor que me vaya. Aún me quedan muchas cosas que hacer.

—¿Va a regresar al trabajo? —Emma no salía de su asombro.

—Claro que sí. Y no me mire así, Esteban habría hecho exactamente lo mismo. —Empezó a darse la vuelta—. Bueno, quizá no. No creo que él se hubiera acercado al hospital a preguntar por mí.

Emma se quedó allí petrificada hasta que la espalda de Alicia, con su traje chaqueta, desapareció por la puerta principal.

Cuando esa noche llegó a su piso, no pudo dormir, a pesar de que había trabajado más de doce horas seguidas. Si Raquel hubiera estado en la ciudad la habría llamado, pero su hermana estaba en Canadá, y con la diferencia horaria no quería asustarla. Se pasó horas dando vueltas en la cama y pensando si ella y el pobre Esteban no tenían más cosas en común de las que creía. Y decidió que no quería ver reflejados en sus ojos todos los remordimientos que sintió ese chico antes de morir. Iba a cambiar. Por suerte, ella aún estaba a tiempo. Se levantó y fue a la cocina, que era la única habitación del piso completamente decorada, para buscar una libreta y un bolígrafo. Con letras mayúsculas, escribió «MI VIDA», y debajo empezó a hacer una lista de lo que quería que esta contuviera.

- Amor
- Cocina
- Raquel
- Amigos
- Familia
- Locuras

La lista era demasiado abstracta, pero al menos era un comienzo. Emma se quedó un rato mirándola y se dio cuenta de que no había escrito nada sobre Medicina. Al día siguiente, hablaría con el jefe de personal para decirle que dejaba el puesto. Con el dinero que tenía ahorrado, junto con lo que le había dejado su abuela al morir, podía estar un tiempo sin trabajar, e intentar resolver el segundo punto de su lista. Se suponía que esos ahorros eran para una emergencia, y rehacer su vida entraba en esa categoría. Apagó la luz, cerró los ojos y por fin pudo dormir. Los otros puntos ya los iría resolviendo.

Un año más tarde, Emma aún llevaba la lista en la cartera. Después de pedir una excedencia en el hospital, se apuntó a unos cursos de cocina en una prestigiosa escuela de restauración de Barcelona. Gracias a lo que había aprendido allí, y a la recomendación de una de sus profesoras, había conseguido que la aceptaran en el exclusivo curso que se iba a impartir durante tres meses en Nueva York. Emma convenció a Raquel, que para entonces ya había regresado de Canadá, para que se mudara a su piso y así entre las dos mantener el alquiler. Raquel estaba entusiasmada con los cambios de su hermana mayor y aceptó enseguida, pero le dio mucha pena tener que separarse de ella durante tres meses. En cuanto a sus padres, para ellos todo aquello era un especie de crisis y la miraban con indolencia y le decían que, cuando se le pasara, se arrepentiría de haber hecho tantas tonterías y de haber echado por la borda una carrera tan prometedora. No fueron a despedirse de ella.

Como Emma siempre había soñado con visitar Nueva York, decidió llegar una semana antes de que empezaran las clases para hacer turismo. Reservó una habitación en un hotel céntrico para esos días y buscó en Internet todas las rutas imprescindibles y sitios de interés. Para los tres meses que duraba el curso, la propia escuela le había recomendado que alquilara un estudio en uno de los edificios cercanos, pero durante esa semana iba a ser una turista más.

Guillermo tenía más hambre de la que creía y se comió el sándwich de pollo en dos minutos. Intentó repasar la documentación que se había llevado consigo, pero no lograba concentrarse; no dejaba de pensar en lo mal que lo había mirado aquella chica. En el avión, ninguno de los dos había sido demasiado amable, y el lío de las maletas tampoco había ayudado, pero Guillermo se había disculpado y creía que en cierto modo habían hecho las paces. Sin embargo, al parecer, Emma no lo creía así. Era una lástima, a él le hubiera encantado salir a cenar con ella y charlar un poco más. Tal vez incluso podrían haber ido a visitar algún museo, o hacer de turistas juntos, y quizá se habrían hecho amigos. Era la primera vez en mucho tiempo que Guillermo invitaba a cenar a una chica solo para hablar. Cuando la miró a los ojos en el avión, tuvo la sensación de que podrían estar bien juntos, de que podrían ser amigos. Y por culpa de su reciente cambio de chip, ahora a Guillermo no le apetecía en absoluto estar solo en la ciudad, y tampoco tenía ganas de pasarse todo el día trabajando. En fin, tendría que cenar solo, como siempre. O podía intentar invitarla de nuevo.

# 3

Guillermo se levantó cansado. Aunque estaba acostumbrado a viajar, la primera noche siempre le costaba dormir, y la pasada había sido especialmente mala; no había podido dejar de pensar en cómo convencer a Emma de que fuera a cenar con él. Se duchó, se vistió con un pantalón y un polo y fue a desayunar. Luego regresaría a por sus cosas y aprovecharía para llamar a sus padres; a pesar de que llevaba tiempo viviendo fuera de casa, su madre insistía en que la llamase siempre que estaba de viaje.

Emma tampoco había podido dormir, pero por motivos distintos de los de Guillermo. Había vuelto a tener pesadillas. Poco tiempo después de que Esteban muriera en su mesa de operaciones, había empezado a soñar con él. Los sueños siempre consistían en que aparecía y se burlaba de ella; le decía que iba a morir igual que él. Sola y sin nadie a su lado. Hacía días que Esteban no la había visitado, y supuso que sería culpa del cansancio y del cambio de horario. A las ocho de la mañana se rindió y decidió que lo mejor sería empezar el día. Se metió en el ascensor y se dirigió al comedor. Al ver el bufet se le hizo la boca agua. La noche anterior no había cenado nada y ahora el estómago le estaba pasando factura. Estaba embobada frente a la mesa de los cereales cuando una voz ronca la sacó de su ensimismamiento:

—Es difícil decidirse, ¿a que sí?

Emma no se dio la vuelta pero sabía perfectamente que Guillermo estaba de pie detrás de ella.

—Para nada. Yo tengo claro cuáles me gustan —respondió seleccionando un tazón.

—A ver si lo adivino —dijo él acercándose a la mesa donde estaba la tostadora y mil rebanadas de distintos panes—. Los de arroz de toda la vida.

—Has fallado.

Emma se volvió hacia Guillermo con una sonrisa en los labios y un bol lleno de aros y estrellitas de colores. Aquellos cereales eran su única debilidad; seguro que si los de la escuela de cocina se enteraran, la echarían en un abrir y cerrar de ojos.

—¡No me lo puedo creer! Pensaba que, aparte de mí, a nadie mayor de ocho años le gustaban —dijo él peleándose con la tostadora, que se negaba a darle su tostada.

—¿A ti también te gustan? —preguntó ella, incrédula.

—Claro. —Guillermo logró salvar el panecillo y se dio la vuelta victorioso—. Si no me crees, compruébalo tú misma. —Señaló con la barbilla—. Esa es mi mesa.

Emma miró hacia donde le señalaba, y vio que el desayuno de Guillermo consistía en un zumo de naranja, café, mantequilla para acompañar las tostadas que acababa de quemar y, efectivamente, un tazón de cereales infantiles.

—No te lo esperabas, ¿a que no? —le preguntó al ver su cara de sorpresa.

—No, la verdad es que no. Yo también creía ser la única adulta, por decirlo de alguna manera, a quien le gustaban. —Al ver que él no se movía y que no tenía intención de dejarla pasar, añadió—: Bueno, tengo prisa. Si me permites...

Guillermo se apartó sonriendo.

—Claro, la verdad es que yo también debería darme prisa. —Ella no dijo nada, así que él continuó—: Tengo que ir a trabajar. ¿Puedo sugerirte algo?

Emma levantó una ceja a modo de respuesta.

—Ve primero al Empire State. Por el modo en que vas vestida, deduzco que tienes intención de hacer turismo, y como ahora el cielo está despejado, lo mejor sería empezar por allí. Seguro que desde el mirador podrás ver toda la ciudad.

—Gracias, supongo que tienes razón —respondió ella un poco incómoda. La noche anterior había sido bastante antipática, y él seguía siendo amable—. Tú has venido por trabajo, ¿no?

—Sí, la verdad es que siempre que vengo a Nueva York es por trabajo —le explicó con un gesto extraño y señaló su mesa—. ¿Te quieres sentar conmigo? —No la dejó responder y añadió—: Yo me tomo el café y me voy. Estas tostadas están carbonizadas, y antes de irme tengo que llamar a casa.

A Emma la sorprendió ese último comentario, así que decidió sentarse con él.

—Claro. Así puedo preguntarte un par de cosas más sobre la ciudad. ¿Vale la pena tomar el ferry e ir hasta la Estatua de la Libertad? ¿Y qué me dices de las Naciones Unidas?

Fiel a sus palabras, Guillermo, después de responder con mucha amabilidad a ambas cuestiones, se bebió el café y se levantó para irse.

—Bueno, me ha gustado mucho desayunar contigo —dijo mirando el reloj—. Voy a llegar tarde, seguro que mi madre me tendrá diez minutos al teléfono.

—¿Tu madre? —preguntó Emma—. Creo que la última vez que la mía me tuvo diez minutos al teléfono fue cuando tenía doce años y me rompí la pierna. Ella estaba de viaje, en una conferencia, y me… —Al ver que se iba por las ramas se calló—. Lo siento.

—No, me encantaría saber qué te dijo —suspiró—, pero la verdad es que tengo prisa. ¿Quieres cenar conmigo esta noche?

Emma dudó unos instantes. Realmente había sido agradable desayunar con él, pero no quería complicaciones, y aquel chico llevaba una enorme señal de peligro pegada en la frente.

—No, pero no te lo tomes a mal. Estaré fuera todo el día, haciendo turismo, y seguro que cuando vuelva estaré agotada. Mejor lo dejamos para otra ocasión.

Guillermo se levantó y la miró.

—Claro. —Se pasó la mano por el pelo—. Si necesitas saber algo más, ya sabes dónde encontrarme. Que tengas un buen día.

Ella se dio cuenta de que su negativa le había molestado y estuvo tentada de cambiar de opinión. Pero no lo hizo.

—Igualmente. Ya nos veremos.

Él ya estaba frente al ascensor y no respondió a ese último comentario.

Tal como se temía, su madre lo tuvo diez minutos al teléfono, y tuvo que salir corriendo para no llegar tarde. A él no le gustaba causar mala impresión y la impuntualidad nunca decía nada bueno de quien la practicaba. Mientras esquivaba a la gente y a los taxis, seguía pensando en el error que había cometido al invitar a Emma a cenar. Pero había sido tan agradable desayunar con ella que no había podido evitarlo. Tenía que encontrar el modo de que volvieran a estar un rato juntos y convencerla de que él no era tan malo como ella creía. A Guillermo no solía preocuparle lo que pensara la gente de él, pero por algún extraño motivo no quería que Emma tuviera una mala opinión. Y lo que tampoco entendía era por qué estaba dispuesto a esforzarse por ver a una chica con la que a todas luces no iba a acostarse.

Él no solía perder tiempo. Las pocas relaciones que había tenido en los últimos años, si es que podían llamarse así, habían sido con chicas con el mismo tipo de vida y las mismas prioridades que él. Con ninguna de ellas había tenido una relación afectiva, había sido una cuestión meramente física, y tal vez de compañía, pero ninguna había estado nunca en su piso, ni en su corazón. Solían encontrarse en hoteles alrededor del mundo, siempre que coincidían por trabajo, claro. Nada de vacaciones. Él nunca había visto nada malo en esas relaciones, hasta que meses atrás Gabriel, su mejor amigo y ahora cuñado, le confesó que estaba enamorado de su hermana. Ver a Gabriel de ese modo le había hecho pensar y lo peor de todo fue que sintió envidia. Evidentemente disimuló e incluso ahora se veía incapaz de reconocerlo. Pero en lo más profundo de su corazón, Guillermo envidiaba a Gabriel. Admitir eso había sido liberador y desde entonces toda su vida había empezado a no gustarle tanto.

Tal vez lo de aquella chica fuera una tontería. Tal vez ni siquiera llegaran a ser amigos, pero Guillermo no estaba dispuesto a pasar por alto la oportunidad de intentarlo.

Emma subió al Empire State y, mientras disfrutaba de la maravillosa vista de la ciudad, se dio cuenta de que Guillermo había acertado. Empezar la visita por allí era perfecto. Dio la vuelta al mirador y no pudo evitar pensar en todas las películas que tenían ese edificio como protagonista, desde *King Kong* hasta *Algo para recordar*. Hizo unas cuantas fotografías y entró en la tienda para comprar una postal. Le había prometido a su hermana que le mandaría unas cuantas para que pudiera ponerlas en la puerta de la nevera. Mientras escogía la postal, vio unas pequeñas estatuillas de King Kong en las que el enorme gorila estaba encaramado en la punta del edificio, gritando como si fuera el amo del mundo, y en un impulso se quedó con una. Seguro que a Guillermo le encantaría.

Guillermo llegó justo a tiempo. La sede de Biotex en la Gran Manzana ocupaba una planta entera de un edificio de oficinas de la Séptima Avenida. Tan pronto como cruzó el umbral apareció un chico que lo acompañó a una sala de reuniones y le ofreció un vaso de agua. Él aceptó complacido, a lo mejor así se recuperaría antes de la carrera. Se sentó en uno de los sofás y esperó a que aparecieran sus clientes.

—Señor Martí, estamos encantados de conocerle —dijo uno de los ejecutivos de Biotex al entrar.

—Igualmente. Solo Guillermo, por favor —respondió él mientras les daba la mano y se presentaba a todos.

Finalizadas las presentaciones y las preguntas de rigor sobre el viaje y el hotel, lo llevaron al despacho que iba a utilizar mientras estuviera allí. Era pequeño, pero tenía unas vistas impresionantes, y en realidad Guillermo no necesitaba demasiado espacio. Lo único que le hacía falta era el ordenador, una mesa, una silla cómoda y una pizarra. Hacer esquemas y pasearse delante de ellos lo ayudaba. Tras enseñarle cómo funcionaba todo y poner a su disposición los archivos necesarios, el señor que lo acompañó le dijo que iba a buscar a John, uno de los abogados de Biotex que sería su ayudante durante ese mes. Guillermo se quedó a solas un instante, contemplando la ciudad desde los ventanales, y se le pasó por la mente que a Emma le gustaría ver las calles de Nueva York desde allí.

—¿Guillermo? —preguntó un joven desde la puerta—. ¿Puedo pasar? Soy John, John MacDougall. —Le tendió la mano.

John tenía treinta años, pero no aparentaba más de veinte. Era alto, aunque no tanto como Guillermo, rubio y, aunque iba impecablemente vestido, parecía sacado de una playa californiana.

—¿MacDougall? —Guillermo le estrechó la mano—. ¿Eres familia de...?

Antes de que pudiera continuar, John respondió.

—Soy su nieto —dijo con una sonrisa—. Mi abuelo fundó la empresa cuando tenía más o menos mi edad. Y aquí estoy yo, ayudándote a que esta fusión salga adelante.

—¿Estás en contra de la fusión? —preguntó él, invitándole a que se sentara en la silla que había frente a su escritorio.

—No exactamente. —Al ver que Guillermo levantaba una ceja, John continuó—: Seguro que la fusión será buena para la empresa, y para los bolsillos de nuestros accionistas... —suspiró—. Pero no me gustaría que perdiéramos nuestra personalidad. Seguro que crees que es una tontería.

—En absoluto. —Guillermo siempre había valorado mucho las empresas con carácter, y era obvio que Biotex lo tenía—. Mi trabajo consiste en asegurarme de que la fusión es beneficiosa para Biotex y, si no lo es, no tendré ningún reparo en comunicarlo en mi informe. —Vio que John parecía más relajado que cuando había entrado—. Llevo más de media hora saludando a gente, y nos están esperando en la sala de reuniones. —Miró el reloj y añadió—: Pero me gustaría seguir charlando contigo.

—Si no tienes ningún otro compromiso —sugirió John—, podríamos ir a comer al terminar la reunión. Seguro que para entonces los dos estaremos hambrientos.

—Perfecto.

Ambos se levantaron, y John guio a Guillermo hasta la sala en la que ya estaban sentados los directivos de más alto rango y varios miembros de la familia MacDougall. A lo largo de casi dos horas y media le explicaron el estado actual de la empresa y lo que esperaban conseguir con la fusión. Como era habitual en esas situaciones, había diferentes puntos de vista, pero en general, excepto John, todos parecían contentos con la idea, quizá demasiado, y también impacientes. Hubo una ronda de preguntas, casi todas relacionadas con temas económicos, y Guillermo tomó nota y prometió responderlas lo antes posible. Al finalizar, todos se pusieron a su disposición para lo que hiciera falta. Guillermo había descubierto dos cosas; la primera, que aquella fusión no iba a ser tan fácil como había creído en un principio, y la segunda, que John había acertado al decir que al terminar la reunión estaría hambriento.

El joven llevó a Guillermo a un restaurante especializado en comida hindú que había a pocos metros de las oficinas y le sugirió que probara una ensalada. A lo largo del almuerzo, que fue muy relajado, le contó que su abuelo, que aún vivía y era un cascarrabias, no acababa de ver claro lo de la fusión, pero que la apoyaba porque era lo que sus yernos, los tíos de John, querían. Guillermo lo escuchó interesado, no solo porque esa información podía serle muy útil para su trabajo, sino también porque el chico era la primera persona que lo trataba como a un ser humano y no como a un supuesto mago de las finanzas. La conversación siguió por otros derroteros y terminaron hablando de temas más personales. John se iba a casar con su prometida al cabo de seis meses y Guillermo se sorprendió de lo complicado que era organizar una boda en aquel país. Organizar la de su hermana no había sido tan difícil, claro que tal vez sí lo había sido y él no se había enterado. A John le sorprendió que Guillermo no tuviera pareja, y él, sin saber muy bien por qué, le dijo que acababa de conocer a una chica. Por suerte, el joven vio que el tema lo incomodaba y no insistió en ello.

Guillermo se pasó la tarde leyendo la propuesta de fusión y tomando notas. Esa operación se iba complicando por momentos. Podría decirse que la multinacional que quería fusionarse con Biotex pretendía en realidad algo más parecido a una adquisición con absorción. Y aunque Biotex había dejado las cosas claras desde el principio, por desgracia la empresa necesitaba urgentemente una inyección de capital para poder afrontar las inversiones que había hecho en investigación durante los últimos años. Guillermo apenas había leído cincuenta páginas y ya tenía otras tantas llenas de notas. Sí, era mucho más complicado de lo que creía. Con razón Enrique estaba nervioso; si aquella operación no salía bien su jefe perdería un suculento contrato. Eran ya las ocho y, excepto el hombre de mantenimiento, ya no quedaba nadie en la planta. Todos se habían ido a eso de las seis. John esperó hasta las siete, pero al ver que Guillermo no tenía intención de levantarse de la silla, se acercó a él para decirle que también se iba. Aquel día él y Hannah, su novia, tenían que escoger las flores de la boda. Guillermo le dijo que se fuera tranquilo y siguió leyendo hasta que su estómago empezó a gruñir. La ensalada hindú no le había llenado demasiado, así que decidió dar por finalizado el día y regresar al hotel.

Después de visitar el Empire State, Emma abrió la guía de viajes y decidió ir a la estación de trenes de Grand Central y comer en uno de los restaurantes de allí. En la guía se decía que era impresionante, y no exageraba. La joven se paseó por la terminal durante mucho rato, maravillándose tanto por su arquitectura como por la gente que transitaba por ella. Cuando salió optó por caminar hasta el Rockefeller Center; era un paseo bastante largo, pero estaba tan fascinada con las calles de aquella ciudad que no le importó. La visita de ese emblemático edificio también la impresionó, en especial el mural de la entrada, y lamentó que no fuera Navidad y no tuvieran puesto aquel enorme árbol que siempre salía en las películas. Bueno, se consoló Emma, seguro que tendría oportunidad de regresar. Ya era tarde, y como empezaban a dolerle los pies y la espalda retomó el camino de regreso al hotel. En el siguiente semáforo se encontró con Guillermo.

—¿Emma? ¡Vaya casualidad! —Él había decidido no estar enfadado porque ella hubiera rechazado su invitación para cenar, por segunda vez—. Y dicen que es imposible encontrarse con alguien conocido en esta ciudad.

—¡Y que lo digas! —dijo Emma aún sorprendida.

—¿Cómo has pasado el día? ¿Te ha gustado la ciudad? —le preguntó Guillermo cuando ambos echaron a andar de nuevo.

—Mucho, y tenías razón. —Esquivó un carrito de comida ambulante.

—¿Sobre qué? —Él la sujetó por el codo para que no se cayera.

—Sobre el Empire State. La vista es espectacular. —Emma se acordó de la estatuilla de King Kong que había comprado y de repente se sonrojó.

—Me alegro de que te haya gustado. —Guillermo le soltó el codo.

—¿Y tú? ¿Qué tal te ha ido el día? —Emma empezaba a relajarse. Al fin y al cabo, si el destino estaba empeñado en que se encontrara con él cada dos por tres, ¿qué podía hacer?

—Bien. La verdad es que ha sido un primer día muy interesante. Normalmente no suelo aprender nada en las primeras visitas, pero hoy ha sido distinto.

—¿A qué te dedicas? —Emma vio que él levantaba una ceja y añadió sonrojada—: Lo siento. Disculpa, no pretendía ser cotilla.

Guillermo se rio.

—No, si no me molesta. Es que me sorprende que, después de rechazar dos veces mi invitación a cenar, te intereses por mí.

Ella no dijo nada y siguió caminando.

—¿De verdad quieres saberlo? —preguntó él.

—Si no quisiera no te lo habría preguntado —respondió Emma sin mirarlo, y en ese instante decidió que ya le daría la figurita en otro momento.

—Soy asesor financiero. Seguro que ahora te caigo aún peor —bromeó Guillermo.

—¿Crees que no me caes bien?

—Estoy convencido de ello. Pero no importa. Siempre me han gustado los retos. —Al ver que ella miraba a ambos lados, continuó—: El hotel es por aquí.

—Gracias. Y no es cierto que no me caigas bien. —Él la miró incrédulo—. Es solo que no eres mi tipo.

—¿Y cómo lo sabes? —preguntó Guillermo, divertido—. Acabamos de conocernos.

—Lo sé.

—¡Vaya! ¿Te importaría decirme qué número de lotería ganará el gordo en el próximo sorteo de Navidad? Me encantaría poder dejar de trabajar.

—Ríete todo lo que quieras, pero créeme, estoy haciendo que los dos nos ahorremos un montón de tiempo.

—¿Y quién te ha dicho que yo quiero ahorrármelo? —Al ver que ella empezaba a enfadarse, Guillermo decidió cambiar de táctica—. Mira, no te preocupes. Lo único que quería era cenar contigo. Tienes todo el derecho del mundo de rechazar mi invitación. Es solo que creí que podríamos ser amigos.

—¿Amigos? —Emma se detuvo y lo miró a los ojos, y en ese instante se acordó de cómo Esteban se había burlado de ella en sueños—. De acuerdo. Dado que estamos en el mismo hotel, y parecemos condenados a encontrarnos, supongo que podría intentarlo.

—Me alegro.

Ambos se pusieron de nuevo en marcha, y justo un par de manzanas antes de llegar a su destino, Guillermo se detuvo delante de una cafetería y le preguntó:

—¿Tienes hambre?

—La verdad es que sí —respondió ella a la vez que su estómago gruñía.

—Si te apetece podemos comprar algo y nos sentamos en el parque pero, dado que no aceptaste mi invitación para cenar, me niego a que consideres que con esto estamos en paz. Y para que veas que decía en serio eso de ser amigos, te propongo un trato: si dentro de un par de horas sigues pensando que soy peor que Hannibal Lecter, te juro que no volveré a dirigirte la palabra. Ni siquiera te sonreiré cuando nos crucemos en el ascensor —dijo él guiñándole el ojo, pero al ver que ella dudaba, le dio más argumentos—: El hotel no está muy lejos, pero no me negarás que es mucho más auténtico comer un sándwich mientras un montón de neoyorquinos corren y pasean a sus perros a tu alrededor que comer una mísera ensalada sola en tu habitación.

—Visto así... De acuerdo, Hannibal.

Guillermo y Emma entraron en la cafetería con una sonrisa en los labios y, mientras ella escogía las bebidas, él encargó dos sándwiches de pastrami con mostaza. Tras pelearse por pagar (pelea que ganó Guillermo argumentando que, si no lo hacía, su madre renegaría de él) caminaron hasta una de las muchas entradas que tenía Central Park y se sentaron en un banco. Comieron más o menos en silencio, relajados. Emma no le dijo que era médico, pero sí le explicó que había ido allí para asistir a un curso de cocina. Guillermo le confesó que una de sus hermanas estaba embarazada y que estaba cansado de su trabajo, pero no le dijo que hacía mucho tiempo que no se sentía tan bien con nadie como con ella. Cuando llegaron al hotel, dos horas más tarde, se despidieron y él, haciendo uso de su capacidad de estratega que tanto lo había ayudado en el trabajo, optó por no pedirle ninguna cita y darle sencillamente las buenas noches. Por la mirada de sorpresa de Emma se diría que había acertado.

# 4

Cuando, a la mañana siguiente, Guillermo bajó a desayunar se llevó una gran desilusión: Emma no estaba por ningún lado. Se sirvió café, zumo de naranja y volvió a intentar hacerse unas tostadas. Desayunó en menos de quince minutos y tomó el ascensor para regresar a su habitación. Iba tan concentrado pensando en todo lo que tenía que hacer ese día en Biotex que no se dio cuenta de que no estaba solo en el pasillo. Emma, que iba igual de despistada leyendo una guía turística, chocó con él.

—Perdón —dijo ella al instante.

—¡Emma! ¿Te has hecho daño? —preguntó Guillermo preocupado. Supuso que chocar contra noventa kilos de peso no debía de ser demasiado agradable. Y ella apenas le llegaba al hombro.

—No, tranquilo.

Los dos se quedaron en silencio, pero ninguno se movió.

—¿Ya has desayunado?

—¿Qué vas a visitar hoy?

Preguntaron al mismo tiempo.

—Tú primero —ofreció Guillermo.

—Hoy voy a ir al Metropolitan, y si no estoy muy cansada, tal vez luego pasee un poco por la Quinta Avenida.

—¡Qué envidia me das! Yo tengo un montón de trabajo. Ahora iba a la habitación a por mis cosas —respondió balanceándose sobre los talones—. Seguro que ya me están esperando.

—¿Así que ya has desayunado? Es una lástima; esperaba poder preguntarte un par de cosas sobre el recorrido de hoy.

Si a Guillermo le sorprendió ese comentario, no lo exteriorizó.

—Espera un momento. ¿Tienes algo para apuntar? —le preguntó él. Y cuando Emma le ofreció el bolígrafo, lo agarró junto con la guía que ella sujetaba—. Este es mi móvil—. Se lo anotó en la primera página—. Llámame si necesitas cualquier cosa. Lo siento, pero me tengo que ir.

—Claro, no te preocupes. Ya nos veremos —añadió dirigiéndose ya al ascensor.

Guillermo corrió hacia su habitación, pero antes de desaparecer, a Emma le pareció oír que él farfullaba algo parecido a: «De eso puedes estar segura».

Guillermo se instaló en el despacho que le habían asignado en Biotex y continuó con la lectura del borrador del contrato. Llevaba dos páginas, y un montón de anotaciones más, cuando recibió una llamada:

—¿Sí? —respondió intrigado. Hasta ese momento el teléfono fijo que había encima del escritorio no había sonado para nada.

—Señor Martí —dijo la recepcionista—, le paso a la señorita Blanchet.

¿La señorita Blanchet?

—Buenos días, señor Martí. Permítame que me presente. Me llamo Ellen Blanchet y mi bufete representa a Lab Industry. Lamento llamarle así, pero me gustaría mucho que pudiéramos vernos.

—No se preocupe, señorita Blanchet, yo también tenía pensado llamarla. —O lo habría hecho si hubiera sabido de su existencia, pensó para sí mismo—. Si le parece bien, le telefoneo en unos días y organizamos una reunión.

—Perfecto. Espero su llamada. Adiós. —La abogada se despidió con eficiencia.

—Adiós.

Aún desconcertado, Guillermo colgó y trató de concentrarse de nuevo, pero cuando lo consiguió, John lo interrumpió:

—Te traigo los informes que me pediste ayer. Aquí están detalladas todas las inversiones en investigación y desarrollo que hemos hecho en los últimos años. Aunque no entiendo para qué quieres verlas. —Dejó encima de su mesa un montón de carpetas—. También te he mandado un *e-mail* con todos los datos sobre las patentes.

—Gracias —dijo Guillermo acercándose la enorme pila—. Acaba de llamarme Ellen Blanchet. ¿La conoces?

John asintió con la cabeza y respondió:

—Es la abogada que representa a Lab Industry y, según dicen, de las mejores del país. ¿Qué quería?

—Reunirse conmigo. Supongo que querrá discutir algunos aspectos de la fusión —le explicó Guillermo.

—¡Vaya! Pues si me permites que te dé un consejo —señaló todos los papeles que acababa de darle—, yo que tú iría bien preparado; me han dicho que es implacable.

—No te preocupes. —Sonrió y cambió de tema—: ¿Qué flores escogisteis?

—Petunias. —John sonrió—. Pero no me pidas que te las describa. Sería incapaz.

Ambos se rieron y John salió del despacho para que Guillermo pudiera continuar con su trabajo.

Unas horas más tarde Guillermo estaba de pie frente a la pizarra que aún tenía en blanco. Empezó a escribir los puntos más problemáticos del contrato, y junto a cada uno de ellos, los interrogantes que le suscitaban. Ese día se había puesto camisa (si todos la llevaban, él no podía ser menos), pero se remangó las mangas hasta los codos. Por muy estirado que fuera su trabajo, Guillermo nunca se había acostumbrado a los trajes. Los llevaba porque eran prácticos, así no tenía que pensar demasiado qué se ponía y siempre causaba buena impresión, aunque tenía problemas para encontrar camisas que no lo agobiaran, algo bastante habitual en los hombres de la familia Martí. Tanto él como Álex y Marc, los gemelos, eran muy altos, mientras que sus tres hermanas eran más bien bajitas. Guillermo medía metro noventa, y gracias al boxeo, que había practicado durante muchos años junto con Gabriel, tenía la espalda ancha y unos brazos enormes. A diferencia de su amigo, que al irse a vivir a Inglaterra abandonó ese deporte para pasarse al remo, Guillermo siguió practicándolo hasta salir de la facultad. Al entrar en el mundo laboral, dejó de hacerlo, pues no causaba muy buena impresión aparecer en una reunión con un ojo morado. De todos modos, siguió corriendo y entrenando. Cuando estaba en España, acudía regularmente a un gimnasio especializado, y salía a correr a diario.

Si bien debía agradecerle al boxeo su excelente forma física, también era «mérito» de ese deporte que tuviera la nariz rota. Todos sus hermanos tenían la «interesante» nariz de los Martí, pero él era el único que, además, tenía el hueso desviado. Sus hermanas le decían que le daba un aspecto romántico, muy sexi, y que así le resaltaban más los ojos, pero él no acababa de creérselo. Para Guillermo, lo único que eso significaba era que cuando se resfriaba le costaba muchísimo respirar, y que si por casualidad roncaba resultaba ensordecedor.

Emma se pasó la mañana entera y parte de la tarde en el museo, pero se fue convencida de que no había visto ni siquiera una décima parte. Le dolían los pies y la espalda; tenía la sensación de haber visitado Atenas, Roma y Egipto a la vez. Finalizado el trayecto, se dirigió hacia la cafetería del propio museo y aprovechó ese rato para descansar y leer la guía. Vio el número de teléfono de Guillermo y estuvo tentada de llamarlo, pero no lo hizo. Después del rato que pasaron juntos en el parque la noche anterior, tenía que reconocer que no era como se lo había imaginado; era considerado, simpático, y era obvio que quería con locura a su familia. Pero a pesar de eso, Emma seguía convencida de que, aunque dijera lo contrario, era ambicioso, competitivo y que solo vivía para su trabajo. Él mismo había reconocido que jamás había visitado la ciudad por vacaciones, que todas las veces que había estado allí había sido por temas laborales. Pero si eso era cierto, ¿cómo sabía lo de la vista del Empire State? Emma sacudió la cabeza para despejarse, se terminó el café que había pedido, que no sabía a nada, y se levantó. Antes de continuar con su ruta hacia la Quinta Avenida, quería detenerse unos segundos en la tienda que había visto en la entrada; su hermana la mataría si no le mandaba una postal de allí.

Guillermo comió de nuevo con John y este le contó que su abuelo estaba muy intrigado con su trabajo y que deseaba conocerlo. Él no rechazó la invitación, pero dijo que lo mejor sería dejarlo para más adelante. Lo cierto era que, antes de conocer al famoso señor MacDougall, quería absorber el máximo de información posible. En aquellos pocos días había averiguado que el «viejo MacDougall», que era como lo llamaban en la empresa, era a la vez temido y admirado, y sabía que si quería hablar con él, no era solo porque creyera que era simpático, sino porque quería decirle en persona lo que pensaba de la fusión.

Guillermo regresó a su despacho y dejó el móvil encima de la mesa. Emma no lo había llamado, y seguro que no iba a hacerlo, pero aun así lo dejó allí. Siguió repasando el contrato y cada vez veía más problemas. La empresa que quería fusionarse con Biotex, Lab Industry, se tomaba muy en serio la teoría de que el pez grande se come al pequeño, y Guillermo estaba convencido de que solo habían escogido la fórmula de la «fusión», y no de la «adquisición», por motivos legales, y con una abogada como Ellen Blanchet representándolos, seguro que estaban bien asesorados.

Después de su llamada, Guillermo se había informado, y la señorita Blanchet era famosa por su ambición, su buen hacer y su inagotable tenacidad. El trato para Biotex no era malo, pero necesitaba estudiar toda la documentación mucho más a fondo antes de poder llegar a una conclusión. Y si no dejaba de mirar el teléfono cada dos segundos, no lo lograría jamás. Respiró hondo y volvió a concentrarse en su trabajo.

—¿Va a quedarse mucho más rato? —preguntó el hombre de mantenimiento.

Guillermo levantó la vista de los papeles, y durante unos instantes, no entendió nada. ¿Por qué le hablaba en inglés? Miró a su alrededor, y entonces recordó dónde estaba: Nueva York. Había logrado concentrarse tanto que se había olvidado de que no estaba en su despacho de Barcelona. Eran más de las nueve, habían pasado ya cuatro horas desde la última vez que miró el reloj y en la oficina no quedaba nadie. Se había vuelto a quedar solo. John se había despedido de él antes de irse, pero Guillermo optó por quedarse un rato más y, absorto como estaba en la lectura, no se dio cuenta de que se había hecho tan tarde. No era de extrañar que le doliera la cabeza; se masajeó las sienes para ver si así mejoraba un poco.

—No, ahora mismo me voy —respondió Guillermo, también en inglés, al ver que el señor seguía allí de pie esperando su respuesta.

Este le dio las buenas noches y siguió con su trabajo.

Guillermo apagó el ordenador y, después de ordenar un poco la mesa, salió del despacho. Iba andando por el pasillo cuando se dio cuenta de que se había olvidado el móvil encima de una de las carpetas y dio media vuelta para ir a buscarlo. Estaba a unos diez metros de la puerta cuando oyó que estaba sonando y, sin saber muy bien por qué, echó a correr.

No contestaba. No debería haberle llamado. Seguro que era demasiado tarde y que estaba ocupado. Empezaba a arrepentirse de haberlo hecho. Emma se había pasado toda la tarde paseando por la Quinta Avenida, entusiasmada por recorrer aquella calle que salía en tantas películas. Cuando iba camino del hotel, pasó por delante de una cafetería muy similar a la que entraron la noche anterior ella y Guillermo, se le ocurrió que podrían repetir la experiencia y lo llamó. Iba a colgar cuando:

—¿Sí? —dijo Guillermo intrigado. Puesto que Emma no le había dado su número, era imposible que él supiera que era ella quien lo llamaba.

—¿Guillermo? —preguntó, enredándose un dedo en un mechón de pelo.

—¡Emma! —Superada la sorpresa inicial continuó—: ¿Cómo estás?

—Eh... Bien. —Se quedó callada y él tampoco dijo nada—. Es que... pasaba por delante de un sitio parecido al de ayer por la noche y he pensado...

—¿Qué has pensado? —Ante la sorprendida mirada del hombre de mantenimiento, Guillermo volvió a sentarse en su silla.

—Nada. —Respiró hondo—. Es una tontería.

—Dímelo de todos modos. —Después de lo que había esperado esa llamada, no iba a dejar que colgara tan fácilmente.

—Que podríamos repetirlo.

—Emma —dijo él al instante.

—¿Sí?

—No es ninguna tontería. —Antes de que ella se echara atrás, Guillermo preguntó—: ¿Dónde estás?

—Estoy delante de una enorme tienda de juguetes —explicó Emma mirando el rótulo de la entrada.

—FAO. Sé dónde está. A solo dos manzanas de mi oficina. No te muevas, llego en cinco minutos.

—De acuerdo.

Ambos colgaron el teléfono, y mientras Emma se quedaba embobada mirando las muñecas del escaparate, Guillermo corría de nuevo por el pasillo, pero esta vez con una sonrisa en los labios.

Por mucho que intentara engañarse y convencerse de lo contrario, Emma tenía ganas de ver a Guillermo. Tenía ganas de contarle lo fascinante que le había parecido el museo y de charlar con él sobre las carísimas tiendas que poblaban aquella avenida. No era que le gustase, en absoluto, al fin y al cabo, solo hacía unos días que lo conocía y, a partir del domingo, cuando ella se fuera del hotel, ya no volvería a verlo. Pero tenía que reconocer que la noche anterior se lo había pasado muy bien y, si de verdad se atrevía a ser sincera, eso no le pasaba desde hacía mucho tiempo. Desde que había dejado su trabajo en el hospital solo salía con su hermana y con los compañeros de las clases de cocina. Le gustaba estar sola, y si por casualidad alguno de sus amigos le tiraba los tejos, aunque su ego agradecía el cumplido, no la hacía titubear. Entonces, si lo tenía tan claro, ¿por qué le habían sudado las manos al marcar su número de teléfono? ¿Y por qué ahora no podía dejar de mirar el reloj? Por suerte, alguien le dio un golpecito en la espalda y le evitó tener que responder a esas preguntas.

—Ya estoy aquí. Siento haberte hecho esperar —dijo Guillermo sonriendo.

—No pasa nada; estaba mirando el escaparate. —Al ver que él no decía nada más le preguntó—: ¿Seguro que no tenías otros planes?

—Seguro. —Se desabrochó los dos botones superiores de la camisa—. Mi gran plan para esta noche era ducharme y pedir cualquier cosa al servicio de habitaciones. Me he pasado todo el día leyendo contratos y revisando gráficos; me irá bien desconectar un poco.

—Tal vez deberíamos dejarlo para otro día. —Emma empezaba a sonrojarse, y en una pelirroja como ella eso era más que evidente.

—Ni hablar, al fin y al cabo los dos tenemos que cenar, ¿no? —Guillermo se pasó la mano por el pelo—. ¿Qué te apetece comer? —preguntó, mirando a su alrededor. Por aquella zona había un par de italianos buenísimos, y una cafetería con una excelente reputación.

—Me da igual. —Al oír la palabra «comer» su estómago dejó claro lo mucho que lo necesitaba—. Elige tú. Ayer acertaste.

Guillermo dedujo que, como la noche anterior había pagado él, Emma tendría intención de invitarlo, así que optó por la cafetería.

—Vamos, si la memoria no me falla es por aquí.

Los dos echaron a andar y, pasados unos segundos, él dijo:

—¿Has estado fuera todo el día? —Emma asintió y él miró su reloj—. No deberías andar sola tan tarde. —Y antes de que ella le dijera que era un exagerado, añadió—: Ya es de noche, y esta es una ciudad peligrosa.

—Sé cuidarme —respondió Emma un poco a la defensiva.

—Estoy seguro de ello. Pero aun así... no todo lo que sale en las series de policías es mentira.

Ella no dijo nada; se limitó a encogerse de hombros dando por zanjado el tema.

—El museo me ha gustado mucho. Me he pasado un montón de horas recorriéndolo, pero tengo la sensación de que apenas he visto una décima parte.

—Una vez leí un artículo que decía que una persona podía visitar Nueva York cada cinco años y ver una ciudad completamente distinta a la de su anterior visita. —La guio hacia el local—. Supongo que lo que tienes que hacer es regresar dentro de cinco años y volver a ir al Metropolitan. Así sabremos si es cierto.

Se detuvieron delante de la puerta, que él abrió caballeroso.

—¿Dentro de cinco años? —rio Emma—. ¿Qué sabes tú lo que estaré haciendo yo dentro de cinco años?

Guillermo no respondió, sino que se sentó a una mesa y empezó a leer la carta. Sabía que Emma no había hecho esa pregunta con mala intención, pero tuvo que morderse la lengua para no decirle que era obvio que, si por él fuera, dentro de cinco años sabría perfectamente lo que ella estaría haciendo o dejando de hacer. Era absurdo pensar así, una locura, pero eso era lo que hubiera querido decirle. En vez de eso, se limitó a sugerirle un par de platos.

—Yo comeré una hamburguesa. ¿Y tú?

—Creo que también. Al fin y al cabo, llevo aquí tres días y aún no las he probado.

Pidieron la cena y charlaron amigablemente.

—Me he perdido con lo de tus hermanos. ¿Cuántos tienes?

—Cinco; dos chicos y tres chicas. Pero supongo que ahora podría decirse que seis. Una de mis hermanas se ha casado con mi mejor amigo, Gabriel, que siempre ha sido como un hermano para mí.

—La que está casada con él es Ágata —recapituló ella para aclararse—, y el resto seguís todos solteros.

—Así es. ¿Y tú? ¿Tienes hermanos?

—Una. Raquel. —Emma bebió un poco y siguió comiendo.

—¿Y no vas a contarme nada más? Mis hermanos me matarían si supieran todo lo que te he explicado —preguntó él sonriendo.

—No sé. Mi familia no es como la tuya. —Emma no quería contarle que sus padres eran médicos. Si lo hacía y le decía sus apellidos, era más que probable que lo hubiera oído por la ciudad, y tampoco quería contarle lo de su cambio de vida—. Mi hermana y yo estuvimos, ¿cómo lo diría?, distanciadas durante un tiempo. —Él la miraba sin decir nada—. Pero ahora ya no; de hecho, se ha quedado con mi piso mientras yo estoy aquí.

Guillermo había crecido con tres hermanas y algo entendía sobre mujeres. Era obvio que ella quería cambiar de tema, y decidió complacerla.

—Cuéntame algo del curso de cocina al que vas a asistir. —Vio que a Emma se le iluminaban los ojos y supo que había tomado la decisión acertada.

—Dura tres meses, y el primero consiste en clases más o menos prácticas que van a impartir algunos de los mejores chefs del mundo. Los dos siguientes, los alumnos que superen el examen trabajarán en los restaurantes más reputados de la ciudad. Solo diez alumnos pasarán.

—Seguro que lo consigues —dijo él, y sin saber cómo vio que su mano había cobrado vida propia y se había colocado encima de la que Emma tenía sobre la mesa. Ella no se apartó.

—No sé. Al menos voy a intentarlo. —Entonces siguió la mirada de él, y al darse cuenta de lo que le llamaba la atención, apartó la mano de debajo la suya.

Guillermo hizo como que no se había dado cuenta.

—¿Vas a quedarte en el hotel todo este tiempo?

—No. El domingo es mi último día. La escuela me ha ayudado a alquilar un pequeño estudio.

Él tomó nota mental de la fecha. Le quedaban apenas cuatro días para convencerla de que podían ser al menos amigos. Aunque si todo su cuerpo reaccionaba igual que su mano, que ahora estaba ardiendo, lo de la amistad iba a ser un problema. Al menos para uno de ellos.

Emma pidió la cuenta y, a pesar de que él insistió en pagar, fue ella quien se hizo cargo. Guillermo se resignó, y pensó que la noche siguiente ya encontraría el modo de devolvérselo. Él tenía todos los gastos pagados por la empresa y ella iba a pasarse tres meses allí estudiando. De ningún modo iba a permitir que lo invitara.

Puesto que ninguno de los dos hizo el gesto de parar un taxi, regresaron al hotel paseando. Guillermo le contó lo de la boda de John, y también que su abuelo quería conocerlo, y Emma lo escuchó y coincidió con él en que lo mejor sería posponer esa visita hasta que tuviera más información sobre la empresa. Guillermo estaba tan enfrascado en la conversación que no se dio cuenta de que ya habían llegado a su destino hasta que ella se detuvo. Caminaron juntos hacia el ascensor, parecían haber olvidado que cuando este volviera a abrir sus puertas irían a habitaciones distintas y tendrían que separarse, así que cuando llegó el momento del adiós, ambos se quedaron en silencio durante unos segundos.

—Me ha gustado mucho cenar contigo, Emma —dijo Guillermo en voz baja, acercándose un poco—. Gracias por llamarme.

—De nada. —Ella bajó la vista y empezó a buscar la llave de la habitación. Esa tarea ya era de por sí difícil, pero con él tan cerca, se había convertido en imposible—. Te lo debía.

—¿Qué vas a hacer mañana? —preguntó Guillermo, que ahora estaba apoyado junto a la puerta.

—¿Mañana? —El bolso parecía ser un pozo sin fondo—. Creo que iré al Museo de Historia Natural, y por la tarde a pasear por Central Park. —El asa se le deslizó por el hombro y, para variar, el bolso acabó en el suelo, con todo su contenido esparcido alrededor. Ambos se agacharon al mismo tiempo.

—Conozco un restaurante precioso allí —sugirió él recogiendo las gafas de sol y un pequeño neceser—. Podríamos... —Ella levantó la cabeza para aceptar los objetos que él le entregaba, y Guillermo se quedó sin habla. Estaban en cuclillas, y apenas los separaban cuatro centímetros.

Emma se mordió nerviosa el labio inferior y él perdió el autocontrol que lo había hecho tan famoso en su trabajo.

# 5

No sabía qué le estaba pasando. Hacía unos segundos lo único que quería era seguir charlando con ella, y ahora la estaba besando como nunca había besado a nadie. Esa chica conseguía que el mundo girase en dirección contraria. Seguían allí, arrodillados en el suelo, delante de la habitación de Emma; él le sujetaba la cara con las manos y había enredado los dedos en su rebelde melena pelirroja. Ella tenía los brazos alrededor del cuello de Guillermo, primero para no caerse y luego para evitar que se apartara. El beso había empezado de repente; él había cubierto los labios de Emma con los suyos con la intención de que dejara de mordérselos. Ese gesto le había hecho perder los papeles. Pero en el mismo instante en que ella reaccionó y le acarició la lengua con la suya, todo su cuerpo había empezado a arder. No podía dejar de besarla, y siguió haciéndolo para asegurarse de que ella lo entendiera.

Emma nunca había reaccionado así; su mente no paraba de repetirle que si aquello era un beso, nunca antes la habían besado. Los labios de Guillermo eran fuertes e infinitamente tiernos a la vez. La besaba con pasión, pero también con dulzura, y el modo en que la sujetaba por el pelo, como si tuviera miedo de que se apartara, le hizo sentir algo que no esperaba: emoción. Guillermo se separó un instante, la miró a los ojos unos segundos y luego volvió a inclinar la cabeza. Emma no supo qué vio en ella, pero fuera lo que fuese, logró que volviera a besarla. Ese segundo beso era más tranquilo que el anterior, pero no por ello menos intenso. Guillermo parecía querer aprenderse de memoria la forma de sus labios, de su lengua... El ruido de una puerta abriéndose rompió el hechizo. De una habitación cercana salió una camarera empujando un carrito lleno de bandejas.

Ellos se miraron. Cuando Emma vio lo que transmitían los ojos de Guillermo, agachó la cabeza y empezó a recoger sus cosas. No estaba preparada para aquello, todavía no, y tal vez jamás lo estaría. Él era demasiado intenso, y ella estaba empezando a vivir su vida tal como siempre había querido. En su lista, la que aún llevaba como guía, el amor tenía un lugar muy importante, pero era imposible que fuera eso lo que él le estaba ofreciendo. Así que lo mejor sería poner fin a aquella situación en aquel mismo instante. Iba a hablar, pero él se le adelantó:

—No sé qué me ha pasado. —Guillermo ya estaba de pie, y le ofreció una mano para ayudarla a levantarse—. No volverá a suceder.

A Emma se le cayó el alma a los pies. Una cosa era que ella no quisiera que tuvieran una relación, pero que él la descartara con tanta facilidad le dolió.

—No te preocupes. —Emma aceptó su ayuda y, ya de pie, vio que Guillermo le mostraba una tarjeta. ¿Una tarjeta? La llave—. Gracias —respondió tomándola.

Él se apartó un poco y esperó a que ella abriera la puerta.

—Voy a acostarme. Mañana será un día difícil en Biotex —le dijo, como si el beso no hubiera existido y sin acabar de formular la invitación para cenar que había tenido intención de hacer minutos antes.

—Ya, yo también estaré muy ocupada. Aún me faltan por visitar muchas cosas. —Vio que él se volvía y abría la puerta. Emma era incapaz de entender nada, y optó por imitar la actitud de Guillermo—. Buenas noches.

—Buenas noches.

Ambos se encerraron en la seguridad de sus solitarias habitaciones.

Guillermo se fue al baño y se refrescó la cara. Las manos no dejaban de temblarle, y acabó con la camisa completamente empapada. ¡Dios! ¿Aquello había sido un beso? ¿Esa sensación de que su piel no podía contenerlo era solo culpa de un beso? Una de dos: o hacía demasiado tiempo que no estaba con una mujer, cosa que era cierta, o sus hermanas tenían razón y el amor a primera vista existía. Bueno, eso tal vez sería exagerar, pero Guillermo era lo bastante listo y tenía la suficiente experiencia como para saber que lo que acababa de pasar en aquel pasillo no sucedía cada día. Y por eso se había ido.

Seguro que Emma pensaba que estaba loco, pero cuando se dio cuenta de lo que estaba sintiendo, no supo cómo reaccionar y decidió que lo mejor sería alejarse de ella. Un hombre capaz de decirle a todo un comité directivo que su plan era ridículo había salido huyendo de una pelirroja con ojos de hada. Peor aún, no podía dejar de temblar, y tras salir del baño se sentó en la cama con la cabeza agachada para ver si así lograba recuperar el aliento. Imágenes de Emma devolviéndole el beso se repetían en su mente y, para intentar alejarlas, se frotó los ojos con las manos. Mala idea. A pesar del agua, seguían manteniendo el olor de su pelo y ahora esas imágenes iban acompañadas de un aroma. Perfecto, a ese paso jamás lograría calmarse. Optó por desnudarse, ponerse una camiseta y unos pantalones cortos y acostarse.

En la oscuridad de su habitación, llegó a la conclusión de que lo mejor sería analizar aquel beso del mismo modo que analizaba las cosas en el trabajo: buscando las ventajas e inconvenientes. Como ventaja, apuntó Guillermo en esa lista imaginaria, además de la evidente y exagerada atracción física que sentía hacia Emma, estaba que le encantaba charlar con ella, le parecía una chica fascinante y lo volvía loco que no dudara en llevarle la contraria. Al centrarse en la columna de los inconvenientes, Guillermo se dio cuenta de que no tenía ninguno, pero entonces recordó lo que ella le había dicho el otro día sobre que él no era su tipo, y supo que eso iba a ser un problema. Bueno, Guillermo no se había ganado su reputación por ser mal estratega, y hacía mucho tiempo que no se sentía tan atraído por una mujer… ni tan desconcertado.

Una parte de él tenía miedo, no podía decirse que eso de las relaciones de pareja se le diera demasiado bien, pero otra sabía que tenía que arriesgarse, que besos como aquel no suceden a menudo, y que sería un error no averiguar si entre ellos podía existir algo más. Y a Guillermo no le gustaba cometer errores.

Emma estaba igual de alterada que Guillermo, pero a diferencia de él, también estaba enfadada. ¿Qué había pasado con toda esa teoría de que quería estar sola? ¿Por qué le molestaba tanto que él se hubiera ido sin más? ¿Y por qué nunca antes había sentido nada parecido al besar a un hombre? Se puso el pijama y, en un impulso, buscó la lista. Se sentó en la cama y se quedó mirándola largo rato. Tal vez aún no estuviera dispuesta a luchar por conseguir el «amor», pero no tenía ninguna duda de que el beso de Guillermo encajaba a la perfección en el apartado de «locuras». ¿Y si se arriesgaba? Era evidente que entre los dos había mucha química, y seguro que él no quería una relación formal. Emma sabía cómo pensaba alguien tan ocupado y centrado en el trabajo: solo quería pasárselo bien y huía de los sentimientos. Estaba convencida de que Guillermo era de esos y ello lo convertía en el hombre ideal para llevar a cabo el último punto de su lista. Solo esperaba no equivocarse.

Se había dormido. Guillermo Martí, neurótico de la puntualidad, se había dormido. Después de pasarse la noche dando vueltas, abrió los ojos, convencido de que la luz que entraba por la ventana era la del amanecer, pero cuando vio la hora en el reloj que había en la mesilla de noche casi le da un infarto. Se suponía que al cabo de treinta minutos tenía que estar en Biotex para reunirse con John y algunos miembros del consejo.

Saltó de la cama y se duchó en un abrir y cerrar de ojos. Con la americana y la corbata en una mano (con aquel calor, ni loco iba a ponérselas antes de que fuera indispensable) y unas carpetas en la otra, echó a correr por el hotel. Llegó a la calle y supuso que el destino se había apiadado de él, porque en ese mismo instante un taxi se detuvo delante. Tras descender sus pasajeros, dos hombres de negocios alemanes, se coló en su interior y le indicó la dirección al conductor. Con un poco de suerte, nadie se daría cuenta de lo que le había pasado. En los pocos minutos que duró el trayecto, a Guillermo se le pasaron dos cosas por la cabeza. La primera, que en aquella noche de insomnio no había resuelto nada de lo que le preocupaba. La segunda, que no le importaba. Se colocó bien la corbata para intentar aparentar normalidad y puso orden a los papeles que llevaba. Aún le sobraban unos segundos para llamar a casa. Buscó el móvil. ¡Mierda! Había vuelto a dejárselo y ahora le era imposible regresar. ¿Algo más podía salirle mal?

Emma tampoco había dormido demasiado bien: Esteban la había visitado para burlarse otra vez de su, según sus propias palabras, «patético intento» para cambiar de vida. Ella sabía que esos sueños no eran normales y era perfectamente capaz de racionalizarlos. Pero a esas alturas ya se había acostumbrado a ellos, y se decía que cuando hubiera cumplido con todos los puntos de su lista seguro que el pesado de Esteban desaparecía para siempre. Después de ducharse, bajó a desayunar y, aunque no le gustara reconocerlo, buscó a Guillermo con la mirada. No estaba. Bueno, ahora él tenía ya su número de teléfono, así que sabía dónde encontrarla. Regresó a su habitación para buscar la guía y miró de reojo la puerta de Guillermo. Nerviosa sin saber por qué, dirigió la vista hacia el suelo, y fue aún peor: al acordarse del beso de la noche anterior, empezó a tener calor. Y eso que el aire acondicionado estaba a máxima potencia. Lo mejor sería irse de allí cuanto antes, así que comprobó que lo llevaba todo y, equipada como una buena turista, salió del hotel.

La respuesta a la pregunta de Guillermo era sí. Algo más podía salirle mal. Ese jueves parecía sacado de una película de terror. Tras bajar del taxi, ya malhumorado por haberse dejado el móvil, descubrió que la reunión incluía el almuerzo, y a él esos eventos sociales siempre lo habían puesto de los nervios. Pero la cosa iba a peor. El «cobarde» de John, con la excusa de los preparativos de la boda, se escaqueó de la comida, y Guillermo acabó prisionero de dos de los más firmes defensores de la fusión. Tanto el jefe del departamento de ventas como el de logística estaban convencidos de que con ella la empresa saldría muy beneficiada y, además, dadas sus respectivas edades, seguro que les ofrecían una suculenta jubilación. Desde su perspectiva, quizá esa fusión fuera una gran idea, pero Guillermo tenía cada vez más dudas. Cuando por fin logró escapar de las garras de aquellos dos zorros plateados (Helena, una de sus hermanas, llamaba así a los hombres con canas), su única obsesión era regresar a la oficina y comprobar algunos datos que había anotado en la reunión de esa mañana. En todo aquello había algo que no encajaba, pero no lograba encontrarlo. Abrió la puerta de su oficina y se encontró con John esperándolo.

—¿Qué tal te ha ido con los «expresidentes»?

—¿«Expresidentes»? —preguntó Guillermo desabrochándose el cuello de la camisa.

—Sí, Lincoln y Roosevelt, los consejeros con los que has ido a comer —respondió John—. Siento haberte abandonado.

—Seguro. —Se sentó y abrió el bloc—. ¿Sabes algo de un producto llamado «Fénix»?

—La verdad es que poco. Sé que antes de jubilarse era el proyecto estrella del abuelo, la niña de sus ojos, y que cuando él se fue lo descartaron de inmediato. ¿Por qué?

—No sé. Tus «expresidentes» se han pasado la mayor parte de la comida hablando de lo maravilloso que es jubilarse antes de cumplir los sesenta, pero en una de las pocas conversaciones útiles que he mantenido con ellos he creído entender que una de las condiciones que ha puesto Lab Industry para la fusión es que esa patente les pertenezca en exclusiva. No tiene sentido.

—Creo que en el almacén están guardados los cuadernos originales de ese proyecto. El abuelo siempre ha trabajado a mano. Pediré que los traigan.

—Perfecto. —Guillermo se frotó los ojos—. Voy a leer de nuevo los borradores de los contratos a ver si logro entender algo. En mis copias no se menciona nunca un producto llamado «Fénix».

—Tal vez sea porque no aparece con ese nombre. —Al verlo levantar una ceja, John continuó—: «Fénix» era el apodo cariñoso con que lo bautizó mi abuelo, por Ave Fénix, ¿sabes? Pero creo recordar que el proyecto se llamaba «R2D2». Ese nombre siempre me hizo gracia y por eso me acuerdo.

Guillermo sonrió al entender por qué John no lo había olvidado y se dio cuenta de que tenía razón. En los documentos se relacionaban los códigos de una serie de productos cuyas patentes iban a tener en exclusiva una de las dos partes, y seguro que el famoso Fénix estaba allí oculto. Tenía que averiguarlo; desde el primer día había visto algo raro en aquella operación, era demasiado perfecta, estaba demasiado bien documentada.

—Gracias, John. Me has ayudado mucho. —Guillermo se remangó las mangas de la camisa.

—De nada. —John miró el reloj y le dijo—: Ya son las seis, me tengo que ir. ¿Puedo darte un consejo?

—Claro —contestó y levantó la vista de los papeles—. ¿Sobre qué?

—No te cases. Fúgate.

Guillermo lo miró perplejo y lo despidió con una sonrisa. Si él alguna vez se casara sería una boda pequeña y sencilla junto al mar. Seguro que Emma estaría preciosa de blanco. ¡¡¡Eh!!! ¿A qué había venido eso? Sacudió la cabeza para despejarse y se dijo a sí mismo que era culpa del vino que había bebido en la comida y de la falta de sueño, pero lamentó mucho no tener allí el teléfono para poder llamarla e invitarla a cenar. Vio la hora que era y decidió que miraría un par de cosas más y se iría hacia el hotel. Tal vez aún pudiera solucionar lo de la cena.

El Museo de Historia Natural la había fascinado. La parte dedicada a los dinosaurios era espectacular, pero lo que más le gustó fue que el lugar estaba lleno de niños. De pequeñas, ella y su hermana habían visitado muchos museos con sus padres, y nunca les habían gustado. No por los museos en cuestión, sino porque era como hacer un examen. Los doctores las obligaban a prestar atención, y al salir les hacían un montón de preguntas. Tanto ella como Raquel lo pasaban fatal, y aunque, gracias a ello, Emma arrasaba jugando al Trivial, no guardaba demasiado buen recuerdo de aquella época. En ese museo, en cambio, los niños parecían divertirse mucho; seguro que en España ahora las cosas también eran así. De hecho, una de sus compañeras del curso de cocina le comentó una vez que había ido con sus sobrinas al Planetario y que se lo habían pasado en grande. Debería ir algún día.

Aprovechó para comer algo en la cafetería del museo y escribir otra postal a su hermana, así de paso descansaba un rato. Cuando salió eran ya más de las cuatro y se fue paseando hacia Central Park. Había escogido esa ruta porque el parque y el museo estaban el uno junto al otro y, después del empacho de escaparates del día anterior, hoy había optado por algo más bucólico y tranquilo.

El parque era precioso y estaba lleno de vida; como era verano, había montones de bicicletas, patines y caballos. Había grupos de gente jugando al fútbol y al rugby, y también familias y parejitas con la típica cesta de pícnic. Un corredor pasó junto a Emma, y ella se acordó de que Guillermo le había dicho que solía practicar ese deporte. ¿Lo haría también en el extranjero? Se dio cuenta de que su cerebro empezaba a desvestir a Guillermo para ver cómo le quedarían unos pantalones cortos y sacudió la cabeza al instante. Desde que había decidido que no estaría nada mal tener una aventura con él, sus hormonas estaban descontroladas. En un impulso, abrió el bolso y buscó el móvil.

Aquel bolso era demasiado grande; no solo tardaba un montón en encontrar las cosas, sino que además pesaba demasiado, aunque gracias a él, la noche pasada fue la receptora de un beso maravillosamente sexi. Triunfante, extrajo el móvil del agujero negro y, sin pensarlo, pulsó el botón verde para repetir la última llamada; desde el día anterior no había vuelto a usarlo. Nada. Esperó hasta que saltó el contestador y colgó sin decir nada. Pasados unos minutos se dio cuenta de que tal vez Guillermo no se hubiera quedado con su número, y optó por llamar de nuevo. Siguió sin contestar, pero esta vez, al escuchar el timbre del buzón de voz, no colgó sino que dejó un mensaje:

—Hola, Guillermo. Soy yo, Emma. Solo te llamaba para preguntarte si querrías volver a cenar conmigo esta noche. Llámame luego, ¿vale?

En su cerebro lo dijo a velocidad normal, pero en realidad la última frase sonó más como «llámameluegovale».

Agotada de tanto caminar y sin recibir respuesta de Guillermo, Emma regresó al hotel. Se duchó con la intención de despejarse un poco para cuando él llamara, pero salió de la ducha con sueño y sin ninguna llamada perdida ni nada por el estilo. A las diez se dio por vencida; estaba cansada y enfadada. El motivo del cansancio era obvio, el del enfado no tanto: ella sabía que Guillermo no tenía ninguna obligación de llamarla, al fin y al cabo, lo de la noche anterior había sido una tontería, y unos días antes ella le había dicho a la cara que no era su tipo. Emma veía ahora que no lo había dicho en serio y le dolía un poquito ver que había acertado con él: sí, Guillermo era uno de esos hombres adictos al trabajo, sin tiempo para disfrutar de la vida. Se jugaría lo poco que le quedaba de la herencia de su abuela a que estaba trabajando o cenando con alguien del trabajo. Que siguiera trabajando a esas horas le molestaba, pero que estuviera cenando con una ejecutiva rubia de bote le ponía los pelos de punta. Se puso cómoda y pidió que le subieran la cena a la habitación. Tardó media hora en devorarla y media hora más en quedarse dormida.

Eran más de las diez. Guillermo entreabrió un ojo y se sobresaltó. Se había quedado dormido otra vez, con la cabeza recostada en el respaldo de la silla y una carpeta entre los dedos. De no ser por el ruido que hicieron los papeles al caerse al suelo, se hubiese quedado allí a pasar la noche.

—No me lo puedo creer. —Se pasó las manos por la cara—. No puede ser verdad. —No paró de renegar mientras se ponía la americana y apagaba la luz del escritorio.

Salió al pasillo y se topó con el hombre de mantenimiento. A ese paso, se harían íntimos amigos.

—¿Por qué no me ha despertado? —le preguntó al ver que lo miraba.

—Creía que estaba pensando —respondió el otro sin inmutarse. Guillermo le dio las buenas noches y apretó el paso hacia el hotel. Cuando llegó, subió directamente a su habitación y, al pasar junto a la puerta de Emma, se le aceleró la respiración. Sacó su llave del bolsillo y entró sin perder más tiempo. Lo primero que hizo fue buscar su móvil: tenía tres llamadas perdidas; una era de su madre y las otras dos de Emma; hizo bien en grabarse su número el día anterior. En la primera no había dejado ningún mensaje, pero en la segunda sí. Lo escuchó. Dos veces. Bueno, tres, aunque lo negaría ante cualquiera. La llamó y esperó, pero ella no contestó. ¡Mierda! El día había terminado peor de lo que había empezado.

# 6

No podía dormir. Guillermo tenía la extraña sensación de que no haber contestado esa llamada de Emma tendría unas consecuencias más graves de lo que creía. Como si hubiera fallado una prueba que ni siquiera sabía que tenía que pasar. Le resultaba imposible conciliar el sueño. Tenía que hacer algo. Se levantó de la cama, fue a por el bloc de notas del hotel y un bolígrafo y garabateó una nota:

«Me olvidé el móvil. ¿Te apetece desayunar conmigo? Puedo esperar hasta las 8.30. Guillermo». Abrió la puerta y, en pijama, salió al pasillo para deslizar esa nota por debajo de la puerta de la habitación de Emma. Volvió a acostarse y por fin cerró los ojos.

Guillermo se despertó, esta vez a la hora que debía, y tras ducharse bajó a desayunar. Sin esforzarse lo más mínimo en disimular, buscó a Emma y vio que no estaba. Bueno, eran las ocho en punto, aún tenía tiempo de verla. Si ella quería, claro. Se acercó a un camarero y, en un ataque de optimismo, le pidió que preparara una mesa para dos. Dejó todas sus cosas al lado de la taza; ese día había bajado ya listo para no tener que subir de nuevo a su habitación, no quería dejar nada al azar y que, en un ir y venir, Emma se le escapara.

Hizo un par de viajes del bufet hasta su mesa; uno con los cereales y el zumo y otro con las tostadas y la mantequilla. El camarero ya le había servido el café y, sin hambre, empezó a desayunar. Tenía que hacer algo mientras esperaba, pero por despacio que comiera, el tiempo se empecinaba en pasar igual de rápido, y pronto llegaron las ocho y media sin noticias de ella. Guillermo pidió otro café y, tras bebérselo, volvió a mirar el reloj: las ocho y cuarenta. Se tenía que ir. A las nueve tenía una reunión con parte del equipo de investigación; la había organizado él y no podía llegar tarde. Resignado, firmó la cuenta del desayuno y se fue. Tal vez no hubiera visto la nota, pensó en el taxi. O tal vez era cierto lo que le dijo sobre que no era su tipo y él era el único al que le había afectado aquel beso.

Emma se despertó a las nueve; al parecer, aún no se había recuperado del todo del cambio horario. Se levantó y, de camino al baño, vio el papel que había junto a la puerta. Lo recogió intrigada y, tras leerlo, miró de nuevo el reloj de la habitación. Las nueve y diez. Retrocedió sobre sus pasos y buscó el móvil. Antes de dormir lo había puesto en silencio y vio que Guillermo sí la había llamado.

Entre la extraña invitación para desayunar con él y la llamada sin mensaje de la noche, Emma no sabía qué pensar. Guillermo había ido a la ciudad a trabajar, era obvio que tenía que cumplir con sus obligaciones, pero eso no significaba necesariamente que fuera uno de esos tipos que solo piensan en el trabajo. O tal vez sí. Miró de nuevo el reloj: las nueve y veinte. Bueno, el destino, o mejor dicho, el cansancio, había decidido por ella y ahora ya no podía hacer nada. Se ducharía y seguiría con sus planes. Si Guillermo de verdad estaba interesado en volver a verla, ya sabía dónde encontrarla.

Guillermo llegó puntual a Biotex y se pasó cuatro horas encerrado en una habitación con dos químicos, dos biólogos y dos farmacéuticos, que intentaron explicarle las características básicas de sus productos.

Escuchó con interés cada detalle, pero lo que a él más le interesaba era saber por qué había fallado el proyecto Fénix y, si así era, por qué Lab Industry estaba interesada en adquirir también esa patente en exclusiva. El equipo de investigación respondió todas sus preguntas excepto las de Fénix, pues ese proyecto lo habían llevado directamente el jefe del laboratorio, fallecido el año pasado, y el señor MacDougall.

Regresó a su despacho a la una y, tras comer con John, hecho que en tan solo cinco días se había convertido en una rutina, se dispuso a finalizar el análisis de los documentos de la fusión. Era viernes y, según sus cálculos, las tres semanas que le quedaban en Estados Unidos tenían que bastar para acabar de estudiar la operación, llegar a una conclusión y poder firmarla satisfactoriamente. Puso en marcha el ordenador y comprobó su correo; tenía varios *e-mails* de Enrique, su jefe, recordándole la importancia del negocio. Los leyó enseguida pero no perdió demasiado tiempo con ellos. También tenía uno de Ágata, en el que le decía que el embarazo iba genial y que ella y Gabriel no tenían previsto ir a Barcelona hasta el mes siguiente, y otro de Helena, en el que le contaba los problemas que estaba teniendo con uno de sus profesores en la universidad. Helena estudiaba Medicina y, hasta el momento, jamás se había encontrado con ningún obstáculo. Guillermo sonrió y les contestó a ambas; a Ágata le dijo que se cuidara, y que lo avisara si el bebé se adelantaba, y a Helena le dio ánimos y le dijo que estaba seguro de que acabaría demostrándole a ese catedrático de qué pasta estaba hecha. Antes de poder por fin concentrarse de nuevo en su trabajo, miró el móvil; llevaba toda la mañana haciéndolo y el muy tozudo se negaba a sonar. Al final se rindió y decidió llamar a Emma; sabía que si no se quitaba aquel beso de la cabeza, no lograría hacer nada de provecho en toda la tarde.

Emma estaba paseando por el Soho cuando oyó que le sonaba el móvil. Como siempre, tardó un poquito en encontrarlo, pero fuera quien fuese, había decidido no colgar.

—¿Sí?

—¿Emma?

—¿Guillermo?

—Sí, soy yo —respondió él a la vez que se daba cuenta de que le sudaban las manos—. ¿Te molesto?

—No, para nada —dijo ella mirando el escaparate de una tienda extrañísima—. ¿Qué tal?

—Eh... Bien, trabajando. —Ya que ella no decía nada sobre lo del desayuno, decidió hacerlo él—. Esta mañana...

—No he visto tu nota hasta pasadas las nueve —le interrumpió ella sonrojándose.

—Ayer me olvidé el teléfono en el hotel. —No sabía por qué le daba explicaciones, pero no quería que pensara mal de él—. Me hubiera encantado cenar contigo. —Ya está, ya lo había dicho, pensó aliviado.

Ninguno de los dos dijo nada durante unos segundos, así que Emma se arriesgó a preguntarle lo que había hecho:

—¿Dónde cenaste?

—No cené. —Se rio al acordarse de lo mal que había acabado el día anterior—. Me quedé dormido en la silla, aquí en la oficina, y cuando me desperté me fui al hotel. ¿Y tú, saliste a cenar?

—No, cené en la habitación. —Como no quería que él pensara que lo había estado esperando, añadió—: Estaba muy cansada y me acosté temprano.

—¿Te apetece ir al teatro esta noche? —preguntó Guillermo en un impulso.

—¿Al teatro? —A Emma le habían dicho que en Nueva York era imprescindible ir a ver un musical, pero como iba a pasar allí tres meses, había decidido dejarlo para más adelante—. ¿Crees que encontraremos entradas con tan poco tiempo?

—Déjamelo a mí. Tú solo dime si te apetece ir y yo me encargo de todo —le aseguró él mientras se conectaba a Internet para comprarlas.

—De acuerdo. —Antes de que pudiera decir nada más, Guillermo la interrumpió.

—Cuelgo y cuando sepa la hora te llamo para que te organices. Adiós.

Fiel a sus palabras, Guillermo colgó e investigó por la red en busca de las mejores entradas que pudiera encontrar tan a última hora. Tardó unos diez minutos, pero consiguió dos buenos asientos para asistir a *El fantasma de la ópera* esa misma noche. Volvió a llamar a Emma.

—Ya está. ¿Te va bien que quedemos en el vestíbulo del hotel a las siete? La obra empieza a las siete y media, pero en media hora llegamos de sobra al teatro.

Ella, que esa vez solo tardó un segundo en contestar al teléfono, dijo:

—Perfecto. —Miró el reloj y añadió—: Ya me dirás cuánto te debo. —Escuchó la negativa de él, pero decidió ignorarla y preguntó—: ¿Qué vamos a ver?

—Sorpresa. Nos vemos a las siete. —En otro impulso de esos que le daban desde que había conocido a esa chica, añadió—: Tengo muchas ganas de verte. Adiós. —Colgó sin esperar a que ella respondiera.

Emma se quedó mirando su teléfono móvil como si no lo hubiera visto nunca. De no ser porque él había colgado, le hubiera dicho que ella también tenía muchas ganas de verlo.

Tras pasarse toda la tarde tomando notas sobre el contrato de fusión, a eso de las seis Guillermo se levantó y fue a despedirse de un atónito John.

—¡Vaya! No me lo puedo creer, te vas antes de las nueve. Veo que mi mala influencia está dando sus frutos.

—Voy al teatro. —Guillermo estaba de pie junto a la puerta del despacho del joven y dio unos golpecitos en el marco—. Si te parece bien, el lunes me gustaría comentarte unas cuantas cosas.

—Por supuesto. ¿Has acabado ya el informe? —preguntó John, que cuando quería era de lo más serio.

—Aún no, pero sí tengo ya algunas conclusiones que me gustaría analizar contigo.

—De acuerdo. —Miró el calendario que tenía encima de la mesa—. Mañana doy una pequeña fiesta en mi casa, nada sofisticado, una barbacoa. ¿Te apetece? —Vio que Guillermo no decía nada y añadió—: Podrías venir con esa chica, la que me comentaste que habías conocido.

—No sé. Mañana tendría que trabajar.

«Aunque —pensó— si Emma me acompaña, podría pasar el día con ella.»

—Vamos, ven. Así conoces a Hannah y a mi abuelo. Él también estará allí. —John se dio cuenta de que con ese último comentario lo había convencido—. Este es mi móvil —le dijo garabateando un número en un trozo de papel—. Si te decides, llámame y te doy la dirección.

Guillermo se guardó el papel en el bolsillo.

—Gracias, lo pensaré.

—Que vaya bien el teatro. —Sonrió sin disimulo—. Espero verte mañana.

—Ya veremos. Adiós. —Ya estaba dándose la vuelta cuando añadió—: Dale recuerdos al señor de mantenimiento de mi parte.

Emma también llegó al hotel a eso de las seis. No estaba nerviosa, se dijo a sí misma, pero cuando se cambió de ropa más de tres veces se dio cuenta de que se estaba engañando. Sí lo estaba. Optó por ponerse un vestido de corte imperio estampado con pequeñas flores; se lo había regalado su hermana, y siempre que lo llevaba se sentía guapa. Se maquilló un poco, no demasiado, con aquel calor no tenía sentido, y se recogió un poco el pelo con un pasador con forma de mariposa que le encantaba. Antes de salir de la habitación, se miró en el espejo que había junto a la puerta. No estaba mal. No podía competir con las bellezas de casi dos metros que habitaban en aquella ciudad, pero no estaba nada mal. Salió y se dirigió hacia el ascensor. Estaba de pie esperando a que subiera cuando oyó unos pasos que se acercaban. Se dio la vuelta y vio a Guillermo.

A él se le cortó la respiración. Estaba preciosa.

—Hola. Estás muy guapa —dijo un poco incómodo.

—Tú también —contestó Emma sonrojándose. Guillermo llevaba un polo y unos vaqueros negros. Su aspecto, aunque sobrio, encajaba a la perfección con su nariz de boxeador, y aquel aire de chico malo intentando pasar por un chico corriente era de lo más sexi—. ¿Qué obra vamos a ver? ¿Cuánto te debo? ¿Tú la has visto? ¿Vamos bien de tiempo?

Entraron en el ascensor y Emma estaba tan nerviosa que formuló todas esas preguntas casi sin respirar.

—Ya lo verás. Nada. Sí. Sí —respondió él sonriendo y deteniendo la puerta con la mano para que ella pudiera salir delante.

Emma sonrió y, como tenían tiempo, decidieron ir a pie hasta el teatro.

—¿Qué vamos a ver? —volvió a preguntar.

—Solo faltan un par de manzanas, y seguro que en la próxima ya verás los carteles. Espero que te guste. —Guillermo quería darle la mano, pero se resistió, al fin y al cabo, ninguno de los dos había mencionado nada del beso, y lo mejor sería tomarse las cosas con calma. Aunque tenía tantas ganas de hacerlo, que incluso notaba un cosquilleo en los dedos—. Yo la vi hace unos años, con mis padres y mis hermanos, en Londres. A todos nos gustó mucho, pero mi madre y mis hermanas llegaron a la conclusión de que era «el mejor musical de todos los tiempos», así que...

—¡*El fantasma de la ópera*! —lo interrumpió Emma al ver los rótulos luminosos. Guillermo supo que había acertado—. ¿Vamos a ver *El fantasma de la ópera*? ¡Dime que sí!

—Sí —respondió Guillermo fascinado por su sonrisa, pero cuando Emma se detuvo en mitad de la calle y lo abrazó, casi le da un infarto.

—¡Gracias! —Lo soltó avergonzada—. Lo siento.

—No te preocupes —dijo él al ver que ella se había ruborizado de nuevo. Supuso que al ser tan pálida se debía de sonrojar con facilidad—. ¿De verdad te gusta?

—¿Gustarme? Me muero de ganas de verla; siempre he pensado que es una historia de amor increíble. —Volvieron a caminar para recorrer los pocos metros que aún los separaban del teatro—. ¿No te importa volver a verla?

—En absoluto. Vamos, así podremos sentarnos con calma y disfrutar de todos los detalles.

Entraron en el teatro y, cuando Emma vio que sus asientos estaban en las primeras filas, volvió a insistir en que quería pagarle la entrada. A lo que él volvió a negarse.

—Ya te he dicho que no. No insistas. Mira, si quieres, cuando seas una cocinera famosa me invitas a tu restaurante.

—De acuerdo. Pero tal vez tengas que esperar mucho. —Emma se resignó y optó por dejar el tema, y justo entonces apagaron las luces.

La primera vez que Guillermo vio ese musical le encantó; la segunda, apenas vio el escenario. Se pasó toda la primera parte intentando disimular y, mientras fingía estar absorto en la música, no dejaba de mirar las reacciones de Emma y de preguntarse por qué aquella chica lo fascinaba de tal modo. Tal vez fuera la dulzura que desprendían sus ojos, tal vez porque ella parecía no estar interesada por él, o tal vez fuera cierto eso que su madre le decía, que cuando conociera a la mujer de su vida, su corazón lo sabría al instante.

Se encendieron las luces para el intermedio y Emma se volvió hacia él.

—¡Es precioso! ¿Has visto qué decorados? ¡Y qué voz tan impresionante tiene el protagonista! Por no hablar de lo guapo que es...

Guillermo se rio.

—Ríete todo lo que quieras, pero vosotros los hombres no sabéis lo guapos que podéis llegar a estar con un chaqué y una máscara.

Él enarcó una ceja y preguntó:

—¿En serio? —Al ver que ella asentía, añadió—: Lo tendré en cuenta. Me alegro de que te guste.

—¿Y a ti? —preguntó Emma.

—¿A mí qué?

—¿Te gusta? Ya sé que me has dicho que la habías visto, pero...

—Sí, me gusta. Mucho más que la primera vez. —Se dio cuenta de que Emma lo miraba extrañada y, para evitar tener que elaborar más la respuesta, cambió de tema—: ¿Te apetece un helado?

—¿Un helado?

—Sí, aquí venden helados en los intermedios. ¿Ves a esa chica de allí? —dijo señalando a una joven con uniforme que llevaba una bandeja colgada del cuello llena de tarrinas de helado.

—Pues sí, me tomaría un helado. —Guillermo se iba a levantar, pero ella lo detuvo—. Ni se te ocurra, ya voy yo. Es lo menos que puedo hacer. ¿Tú también quieres uno?

—Sí, de chocolate, por favor.

—¿Por qué será que no me extraña? —dijo Emma sonriendo mientras se ponía de pie.

Pasados un par de minutos, regresó y le dio a Guillermo su tarrina.

—No creas que esto te salva de la cena —dijo él aceptando el helado y la servilleta que Emma le ofreció—. Tengo reservada una mesa en un restaurante italiano muy cerca de aquí.

Ella iba a protestar, pero justo en ese instante volvieron a apagarse las luces y se quedó sin habla.

La música, que ya había sido espectacular, adquiría mucho más sentimiento a medida que se acercaba el trágico final, y en la última escena Emma empezó a llorar. Le resbaló una lágrima por la mejilla y, tras unos segundos, otra. Nerviosa, se las secó con el dorso de la mano, y cuando creyó que ya las tenía controladas, volvió a dejar la mano en el reposabrazos. Unas notas musicales más y otra lágrima, pero esta vez fue Guillermo quien, con suma delicadeza, se la secó. Sin decir nada, capturó esa lágrima con el pulgar y luego deslizó la mano por la mejilla hasta buscar la mano de Emma y entrelazar sus dedos con los de ella.

Ella no apartó la mirada del escenario, no solo porque estaba fascinada con el musical, sino también porque jamás había sentido tan intensamente una caricia tan inocente como aquella. Aquel hombre, al que no hacía ni una semana que conocía, la afectaba mucho más de lo que estaba dispuesta a reconocer.

Cesó la música y todo el teatro estalló en aplausos. Emma hizo lo mismo, pero al soltar la mano de Guillermo sintió que de entre sus dedos se escapaba uno de los mejores momentos de su vida.

# 7

La gente siguió aplaudiendo durante varios minutos y, cuando por fin Emma y Guillermo pudieron salir y llegar al vestíbulo, ella se detuvo de nuevo para ir al baño a refrescarse.

En la soledad de aquel cuarto de baño lleno de extrañas, Emma se miró al espejo y vio los signos de sus recientes lágrimas. Se retocó un poco el rímel y los labios, pero no salió de inmediato. Se quedó allí unos segundos más, hasta sentir que su respiración recuperaba el ritmo habitual.

El musical le había gustado mucho, pero aún sentía cómo los dedos le hormigueaban por haber sujetado la mano de Guillermo. Ninguna de las caricias de ninguno de los hombres con los que había salido la había afectado tanto. Guillermo le había secado aquella lágrima sin decir nada, y luego había entrelazado los dedos con los suyos para consolarla; nada más. Nadie había hecho nunca eso por ella antes. Las pocas veces que sus padres la habían consolado por algo, como por ejemplo no sacar una buena nota en un examen, lo máximo que habían hecho era darle una palmadita en la mano. Su hermana y ella ahora sí que se abrazaban, pero aún estaban en «fase de pruebas», como decía Raquel. La única persona que se había mostrado cariñosa con ella había sido su abuela y, por desgracia, murió cuando Emma apenas tenía quince años. Y los «novios» que había tenido, bueno, solían tener la sensibilidad de un cubito de hielo. No cabía duda de que Guillermo era distinto y ella no sabía qué hacer con él.

—Basta —se dijo a sí misma mirándose al espejo—. Estás exagerando. —Una chica la miró de reojo—. Será mejor que salgas, vayas a cenar y te despidas de él. —La mujer se apartó—. Mira, Emma, solo te quedan dos días más en el hotel, y luego ya no volverás a verlo—. ¿Eso era bueno o malo?—. Ánimo, y no te despistes, que no te conviene. Tú céntrate en cocinar.

Salió de los servicios y, cuando vio a Guillermo de pie junto a la escalera, con una rosa roja y una bolsa con el logo del musical en la mano, se olvidó de su disertación. Ese chico iba a acabar con ella si además le había comprado un recuerdo.

Guillermo se paseó nervioso durante unos segundos. Tenía tres hermanas y estaba acostumbrado a verlas llorar por una película romántica... Aún se acordaba del montón de pañuelos que habían empapado ellas y su madre la tarde que vieron *El diario de Noah*. Pero verlas llorar a ellas nunca le había puesto tanto la piel de gallina como cuando había visto aquella solitaria lágrima resbalar por la mejilla de Emma.

Lo peor era que tenía el presentimiento de que para Emma llorar era algo complicado, algo que intentaba no hacer a menudo y nunca delante de otras personas. Ágata y Martina, por ejemplo, no tenían ningún problema en llorar en un cine, él había sido testigo de ello varias veces, e incluso no dudaban ni un segundo en pedir un pañuelo de papel al desconocido que tuvieran al lado si era necesario. En cambio, Emma había llorado en silencio y apresuradamente, como si no quisiera que él o nadie lo viera. Como si quisiera poder evitarlo.

Cuando él había entrelazado los dedos con los de ella, Emma se los había apretado como si temiera que fuera a soltarla. Y si no hubiera sido por los aplausos, no lo habría hecho. Ahora, mientras la esperaba, pensó que, en tan solo unos días, Emma había logrado algo que él creía casi imposible: despertarlo. Llevaba años aturdido, concentrado únicamente en su trabajo y en su familia, pero en los últimos meses se había dado cuenta de que quería algo más. Quería ser feliz, quería enamorarse y que se enamoraran de él, quería tener lo que sus padres y su hermana Ágata tenían. Pero darse cuenta de eso y conseguirlo eran cosas muy distintas. Guillermo se había criado siendo el mayor y, aunque no podía decir que sus padres le hubiesen obligado a ello, siempre había sentido un gran instinto protector hacia sus hermanos. Ahora eran mayores y una parte de él sabía que todos se valían por sí mismos, pero no podía evitar seguir pensando que era su obligación cuidarlos. Esa sensación era maravillosa y, al mismo tiempo, lo dejaba exhausto. No sabría explicarlo, pero a veces pensaba que ya no podía preocuparse por nadie más, que no tenía la capacidad de querer a nadie más y que en realidad, en el fondo de su corazón, o no tan en el fondo, lo que quería era encontrar a alguien que se preocupase por él, para variar. Alguien que quisiera cuidarlo y que quisiera descubrir qué necesitaba. Estaba casi convencido de que jamás conocería a alguien así o de que cuando lo hiciera no se daría cuenta o, peor aún, que conocería a esa persona y esa persona no querría estar con él. Hacía muy poco que conocía a Emma y, sin embargo, no podía negar que su instinto protector le gritaba que cuidase de ella, de hecho, cada día le costaba más disimularlo, y la atracción que sentía hacia ella amenazaba con convertirlo en un idiota cada vez que se veían. Pero lo más grave es que cuando estaban juntos quería pedirle a ella que, por favor, lo cuidase, que por favor se interesase por él, y no por su trabajo o su familia, y que, por favor, les diese a ambos la oportunidad de seguir conociéndose.

Aturdido por sus propios pensamientos, se detuvo en seco. Aquello no podía ser cierto. Nadie encuentra al amor de su vida en apenas una semana. Y mucho menos él. Seguro que todo era culpa del musical que, al fin y al cabo, era, según sus hermanas, el musical más romántico de todos los tiempos, y en eso eran unas expertas. Para distraerse, se acercó al mostrador en el que vendían los recuerdos para turistas pero sin saber muy bien por qué, se acordó de una conversación que tuvo una vez con su abuelo. Guillermo debía de tener unos quince años y en la escuela estaban representando *Romeo y Julieta*. En esa obra había algo que lo intrigaba mucho: era incapaz de comprender que dos personas pudieran sentir todo aquello casi sin verse, y él, cabeza cuadrada como era ya entonces, tenía que entenderlo. Así que una tarde decidió ir a buscar a su abuelo. Él era un experto en todos esos temas de chicas y seguro que sabría guardarle el secreto.

—Abuelo, ¿puedo preguntarte una cosa? —le dijo con la timidez de un adolescente.

—Claro, Guille. Lo que quieras. —Su abuelo, que estaba leyendo el periódico en la terraza, se incorporó un poco.

—¿Cuánto tarda uno en enamorarse? —Guillermo fingió estar muy interesado por la etiqueta de una botella de agua que había allí cerca.

—¿Por qué quieres saberlo?

—Por nada. Cosas del colegio —respondió un poco sonrojado.

—Depende —dijo su abuelo quitándole de las manos la botella antes de que se echara el agua por encima—. Hay gente que no lo consigue jamás, pero si es con la persona adecuada... —Y sonrió enigmático para captar el interés de su nieto favorito.

—Si es con la persona adecuada, ¿qué?

—Si es con la persona adecuada... —chasqueó los dedos— solo un segundo.

Pagó la camiseta y cuando se dio la vuelta vio que Emma ya había regresado.

—Toma, de recuerdo —le dijo al ver cómo lo miraba—. He supuesto que te gustaría tenerla. —Le ofreció la camiseta en una bolsa—. La rosa me la han regalado —se justificó.

Ella se sonrojó, pero aceptó el regalo.

—Tienes que decirme cuánto te debo —dijo, apartando la vista, y al intuir que él iba a negarse de nuevo, añadió—: Al menos deja que te pague la camiseta. —Guillermo sacudió enérgico la cabeza—. Mira que eres terco. —Al darse cuenta de que acababa de insultarlo, se sonrojó aún más.

—Como una mula —dijo él con una sonrisa—. O al menos eso dicen de mí constantemente. Vamos, nos esperan en el restaurante.

Guillermo le pasó brevemente el brazo por encima de los hombros, casi sin tocarla, pero cuando echaron a andar, no se atrevió a mantenerlo allí. No se dieron la mano, ni se rozaron, pero a cada paso que daban, sus brazos y sus piernas quedaban a escasos milímetros, y era como si una madeja invisible se fuera enredando entre ellos.

—Es aquí —dijo él rompiendo el mágico silencio—. Espero que te guste. La última vez que vine comí unos espaguetis con tomate fabulosos.

Emma sonrió.

—Seguro que sí —aseguró al ver dónde la había llevado—. Este restaurante es famoso por sus espaguetis.

—¡Vaya! —exclamó Guillermo guiñándole un ojo—. Veo que te tomas en serio tu profesión. Debería haberme imaginado que habrías oído hablar de este sitio. ¡Y yo que esperaba sorprenderte!

—Me has sorprendido. Pero ni loca dejo que me invites —aseguró entrando en el restaurante—. Una cosa es ser caballeroso y otra que te arruines por haberte sentado detrás de mí en el avión. Seguro que ahora te arrepientes de no haber pagado un asiento en primera.

—Lo hice. —Al ver que Emma no le entendía, añadió—: Los del trabajo pagaron un asiento en primera. Pero cuando llegué al aeropuerto me dijeron que habían tenido problemas con no sé qué historia y me recolocaron en turista.

—¡Vaya! —Como era habitual en ella, se sonrojó—. ¡Qué mala pata! Pues sí que te ha salido cara la broma.

—Ni hablar —la interrumpió él—. Habría pagado mil veces más. —Guillermo se dio cuenta de que tal vez había exagerado—. Además, ya te he dicho que no pagué yo.

—Bueno, entonces ya no lo siento tanto. —Emma alcanzó una carta—. ¿Qué vas a comer?

—No sé. —Guillermo fingió leer la lista de platos—. Creo que me dejaré aconsejar por la experta. ¿Tú qué vas a pedir?

—De primero una ensalada y de segundo dudo entre los espaguetis y los macarrones con trufa.

—¿Qué te parece si tú pides unos y yo los otros? Así no tienes que elegir —propuso él cerrando la carta—. Y yo me ahorro tener que pensar. —Sonrió y le indicó al camarero que ya se habían decidido.

Durante la cena, que fue deliciosa, Emma y Guillermo charlaron sobre el musical y sobre la ciudad de Nueva York. Fue como si los dos hubieran decidido mantener las cosas en un nivel más informal, menos íntimo, pero al llegar a los postres, él se rindió y optó por hacer lo que de verdad quería: preguntarle cosas para conocerla mejor.

—¿Siempre has querido ser cocinera?

—Siempre —contestó Emma sin dudar—. De pequeña siempre jugaba a las cocinitas y me pasaba horas leyendo libros de recetas. Soñaba con preparar la cena perfecta.

—¿Dónde estudiaste?

Ella se acordó entonces de que no le había contado a Guillermo que había estudiado Medicina, y decidió seguir con la mentira. Una parte de sí misma sabía que estaba mal, que no debería engañarlo, pero lo hizo de todos modos. Decirle la verdad significaría que él era alguien importante para ella y Emma tenía miedo de que lo fuera. Sí, aquello sería lo mejor, y se convenció de que no pasaba nada. Era casi imposible que Guillermo llegara a enterarse, y si seguían viéndose, ya encontraría el modo de decírselo.

—En Barcelona —respondió, y tomó la copa para acompañar con un sorbo de vino esa media mentira.

—¿Dónde trabajabas antes de venir aquí? —preguntó él al instante—. ¿En algún sitio conocido?

—En Barcelona. Y no, no era ningún restaurante conocido. —Eso no era mentira, pues el Hospital Central de Barcelona no era especialmente conocido por su cocina—. ¿Y tú? ¿Qué estudiaste para ser...? —Hizo un gesto con la mano incapaz de definir a qué se dedicaba Guillermo.

—¿Asesor financiero? —Al ver que ella se incomodaba por no haberse acordado de su profesión, decidió sacarla del apuro—: No te preocupes, a mí a veces también se me olvida. —Se llevó otra cucharada de tiramisú a la boca—. Me temo que mi vida no es nada original. Estudié Económicas y, cuando terminé, empecé a trabajar en una consultoría. Trabajé y trabajé y, mírame, aquí estoy.

—Ya veo, todo un triunfador —respondió Emma sin pensarlo demasiado.

—¿Eso crees? —preguntó Guillermo un poco triste—. ¿De verdad crees que desayunar solo cada día y haber viajado por medio mundo sin tener apenas un par de buenos recuerdos es triunfar? —Se pasó la mano por el pelo y suspiró—. Lo siento, no sé a qué ha venido este comentario.

—No, no te preocupes. —Ella bebió un poco de vino y, tras unos segundos, respondió—: No, no creo que triunfar sea eso, pero casi todo el mundo lo cree así.

—Ya, bueno. Yo no soy «casi todo el mundo». —Para intentar relajar un poco el ambiente, Guillermo cambió de tema—: ¿Cuándo empiezas las clases?

—El lunes. Me iré del hotel el domingo para instalarme con calma en el apartamento.

—¿Estás nerviosa? —preguntó a la vez que en su mente empezaba a hacer cábalas sobre cómo haría para seguir viéndola cuando ya no estuviera hospedada en el hotel.

—Un poco —dijo con una sonrisa—. Mucho.

—Seguro que te irá muy bien. —Guillermo pidió la cuenta—. ¿Quieres que te ayude con el traslado?

—No te preocupes. Además, seguro que tú tienes muchas cosas que hacer —dijo Emma buscando su billetero.

—La verdad es que no. ¿Qué estás haciendo? —preguntó él.

—Estoy buscando mi monedero. Estoy convencida de que este bolso es una especie de agujero negro; parece tragarse las cosas. —Hundió la mano de nuevo.

Guillermo alargó el brazo para detenerla, y le rodeó el codo con los dedos.

—Mira, tengo toda la intención del mundo de invitarte a cenar, así que deja de buscar. —Solo con tocarle la piel del antebrazo a él se le aceleró el pulso, así que optó por soltarla—. ¿Qué me dices de lo del domingo? —Ella estaba mirándolo sin decir nada—. Yo no tengo nada que hacer y, si quieres, cuando hayamos terminado de colocar tus cosas podemos cenar algo.

—De acuerdo —suspiró Emma—. Pero invito yo.

—Como quieras. —Guillermo pagó y se levantó para apartarle la silla—. ¿Quieres regresar en taxi o prefieres dar un paseo?

—Por mí podemos ir a pie.

Salieron del restaurante y, al igual que antes, caminaron sin darse la mano, pero uno al lado del otro. Iban sin prisa, y en ese paseo siguieron hablando de un montón de cosas, como si los dos quisieran alargar al máximo aquel momento. Estaban a una manzana del hotel cuando Guillermo se acordó de lo de la barbacoa del día siguiente.

—Emma, ¿qué planes tienes para mañana? —No sabía muy bien cómo enfocar el tema y optó por dar un pequeño rodeo.

—Aún no lo tengo decidido, ¿por qué? —respondió mirando a un vendedor ambulante que a esas horas aún seguía atendiendo clientes.

—Es que John... ¿Te acuerdas de John? —Guillermo le había contado antes un par de cosas sobre él y, al ver que ella asentía, continuó—: Me ha invitado a una barbacoa en su casa y... me preguntaba si te gustaría acompañarme.

Emma se detuvo en medio de la calle y lo miró a los ojos.

—¿Acompañarte?

—Sí, bueno, es que... —¿Desde cuándo se ponía nervioso al hablar con una chica?—. Es que me dijo que podía llevar a una invitada y... pensé que quizá te gustaría ver una típica barbacoa americana. Y, bueno, se supone que no habrá solo gente del trabajo y yo... —Se pasó otra vez la mano por el pelo—. A mí me gustaría que vinieras conmigo.

Ella siguió mirándolo a los ojos y, sin pensarlo dos segundos, aceptó la invitación.

—De acuerdo.

—¿De acuerdo? —Guillermo parecía sorprendido—. ¿De verdad?

—De verdad. —Emma volvió a ponerse en marcha—. Solo espero que no te arrepientas.

—¿Arrepentirme? ¿De qué? —preguntó él a su lado.

—De llevarme contigo. Seguro que si fueras solo te presentarían a un montón de chicas estupendas.

—Las chicas estupendas no me dicen nada. —Habían llegado al hotel y Guillermo sujetó la puerta de la entrada—. Siempre he tenido predilección por las hadas y los seres mitológicos.

Con el saludo del conserje, que apareció de repente para darles las buenas noches, Emma no oyó ese último comentario, pero sí el siguiente:

—Además, así pasamos el día juntos.

Él apretó el botón del ascensor y, antes de que llegase, una familia de japoneses se colocó a su lado para subir también. Iban a la misma planta que ellos, y no dejaron de sonreír a Guillermo y a Emma durante todo el trayecto, por lo que estos no pudieron seguir hablando. Y cuando llegaron a sus habitaciones, el hechizo que se había tejido entre ambos era menos palpable.

—Bueno —dijo ella con la llave entre los dedos. Había aprovechado el rato en el ascensor para buscarla—. ¿A qué hora quedamos mañana?

—Aún no he llamado a John, pero si tenemos que estar allí para hacer la barbacoa, lo mejor será que vayamos a eso de las doce.

Emma abrió la puerta y se quedó de pie en el umbral.

—¿No deberíamos llevar algo? —preguntó sin dejarlo entrar. La noche había sido fantástica, tal vez demasiado, y no estaba segura de que quisiera que pasara nada más entre ellos.

—¿A qué te refieres? —Guillermo se recostó en la pared del pasillo. Era obvio que Emma no iba a invitarlo a entrar y, la verdad, no sabía si quería que lo hiciera. Le había gustado mucho ir al teatro con ella, y a lo largo de la cena había descubierto dos cosas: le gustaba, mucho, y si quería que llegaran a tener algo, algo especial, tenía que ir despacio.

—No sé. ¿No deberíamos llevar un pastel o una botella de vino? Ya sabes, ese tipo de cosas.

—Claro, tienes razón. —Él avanzó un poco y se le colocó justo delante—. ¿Qué te parece si quedamos a las diez delante de la recepción? Yo ya habré hablado con John y tendré la dirección de su casa. Podemos pararnos a comprar algo por el camino.

—Genial. —Ella encendió la luz de la habitación y se colocó junto a la puerta—. Gracias por invitarme al teatro y a la cena. Lo he pasado muy bien —añadió, mirándolo a los ojos.

—Yo también —respondió Guillermo sin apartar la mirada—. Me alegro de que te haya gustado. —Levantó una mano y le colocó un mechón de pelo detrás de la oreja. Deslizó las yemas de los dedos despacio por su mejilla, igual que había hecho en el teatro al secarle la lágrima, y se apartó.

Ambos se quedaron en silencio.

—Buenas noches, Emma —dijo él dando un paso hacia la puerta de su habitación—. Hasta mañana.

—Buenas noches, Guillermo —respondió ella un poco aturdida—. Que descanses.

—Igualmente —le contestó de pie en el pasillo, justo antes de meterse en su cuarto.

Guillermo no paraba de recitar las tablas de multiplicar en su mente, a las que siguieron la lista de las principales capitales del mundo y sus correspondientes países. Cualquier cosa era buena para intentar alejar de su cabeza las ganas que tenía de besar a Emma. Quería besarla, más que «querer», era casi una necesidad. Cada vez que la miraba a los ojos, tenía la sensación de que había encontrado por fin su destino. Ella habría aceptado su beso, de eso estaba seguro, bueno, casi seguro. Pero Guillermo quería algo más, quería conocerla, quería entender por qué estaba aún a la defensiva, y quería saber si empezaba a sentir lo mismo que él.

Emma cerró la puerta de su habitación hecha un lío. Guillermo no la había besado. Se había pasado la noche preparándose para ese beso, esperándolo, y él no se lo había dado. Ese chico iba a volverla loca. Quería besarla, lo había visto en sus ojos, en el modo en que le había acariciado el brazo en el restaurante, con cada roce de sus piernas al caminar junto a ella. Guillermo quería besarla y Emma quería que lo hiciera. Sin embargo, no lo había hecho. ¿Por qué? A ella no le habría importado. Todo lo contrario. Se desnudó y, tras ponerse el pijama, se cepilló los dientes y vació el contenido de su bolso en busca de la postal de rigor que tenía que escribir a su hermana. De él cayó la figurilla de King Kong que había comprado el primer día. Emma se quedó mirándola. Guillermo no la había besado y, mientras tomaba el bolígrafo para escribir a Raquel, creyó entender por qué. No la había besado porque, al igual que el gorila gigante, no estaba dispuesto a conformarse con un beso, él lo quería todo, y en ese instante, a Emma le dio un vuelco el corazón. Tal vez él lo quisiera todo, tal vez incluso se lo mereciera, pero no sabía si ella era capaz de dárselo. No porque no quisiera, sino porque aún se sentía vacía; justo ahora su vida empezaba a tener sentido, y si no tenía nada que ofrecer, ¿qué podía esperar a cambio?

# 8

Guillermo se desvistió, se lavó la cara, se puso el pijama, bueno, una camiseta blanca y unos bóxers, y volvió a lavarse la cara. Vio su reflejo en el espejo del cuarto de baño y, sin pensarlo ni un segundo, se desnudó y se duchó. Era eso o derribar la puerta de la habitación de Emma. Cuando el agua helada entró en contacto con su piel, intentó recordar por qué no la había besado. Y cuando le empezaron a castañetear los dientes, lo recordó: no la había besado porque ahora él era distinto. Con ella quería ser distinto. Más tranquilo, cerró el grifo, se secó y volvió a ponerse los bóxers. Descartó la camiseta y se tumbó en la cama. No iba a poder dormir, imposible, y optó por encender la tele. Se pasó media hora cambiando de canal, y sonrió al darse cuenta de que, igual que en España, emitían muchísimos anuncios. La apagó y cerró los ojos.

El musical le había gustado mucho, a pesar de que él era famoso en su casa por ser incapaz de recordar ninguna canción y por ser pésimo cantando. A decir verdad, tampoco le había prestado demasiada atención; se había pasado aquellas más de dos horas mirando a Emma y disimulando cuando ella se volvía hacia él. Estaba preciosa cuando se relajaba y sonreía. Le había parecido preciosa ya en el avión, incluso cuando lo fulminó con la mirada, pero hasta esa noche siempre la había visto a la defensiva, distante, excepto cuando la besó en mitad del pasillo. Guillermo se arrepentía de aquel beso, no porque no le hubiera gustado, todo lo contrario, sino porque era demasiado pronto y porque ahora le sería mucho más difícil resistirse a ella. ¡Ah, no! Tenía que dejar de pensar en eso o tendría que volver a la ducha.

Rememoró lo que ella le había contado durante la cena: poco, muy poco. Tenía una hermana que se llamaba Raquel, a la que ahora veía más que antes, había estudiado en Barcelona y allí era donde vivía y trabajaba. Nada más. No sabía nada de sus padres, de sus amigos, de... nada. Mientras que él le había contado ya muchísimas cosas y sentía que le contaría muchas más en los próximos días, porque tal vez así ella volvería a sonreírle y le contaría algo más sobre sí misma... Y con ese pensamiento se quedó dormido.

Los rayos de sol que se colaban por la cortina lo despertaron minutos antes de que sonara el despertador. Se vistió con unos vaqueros y una camiseta azul y bajó a desayunar. Estuvo tentado de llamar a la puerta de Emma, pero se obligó a pasar de largo y esperar hasta las diez. No bajó en ascensor, silbó por la escalera, y al entrar en el comedor tuvo una grata sorpresa: Emma ya estaba allí. Estaba de espaldas, sirviéndose un cuenco de cereales, y él aprovechó para buscar con la mirada la mesa con sus cosas. La descubrió en una esquina; allí estaba su enorme bolso, al que algún día le daría las gracias, junto a una pinza para el pelo. Guillermo no se sentó allí, deseaba hacerlo, pero no quería atosigarla; eso sí, trataría por todos los medios que ella lo invitara a desayunar a su lado.

Se dirigió hacia donde estaba.

—Si los de la escuela de cocina te ven comiendo eso, seguro que te echan —le dijo junto al oído.

—¡Guillermo! —Casi derramó la leche—. Me has asustado. —En realidad lo que la alarmó no fue que él la asustara rozándole la piel, sino que hubiera dicho exactamente lo mismo que ella había pensado días atrás.

—Lo siento —dijo él con una sonrisa, pero sin apartarse demasiado.

—¿Quieres? —preguntó enarcando una ceja.

Quería, claro que quería, pero no precisamente lo que ella le estaba ofreciendo.

—No, gracias. Creo que voy a prepararme unas tostadas —contestó, dando un paso hacia atrás.

Emma dejó la jarra de leche que aún tenía en la mano encima del bufet y fue a sentarse. Ahora que lo tenía de espaldas, lo observó con descaro. Aquel chico era demasiado atractivo para su propio bien, y con aquella ropa tan informal no parecía un agresivo hombre de negocios, sino un chico travieso. Él se volvió, aunque si la vio mirándolo lo disimuló a la perfección, y se dispuso a servirse un vaso de zumo de naranja. Con el plato con las tostadas en una mano y el vaso en la otra, caminó hacia las mesas, sin hacer ningún gesto que indicara que se muriese de ganas de sentarse con ella.

—Siéntate aquí. —Emma señaló la silla de enfrente.

Bueno, no era una invitación, pero el resultado era el mismo.

—Gracias —dijo Guillermo mordiéndose el interior de la mejilla para no sonreír.

El camarero se acercó para ofrecerle té o café y él optó por lo segundo.

—He estado pensando —anunció ella, y al ver que Guillermo la miraba continuó— que no sé si es buena idea que te acompañe a la barbacoa de tu amigo.

—¿Por qué?

—Porque tú vas allí a trabajar, y seguro que te estorbaré y me aburriré como una ostra.

Se la quedó mirando. En verdad no tenía demasiada buena opinión de él.

—No voy allí a trabajar. —Emma se mostró incrédula, y Guillermo se lo explicó—: John quiere presentarme a Hannah, su prometida, y a sus amigos. No me estorbarás, todo lo contrario, me apetece mucho pasar el día contigo, y creo que eso de la barbacoa puede ser divertido. John es muy gracioso, y muy listo, y seguro que Hannah también lo es.

Además, tu inglés es perfecto, así que no tendrás problemas para charlar con nadie. Y, en cuanto a lo de que te aburrirás, haré todo lo posible para que no sea así. Creo que anoche no te lo pasaste tan mal, ¿no?

—No, claro que no. —Se sonrojó. Guillermo tenía razón, lo había pasado muy bien cenando con él, y no le iría mal conocer gente. Al fin y al cabo, iba a estar tres meses en aquella ciudad. Lo del idioma también era verdad; había estudiado inglés desde pequeña y en el último año lo había perfeccionado muchísimo.

—Mira, no pasa nada —suspiró resignado—, si no quieres venir, no vengas. —Dio un sorbo de café amargo, acorde con lo que estaba sintiendo.

Se quedaron en silencio unos segundos.

Emma se levantó y dejó la servilleta encima de la mesa.

—Son las nueve y media —dijo mirando el reloj—. ¿Quedamos a las diez en recepción?

Guillermo tardó un instante en reaccionar. ¿Iba a acompañarlo?

—De acuerdo —respondió, tratando de ocultar lo confuso que estaba.

Y ella se fue sin más. Él la siguió con la mirada hasta que desapareció en el ascensor.

Gracias a Dios estaba sola y podía hablar consigo misma sin que nadie creyera que estaba loca.

—Emma, ¿por qué no le has dicho que no? Te lo había puesto en bandeja, pero tú vas y sigues adelante. Mira que eres...

El pitido de las puertas abriéndose al llegar a su planta la desconcentró. Caminó hacia su habitación y, tras el par de minutos de rigor que tardó en encontrar la llave en su bolso, entró y fue directamente a lavarse los dientes. Al terminar, se recogió el pelo y se sentó en la cama.

Buscó la lista y se quedó mirándola. Llevaba más de un año con aquel pedazo de papel encima y su vida había cambiado muchísimo desde el día en que la escribió: por fin había aprendido a cocinar, aunque tenía que reconocer que echaba un poco de menos la Medicina, y ahora tenía una muy buena relación con su hermana Raquel. Había hecho buenas amigas en la escuela de cocina, y también había quedado un par de veces con antiguos compañeros del hospital. En todo ese tiempo no había tenido ninguna relación, pues sabía que no estaba dispuesta a tener solo un lío, y tampoco estaba preparada para enamorarse. Le gustaba su vida y, hasta que supiera lo que de verdad quería, no la iba a cambiar.

Guillermo terminó de desayunar solo y luego subió a su habitación. Llamó a John para pedirle la dirección de la casa y decirle que iría con Emma. John, fiel a su estilo, lo felicitó por haber entrado en razón y luego se rio. Aún faltaban diez minutos para las diez, pero decidió bajar a recepción y esperar mientras leía el periódico. Pero no pudo hacerlo, pues Emma apareció solo unos segundos más tarde. Llevaba una postal en la mano, y Guillermo dedujo que era para su hermana. El único detalle personal que le había contado.

—Me alegro de que ya estés aquí —dijo al verla—. ¿Qué te parece si salimos a comprarles algo?

—Perfecto —respondió ella después de entregar la postal al chico de la recepción para que la enviara—. Ayer descubrí una floristería dos calles más abajo. Tal vez podríamos comprar una planta.

—Lo de la planta me parece genial, pero la compro yo. Tú eres mi invitada, y mi misión es conseguir que no te aburras.

Ella levantó una ceja dejándole claro lo que opinaba de ese último comentario.

Guillermo compró la planta que escogió Emma. Tenía un nombre imposible de recordar, pero era preciosa, y tan verde que contrastaba con su tiesto de arcilla roja. Resuelto el tema de la planta, se subieron a un taxi.

Apenas una hora más tarde, Guillermo y Emma llegaron a casa de John, una construcción de una sola planta con un amplio jardín alrededor. Salieron del coche y su anfitrión, que estaba jugando con un mastín en el porche, fue a recibirlos.

—Hola, Guillermo. Me alegro de que te hayas animado a venir —dijo estrechándole la mano.

—Yo también. Ella es Emma.

—Encantado. —John le ofreció la mano, pero el perro se abalanzó encima de la chica y le impidió aceptarla—. Y este maleducado es Whisky.

Ella se rio intentando apartar al mastín, que trataba de lamerle la cara.

—Hola, Whisky. A mí también me gustas mucho —le dijo al perro acariciándole la cabeza—. Antes jamás me fijaba en los animales, pero creo que tal vez me anime a tener uno como tú. Bueno, uno de tamaño más reducido.

—¿Antes? —preguntó Guillermo.

Emma no contestó, y cuando Whisky se tranquilizó un poco, saludó a John.

—Hola, John. Gracias por invitarme.

—De nada, la verdad es que estaba intrigado por conocer a la mujer que ha sido capaz de hacer que el señor Martí salga de las oficinas antes de las nueve de la noche.

Esta vez fue Guillermo quien se hizo el sordo.

—Te hemos traído una planta —le dijo a su amigo entregándole el tiesto—. Espero que te guste.

—Muchas gracias. Es preciosa, pero no hacía falta que trajerais nada. Vamos, os presentaré a Hannah y a los demás.

John y Whisky los llevaron hasta la parte trasera de la casa, donde había una barbacoa, una mesa con bebidas y un montón de gente charlando. Se detuvo junto a una chica preciosa, de pelo rubio y ojos azules, a la que dio un cariñoso beso en el cuello.

—Hannah, este es el famoso Guillermo, y ella es Emma —explicó, rodeándole la cintura con un brazo.

—Hola. —La chica los saludó con una sonrisa—. Espero que os guste la comida picante. Creo que nos hemos pasado un poco con la salsa.

Emma empezó a charlar animadamente con Hannah, que no tardó en presentarle a sus amigos, y Guillermo siguió a John, a quien le habían encargado ir a buscar hielo y más bebidas. Por el modo en que Hannah y él se miraban y por las sonrisas que se regalaban, era obvio que la pareja estaba enamorada. Era como ver a Ágata y Gabriel, y Guillermo se dio cuenta de que estaba celoso. ¿Por qué a él no le había sucedido nunca algo así?

—Mi abuelo está en la cocina, preparando su guacamole. Nadie lo prepara como él y dice que se llevará el secreto a la tumba. Ven, te lo presentaré.

Al entrar en la cocina, Guillermo vio a un hombre de pie que bien podría haber sido el doble de Sean Connery, con un delantal, y a una señora altísima de pelo blanco entre sus brazos.

—Abuelos, ¿es que no podemos dejaros solos ni un momento?

—Ya sabes que no —dijo la mujer apartándose y guiñándole un ojo a su nieto—. ¿Qué quieres?

—Vengo a buscar hielo y más bebidas —respondió, acercándose a la nevera—. Os presento a Guillermo. Es el auditor del que te hablé, abuelo.

—Es un placer, señor y señora MacDougall.

Ella le dio la mano y le sonrió pero el hombre, que se había puesto a cortar aguacate, contestó:

—Lo mismo digo. ¿Me acercas el tabasco? —Con la barbilla señaló una botella que había en la encimera.

—Claro.

—Abuelo, ¿te falta mucho? —preguntó John amontonando latas en el suelo.

—No, ya casi está. —Echó el tomate y el aguacate y, tras secarse las manos, abrió la botella que le había acercado Guillermo—. ¿Cuántos días vas a quedarte? —le preguntó.

—Un mes. Tres semanas más —respondió él observando con interés la elaboración de la salsa.

—Espero poder hablar contigo con calma. John me ha contado algunas cosas, y creo que sería interesante que nos reuniéramos los tres. —Levantó la vista un segundo—. Mi nieto parece atolondrado...

—Abuelo, estoy aquí —lo interrumpió este mientras seguía hurgando en la nevera.

—... pero tiene buen olfato para las personas.

Guillermo no supo qué decir a eso, pero el señor MacDougall siguió hablando.

—Esto casi está. ¿Has venido solo o con esa pelirroja a la que están rodeando los amigos de John?

Desvió la vista hacia la ventana por la que estaba mirando el hombre. Tenía razón, Emma estaba charlando con tres chicos que parecían sacados de un catálogo de ropa interior.

—He venido con ella. Si me disculpan... —dijo, dirigiéndose a la puerta—. ¿Te ayudo con las bebidas, John?

—Me harías un favor. Puedes estar tranquilo, mis amigos son inofensivos.

Ambos iban cargados con un montón de latas y un par de bolsas de cubitos.

—Seguro —respondió incrédulo.

—Además, ya les he dicho que es tu novia.

Guillermo no quiso contestar a eso y cambió de tema.

—¿Cuántos años tienen tus abuelos? ¿Han hecho un pacto con el diablo?

—Él tiene sesenta y ocho y ella sesenta y tres —contestó con una sonrisa—. Y supongo que sí que lo hicieron; yo también me muero de envidia. Solo espero que la genética haya sido generosa conmigo y haya heredado sus genes.

—¿Y tus padres? —Guillermo se dio cuenta de que, si bien un par de tíos de John trabajaban en la empresa, no sabía nada de su padre ni de su madre.

—Murieron hace unos años.

—Lo siento. —¿Cómo era posible que no se hubiera enterado de eso antes?

—No te preocupes. Tuvieron un accidente de coche cuando yo aún era un adolescente. Me fui a vivir con mis abuelos, y supongo que por eso me llevo tan bien con ellos.

—¡Vaya! Yo no puedo ni imaginarme qué habría hecho sin mis padres a esa edad —dijo él sorprendiéndose a sí mismo por lo íntimo de la conversación.

—Fue difícil, pero mis abuelos se portaron muy bien conmigo, y al cabo de un tiempo conocí a Hannah y supe que, aunque ellos ya no estaban, iba a ser feliz.

El sentimiento de envidia volvió a aparecer.

—Se os ve muy bien juntos.

Estaban ya en el jardín y Hannah, como si presintiera que John estaba cerca, se dio media vuelta y le sonrió. Guillermo no tuvo tiempo de sentir celos por esa sonrisa, pues Emma hizo lo mismo, y él casi tiró las latas al suelo de la emoción. No solían sonreírle así. Aunque tenía bastante éxito con las mujeres, y claro que estas le sonreían a veces, eran sonrisas seductoras. No sonrisas dulces, como si se alegraran de verlo. Podría acostumbrarse a aquello.

Dejaron las bebidas y las bolsas de hielo encima de la mesa, y luego pusieron un poco de orden. Los abuelos de John salieron pocos minutos después con una bandeja con dos cuencos de salsa guacamole y las tortitas para degustarla. Todos la probaron, y al señor MacDougall empezaron a lloverle los elogios. La sala era realmente excelente.

Guillermo se quedó mirando a Emma, que seguía charlando con un par de chicas, y ella levantó la vista. Tardó un segundo en despedirse y luego caminó hacia él.

—¿Qué tal? ¿Lo estás pasando bien? —preguntó él ofreciéndole una cerveza helada.

—Sí, mucho. Hannah es muy simpática y sus amigos son encantadores —contestó ella aceptando la botella—. ¿Y tú? El abuelo de John se parece muchísimo a Sean Connery.

—Ya. —Sonrió—. Me muero de envidia, seguro que cuando yo tenga su edad me pareceré más a Paco Rabal que a James Bond.

—¡Vamos! ¿Estás buscando que te diga que eres guapo? —preguntó Emma dando un sorbo—. Sabes de sobra que lo eres.

Guillermo se sonrojó.

—Además, esas dos chicas con las que estaba hablando no han sido especialmente discretas preguntándome si éramos pareja.

—¿Qué les has dicho? —Bebió un poco para esperar su respuesta.

—La verdad.

¿La verdad? ¿Y cuál era la verdad? Un beso en mitad del pasillo y un par de cenas no garantizaban nada, y ella se resistía a salir con él.

Iba a preguntarle directamente lo que eso significaba cuando John le pidió que lo ayudara con la barbacoa. Mordiéndose la lengua, optó por ir a auxiliar al anfitrión y dejó a Emma charlando de nuevo con uno de los fornidos amigos de Hannah.

En cuanto la carne estuvo asada, se sentaron a una mesa que había preparada en medio del jardín y empezaron a comer. El ambiente fue muy relajado y, entre risas, John y Hannah les contaron lo estresante que era organizar una boda, sobre todo cuando el novio era tan despistado. Luego, charlaron sobre viajes, y todos les dijeron que se morían de ganas de visitar Barcelona desde que un par de amigos habían estado allí y les habían contado emocionados lo bien que se lo habían pasado en España. Al finalizar, recogieron los platos y limpiaron la cocina. Eran las seis de la tarde; unos cuantos jugaron a pelota con Whisky, aunque el mastín parecía tener ganas de dormir, y otros se bañaron en la pequeña piscina que había unos metros más allá. John y Hannah se tumbaron en una hamaca para charlar de sus cosas y darse un par de besos, y los abuelos de John entraron en casa. Guillermo miró a Emma y le dijo:

—¿Te apetece sentarte allí? —Le señaló un balancín que había en el porche. Parecía sacado de una película.

—De acuerdo. La verdad es que me pesa un poco la cabeza. La comida era tan picante que creo que he bebido un poquitín más de la cuenta.

—Solo has tomado dos cervezas, y seguro que con la hamburguesa y las patatas no te han hecho ningún efecto —dijo él como si fuera lo más normal del mundo que supiera exactamente lo que ella había comido y bebido.

—Ya, pero yo con una suelo tener bastante.

—Sentémonos, y si quieres te presto el hombro para que eches una cabezadita.

—No digas tonterías. Sería de muy mala educación que me quedara dormida en una fiesta.

—Tienes razón, pero que conste que mi hombro es muy cómodo —añadió él con una sonrisa.

—No tengo ninguna duda. —Tal vez las cervezas sí la habían afectado—. Y más tarde, cuando tomemos el taxi de regreso a la ciudad, aceptaré tu oferta.

Dando por terminado el flirteo, se dirigieron hacia el columpio y se sentaron el uno junto al otro.

—Se está bien aquí.

—Sí —afirmó ella.

—John y Hannah se casan dentro de poco —dijo Guillermo mirando a la pareja, que seguía charlando en la hamaca.

—Lo sé. Hannah me ha invitado a la boda. Bueno, nos ha invitado a los dos. —Tras un silencio, añadió—: Supongo que no sabe que tú ya te habrás ido.

La boda de Hannah y John iba a celebrarse a principios del mes siguiente. John le había invitado el otro día y Guillermo había declinado dicha invitación: Emma tenía razón, él ya no estaría, pero por cómo había formulado la frase, no sabía si le daba lástima o le era indiferente que así fuera.

—¡Quién sabe qué pasará dentro de un mes! Tal vez podría quedarme unos días más —dijo para ver su reacción. Esperó unos segundos y, ante el silencio, ladeó la cabeza y vio que se había quedado dormida. Sonrió. La dejaría descansar unos minutos y, cuando se despertara, la atormentaría diciéndole que todos la habían oído roncar. Lo tendría bien merecido, por torturarlo de ese modo.

Media hora más tarde, Whisky se cayó a la piscina persiguiendo una pelota. El chapuzón del mastín salpicó a los que estaban más cerca, y un par más de invitados fueron a parar al agua. Hannah fue en busca de unas toallas, y cuando el orden volvió a instaurarse, la gente empezó a despedirse. Guillermo y Emma hicieron lo mismo. Ella intentó convencer al señor MacDougall para que le diera la receta del guacamole, pero este se resistió.

—No insistas, Emma —le aconsejó John con una sonrisa—. No te la dará. Hannah lleva años intentándolo y jamás lo ha conseguido.

—De acuerdo, me rindo —aceptó ella dándole un beso en la mejilla—. Pero usted aún no ha probado mi pastel de chocolate, y le aseguro que cuando lo haga me suplicará que le dé la receta. Le adelanto que no voy a dársela; es un secreto que me llevaré a la tumba.

—Te propongo una cosa, Emma —dijo el señor MacDougall—. La próxima vez que nos veamos, probaré tu pastel, y si es tan bueno como dices, buscaré la manera de convencerte para que me cuentes tus secretos.

—Ni hablar —intervino su esposa—. El médico te dijo que no podías comer chocolate.

—¿Qué sabrá él?

El matrimonio se rio y ambos se despidieron de Emma.

—Señor MacDougall, ha sido un placer conocerlo —se despidió Guillermo.

—Lo mismo digo, pero llámame Mac. —Le dio la mano—. Le diré a John que organice una reunión la semana que viene, ¿te parece bien?

—Perfecto. Hasta entonces.

John, que les había llamado un taxi, los esperaba junto a la puerta.

—Nos vemos el lunes, Guillermo. Y a ti, Emma, espero volver a verte pronto.

Ella miró a los ojos a su anfitrión, le sonrió y le dio un beso en la mejilla.

En el camino de regreso, Emma, que aún notaba los efectos del sol y la cerveza, volvió a dormirse y Guillermo aprovechó para pensar en lo bien que lo había pasado. John estaba en lo cierto, su abuelo era un hombre muy interesante, y había disfrutado charlando con él, y con el resto de invitados, de temas muy variados. Guillermo no solía salir demasiado con sus compañeros de la oficina, pero cuando lo hacía, era obvio que solo hablaban de trabajo. Con su familia era otra cosa, claro. Sus hermanos y sus padres le tenían terminantemente prohibido sacar ese tema estando con ellos, a no ser que hubiera pasado algo grave. Solo entonces estaban dispuestos a escucharlo. Otra vía de escape de su trabajo se la proporcionaba Anthony, el temible amigo de Gabriel, que se había instalado en Barcelona. Cuando quedaba con él en el gimnasio o para salir a tomar algo, jamás hablaba del trabajo. La verdad era que el inglés había demostrado ser una compañía divertida, aunque un poco peligrosa. Y era innegable el éxito que tenía con las mujeres.

Emma se movió un poco y, con la punta de la nariz, le acarició la piel del cuello. Se le puso la piel de gallina. Ella estiró un brazo y, sin despertarse, lo dejó descansar encima del regazo de Guillermo. En ese instante, él se acordó del viaje en avión, y decidió que marcaría ese día como el primero de su nueva vida.

Pero, a decir verdad, su vida empezó a cambiar el día en que vio a Gabriel tan enamorado. Los padres de Guillermo lo habían educado para que fuera capaz de demostrar sus sentimientos sin avergonzarse, pero él siempre había creído que cuando se enamorara no sería de un modo tan desgarrador como el que vio en los ojos de su amigo el día que regresó a Barcelona dispuesto a recuperar a Ágata. Ese día, Guillermo se dio cuenta de que él también quería sentir algo así. Sabía que el amor no se puede forzar, que aparece de repente, pero incluso alguien tan práctico y metódico como él también sabía que tenía que darle una oportunidad; y si solo pensaba en el trabajo, dicha oportunidad no se presentaría jamás.

Giró la cabeza y miró a Emma, que aún estaba dormida. Era tan blanca que, a pesar de la protección, el sol le había teñido las mejillas. Le recorrió una ceja con el pulgar, tan solo hacía una semana que la conocía, y era consciente de que aún tenía mucho camino por recorrer y muchas incógnitas por desvelar, pero tenía un par de cosas claras: la primera, que jamás un primer beso lo había afectado tanto como el que ambos se dieron en el pasillo del hotel, y la segunda, que estaba dispuesto a averiguar si aquella hada podía trastocar los cimientos de su ordenada vida.

El taxi aparcó delante del hotel. Emma se despertó y, al ver lo acurrucada que estaba contra Guillermo, lo soltó de un salto y salió del vehículo mientras él pagaba al conductor. Ya en la recepción, ella fue la primera en hablar:

—Siento haberme dormido —confesó, aún muerta de vergüenza.

—No te preocupes, parecías cansada —le dijo, abriendo la puerta.

—Y lo estoy. Hacer turismo puede resultar agotador. —Se pasó la mano por el pelo y respiró hondo—. Gracias por invitarme, lo he pasado muy bien.

—Gracias a ti por venir. —Miró el reloj—. ¡Vaya! Es más tarde de lo que pensaba.

—Sí, creo que me acostaré. Mañana me espera un día muy largo. —Vio que él enarcaba una ceja, y se lo explicó—: Mañana dejo el hotel y me instalo en el apartamento.

—¿Mañana? —Ella ya se lo había contado, pero al parecer su cerebro había decidido olvidar ese pequeño e inoportuno detalle—. ¿Mañana?

# 9

—Mañana. ¡Vaya! —Él, famoso por su elocuencia, no sabía qué decir.

—Sí. Me levantaré, haré la maleta e iré a la escuela de cocina. Se supone que allí me esperará alguien con las llaves y me acompañará hasta el piso. —Pulsó el botón del ascensor—. Bueno, ha sido un placer conocerte.

¡Ah, no! Eso sí que no. No iba a permitir que se despidiera de él como si nada.

—Si no recuerdo mal, quedamos en que te ayudaría con la mudanza y luego tú me invitarías a cenar. —En ese instante dio gracias a Dios por tener tanta memoria—. Además dicen que a los hombres se nos da mejor lo de encender calderas y buscar contadores de la luz. —«Menuda tontería.» Y no pienso dejar que te libres de invitarme.

—No sé, no quisiera molestarte. Seguro que tendrás cosas que hacer.

—Nada en absoluto.

El ascensor abrió las puertas y los dos entraron.

—¿De verdad no te importaría? No te sientas comprometido por haberte ofrecido el otro día; yo ya ni me acordaba... Además, con el presupuesto que tengo no sé a qué podría invitarte.

¿Qué podía decirle?

—De verdad —respondió mirándola a los ojos para ver si así entendía lo que no se atrevía a decirle con palabras: que quería pasar otro día con ella. Quería conocerla mejor y saber si las palpitaciones que sentía eran pasajeras o eran el principio de algo más intenso y complejo.

El ascensor, con su característico don de la oportunidad, se detuvo en el piso y abrió las puertas de nuevo. Salieron y, en silencio, caminaron hacia sus habitaciones.

—¿A qué hora tienes previsto irte de aquí? —le preguntó él, dando por hecho que iba a acompañarla.

—A las diez. —Empezó a buscar la llave en el bolso—. La escuela de cocina no está muy lejos. He quedado allí a las diez y media. —Sacó la mano triunfante, sujetando la tarjeta entre dos dedos—. ¿En serio no tienes que trabajar?

—En serio. Tengo que leer unos documentos, pero puedo hacerlo ahora. No te preocupes.

Guillermo no pudo resistir la tentación y le acarició la mejilla. Fue solo un segundo y enseguida apartó la mano. Como si no hubiera sucedido. De hecho, Emma se preguntó si de verdad había deslizado los dedos por su piel.

—Será mejor que me vaya, antes de que sea demasiado tarde —dijo él tras carraspear.

—Sí, yo también tengo mucho que hacer —respondió ella sin acabar de entender el último comentario—. Dejaré lista la maleta y me acostaré.

—Que duermas bien —susurró Guillermo antes de darse media vuelta y seguir hacia su habitación.

—Lo intentaré —farfulló Emma tratando de abrir la puerta.

—Estás poniendo la tarjeta del revés.

—Gracias.

Los dos entraron en sus habitaciones cuando en realidad querían seguir charlando en el pasillo.

Ya a solas, Guillermo encendió el portátil y trató de leer un par de informes que le habían quedado pendientes el viernes. No tuvo demasiado éxito. Además, cuanta más información tenía, más claro veía que aquella fusión no era tan fácil como parecía, y que el proyecto Fénix tenía algo que ver con todo, a pesar de que nadie, excepto John, pensara como él.

La fusión de Biotex con Lab Industry era demasiado perfecta, parecía sacada de un libro de economía, y él había visto lo suficiente como para saber que la vida real jamás se ajustaba tanto a los libros. Sabía que no estaba al cien por cien concentrado en lo que hacía, pues cada dos segundos sentía un cosquilleo en la punta de los dedos, justo donde había acariciado el rostro de Emma. Y cada tres, la imagen de ella dormida contra su hombro le aparecía en la mente. Cerró los ojos unos segundos, peor, pudo escuchar claramente el sonido de su risa. Bueno, más le valdría apagar el ordenador y tratar de dormir. A ver si así recuperaba un poco la calma. Tumbado en la cama cayó en la cuenta de que, a partir del día siguiente, ella no iba a estar en el hotel y ya no le sería tan fácil verla. ¿Tan fácil? A juzgar por el modo en el que Emma había intentado despedirse, iba a ser casi imposible. A ella le gustaba estar con él; Guillermo no era tan torpe como para tratar de empeñarse en ver a una mujer que se sintiera incómoda con su compañía, pero también era evidente que la chica quería mantener las distancias. Él era un gran estratega, su carrera profesional así lo demostraba y ninguno de sus hermanos había conseguido jamás ganarle al Risk. Encontraría la manera de verla y de conocerla mejor.

Se despertó pronto y bastante descansado, a pesar de lo mucho que le había costado dormirse, y, tras ducharse, se vistió y bajó a desayunar. Emma no le había dicho nada de bajar a la cafetería del hotel juntos, pero confió en que la encontraría allí.

No fue así, y supuso que estaría recogiendo sus cosas. Se sirvió una taza de cereales de colores y le pidió café al camarero. De camino a la mesa, se hizo con un periódico y se sentó. Llevaba solo dos páginas y un sorbo de café cuando ella apareció. Cruzó el comedor sin verlo y fue directa a los cereales. Guillermo sonrió, era increíble que alguien con un paladar tan fino disfrutara con aquello. Emma llevaba unos vaqueros, deportivas y una camiseta con una de las princesas Disney dibujada. Apropiado, pensó él.

—Buenos días —dijo, bajando el periódico cuando pasó por su lado.

—Buenos días. Creía que aún estarías durmiendo —respondió ella sentándose frente a él sin preguntar siquiera.

A Guillermo ese gesto le gustó mucho, pero consiguió disimularlo.

—¡Qué va! Llevo un rato despierto. ¿Té o café? —le preguntó, pidiendo con una mano al camarero que se acercara.

—Café, gracias. Veo que hoy has vuelto a caer en la tentación —dijo señalando la taza llena de cereales.

—Ya no podía resistirme más —contestó mirándola a los ojos. Emma tuvo la sensación de que no estaban hablando de lo mismo, pero prefirió ignorarlo y seguir charlando como si nada.

—Aún tengo que pagar la cuenta, pero ya he bajado la maleta.

Vamos muy bien de tiempo. —No eran ni las diez.

—¿Tienes aquí la dirección de la escuela? —Ella se la dio y él trató de ubicarse—. Tenías razón, no está muy lejos, a unos veinte minutos andando. Si quieres, vamos paseando y así ves un poco el barrio.

—¿Y la maleta?

—La llevaré yo. Al fin y al cabo es igual que la mía, y nunca he tenido problemas con ella.

Emma se sonrojó al recordar el incidente en el aeropuerto.

—¿Cómo estabas tan seguro de que me estaba llevando la tuya? —preguntó sin pensar.

Él sonrió y le respondió:

—La mía tiene un golpe.

—¡Ah! Ya sabía yo que eras de esos.

—¿De esos?

—De los que saben si sus maletas tienen golpes. Ya sabes. —Él enarcó una ceja y ella continuó—: Ordenado, metódico, un pelín obsesivo con sus cosas.

Ante su sorpresa, Guillermo sonrió aún más.

—Me alegra ver que empiezas a conocerme. —Se levantó sin dejar de sonreír—. Voy a por mis cosas. ¿Nos vemos en recepción en unos minutos?

—De acuerdo —contestó ella también sonriéndole. Le gustaba ver que no se tomaba a sí mismo demasiado en serio.

Guillermo llegó a su habitación aún con una sonrisa en los labios. Se cepilló los dientes y se aseguró de que llevaba el móvil y la cartera. Salió y bajó de nuevo.

Emma estaba apoyada en el mostrador, repasando la factura. A su lado, en el suelo, descansaba la maleta y su enorme bolso. En realidad, el bolso no era tan grande, pensó observándolo, pero ella era tan menuda que lo parecía. Vio que firmaba el resguardo de la tarjeta y se daba media vuelta.

—Toma —dijo él agachándose para levantar el bolso del suelo—. Deberías pensar en utilizar uno más pequeño.

—Lo sé, pero este me lo regaló Raquel y me gusta.

Guillermo entendió lo que quería decir; él siempre sentía especial cariño por las cosas que le regalaban sus hermanos, aunque en ocasiones fueran de lo más absurdas, como esa vez que Martina le regaló la serie completa de James Bond, cuando a él jamás le había gustado demasiado.

—Cuando quieras podemos irnos. —Agarró el asa de la maleta antes de que ella pudiera hacerlo.

—De acuerdo.

Salieron a la calle, y el calor y la humedad de la ciudad los golpearon al instante. Tal como habían decidido durante el desayuno, fueron andando mientras charlaban de temas intrascendentes; de las tiendas tan curiosas que había o de lo raros que eran algunos de los habitantes de la Gran Manzana. Treinta minutos más tarde, llegaron a la escuela de cocina.

En la puerta, junto a los timbres, había una placa con el nombre, Stove, y los dos pisos que ocupaba. Llamaron y una mujer con acento cubano les abrió enseguida y les indicó que subieran. Clara, así se llamaba la voluptuosa cubana que los recibió, era la recepcionista, y se había ofrecido voluntaria para recibir a Emma. Lo de «voluntaria» era un decir, la verdad era que la señora Chabrol, la propietaria y directora de la escuela, le había dicho que tal vez así se olvidaría de los dos días que había llegado tarde esa semana. Fuera como fuese, Clara le entregó a Emma las llaves y, sin dejar de mirar a Guillermo, le dio la dirección del pequeño apartamento.

—Tienes que caminar unos doscientos metros y luego girar a la izquierda...

—No te preocupes —la interrumpió él guiñándole un ojo—, sé dónde es.

La mujer enarcó una ceja y lo recorrió con la mirada. Aunque era mucho mayor que él, era evidente que estaba disfrutando de las vistas.

Emma se dio cuenta y no pudo evitar sonreír. Comprendía perfectamente lo que le pasaba a la cubana. Guillermo Martí era un hombre muy atractivo, y si además se ponía en plan encantador, podía ser letal.

—Las clases empiezan mañana, ¿no? —decidió volver a llamar la atención de la recepcionista.

—Sí, así es —le respondió esta, echándose la melena hacia atrás—. Aunque al ser el primer día, seguro que será bastante tranquilo. Deja que compruebe que no me haya olvidado nada. —Revisó el escritorio, que era más bien caótico—. No, ya te lo he dado todo. De todos modos, si tienes algún problema cuando llegues al apartamento, no dudes en llamar. Yo estaré aquí tres horitas más. —Suspiró—. Tengo trabajo atrasado.

—Muchas gracias por recibirme, Clara —le dijo Emma.

—De nada. —Sonrió la otra—. Bueno, espero verte mañana.

—Puedes estar segura. Hasta mañana.

Guillermo agarró el asa de la maleta con una mano y le tendió la otra a la mujer.

—Ha sido un placer, Clara.

—Lo mismo digo —respondió ella, aceptándola.

Tras despedirse, Emma y Guillermo salieron a la calle y él se detuvo un momento para decidir por dónde continuar. El apartamento no estaba muy lejos, y el barrio era bastante tranquilo. Al contrario que el centro de la ciudad, sus calles estaban pobladas por casitas de dos plantas, de ladrillo blanco y con rejas negras en la entrada, y por pequeños edificios. Eran habituales los sótanos, a los que se accedía por una escalera que partía de la misma acera, y no había ningún rascacielos. Siempre que Guillermo pasaba por allí, no podía evitar pensar en las películas de Woody Allen. Todas parecían rodadas en aquella zona. Mejor, pensó, se moriría de preocupación si la escuela de Emma estuviera en un barrio conflictivo.

—Creo que cada vez estoy más nerviosa —dijo ella, sacándolo de su ensimismamiento.

—¿Nerviosa? ¿Por qué?

Seguían de pie en el portal, y ella lo miraba con los ojos muy abiertos, como si por primera vez bajara un poquito sus defensas.

—No sé, supongo que ahora empiezo a darme cuenta de que todo esto está pasando de verdad —respondió, abriendo los brazos como si quisiera abarcar la ciudad entera.

—¿Te refieres a lo del curso? —Tras verla asentir continuó—: Pues claro que está pasando de verdad. —No pudo resistir más la tentación y le acarició la mejilla—. Mañana empezarás las clases, y ya verás cómo dentro de un par de meses todos los cocineros del mundo se pelearán por ti. Es normal que estés un poquito nerviosa.

—No es solo eso, es que... —No continuó, pero lo miró a los ojo y, durante unos segundos, él creyó que quería decirle algo más, pero luego esa mirada desapareció como si nunca hubiera existido—. ¿De verdad sabes dónde está el apartamento?

Emma cambió de tema y giró la cabeza.

—Sí. Creo que deberíamos ir hacia la derecha. —Guillermo también fingió que ese momento no había sucedido, y esperó a que se le pasaran un poco las ganas de besarla. Desde que habían salido de la escuela, se moría por hacerlo. A decir verdad, hacía días que lo necesitaba, pero tenía miedo de volver a precipitarse.

—Debería estar por aquí —dijo ella completamente ajena a lo que él estaba pensando.

—Es aquí. —Guillermo se detuvo delante de un portal y comprobó la dirección en el papel que les había entregado Clara.

El edificio era de un color gris indefinido, con un par de escalones en la entrada y una puerta tras una reja. Al abrir, vieron las hileras de buzones y un ascensor al fondo. El piso de Emma era el tercero cuarta y, según el folleto, tenía vistas a la calle y estaba completamente equipado.

Entraron en el pequeño apartamento y descubrieron dos cosas: una, que sí tenía vistas al exterior y dos, que no estaba completamente equipado, a no ser que uno creyera que no se necesitaba cama para dormir.

—¿Y la cama? —preguntó Emma tras recorrer los cuarenta metros cuadrados que constituían la totalidad del habitáculo.

—No sé. —Guillermo dejó la maleta en una esquina y se dispuso a inspeccionar—. Tal vez sea esto —dijo, tirando de una especie de armario.

Acertó, y una cama ya hecha cayó al suelo con un golpe seco.

—¡Vaya! Y yo que creía que solo existían en las películas de serie B.

—Ya ves que no. —Se sacudió el polvo de las manos—. ¿De verdad quieres quedarte aquí?

—¿Y dónde quieres que me quede?

«Conmigo», pensó él. Pero no lo dijo.

—La verdad es que no está tan mal —continuó Emma—. La cocina es muy amplia.

La cocina consistía en un juego completo de fogones, una nevera, un horno y una barra con dos taburetes.

—Bueno, supongo que tienes razón. ¿Y el baño?

Los dos fueron a inspeccionarlo y se llevaron una grata sorpresa: había una bañera de las antiguas, blanca y con patas, y detrás un espejo enorme.

—Es precioso —dijo ella asombrada.

—Sí, lo es.

Emma se acercó y recorrió el borde de la bañera con el dedo y Guillermo tuvo que apartar la mirada y salir de allí. De nuevo en la entrada, que también hacía las veces de comedor y salón, dijo:

—¿Qué te parece si te acompaño a comprar comida y todo lo que te haga falta? —Antes de que ella pudiera rechazarlo, añadió—: Así, con un solo viaje podrás comprarlo todo.

—No te preocupes, Guillermo.

—No me preocupo, pero me apetece acompañarte.

—¿Por qué?

—¿Cómo que por qué? —preguntó él levantando las manos—. Porque quiero estar un rato más contigo. ¿Tan raro te parece?

—Mucho —respondió Emma buscando algo en el bolso. Guillermo empezaba a sospechar que lo hacía siempre que se ponía nerviosa—. Bueno, la verdad es que así podré cargar con más cosas.

—Me alegra poder serte útil, aunque solo sea como mulo de carga. —Abrió la puerta—. Vamos, antes de que me arrepienta —añadió con una sonrisa.

—Ya te he dicho que puedo ir sola.

—Sí, y yo te he dicho que quiero estar contigo. El porqué, ni yo mismo lo sé.

—¿Porque soy encantadora? —se burló ella.

—Claro, y yo soy Superman. Creo que al venir hemos pasado por delante de un supermercado.

—De acuerdo, Clark. —Lo siguió calle abajo—. Me encantan las tiendas de comida de este país.

—¿Por qué? —preguntó con la mirada fija en el semáforo.

—No sé, supongo que porque tienen miles de helados y de chocolates y todos son *light*, aunque no se lo crea nadie. —Sonrió—. Me encanta el chocolate, en especial el negro recién fundido. En España, cada vez que preparo una *fondue* me siento culpable, aquí no tanto, será porque cuando estás en el extranjero crees que todo está permitido, ¿no crees? A veces una taza de chocolate es lo único que necesitas, lo mejor del mundo. Incluso mejor que el sexo.

Justo en ese instante, la luz se puso verde y Emma cruzó antes de que él pudiera decirle lo que pensaba de ese último comentario.

—Creo que fingiré no haber oído eso —dijo él cuando la alcanzó—. Y si de verdad piensas así, una de dos: o yo jamás he probado un chocolate caliente tan bueno como el que tú preparas, o tú jamás te has acostado con el hombre adecuado.

—Si quieres, un día te prepararé una taza —ofreció ella, pero su voz había cambiado un poco de tono y se parecía muchísimo a una caricia.

Guillermo casi se tropezó.

—¿En pleno verano? —preguntó, a falta de algo mejor que decir.

—Podemos dejarlo para el invierno —sugirió Emma.

—Te tomo la palabra —respondió mirándola a los ojos, y dejando claro que no iba a olvidar la invitación—. Pero creo firmemente que estás equivocada.

—¿En qué?

Estaban parados en la puerta de la tienda.

—En lo del sexo.

Ella se lamió el labio inferior y lo único que evitó que Guillermo la besara allí mismo fue que una señora con un niño en brazos pasó entre los dos.

—Supongo que tendremos que esperar —dijo Emma tras carraspear.

—¿A qué? —preguntó él, cuando en realidad quería decir: «¿A que hayamos hecho el amor?».

—A que hayas probado mi chocolate caliente.

A media frase, Guillermo se dio cuenta de que se estaba excitando. ¡Dios! O entraban en una tienda con aire acondicionado o iba a tener un problema. ¿Estaba intentando decirle que se sentía atraída por él? ¿O es que en aquella semana esa chica había conseguido volverlo loco y ya veía cosas donde no las había? Lo mejor sería no llegar a ninguna conclusión y esperar a ver qué sucedía. No, imposible, no podía seguir excitándose en plena calle, acabaría poniéndose enfermo.

Iba a preguntarle directamente lo que había querido decir con aquello, pero Emma entró en la tienda y se hizo con una cesta. Guillermo respiró hondo y se frotó los ojos. En fin, si iba a actuar como si nada, él haría lo mismo. Se colocó a su lado y fue poniendo dentro todo lo que ella le indicaba.

Su madre solía comprar la fruta, la verdura, la carne y el pescado en tiendas del pueblo donde la conocían de toda la vida. Tenía que confesar que de mayor él no la acompañaba jamás, ir a esas tiendas siempre lo había puesto muy nervioso, pues siempre le preguntaban si tenía novia, dónde trabajaba, etc. Guillermo, que podía hacer frente a una sala llena de directivos, se convertía en un cobarde cuando Trini, la propietaria de la carnicería, lo sometía a un tercer grado. Pero tuvo que reconocer que le estaba gustando hacer la compra con Emma. Como era de esperar, ella escogía meticulosamente todos y cada uno de los productos que echaba en la cesta. Jamás había visto a nadie dudar tanto en la sección de lácteos. Ni tampoco que encontrar una marca concreta de pasta pudiera causar tanta felicidad. La sección de limpieza y menaje fue otra historia, allí ella se despreocupó totalmente, y él tuvo que recordarle que tenía que comprar ciertas cosas.

Con la cesta llena hasta los topes, fueron a pagar. Guillermo se concentró en embolsarlo todo mientras Emma se ocupaba de la cuenta. Mientras, él empezó a pensar en lo poco que en realidad sabía de ella, y se dio cuenta de que algo no encajaba. Era obvio que era una mujer lista y dispuesta a luchar por su futuro, y que la cocina la apasionaba, pero ¿qué había hecho antes de estudiar para cocinera? Por la edad que tenía era imposible que hubiera estado todos esos años estudiando, así que ¿Había estado trabajando? ¿Estudiando otra cosa? ¿Había estado enferma? Pero la pregunta que más lo inquietaba era: ¿por qué no se lo contaba? El ruido de la caja registradora lo devolvió a la realidad, así que cargó con seis bolsas, tres en cada mano, y salió a la calle. Emma no tardó en seguirlo con tres bolsas más y quejándose por llevar tan poco peso.

—No seas terca y camina —dijo él cuando ella le repitió que podía llevar alguna de sus bolsas.

—El terco eres tú, y creo que ya va siendo hora de que te des cuenta de que puedo ocuparme perfectamente de todo yo sola.

—Sí, claro. Tú sola podrías con todo esto. —Levantó un poco los brazos para que viera cuánto pesaban.

—No, claro que no podría. Pero habría hecho dos viajes.

—Así te ahorras uno.

Discutiendo medio en broma medio en serio, llegaron al apartamento. Emma abrió la puerta de la entrada y él la del ascensor. Tal vez ella no quisiera darse cuenta, pensó Guillermo, pero era como si llevaran años juntos. Tenían los movimientos sincronizados, igual que una pareja de bailarines.

—Bueno, ya estamos aquí —dijo él dejando las bolsas en la encimera.

—Sí. Por fin. —Emma se secó el sudor de la frente con el dorso de la mano—. Gracias por haberme acompañado.

—De nada. ¿Te ayudo a colocar las cosas?

—No hace falta —respondió ella, buscando el jabón para lavarse las manos—. Además, ya es muy tarde.

—Está bien. —Se acercó a la cocina para lavarse también las manos—. Me voy.

—¿Te vas? —Parecía sorprendida.

—Sí. Tengo la sensación de que no te gusta que esté aquí.

Emma iba a decir que eso era una tontería, pero si era sincera consigo misma tenía que reconocer que, desde que habían salido de la tienda, no había sido especialmente amable con él. No era culpa de Guillermo, al menos no del todo; cada vez que se le acercaba, se ponía tan nerviosa que lo único que se le ocurría para no caer en la tentación de tocarlo o besarlo era ser antipática. Al parecer, lo había sido, y mucho.

—No es eso. Ya te he dicho que estoy un poco nerviosa por lo de mañana. —¡Vaya mentira!

—¿Por empezar las clases? —preguntó Guillermo, interesándose por el tema.

—Sí. —Ahora tenía que seguir adelante con la excusa, tampoco era cuestión de decirle que estaba nerviosa porque no sabía qué tipo de relación quería con él.

—Seguro que te irá muy bien —le dijo tocándole suavemente una mano a modo de despedida—. Me voy y así podrás instalarte tranquilamente. —Se dirigió hacia la puerta. Lo mejor sería que se fuera y la llamara en un par de días. Si volvía a rechazarlo se daría por vencido, a pesar de que todas las células de su cuerpo le gritaban que ella era especial.

Estaba ya a punto de salir cuando Emma lo detuvo con solo seis palabras.

—¿Te apetecería venir a cenar mañana? —Él no dijo nada, así que fue ella quien continuó—: Podría preparar algo, al fin y al cabo aún te debo una cena. Pero bueno, si no te apetece no pasa nada.

—Sí, me apetece. —No había dicho nada porque no estaba seguro de haberla oído bien—. ¿A qué hora?

—¿Te va bien a las ocho? Ya sé que es pronto, pero supongo que después del primer día de clase estaré cansada, y así tú no tendrías que regresar tan tarde al hotel.

Bueno, Guillermo habría sido más feliz si ella no le hubiera dejado claro ya de entrada que no tenía ninguna intención de alargar la cena.

—Claro, a las ocho estaré aquí. —Agarró el pomo de la puerta—. ¿Seguro que estarás bien? —Sabía que no tenía que preguntarlo, que a ella no le gustaba que se preocupara, pero no pudo evitarlo—. Aún es pronto, si quieres podemos ir a comer algo y luego te ayudo a poner orden.

—Estaré bien, vete. Me instalaré y llamaré a mi hermana. No te preocupes, vete tranquilo.

Guillermo tuvo que hacer un esfuerzo para no volver a insistir. Se recordó a sí mismo que tenía trabajo pendiente y que le iría bien tener la tarde libre y repasar las notas que había tomado durante toda la semana, pero no sirvió de nada. Quería quedarse con Emma, a ver si ella volvía a sonreírle y a decirle que quería prepararle una taza de chocolate caliente. Quería asegurarse de que estaba bien, y decirle al oído que no estuviera nerviosa. En ese instante, se dio cuenta de que meses atrás no hubiera pensado así, que meses atrás hubiera antepuesto su trabajo a casi cualquier cosa, y se asustó un poco. Cambiar era más difícil de lo que pensaba, así que decidió hacerle caso a Emma e irse. Al fin y al cabo, a él también le iría bien estar solo.

—De acuerdo, como quieras. Hasta mañana.

—Hasta mañana.

Ella cerró la puerta y vio que él, igual que el día anterior y el anterior, no había tratado de besarla.

# 10

Después de conocer al abuelo de John, Guillermo estaba convencido de que el proyecto Fénix era mucho más complejo de lo que aparentaba; un hombre como aquel no perdía el tiempo con tonterías.

El domingo, tras dejar a Emma en su apartamento, llegó al hotel y trató de leer los informes que todavía tenía pendientes. Para variar, no pudo, y optó por salir a correr. Se pasó tres horas corriendo por la ciudad con The Cure y Depeche Mode sonando en sus cascos. Correr lo ayudaba a pensar, siempre lo hacía.

Mientras atravesaba Central Park, analizó todo lo que sabía sobre la fusión: punto uno, su jefe, Enrique, estaba ansioso por que saliera adelante; dos, los directivos de Biotex, en especial los tíos de John y yernos de Mac, también; tres, las condiciones para Biotex eran buenas y los pasos que había seguido Lab Industry eran de manual. Entonces... ¿por qué tenía la sensación de que algo no encajaba? ¿Era solo porque Emma lo desconcentraba o había algo más? Aún no sabía exactamente cómo ni por qué, pero estaba convencido de que la patente de Fénix tenía algo que ver. ¿Desde cuándo en una fusión de miles de páginas se perdía el tiempo en especificar quién iba a desarrollar una patente en concreto? Y mucho menos una que se había descartado hacía unos años. Mac era un hombre muy inteligente, y era obvio que ni él ni su nieto estaban entusiasmados con la idea de la fusión. Tal vez solo fuera porque no querían pasar a formar parte de un grupo tan grande, o porque tenían miedo del cambio, pero quizá sus reticencias tuvieran fundamento. Algo se le estaba escapando y a él jamás se le escapaba nada. El lunes a primera hora llamaría a Ellen Blanchet para concertar una cita con ella. Tal vez así averiguaría algo.

Con la camiseta empapada de sudor y la respiración entrecortada, regresó al hotel. Le dolía la espalda, ya no era un chaval de dieciocho años, y se moría de ganas de ducharse, relajarse un poco e intentar dormir. Llevaba casi una semana sin hacerlo, aunque jamás le confesaría a nadie que una chica de apenas un metro sesenta le quitaba el sueño, pero así era.

Le gustaba estar con Emma, era arisca y difícil, pero cuando bajaba la guardia se convertía en la chica más dulce y necesitada de amor que había visto jamás. Con cada pequeño detalle de su vida que ella le revelaba, más ganas tenía de conocerla mejor y, tras aquel beso demoledor, tenía que apretar los puños con fuerza para no abrazarla cada vez que la veía. Por no mencionar otras partes de su anatomía que también se descontrolaban ante su presencia. Entró en el hotel y el recepcionista lo miró de un modo algo raro; no estaba acostumbrado a que los huéspedes llegaran empapados de sudor y casi sin poder respirar. Guillermo se fue a su habitación sin decir ni una palabra y una vez allí se duchó. Todos los músculos del cuerpo le recordaron que hacía demasiado tiempo que no corría tanto rato y les prometió que no volvería a suceder. Recostó las manos en la pared y dejó que el agua se deslizara por su espalda. Estaba cansado, así que se puso una muda limpia y se sentó con el ordenador en el regazo. Recuperó los archivos y esta vez sí pudo leerlos. Tomó notas como un poseso. Lo de correr había sido un gran acierto, y pasadas unas horas decidió llamar al servicio de habitaciones para que le subieran la cena; él y Emma no habían comido y tras el ejercicio el estómago había empezado a quejarse. Se comió una ensalada de pollo y un par de manzanas y repasó todo lo que había escrito. A primera hora, le pediría a John que organizara una reunión con su abuelo y haría un par de llamadas a Barcelona.

Satisfecho por un trabajo bien hecho, se tumbó en la cama. El tiempo se le había pasado volando, mejor sería que se acostara. Al día siguiente tenía que hacer un montón de cosas antes de poder ir a cenar con Emma. Pensando en esa cena y en las ganas que tenía de volver a verla, cerró los ojos.

Llegó a la sede de Biotex a primera hora de la mañana. Saludó al señor del mantenimiento, y cuando entró en el ascensor pensó que aquel hombre debía de vivir allí. Sentado ya en su despacho, llamó a Fritz & Lloyd, el bufete que representaba a Lab Industry, y concertó una reunión con su abogada estrella, Ellen Blanchet, para el miércoles de aquella misma semana. También aprovechó para llamar a su casa, quería hablar con su madre o su padre, pero fue Helena quien contestó.

—¿Helena?

—¿Guille? —Solo sus hermanos lo llamaban así—. ¿Cómo estás?

—Bien, liado como siempre. ¿Y tú?

—Agobiadísima. Aún tengo un par de exámenes.

—Vamos, no seas boba. Seguro que para variar sacarás dos sobresalientes. A menudo creo que lo único que haces es estudiar; hay vida más allá de los libros.

—Eso dicen, pero la carrera de Medicina es muy exigente, y ese profesor que te conté me está amargando la existencia. ¿Cuándo vuelves?

—Aún me quedaré tres semanas más. ¿Ágata está bien?

—Tranquilo, tu primera sobrina no nacerá hasta que estés aquí —dijo ella con una sonrisa en los labios—. Ya sabes que ninguna mujer puede resistirse a tus encantos.

—Si tú supieras... —Tan pronto como pronunció esas palabras supo que estaba perdido.

—¿El qué? No me digas que existe una mujer capaz de resistirse al seductor y triunfador de mi hermano mayor. ¿Cómo se llama?

—No pienso decírtelo —contestó él con firmeza.

—Vamos, si me lo cuentas yo te contaré un pequeño secreto.

—Emma —dijo en voz baja.

—¿Emma? Me gusta.

—Vamos, ahora te toca a ti. Desembucha.

—Creo que me gusta un chico.

—¿Ah, sí? —Guillermo prestó mucha atención. Lo que había dicho antes lo decía en serio. Helena siempre había sido muy seria y reservada, y jamás había salido con ningún chico, a pesar de que se lo había pedido un montón.

—Sí, estudia conmigo. Bueno, es un par de años mayor que yo, pero ha suspendido unas prácticas y ahora las repite conmigo.

—¿Y? —insistió para que continuara.

—No sé, creo que me gusta. Aunque seguro que no se ha fijado en mí. Ha salido con la mitad de la Facultad de Medicina.

—Si no se ha fijado en ti es que es idiota y no te conviene.

—Gracias por decir eso, pero creo que no eres objetivo.

—Pues claro que soy objetivo. Mis hermanas son las chicas más bonitas del mundo.

—¿Emma incluida? —le preguntó ella pícara.

—Eh...

—Tranquilo, Guille. Me alegro de que por fin veas algo más que balances de empresas. Me voy, o si no llegaré tarde a clase.

—Cuídate, tesoro, y dile a mamá y a papá que he llamado.

—Claro, un beso.

—Igual... ¡Ah! Y no pierdas el tiempo con ese imbécil —añadió él, pero su hermana pequeña ya había colgado.

Contento de haber podido charlar un rato con Helena, Guillermo encendió el ordenador y escribió un par de *e-mails*; uno a Enrique, en el que le contaba los avances de aquella primera semana, y otro a Ricardo Mora. Ricardo tendría unos cincuenta años y estaba casado con una amiga de su madre. Según el padre de Guillermo, era uno de los mejores abogados mercantilistas de Barcelona, e incluso de España. Había coincidido con él en un par de ocasiones, siempre por temas relacionados con el trabajo, y le había demostrado que eso que se dice de que el diablo sabe más por viejo que por diablo era totalmente cierto. En el *e-mail* le preguntaba un par de cosas que se le escapaban de la fusión y le pidió máxima discreción. Luego fue a servirse una taza de café en la pequeña cocina que había en las oficinas, y allí se encontró con John, que acababa de llegar.

—Buenos días, Guillermo —lo saludó sirviéndose también una taza.

—Buenos días.

—Antes de que me inundes de trabajo, tengo que decirte una cosa.

—Dime.

—Emma me cayó muy bien, es muy simpática, y mi abuelo me ha pedido que le recuerde que espera probar pronto su tarta de chocolate.

—Si por mí fuera mañana mismo os invitaría a cenar, pero no tengo ni idea de si Emma y yo seguiremos viéndonos.

—¿Os habéis peleado? —preguntó él bebiendo un poco de café.

—No, qué va. Es que ya no está en el hotel.

—Es verdad. Hannah me contó lo del curso de cocina.

«¿Emma le había contado a Hannah lo del curso de cocina y lo del apartamento? —pensó él—. ¡Si solo se habían visto durante unas cuantas horas!». A él le había costado más de un día conseguir que le dijera algo de carácter personal.

—¿Estás muy liado? —le preguntó a John mirando su reloj—. He de preguntarte un montón de cosas, y me gustaría que me facilitaras más información sobre el departamento de investigación.

—Ahora tengo una reunión, pero dime qué quieres e intentaré enviártelo antes de entrar. Uno nunca sabe cuándo conseguirá escapar de una reunión con el departamento jurídico. Y en cuanto a las preguntas, ¿qué te parece si nos vemos para comer?

—Perfecto.

Guillermo le anotó en un papel que había allí junto a la cafetera todo lo que necesitaba y John consiguió mandárselo antes de que lo secuestraran los abogados de la empresa. El departamento de investigación había ido perdiendo peso en los últimos años, y más desde la muerte del jefe del laboratorio. Cuando MacDougall y sus desaparecidos socios crearon la empresa, ese departamento había sido el buque insignia, pero tras la jubilación de Mac, la nueva gerencia de Biotex optó por concentrarse en mejorar sus ventas y dejar a un lado la búsqueda de nuevos productos. Fénix había sido uno de los últimos proyectos en los que se había implicado el fundador, y casi había logrado dar con una fórmula magistral, pero no fue así. Y cuando volvieron a trabajar con ella tampoco tuvieron éxito. O al menos eso era lo que decía el informe que Guillermo sujetaba entre las manos. Las once. Todo un récord. Había conseguido no mirar el reloj durante un par de horas. ¿Cómo le estaría yendo el día a Emma?

Emma se levantó a las siete sin haber dormido nada. Entre los nervios por empezar las clases y las imágenes de Guillermo, que le venían a la cabeza cada dos segundos, no había pegado ojo. Llegó a la escuela puntual y aprovechó para saludar a Clara y darle las gracias de nuevo por lo del apartamento. Buscó la clase a la que se suponía que tenía que ir, y al abrir la puerta se quedó embobada. Era la cocina perfecta. En una isla central estaban los fogones y una encimera preciosa con todos los utensilios imaginables. Detrás, había armarios llenos de harina, sal, azúcar, y al lado dos neveras enormes con puertas de vidrio. También un horno y un fregadero con mangueras extensibles. De cara a la cocina, había unas diez mesas con sus respectivas sillas. Se sentó en una de ellas y se deleitó con lo que la rodeaba. Seguía sumida en sus pensamientos cuando entró un hombre fornido, de unos cincuenta años y de un aspecto claramente italiano.

—Hola, tú debes de ser Emma. Soy Luca, el profesor de cocina americana. —Al ver que ella abría los ojos sorprendida, se rio—: Es broma, soy el profesor de cocina italiana. La única del mundo.

—Encantada. ¿Cómo sabías que era yo?

—Clara me ha dicho que estabas aquí. Fíjate, una española y un italiano y somos los primeros en llegar. Para que luego digan que no somos puntuales.

Emma se rio.

—Sí, los tópicos no siempre son verdad.

—Bueno, algunos sí. No me negarás que en España o en Italia se vive mejor que aquí —le preguntó el profesor, demostrando que el tópico que sin duda era cierto era que los italianos son unos seductores.

—Sí, eso es innegable —admitió Emma—. Aunque no me importaría quedarme aquí durante un tiempo.

—Dímelo a mí. Cada vez que vengo me entran ganas de quedarme una temporada, pero luego me acuerdo de Roma y se me pasa.

—¿Vives en Roma?

—Sí, allí tengo mi restaurante, Sorrento.

—¡Oh, Dios! ¡Eres Gian Luca Accorsi! —exclamó Emma sonrojada.

—El mismo —dijo él, como si fuera lo más normal del mundo que el cocinero de más prestigio de Italia y uno de los más galardonados por la Guía Michelin estuviera charlando allí como si nada.

—Es un honor. Sabía que ibas a impartir algunas clases; de hecho, ese fue uno de los motivos por los que me decidí a asistir a este curso, pero no esperaba que fuera el primer día. Además, las fotos que he visto... —Se detuvo al ver que iba a meter la pata.

—Son horribles —terminó él—. Lo sé, mi mujer siempre dice que gano mucho al natural. Y el honor es todo mío; siempre me ha gustado enseñar y confieso que dando clases es cuando se me ocurren mis mejores ideas.

Su mujer era también cocinera, y casi tan famosa como él, pero su especialidad eran los dulces.

—¿En qué consiste la primera clase? —preguntó Emma señalando la cocina con la barbilla.

—Primero habrá una ronda de presentaciones, siempre me ha gustado saber algo de mis alumnos, al fin y al cabo, pronto seremos todos compañeros de profesión. Luego, repasaremos los principales ingredientes de la cocina italiana y trataré de explicaros cómo saber elegirlos y utilizarlos. Y, para finalizar, os enseñaré a hacer espaguetis. —Ella lo miró alucinada y él añadió—: Sí, ya sé que todos sabéis hacerlos, pero la cuestión es: ¿son de esos que cuando los comes te sientes bien o de los que te hacen cerrar los ojos de placer?

El resto de alumnos entraron en la clase y Emma se ahorró tener que contestar, aunque tenía en la punta de la lengua decir que nada de lo que ella hacía conseguía que nadie cerrara los ojos de placer.

A partir de ese instante, el resto del día se le pasó volando y, cuando llegaron las cinco, salió de allí con una sonrisa en los labios, un par de nuevas amigas interesantes y ansiosa por comprar los ingredientes necesarios para preparar aquellos espaguetis y poner a prueba la teoría de Luca. Emma había llegado a la conclusión de que, si bien no estaba preparada para tener una relación seria, sí estaba dispuesta a tener una aventura. Lo único que tenía que hacer era mantener las distancias y disfrutar del aspecto más frívolo de la raza humana, y seguro que Guillermo también quería lo mismo. Si había algún otro tópico que también era cierto era que los hombres siempre estaban dispuestos a tener una relación solo física; el problema, pensó Emma, era que su hombre particular no parecía encajar demasiado bien en esa descripción.

Guillermo comió con John y, aunque este le resolvió muchas dudas, ambos salieron del restaurante más inquietos de lo que habían entrado. A John nunca le había entusiasmado la idea de la fusión, pero cuantas más preguntas le formulaba Guillermo más dudas le entraban. Guillermo era muy bueno analizando datos, y si creía que algo de todo aquello no encajaba, probablemente tuviera razón. De regreso al trabajo, se repartieron las tareas: John iba a tratar de encontrar las notas del fallecido jefe del laboratorio y Guillermo se encargaría de llenar las lagunas legales que tenía sobre la fusión en general y sobre la patente de Fénix en concreto.

A la hora de salir, y aunque tenía aún varias cuestiones por resolver, Guillermo apagó el ordenador y se levantó de la silla. Tenía muchas ganas de ver a Emma, y no solo eso, tenía muchas ganas de preguntarle cómo le había ido el día y de hablarle sobre el suyo. Eso nunca le había pasado con nadie. Fue paseando hasta el hotel y, tras una ducha rápida, se dirigió hacia el apartamento de Emma. Eran las siete y quería aprovechar ese margen de tiempo para comprarle algo para el piso. Una especie de regalo de bienvenida. Se acordó de que el domingo, cuando compraron la planta para John y Hannah, a ella le había gustado un pequeño tiesto con unas florecillas rojas (él era incapaz de recordar el nombre de ese tipo de cosas) y decidió ir hasta la floristería. Tuvo suerte, y el tiesto en cuestión aún seguía allí, así que lo compró y siguió su camino. Llegó con unos veinte minutos de antelación y, mientras llamaba al timbre, esperó que a ella no le importara.

—¿Quién es?

—Soy yo, Guille.

—¿Guille?

—Guillermo.

—¡Ah, sube!

Emma le abrió la puerta y él subió los escalones de dos en dos. Al llegar al umbral del pequeño apartamento, un delicioso aroma lo envolvió.

—¡Qué bien huele!

Oyó que ella se reía detrás de la puerta de la habitación.

—Pasa, ahora salgo. Llegas pronto —dijo sorprendida.

—Solo unos minutos. —No quiso reconocer que tenía ganas de verla—. ¿Te echo una mano?

Emma parecía tenerlo todo bajo control, pero preguntó de todos modos.

—¿¡Sabes cocinar!? —gritó con el secador en marcha.

—No tengo ni idea, pero podría apagar el fuego o remover la salsa si quieres.

—Aléjate de mis fogones. —Salió de la habitación descalza—. No me puedo creer que alguien como tú no sepa nada de cocina.

—¿Alguien como yo? Creo que ya te dije lo poco que me gustaba esa frase. ¿Qué quieres decir con eso?

—Pues que, normalmente, los hombres solteros como tú saben cocinar. Es muy útil para impresionar a las chicas.

—Pues yo no tengo ni idea —repitió. Empezaba a estar más que harto de que ella creyera que era un ligón—. Toma, será mejor que te dé esto. —Le dio el tiesto y ella se quedó muda.

Aceptó las flores y caminó hacia el pequeño balcón para colocarlas allí con cuidado. Él se había acordado de que le gustaban y había ido hasta aquella floristería para comprárselas.

—Gracias. —Se vio incapaz de decir nada más.

—De nada. —Dio unos pasos hacia atrás y echó un vistazo. Se veía acogedor, mucho más que el día anterior—. Veo que ya estás casi instalada del todo —dijo señalando unas cajas.

—Sí, la verdad es que no está tan mal. Lo único que no consigo superar es lo de la cama plegable, pero bueno, son solo tres meses.

—Siempre puedes cambiarla, si decides quedarte más tiempo. ¿Quieres que haga algo mientras tú te pones los zapatos?

Emma bajó la vista y vio que iba descalza; su hermana siempre se burlaba de ella y le decía que un día saldría así a la calle.

—Lo siento, es una mala costumbre. —Se dio media vuelta y entró en la habitación—. Siéntate, salgo enseguida.

—¿Qué tal te ha ido el día?

—Muy bien. —«Excepto que he pensado en ti cada dos segundos», se dijo Emma—. Me he pasado la mañana cocinando espaguetis, y por la tarde he tenido una charla sobre el chocolate.

A Guillermo se le puso la piel de gallina al recordar la conversación que habían tenido el día anterior sobre ese alimento en concreto.

—¿Y has preparado esos espaguetis? —dijo tras carraspear—. Esa es una de las pocas cosas que sé hacer.

—Repite esa frase después de probar los míos. —Salió de la habitación y fue a la cocina para asegurarse de que todo estaba al punto—. Si quieres, ya podemos cenar —le dijo tras probar la salsa.

Guillermo se dio cuenta de que ella no le preguntaba cómo le había ido el día a él, y supuso que era porque estaba muy ilusionada con sus clases. Optó por contárselo de todos modos.

—Pues yo también he tenido una mañana muy provechosa —empezó, sentándose a la mesa que ella había preparado sin ningún detalle romántico—. Creo que en esta fusión hay gato encerrado, y le he pedido a John que me ayude a investigarlo.

—Cuando has llamado al timbre, has dicho que eras Guille. No tienes cara de Guille —señaló Emma cambiando de tema. Se había propuesto no inmiscuirse en la vida de él, y si quería mantener las distancias, cuanto menos supiera de sus preocupaciones, mejor.

—¿De qué tengo cara? —Lo pensó mejor y levantó la mano—. Da igual, no me lo digas. Solo mis hermanos y mis padres me llaman a veces Guille.

—Es dulce.

—¿Y yo no? —le preguntó, colocándose la servilleta en el regazo.

—Creo que será mejor que sirva aquí los platos —dijo Emma como si no lo hubiera oído—. ¿Me los traes?

Guillermo se levantó solícito y cumplió sus órdenes.

La pasta olía muy, muy bien y mientras ella preparaba un cuenco con queso él regresó a la mesa.

—Tengo que confesar que las pocas veces que he cocinado espaguetis no tienen este aspecto.

—No tengo ninguna duda.

Los dos los probaron al mismo tiempo y Emma vio que él cerraba los ojos. Al día siguiente tendría que decirle a Luca que tenía razón. Guillermo abrió los ojos y se deshizo en halagos. Si con un plato de pasta conseguía esa reacción, no podía ni imaginarse qué haría en otras circunstancias. Él sirvió el vino que Emma había comprado siguiendo los consejos de su profesor, y luego empezaron a charlar más relajados. Cuanto más rato pasaban juntos, más claro veía Guillermo que quería seguir viéndola, y más claro tenía Emma que si quería resistirse a él tenía que dejar de verlo.

Después de cenar, recogieron los platos y siguieron charlando de pie en la cocina; si ella se agachaba para abrir un armario, él se aseguraba de cerrarlo cuando se levantaba. Cuando todo estuvo en orden,

Emma se ofreció a preparar un poco de café. Guillermo aceptó, el café le daba igual, pero quería seguir allí un rato más. Le contó la conversación que había tenido con Helena.

—¿Y crees que ese chico no le conviene?

—No sé, no lo conozco, pero no creo que diga nada bueno de él que haya salido con tantas chicas como dice mi hermana.

—Viniendo de ti eso es un poco hipócrita, ¿no crees?

—¿Y tú qué sabes? —preguntó enfadado—. No es que te hayas esforzado demasiado en conocerme. En el avión ya me colgaste la etiqueta de ligón y, haga lo que haga, no me desharé de ella, ¿no es así?

—Mira, he conocido a muchos hombres como tú, y aunque no tengo nada en contra de ese modo tan frívolo de ver la vida, ahora no es mi estilo. Ya no.

Él se quedó unos segundos en silencio, con la mandíbula apretada y mirándola a los ojos, como si estuviera tomando una decisión muy importante.

—Emma —dijo, levantándose del sofá—, si no quieres que nos volvamos a ver, dímelo y ya está, pero al menos júzgame por lo que he hecho yo y no por lo que hicieron los imbéciles que conociste antes de mí. Me gustaría seguir viéndote, me ha gustado mucho estar contigo estos últimos días y creo que a ti también, pero si me equivoco... —Dio unos pasos hacia la puerta.

—No, no te equivocas —reconoció ella, que también se había levantado—. Pero todo sería más fácil si fueras un cretino. —Sonrió con tristeza y él enarcó una ceja—. A los cretinos sé cómo tratarlos.

—Creo que será mejor que me vaya. Los dos estamos cansados. —Se le acercó—. Te propongo una cosa: no pienses tanto. Mañana tengo un montón de reuniones, y luego me gustaría ir a correr un rato. ¿Te apetecería cenar conmigo? Podemos ir al restaurante que tú quieras.

Ella pensó en lo que acababa de decirle. Guillermo tenía razón, se preocupaba demasiado, y eso era precisamente lo que había jurado no hacer. Tenía que dejar que las cosas fluyeran a su ritmo y seguro que él acabaría cansándose; por mucho que dijera que no era un seductor, lo llevaba escrito en la cara.

—¿Decías en serio lo de que no sabes cocinar? —le preguntó.

—Y tan en serio.

—¿Qué te parece si vienes aquí después de correr y te enseño a preparar algo? Me aterroriza pensar que vives a base de espaguetis. —Gastó una broma para ver si así relajaba un poco el ambiente.

—De acuerdo —aceptó él con una sonrisa—. Supongo que llegaré a eso de las ocho, ¿te va bien?

—Perfecto.

Guillermo estaba junto a la puerta, y ella de pie al lado del sofá.

—No, no puedo pasar otra noche imaginándomelo —dijo él en voz baja antes de darse media vuelta.

Emma no entendió a qué se refería, pero cuando vio que la miraba y cruzaba decidido la distancia que los separaba, lo comprendió todo. Se detuvo frente a ella y le rodeó la cintura con un abrazo mientras con una mano le acariciaba la mejilla hasta descansar en su nuca. Le dio el tiempo necesario para que se apartara, pero ella no lo hizo; no lo habría hecho por nada del mundo. Llevaba días deseando que él hiciera eso. Guillermo agachó la cabeza despacio y le acarició los labios con los suyos.

Cuando sus alientos se rozaron, la seguridad que parecía envolverlo siempre se esfumó por completo. Tras esa primera caricia más inocente, le recorrió el labio inferior con la lengua y le dio pequeños besos en la comisura hasta conseguir que se rindiera. La besó con pasión, como si no pudiera creer que aquello estuviera sucediendo de verdad, como si quisiera asegurarse de que ella no iba a desvanecerse. Emma respondió del mismo modo, sujetándole la camiseta con fuerza y apretando las caderas contra sus fuertes piernas. Era como si Guillermo le estuviera haciendo el amor con la boca, le recorría los labios con los suyos, la seducía con la lengua, y sabía que jamás olvidaría ni su sabor ni su aroma. Despacio, muy despacio, él fue disminuyendo la intensidad de aquellos besos hasta que solo fueron caricias. Deslizó la mano por su melena y recostó la frente contra la de ella. Emma creía que iba a despedirse, y abrió los ojos, pero en ellos no vio un adiós, sino una pregunta. Y ella respondió besándolo de nuevo.

Un ronco gemido se escapó de la garganta de Guillermo y, con las manos, le recorrió la espalda hasta las nalgas y la apretó contra él. Emma se estremeció al sentir lo excitado que estaba, y la dulzura de los besos se transformó en pasión. No podía dejar de besarlo y, al parecer, él tampoco estaba dispuesto a hacerlo. Sus labios no se saciaban, sus cuerpos se necesitaban. El corazón de Guillermo latía tan rápido y con tanta fuerza que temió que ella pudiera oírlo. Notó que le temblaban las manos y se dio cuenta de que estaba nervioso, y muy emocionado, por no mencionar excitado. Estar excitado no era ningún problema, o no lo sería si solo quisiera acostarse con ella. El problema era que quería algo más, mucho más, y sabía que esa noche ninguno de los dos estaba preparado para eso. Se regaló un último beso; si volvía a besarla, quizá conseguiría retener su sabor durante más tiempo, y así lo hizo. La besó con toda la pasión que sentía y con todos aquellos sentimientos que aún no conseguía identificar. La besó rezando para que ella entendiera que se trataba de mucho más que un beso. Y no la soltó hasta que creyó haberlo logrado.

—Me voy. —Respiró hondo unos segundos y se apartó—. Hasta mañana.

Emma se llevó los dedos a los labios; aún retenían el calor de Guillermo.

—Hasta mañana.

Cerró la puerta y se apoyó en ella. La había besado y había sido increíble; la primera vez la dejó sin habla y esta casi acaba con su cordura.

# 11

Guillermo regresó al hotel caminando. El paseo le iría bien a su corazón, que latía descontrolado. Irse del apartamento de Emma tras aquel beso era una de las cosas más difíciles que había hecho en su vida; había tenido que hacer un gran esfuerzo para no acariciarla y hacerle el amor. Tenía el presentimiento de que ella habría accedido, pero también sabía que por la mañana se habría arrepentido. Y él no quería que Emma se arrepintiera de nada de lo que sucediera entre ellos. Sentía que aquella mujer era especial, y no podía dejar de recordar lo que su abuelo le había dicho sobre el amor: «Si la persona es la adecuada, te puedes enamorar en solo un segundo». Estaba seguro de que Emma era la adecuada, al menos para él, pero sabía que, por el momento, ella no lo creía así. Bueno, le demostraría que estaba equivocada, le dejaría claro que él no era un seductor y que juntos podían llegar a compartir algo maravilloso.

El martes fue un día muy ajetreado, y tuvo tantas reuniones que apenas pudo charlar con John sobre sus averiguaciones. En uno de los pocos momentos en que pudieron estar solos, intercambiaron cuatro palabras y decidieron que el viernes por la tarde se reunirían los dos con su abuelo. Al parecer, Mac había ido a ver a la viuda del encargado del laboratorio y, tras charlar con ella, la mujer le dijo que buscaría las notas de su difunto marido y se las entregaría en un par de días.

Guillermo se pasó toda la mañana y la tarde entera pensando en Emma. La verdad era que no podía quitársela de la cabeza. La última relación que había tenido había sido hacía un año, con una abogada a la que había conocido en una cena de la empresa; trabajaba en un bufete colaborador y estaba completamente centrada en su carrera profesional. Se acostaron una sola vez, el día siguiente de la cena, y las pocas conversaciones que mantuvieron fueron vacías e inocuas. Guillermo recordó que, justo antes de irse a la cama con ella, ya tuvo la sensación de que no saldría nada bueno de allí, además de lo obvio, claro, y desde entonces no había vuelto a hacerlo. No quería volver a tener una relación tan absurda y carente de sentido. Los dos besos que había compartido con Emma tenían mucho más significado y eran mucho más sensuales que lo que hizo con aquella chica. Más que significado, lo que tenían esos besos era sentido. Así era exactamente como se suponía que tenía que ser un beso; como si entregaras parte de tu alma a la otra persona y esta te jurara con sus labios que iba a cuidar de ella.

John fue a despedirse a su despacho y le contó que esa tarde iban a probar pasteles. Faltaba poco más de un mes para la boda y el chico volvió a invitarlo. Guillermo había declinado su oferta diciéndole que gracias, pero que él ya se habría ido para esas fechas. Pero ahora que sabía que Emma iba a estar en Nueva York todo ese tiempo, pensó que tal vez podría quedarse allí hasta que terminara el curso de cocina, y así podrían asistir juntos al enlace. Dado que aún era demasiado pronto para saber cómo irían las cosas entre los dos, optó por rechazar de nuevo la invitación. Minutos después de que saliera John, Guillermo hizo lo mismo y, de camino al ascensor, saludó al señor de mantenimiento.

—Adiós, que pase buena noche.

—Lo mismo digo. —El hombre lo saludó con la gorra que llevaba—. Me alegra ver que ya no se queda hasta tan tarde.

Guillermo le devolvió la sonrisa y entró en el ascensor. Llegó al hotel y se puso la ropa de deporte para salir a hacer ejercicio un rato.

Correr le proporcionaba la oportunidad de hacer tres cosas a la vez: mantener sus músculos en forma, pensar en todo lo que había visto en la oficina durante el día y hacer acopio de autocontrol para poder resistirse a Emma cuando la viera. Estaba decidido a ir despacio, tenía que demostrarle que le importaba y que era algo más que un animal en celo, aunque eso le resultara cada vez más difícil.

Las clases del martes no fueron tan divertidas como las del lunes. Los profesores de ese día no eran italianos, y eso ya era un punto en su contra, pero a pesar de todo, Emma aprendió un montón de cosas interesantes. Lo que más le gustó fue la clase de repostería, en la que una señora muy menuda, Bridget, les enseñó a preparar helado de fresa con reducción de vinagre de Módena. La suave textura del helado una vez terminado le hizo pensar en el beso de la noche anterior. Si era sincera consigo misma, tenía que reconocer que todo le hacía pensar en ese beso, pero cuando el frío sabor de las fresas se deshizo en su boca, supo que esa noche se lo prepararía a Guillermo. Al finalizar las clases, se detuvo en una tienda de comestibles que le habían recomendado en la escuela y compró todos los ingredientes necesarios para preparar el helado y un sencillo plato de arroz con verduras. Le enseñaría a Guillermo a cocinar ese plato tan resultón y ella, mientras, haría el helado.

Al lado de la tienda había un pequeño quiosco y aprovechó para comprar una nueva postal para su hermana. Llegó al apartamento y, después de guardarlo todo en la nevera, escribió las cuatro líneas para Raquel: «He conocido a un chico. Se llama Guillermo y creo que te gustaría». La última frase la releyó un par de veces sin saber muy bien por qué la había escrito. Pensó en romper la postal, pero al final optó por no darle más vueltas y salió para echarla al buzón. Ella y Raquel intercambiaban también *e-mails* y habían hablado un par de veces por teléfono, pero sabía que a su hermana le hacía especial ilusión eso de las postales. Según ella, tenían mucha más personalidad y carácter que una pantalla de ordenador, y algo de razón tenía, pensó Emma mirando la fotografía de Central Park que figuraba en la postal que ahora le enviaba.

De regreso al piso, lo primero que hizo fue ducharse y cambiarse de ropa. Se puso unas bermudas a cuadros grises y rosa muy pequeñitos y una camiseta rosa. Esos colores resaltaban aún más el tono rosado de su piel y su melena pelirroja. Para variar, iba descalza, pero dejó las sandalias junto a la puerta para ponérselas en cuanto sonara el timbre. Se recogió el pelo con un par de horquillas en forma de mariposa y, al mirarse en el espejo, se dio cuenta de que el sol empezaba a hacer estragos en su cara, y de que tenía muchas más pecas que antes. Se había vuelto a olvidar de ponerse crema solar.

Fue a la cocina y dispuso en la encimera todos los ingredientes, igual que en un programa de cocina de la tele. Iba a empezar con el helado cuando sonó el interfono.

—Sube —dijo ella sin preguntar.

En menos de cinco segundos, Guillermo se plantó en su puerta. Estaba enfadado.

—¿Cómo sabías que era yo? Aún no son las ocho.

—Lo sabía —contestó ella a la defensiva, y no decía ninguna mentira. Segundos antes de que sonara el timbre, había tenido el presentimiento de que él estaba a punto de llegar.

—No vuelvas a hacerlo. Esta ciudad está llena de locos.

Vio que estaba preocupado de verdad y accedió a darle la razón.

—Tienes razón. Tendré más cuidado.

—No soportaría que te pasara nada malo —dijo Guillermo pasándose una mano por el pelo.

—No me pasará nada. —Se acercó a él, que aún no había cruzado el umbral—. ¿No quieres entrar?

—Claro. —Entró, cerró la puerta y se agachó para darle un cariñoso beso en los labios—. Hola.

Ella tardó unos segundos en reaccionar; no estaba acostumbrada a esas inocentes muestras de cariño.

—Hola. ¿Qué llevas ahí? —preguntó, señalando una pequeña bolsa de papel que sujetaba en la mano.

—Es para ti —le contestó él dándosela.

—No tenías que traerme nada, al fin y al cabo la cena la vas a preparar tú.

—Es una tontería —dijo un poco incómodo. Aún no había consenguido entender lo que lo había impulsado a entrar en aquella tienda.

—¡Un llavero! —exclamó sorprendida sujetando la manzana que simbolizaba la ciudad de Nueva York—. Es muy bonito. Gracias.

—De nada, ayer vi que aún llevabas las llaves con la arandela de la agencia y supuse que te haría falta —le explicó balanceándose sobre los pies—. ¿Qué vas a enseñarme a cocinar?

—Arroz con verduras. Es un plato muy sencillo y te será muy útil si...

—Emma, no sigas, por favor —dijo él levantando la mano—. No quiero oír nada de «mis conquistas», así que tendré que encontrar el modo de mantenerte callada, y desde ayer por la noche solo se me ocurre una manera de hacerlo.

—De acuerdo, no lo diré.

—Lástima. —Sonrió y se dirigió a inspeccionar todo lo que había en la cocina—. ¿Para qué son las fresas?

—Para preparar un helado.

—No pretenderás que también lo haga yo, ¿no? —preguntó preocupado.

—No, tranquilo. Lo haré yo mientras tú sufres cortando la verdura a tacos.

—¿Por dónde empiezo?

Emma colocó las llaves en el llavero y lo dejó encima de la mesa, junto a los cubiertos que había preparados.

—En el cajón de debajo del horno hay un par delantales, ponte uno y lávate las manos.

—A sus órdenes.

—¡Qué más quisieras!

—No lo sabes tú bien. —Le gustaba ver que estaba más relajada y que le tomaba el pelo. Igual que el día que la conoció en el avión—. Bueno, ¿y ahora?

—Ahora limpia las verduras y córtalas a dados. Puedes ponerlas en ese cuenco que hay ahí.

—¿Y tú qué harás? —preguntó con la mirada fija en la zanahoria, tratando de no cortarse un dedo.

—Yo cortaré las fresas y empezaré a hacer la reducción del vinagre. —Al ver la mueca de Guillermo, añadió—: Me lo han enseñado a hacer hoy, es una combinación de sabores un poco rara, pero lo creas o no, se complementan a la perfección. —Iba a decirle que cuando lo había probado había pensado en él, pero prefirió no hacerlo. Una cosa era disfrutar del flirteo y otra darle pie a algo más cuando aún no estaba segura de querer hacerlo—. Espero que te guste.

—Seguro que sí. ¿Está bien así? —le preguntó enseñándole lo que había cortado.

—Perfecto. Si quieres puedes ir calentando la cazuela.

—Lo que tú digas, que eres la experta.

Emma se rio y volvió a concentrarse en las fresas.

Guillermo siguió cortando y cuando tuvo el cuenco lleno de pequeños pedazos de zanahoria, calabacín, cebolla, setas y un montón de verduras más se dio media vuelta hacia la gran chef, que en ese momento se estaba comiendo una fresa. Una gota roja se le deslizó por la barbilla, y él la atrapó con un dedo para llevárselo enseguida a los labios y, al darse cuenta de lo que había hecho, desvió la vista de nuevo hacia los fogones. Había sido una tontería, pero las pupilas de Emma se habían dilatado, y cuando ella se recorrió el labio con la lengua supo que, o dejaba de mirarla, o la besaba allí mismo. La segunda opción, aunque era la más deseable, la descartó de entrada. Sucumbir a la tentación no ayudaría a su causa. Así que optó por la primera.

—¿Qué tal tu segundo día? —preguntó tras carraspear.

—Bien —dijo ella secándose la barbilla para evitar futuros incidentes—. Pero lo pasé mejor ayer; las clases de hoy, excepto la de repostería, han sido más aburridas. Estoy deseando que sea jueves, vendrá un chef japonés. A mí siempre me ha encantado la comida oriental.

—Y a mí. ¿Qué tal voy? —A él le parecía que las verduras estaban tomando un apetecible color dorado.

—Bien, ya podrías echar el arroz. —Le pasó el paquete—. Y luego añade enseguida un vaso de vino blanco sin dejar de remover.

—Despacio, ve despacio —le pidió—. Recuerda que es mi primera vez.

Emma se rio.

—Tranquilo, no te dolerá.

—Muy graciosa. ¿Ahora qué? —Tenía tanto miedo de estropear el plato que apenas levantaba la vista para mirarla.

—El vino ya se ha evaporado, así que puedes ir echando estas tazas de caldo sin dejar de remover.

—Esto es muy cansado —se quejó él.

—Será que no estás en forma —lo provocó ella.

—Creo que boxear es mucho más fácil que cocinar.

—¿Boxeas? —Era obvio que eso la había sorprendido.

—Antes sí, pero ahora solo de vez en cuando, si consigo engañar a Gabriel para que se deje dar unos golpes. Pero desde que va a ser papá me da lástima —le explicó, sin dejar de remover el arroz.

—¿Fue así como acabaste con esta nariz? —Le recorrió el puente desviado con un dedo.

Él, que sabía que si levantaba la cabeza el arroz acabaría quemándose, se limitó a asentir.

—Sí.

Emma apartó la mano y fue como si esa caricia, al igual que la de la fresa, tampoco hubiera sucedido.

—Me gusta. Te da carácter.

—Un momento. —Bajó un poco la intensidad del fuego (una de las pocas cosas que sí sabía hacer en la cocina) y se dio media vuelta—. ¿Acabas de echarme un piropo?

—Creo que sí —contestó ella refugiándose tras el cuenco de las fresas—. Pero que no se te suba a la cabeza. Y haz el favor de vigilar el arroz, a este paso se te va a quemar.

Guillermo iba a decirle que había otra cosa a punto de quemarse, pero recordó sus modales y supo que no era apropiado. Pero no por ello menos cierto.

—Eres cruel, muy cruel —le dijo con una sonrisa antes de subir de nuevo la intensidad del fuego—. ¿Qué más tengo que hacer?

—Ahora tienes que añadirle el parmesano y un poco de mantequilla.

—¿Cuánto es un poco? Siempre he odiado las instrucciones de los libros de cocina, es como si hablaran un idioma que solo entienden unos pocos. ¿Qué les costaría decir veinte gramos?

—No seas quejica. —El helado ya estaba listo y lo puso a enfriar en el congelador—. Improvisa.

Ralló un montón de queso, más del necesario, y lo mezcló con el arroz y la mantequilla tal como ella le había dicho. Olía muy bien, y lo había hecho él solo.

Emma, consciente de que si se quedaba allí sucumbiría a la tentación de apartar el mechón de pelo que cubría la frente de Guillermo, fue a buscar los platos. Se sentaron a la mesa, que, igual que la noche anterior, no tenía ningún detalle romántico, y Guillermo abrió una botella de vino.

—¿Lo has comprado hoy? —preguntó él sirviéndole una copa.

—Sí, he pensado que si nos quedábamos sin cena, siempre podríamos refugiarnos en el alcohol.

—Muy graciosa. Pruébalo tú primera. —Se sentó y esperó a que hiciera los honores.

Emma degustó el vino y luego se llevó a la boca el tenedor con un montoncito de arroz. Olía bien y sabía mejor.

—Bueno, muy bueno. Esto de la cocina no se te da nada mal.

Guillermo se arriesgó a probarlo y vio que no le mentía.

—Tienes razón, está bueno.

—Pareces sorprendido —dijo ella comiendo un poco más.

—Lo estoy. Nunca había cocinado nada tan complicado.

—No es complicado. Ya te he dicho que es un plato muy resultón.

—No me recuerdes lo que has dicho y come. —Él también se llevó otro poco a la boca, y luego añadió—: Aunque todo el mérito es tuyo. Yo no he hecho nada más que seguir tus instrucciones.

—Digamos pues que lo hemos hecho entre los dos.

—Me gusta —contestó Guillermo mirándola a los ojos.

—¿Y tú? ¿Qué tal el día? —Creyó que sería más seguro cambiar el rumbo de la conversación.

—Muy aburrido. He tenido muchísimas reuniones y la mitad no han servido para nada. Lo bueno es que John y su abuelo han recopilado más información sobre la fusión. Nos reuniremos el viernes para ver si de una vez por todas resolvemos el tema. Dentro de dos semanas tengo que entregar mi informe y regresar a España —dijo para ver si ella reaccionaba de algún modo.

—¿Siempre te involucras tanto en las empresas que analizas? —preguntó Emma obviando el dato de su regreso a Barcelona.

—No, la verdad es que no. —Dio un sorbo de vino.

—¿Qué tiene esta de especial?

—No lo sé. —Respiró hondo—. Tal vez yo estoy distinto, o tal vez sea por John y su abuelo... No sé. Nunca me ha gustado que me mientan, y tengo la sensación de que todo esto no es más que una gran mentira. Puede que me equivoque, pero no descansaré hasta dar con la verdad.

—Bueno, eso sí que me encaja con lo que sé de ti. —Emma se acabó lo poco que le quedaba de arroz—. Eres tozudo como una mula.

—Mira quién habla.

—¿Yo? ¿Tozuda?

Los dos sonrieron y ella se levantó para ir a buscar el helado. Agachada frente al congelador, pensó en lo que él había dicho de las mentiras y se preguntó qué pensaría si le dijera que era algo más que una cocinera. ¿Creería que le había mentido? Se dijo a sí misma que no, que lo único que había hecho era omitir la verdad, pero en lo más profundo de su ser sabía que sí, que le estaba mintiendo.

—¿Necesitas que te ayude? —preguntó Guillermo de pie a su lado mientras dejaba los platos en el fregadero.

—No, no hace falta. —Se incorporó y agarró dos cuencos pequeños con sendas cucharillas—. A ver qué tal está. —Tras dar su aprobación, sirvió la reducción de vinagre de Módena encima y, satisfecha con la presentación, lo llevó todo a la mesa dónde él ya la estaba esperando.

Guillermo probó el helado y cerró los ojos, y Emma se quedó embobada mirándolo... Su cara de placer cuando saboreaba algo que le gustaba era increíble. Ese chico tal vez no supiera cocinar, pero era innegable que sabía disfrutar de la comida. Emma pensó que no le importaría cocinar para él cada día solo por ver su cara al probar los platos. ¡Vaya tontería! Ella no quería estar con él cada día, eso supondría una relación, y ahora no quería ninguna.

Terminado el helado, del que no quedó nada, limpiaron la cocina juntos y luego se sentaron en el sofá. Guillermo le contó un par de anécdotas de su infancia y ella lo escuchó atenta, pero no le contó nada a cambio.

—Es muy tarde, debería irme ya —dijo él mirando el reloj y levantándose.

—Claro.

Caminó hacia la puerta.

—Cierra bien cuando me vaya.

—No te preocupes. —Le sudaban las manos. ¿Por qué le sudaban las manos?

Guillermo agachó despacio la cabeza y le dio un suave beso en los labios.

—Adiós.

Ya estaba dándose media vuelta cuando Emma, olvidando todos sus sermones, le dijo:

—En la escuela he visto colgado un cartel anunciando un concierto en el parque. —La verdad era que tan pronto como lo vio pensó que le gustaría mucho ir con Guillermo, pero había intentado quitárselo de la cabeza—. La orquesta de Juilliard tocará piezas clásicas y las composiciones de sus alumnos. Es mañana, a las nueve. —Respiró hondo—. ¿Te apetecería ir?

Guillermo se detuvo y volvió a mirarla a los ojos.

—Sí. ¿Estás segura?

Ella sabía que no le preguntaba solo si estaba segura de ir a un concierto en el parque con él; supuso que, de un modo muy peculiar, le estaba dando la oportunidad de dar por finalizada su relación y, por cómo la miraba, era obvio que si él aceptaba la invitación ya no habría vuelta atrás.

—¿Quieres ir o no? —Sabía que sonaba antipática, pero solía reaccionar así cuando se sentía atrapada o insegura.

—Sí, quiero.

Volvió a agacharse, pero esta vez la besó con pasión para que entendiera lo que de verdad quería, lo que empezaba a sentir por ella. Le sujetó la cara con las manos y la besó con todo su amor. Sí, Guillermo había decidido llamar las cosas por su nombre y era consciente de que lo que le tenía tan trastornado era mucho más que una mera atracción física, mucho más que amistad; se estaba enamorando de Emma y estaba dispuesto a saborear cada momento. Estaba nervioso, a él nunca le había gustado especialmente besar, creía que solo formaba parte del ritual de la seducción; era agradable pero nada más. Ahora, con ella, se había convertido en una obsesión. El momento del beso era la mejor parte del día. Sentir sus labios, poder acariciarle la cara, el pelo... era maravilloso. El calor que desprendía su boca mezclándose con su aliento era el afrodisíaco más potente del mundo. Jamás había sentido nada igual, y se negaba a creer que para ella fuera distinto. Tal vez la mente y el corazón de Emma no sabían si querían estar con él, pero su cuerpo no tenía ninguna duda. La única neurona de Guillermo que aún era capaz de pensar, le recordó que tenía que soltarla y se obligó a hacerlo. Ella se tambaleó un poco y él la sujetó por la cintura; se había puesto de puntillas.

—Buenas noches —susurró y cerró la puerta. Quería irse de allí con aquella imagen en su mente: Emma de pie, con los labios húmedos por sus besos, mirándolo con un brillo especial en los ojos.

Guillermo se pasó toda la mañana recabando información acerca del resto de patentes que se incluían en la fusión; casi todas consistían en productos cosméticos que habían tenido gran aceptación en el mercado, y a menudo relacionados con la prevención del envejecimiento. Estaba acostumbrado a leer entre líneas y sabía que, en muchos casos, lo que de verdad llevaba a una empresa hacia el éxito eran las personas. En el caso de Biotex, esa persona había sido el señor MacDougall, el abuelo de John. Él y sus socios la habían levantado de la nada, pero había sido el abuelo el que la había dirigido con destreza durante más de cuarenta años. Desde su jubilación, las cosas habían empezado a ser distintas, algunos cambios habían sido buenos, incluso acertados, pero Guillermo tenía la sensación de que los nuevos directivos se habían limitado a mantener el rumbo y a vivir.

Al morir el hijo del señor MacDougall, el padre de John, antes de que su padre se jubilara, sus dos cuñados, los maridos de sus hermanas, habían ocupado sendas posiciones de dirección. Repasó los puntos básicos de la fusión; habían negociado bien, era un buen contrato, pero algo seguía sin gustarle.

Se levantó y caminó hasta la ventana de su despacho. Desde allí podía verse Central Park, y se acordó del concierto de aquella noche. Llamó a Emma para quedar, pero ella no le contestó al teléfono. Debía de estar en clase, así que le dejó un mensaje diciéndole que pasaría a recogerla a las ocho. Resuelto ese tema, miró el reloj; había quedado con la señorita Blanchet a las cuatro, de modo que si no quería llegar tarde, más le valía irse ya.

La abogada de Lab Industry lo había citado en su despacho, que por suerte estaba muy cerca de la sede de Biotex, y Guillermo se presentó allí a la hora en punto con un montón de preguntas. Pero lo primero que recibió fue una gran sorpresa. Ellen Blanchet era mucho más joven de lo que él se había imaginado y, aunque no era su tipo, tenía que reconocer que era una mujer muy atractiva. Rubia, alta, con una figura de infarto y unas facciones muy elegantes y sofisticadas.

—Buenas tardes, señor Martí. Es un placer conocerlo. —Le tendió la mano de un modo muy profesional.

—Lo mismo digo, señorita Blanchet. —Le estrechó la mano—. Pero llámame Guillermo.

—De acuerdo —aceptó ella con una sonrisa—. Solo si tú me llamas Ellen. ¿Quieres sentarte?

—Sí. Gracias, Ellen.

Tomó asiento en una silla que había frente a un escritorio impoluto, y sonrió al pensar que el suyo de Barcelona era casi idéntico.

—¿Por qué sonríes? —preguntó la mujer al sentarse.

—Por nada. —Levantó las manos—. Estaba pensando que es la primera vez que veo un despacho tan bien ordenado como el mío.

—El orden es básico para mi trabajo —dijo ella—. No sé cómo alguien puede concentrarse sin él.

—Tienes toda la razón.

Se miraron a los ojos y Guillermo tuvo la sensación de que si él no hubiera cambiado, o si Emma no existiera, habría podido tener una relación con aquella mujer.

—Guillermo, supongo que te preguntarás por qué tenía tanto interés en que nos viéramos —dijo ella, centrando de nuevo la conversación en temas profesionales.

—La verdad es que sí —admitió él—. Aunque en una operación de tal magnitud, lo más lógico es que ambas partes tengan dudas antes de firmar.

—Sí, pero en este caso, Lab Industry, mi cliente, lo tiene todo muy claro. —Al ver que él levantaba las cejas, añadió—: Tenía interés en reunirme contigo para asegurarme de que estabas al tanto de todos los detalles.

—¿Todos los detalles? —preguntó él interesado.

—Sí, todos. No quisiera que a última hora hubiera alguna sorpresa que retrasara la firma.

—Por supuesto. —Se incorporó echándose un poco hacia delante—. Ellen, nunca se me ha dado bien irme por las ramas, así que te lo preguntaré directamente: ¿de qué estás hablando?

—De las patentes, por supuesto —respondió ella con una sonrisa de satisfacción. Era obvio que le gustaba haberlo sorprendido.

—¿De las patentes o de Fénix? —Ahora le tocó a él sentirse satisfecho por haber pillado a la abogada desprevenida.

—¡Vaya! Veo que sí estás al tanto de todo.

Guillermo puso cara de póquer; aquella mujer no tenía por qué enterarse de que aún tenía muchas dudas por resolver.

—Cuando negociamos con Biotex —continuó la señorita Blanchet—, dejamos muy claro que, después de la fusión, Fénix pertenecería por completo a Lab Industry.

—Y así será —le aseguró él mirándola a los ojos—, después de la fusión.

—No quisiera que ahora, a pocas semanas de la firma, empezaran a surgir problemas.

—No habrá ningún problema. —Ahora sí que tenía claro que aquella fusión ocultaba algo más—. Permíteme que te haga una pregunta: si esta patente es lo único que le interesa a Lab Industry de Biotex, ¿por qué no se limita a hacer una oferta por ella y deja a un lado la fusión?

—Como comprenderás, no puedo discutir contigo los asuntos de mi cliente. —Él asintió y ella continuó—: Pero digamos que así sus intereses están más protegidos.

Guillermo se levantó.

—Gracias por todo, Ellen. Esta charla ha sido de lo más esclarecedora.

—Gracias a ti por venir. —Lo acompañó hasta la salida—. Te llamaré en unos días para asegurarme de que todo sigue bien y empezar a preparar la reunión para la firma.

—De acuerdo —contestó él, a pesar de que cada vez tenía más claro que aquella fusión no llegaría a firmarse.

Guillermo se despidió de la abogada y regresó a Biotex convencido de que alguien de dentro estaba muy interesado en que el trato con

Lab Industry no se estropeara. Era obvio que esa persona se había asegurado de que Ellen Blanchet supiera que él había empezado a hacer preguntas sobre Fénix, y que eso no había gustado nada a Lab Industry.

Emma salió de la escuela más tarde de lo habitual y fue corriendo hacia su apartamento. Solo faltaba una hora para que Guillermo fuera a buscarla, y aún tenía que escribirle a su hermana, poner un poco de orden en el piso y ducharse. Sabía que él iba a ser puntual, así que se limitó a ordenar solo la cocina y el comedor. Su habitación la dejó tal cual, de todos modos Guillermo no iba a verla. A las ocho en punto sonó el timbre, y ella abrió todavía abrochándose los últimos botones de la camisa.

Él volvió a saludarla con un beso y con una de esas caricias en la cara que le ponían la piel de gallina y, tras cerrar el piso, caminaron tomados de la mano hasta Central Park. Emma nunca había paseado así con ningún chico; a decir verdad, creía que ya nadie hacía eso y al principio estaba un poco incómoda. Pero pasados unos minutos empezó a gustarle. Sentir el calor que emanaba de la mano de Guillermo era muy reconfortante, y cuando llegaron a la entrada y él la soltó para buscar un par de folletos del concierto, entendió por qué en las novelas del siglo XIX daban tanta importancia al hecho de llevar guantes. Sentir la piel de alguien era algo muy íntimo, y cerró el puño para retener esa sensación.

El concierto fue precioso, bajo la luz de las estrellas. La orquesta de la universidad de artes escénicas más famosa del mundo tocó piezas clásicas de Mozart, Vivaldi y Verdi, para después deleitar a la audiencia con sus propias composiciones. Guillermo y Emma tenían muy buenos asientos, él le agarró la mano todo el rato y, en más de una ocasión, se llevó los nudillos a los labios para besárselos. Al finalizar el recital, regresaron paseando hasta el apartamento, y solo se detuvieron unos minutos para comprar unos sándwiches que se comieron mientras caminaban. La música los había impresionado a ambos y, aunque no dejaron de mirarse, apenas intercambiaron unas palabras.

—Ha sido precioso —dijo Guillermo al detenerse frente al portal del piso de Emma—. Gracias por invitarme.

—Gracias a ti por acompañarme —respondió ella—. Creo que ha sido el concierto más bonito al que he asistido en toda mi vida.

—Y yo. La música, las estrellas, tú. —Le acarició la mejilla con los dedos.

Emma levantó la vista y no supo qué decir. ¿Qué podía decirle?

¿Que estaba hecha un lío? ¿Que aunque estaba haciendo realidad su sueño de cocinar, cada vez echaba más de menos la Medicina? ¿Que nunca había sentido por nadie lo que sentía por él? ¿Que no se veía capaz de seguir adelante con aquellos sentimientos?

Él pareció entender lo confusa que estaba, y agachó la cabeza para besarla. Fue un beso distinto a los otros; Guillermo siempre era dulce, pero en aquel beso había tanta ternura, que sintió que se le llenaban los ojos de lágrimas.

—Jamás olvidaré esta noche, Emma —le dijo al apartarse.

—Ni yo. —No sabía cómo iban a terminar, pero nunca olvidaría aquella noche, de eso estaba segura.

Otro beso, esta vez acompañado de un íntimo abrazo.

—Entra, se está haciendo tarde —dijo él sin hacer ningún gesto para seguirla—. ¿Qué quieres hacer mañana?

—No sé —respondió Emma tras unos segundos—. ¿Y tú?

—Mañana me espera un día muy difícil. —Se frotó los ojos con las palmas de las manos—. Y supongo que saldré tarde. No sé, podríamos ir al cine. ¿Qué te parece?

—Me parece bien. Al fin y al cabo, estamos en el país de las palomitas.

—Entonces ya está decidido; iremos al cine. —Dio un paso hacia atrás—. Ya te llamaré para decirte a qué hora puedo venir a buscarte.

—De acuerdo. —Buscó las llaves y abrió la puerta—. Buenas noches.

—Buenas noches.

Le dio un último beso y se fue.

El jueves fueron al cine a ver una película horrible, la última entrega de una saga de acción, pero mientras el héroe trataba de salvar el mundo, Guillermo le dio unos besos que dejaron a Emma sin aliento. Al salir fueron a cenar a un pequeño restaurante japonés, y él le contó lo pesadas y aburridas que habían sido todas las reuniones que había tenido durante el día.

Ella no le explicó demasiado; cada vez le costaba más mantener en secreto lo de que era médico, y optó por hablar lo menos posible. Guillermo sabía que le ocultaba algo, al igual que sabía que trataba de mantener las distancias, pero poco a poco, y quizá sin ser consciente, Emma había empezado a abrirse, y en esos instantes sabía que valía la pena esperar. Si el beso de despedida del miércoles fue largo y tierno, el del jueves habría podido hacer saltar las alarmas de incendios de un edificio entero. Él jamás hacía nada que indicara que quería algo más y ella jamás le pedía que se quedase.

El viernes fue distinto.

# 12

Guillermo se despertó agotado. Llevaba casi dos semanas sin dormir una noche entera y «la conquista de Emma» iba a volverlo loco. Y, para empeorar las cosas, ella había empezado a bajar la guardia y a ser más dulce y cariñosa con él. El día anterior, por ejemplo, lo llamó para preguntarle si prefería ir a ver una película de James Bond o la de Bourne, y el miércoles, cuando antes de salir para el concierto Guillermo abrió la nevera y vio que había un par de bebidas isotónicas y le preguntó si las había comprado para ella, Emma se limitó a mirarle como si fuera bobo y le dijo que no, que el que corría era él.

Se duchó y trató de recordar todo lo que tenía que hacer durante el día. Iba a reunirse con John y su abuelo a las tres de la tarde, para ver si de una vez por todas resolvía sus dudas y podía hacer el correspondiente informe sobre la fusión. Ya llevaba dos semanas en Nueva York, lo que significaba que solo le quedaban dos más. En esos quince días tenía que resolver uno de los casos más complejos de toda su carrera profesional y convencer a Emma de que no era un seductor y que debían darse una oportunidad.

Al llegar a su oficina, vio que tenía un mensaje de Ellen Blanchet diciéndole que quería verlo a la mayor brevedad posible, pero lo ignoró y se dedicó a reunir toda la documentación que había recabado durante la semana y a hacer una lista de las cuestiones que tenía aún sin resolver. A eso de las doce comprobó su correo electrónico y vio que Ricardo Mora le había escrito. Genial. El abogado le resolvía de un modo llano y práctico todas las preguntas que le había formulado sobre la fusión y después de releer el *e-mail* tenía aún más claro que en aquella operación había gato encerrado.

Ricardo le explicaba que si Biotex firmaba aquel pliegue de cláusulas, le entregaba a Lab Industry el control total de la empresa, así como todos los derechos de explotación del misterioso Fénix. Tras la fusión, la familia MacDougall ejercería solo un poder simbólico, de representación, y si bien podrían influir en ciertas áreas, no tendrían ni voz ni voto en muchas otras. Ricardo le decía también que el abogado de Biotex debía de ser un cretino, pues era de locos acceder a todo aquello, por mucho dinero que les dieran a cambio, y coincidía con él en lo de que todo el tema de Fénix era muy raro. ¿Por qué habían tardado tanto tiempo en mencionar esa patente que ni siquiera había llegado a ver la luz? El código R2D2 no había aparecido en escena hasta entonces, como si antes a nadie le hubiera interesado, y lo había hecho dentro de una lista, casi de pasada. Le aconsejaba que, antes de seguir adelante, averiguara más sobre ese producto y que se preguntara por qué una empresa familiar con éxito estaba dispuesta a vender su alma a cambio solo de dinero. La experiencia de Ricardo llevaba a este a pensar que solo podía deberse a dos motivos: o la empresa no estaba tan bien como aparentaba (que no era el caso), o había alguien allí muy interesado en solucionarse la vida.

Guillermo tomó nota de todo y, tras leer ese último comentario le vinieron a la mente los rostros de los tíos de John. Larry y Tom, que era como se llamaban, eran dos gordos engreídos que se pasaban el día diciendo lo ocupados que estaban pero sin hacer nada. A Guillermo le cayeron mal desde el principio, y cuando supo que no se habían ocupado de John al morir sus padres, decidió que eran en verdad despreciables. Pero eso no implicaba que no quisieran lo mejor para Biotex, al fin y al cabo, era lo que mantenía su lujoso ritmo de vida. Ese tema, sin duda, iba a tener que tratarlo con John y el señor MacDougall.

A las dos y media, Guillermo recogió sus cosas y salió de la oficina. Había quedado a las tres en una de las salas de reuniones que había en el hotel en el que estaba alojado. Se reunían allí para evitar que nadie en la oficina sospechara nada, y también para poder hablar tranquilos. No estaban haciendo nada malo, Guillermo siempre procuraba recabar el máximo de información posible antes de tomar una decisión, pero de un modo tácito, los tres sabían que sería mejor hablar fuera de Biotex.

John y Mac cruzaron la puerta del hotel justo detrás de Guillermo, y pasaron al bar para comer algo antes de empezar. Lo primero que hizo John fue preguntar por Emma y él trató de contestar lo mejor que pudo. El atractivo anciano quería saber cuándo podría probar el famoso pastel de chocolate de la pelirroja y Guillermo le prometió que haría todo lo que estuviera en su mano para que fuera lo antes posible. Pasados veinte minutos, se encerraron en la sala que tenían reservada.

—John, ¿has podido reunir todo lo que te pedí? —preguntó Guillermo.

—Sí. Tengo copias de todos los informes financieros de los últimos años, pero lo otro no existe —respondió el joven abogado. Guillermo le había pedido que buscara toda la documentación previa a la fusión, es decir, toda la información que habían utilizado los abogados de Biotex para negociar hasta llegar a la versión definitiva que tenía ahora en sus manos.

—¿Cómo que no existen? —se extrañó él.

—No existen —sentenció John—. O alguien se ha encargado de que así lo parezca.

—¿Quieres decir que nadie ha negociado nunca nada?

El señor MacDougall los miraba atento, sin perderse ni un detalle.

—No exactamente. Larry y Tom, mis queridos tíos —añadió sarcástico—, se reunieron con dos altos directivos de Lab Industry unas cuantas veces antes de que entraran los abogados. Pero no hay documentación de esos encuentros.

—Entiendo. —Guillermo buscó las notas que había tomado tras leer el *e-mail* de Ricardo.

—¿En serio? Pues estoy impaciente por escucharte —apuntó John.

—John, creo que antes de que Guillermo nos cuente sus teorías, ambos deberíais saber lo que he descubierto en las notas de Phil. Phil era el jefe del laboratorio —le explicó el señor MacDougall a Guillermo, aunque no era necesario. Tras esas dos semanas de investigación, sabía de sobra que el doctor Phillip Seymour era, además de uno de los fundadores de Biotex, un gran químico y el jefe del laboratorio—. Él y yo éramos amigos, y en su último año de vida nos vimos a menudo, pero jamás me comentó nada de Fénix. Según Rose, su mujer, quería darme una sorpresa, pero el corazón le falló antes de que pudiera hacerlo. Rose me ha dado sus notas. —Dejó un par de blocs encima de la mesa—. Y si no me he vuelto loco, Phil corrigió la fórmula y halló una solución. Fénix funciona.

—¿Funciona? —preguntó John tratando de asimilar esa información—. ¿Y por qué no se lo dijo a nadie?

—Lo hizo —respondió serio Mac—. Se lo contó a tus tíos.

—Un momento —interrumpió Guillermo—. Antes de continuar, ¿os importaría explicarme qué hace exactamente Fénix?

—¿Sabes lo que es el bótox? —preguntó John.

—No exactamente, pero sé que tiene mucho éxito entre los artistas de cine y los famosos. Creo que es un líquido que se inyecta en la cara y hace desaparecer las arrugas o algo por el estilo, ¿no?

—Más o menos —le explicó Mac—. Bien utilizado, es un gran avance, pero en el mundo en que vivimos, tan esclavo de la imagen, su mayor campo de acción está en la estética. El bótox, como muy bien has dicho, se inyecta en las arrugas y las elimina. El problema es que, si se abusa de él, los nervios de esa zona se «atontan», por decirlo de alguna manera, y se pierde expresión. Otro inconveniente del bótox es que lo tiene que administrar un profesional, por lo que resulta carísimo. Fénix es una crema que, a base de un uso diario, conseguiría un efecto muy similar al del bótox sin dañar ningún nervio.

—Y —añadió John— como es de uso tópico, puede ser aplicada por el cliente final en su casa antes de acostarse.

—¡Dios! —Guillermo tal vez no supiera nada de cremas, pero sí sabía lo que eso significaba. Si aquella crema era la mitad de buena de lo que decían, podía hacerlos ganar millones, con lo que la fusión ya no sería necesaria.

—Aún deberíamos resolver muchas cuestiones —continuó Mac—. Pero si las notas de Phil están en lo cierto, y seguro que lo están, Fénix podría salir al mercado el próximo año. —Se frotó los ojos—. No sé en qué demonios estaban pensando tus tíos.

—¿Estás seguro de que sabían todo esto cuando accedieron a reunirse con los de Lab Industry? —John tenía tendencia a no pensar mal de los demás.

—Seguro. Según las notas de Phil, y por lo que me ha dicho Rose, se lo explicó todo a ambos semanas antes de morir. Rose también me ha contado que iba a decírmelo a mí, pero justo en esa época tu abuela y yo nos fuimos de vacaciones y, al regresar, él ya estaba demasiado enfermo. No tuvo tiempo de contármelo. —Mac se sentía culpable de que su amigo hubiera fallecido sin que él pudiera agradecerle ese último gran regalo—. A veces, el destino nos juega muy malas pasadas, y Phillip murió antes de que pudiéramos vernos. Rose, como es lógico, se quedó abatida y tampoco se le ocurrió comentarme nada. Se suponía que teníamos que ir a cenar los cuatro, Phillip, Rose, tu abuela y yo, pero la muerte se presentó antes.

—John, Mac —Guillermo carraspeó y trató de centrar el tema—, Larry y Tom han negociado unas buenas condiciones económicas. Si Biotex se fusiona con Lab Industry, toda la familia y el resto de accionistas recibiréis mucho dinero y podréis vivir sin preocupaciones el resto de vuestras vidas.

—¿Y qué pasará con la empresa? —Mac fijó la mirada en la suya—. ¿Qué sucederá con Fénix?

—La empresa, como en cualquier otra fusión, desaparecerá como tal y pasará a constituir un nuevo ente junto con Lab Industry. No quiero engañaros, probablemente habrá algún despido, y seguro que cambiarán muchas cosas. —Guillermo no quería dulcificar la verdad—. En cuanto a Fénix, si firmáis el pliego de cláusulas actual, pasará a formar parte de las patentes de Lab Industry, con todo lo que ello significa: ingresos, reconocimiento...

—¡Mierda! —El viejo MacDougall se puso de pie—. Nunca me gustaron esos dos.

—¿Quiénes? —John se había recostado contra el respaldo de la silla, y era obvio que también estaba tenso.

—Los imbéciles de tus tíos. A tus tías nunca se les dio especialmente bien eso de juzgar a las personas. —Al ver la mirada atónita de Guillermo, se explicó mejor—: No me malinterpretes, quiero a mis hijas, pero a diferencia del padre de John, no se cuestionan demasiado las cosas. Por desgracia, mi hijo murió, y supongo que las malcrié aún más de lo que ya lo estaban. Su única preocupación es cuidarse y disfrutar de la vida, y supongo que sus maridos no son distintos.

—Mac, tus yernos no te están robando. —Guillermo buscó el modo de explicárselo—. Sencillamente, quieren dejar de trabajar. El pacto con Lab Industry es bueno, pero podría ser mucho mejor o, si me permites opinar, totalmente innecesario.

—¿Innecesario? —Esa palabra captó la atención de John.

—Sí. Biotex necesita capital, eso es evidente, pero si os quedáis con Fénix y lo comercializáis, estoy seguro de que obtendréis la financiación necesaria y que en menos de tres años seréis líderes del mercado. —Guillermo se levantó, llevaba ya mucho rato sentado y sabía que lo que iba a decir podía hacer que lo despidieran—. Podríais reestructurar la empresa y optimizar gastos. Con los beneficios de Fénix seguro que podríais investigar nuevos productos y lanzar otras líneas. Si no aceptáis la fusión pasaréis unos años muy duros, pero al final la empresa seguirá siendo vuestra y los beneficios serán más que abundantes.

—Tienes razón. Ya te dije que me gustaba este chico —dijo Mac dándole un cariñoso golpe en la espalda.

—Espera. ¿Y tú? —John levantó una ceja.

—Yo ¿qué?

—Según tengo entendido, tu labor aquí era asegurarte de que la fusión saliera adelante.

—Y así es. —Se frotó la cara—. Pero mi integridad está por encima de cualquier empleo. No podría mirarme al espejo si no os aconsejara lo que es mejor para vosotros.

El abuelo y el nieto se quedaron mirándolo. Ambos eran conscientes de que aquel chico podía quedarse sin trabajo por lo que estaba haciendo.

Guillermo miró el reloj y vio que eran casi las siete. Esa noche también había quedado con Emma pero no podía irse en medio de la conversación.

—¿Os importa que llame un segundo? —Buscó el móvil.

—En absoluto. De hecho —dijo John—, yo también llamaré a Hannah para decirle que llegaré tarde. Y tú, abuelo, deberías hacer lo mismo con la abuela. —Mac obedeció sin rechistar y llamó a su esposa.

Guillermo, sonriendo al ver que los dos hombres también sufrían por sus parejas, marcó el número. Emma tardó en contestar, pero por fin lo hizo.

—¿Guillermo?

Ella jamás lo llamaba «Guille».

—Hola, Emma. Siento avisarte tan tarde, pero hoy no voy a poder ir. —Esperó unos segundos a ver cómo reaccionaba—. Estoy reunido con John y Mac.

Ella no sabía qué decir; por una parte, quería que fuera a cenar a su casa, se habían visto cada día y, después de todas aquellas citas, le apetecía cocinar otra vez para él, pero por otro lado, si no lo veía, tal vez así se aclarase un poco.

—Tranquilo, no pasa nada. Espero que os vaya bien. —En el fondo, ella siempre había sabido que él era un adicto al trabajo.

—Esta reunión es importante —dijo Guillermo como si le leyera la mente—. Si no lo fuera, me iría ahora mismo para estar contigo.

«Seguro», pensó ella.

—Ya te he dicho que no pasa nada. Ya nos veremos.

—¿Cómo que «ya nos veremos»? —La había llamado para decirle que esa noche no podía ir, y para proponerle que pasaran juntos el día siguiente. Al fin y al cabo, era sábado y los dos estaban libres. No para decirle que «ya se verían».

—Pues eso, que ya nos veremos. Llaman a la puerta —mintió ella sin saber muy bien por qué—. Hablamos en otro momento. Da recuerdos a John y a Mac de mi parte.

Guillermo estaba tan atónito que no sabía ni qué decir. Aquel no era el momento de tener una discusión, y con lo cansado y nervioso que estaba, seguro que acabaría diciendo alguna tontería.

—Les daré recuerdos, pero Emma...

—¿Sí? —dijo ella con fingida inocencia. Guillermo se frotó los ojos y el puente de la nariz.

—¿Voy mañana sobre las diez? —Emma no dijo nada, así que añadió—: Podría llevarte un par de cruasanes de esos que tanto te gustan. —Sabía que recurrir a su pasión por la comida era jugar sucio, pero estaba dispuesto a utilizar todo lo que tuviera a su alcance.

Ella seguía sin decir nada, pero cuando él ya iba a rendirse, respondió a media voz:

—De acuerdo. Hasta mañana. —Y colgó antes de que él pudiera despedirse.

Por la cara de Guillermo, era evidente que la conversación no había salido como él esperaba, así que John trató de animarlo.

—¡Mujeres! ¿Quién las entiende?

—Yo no —confesó el más veterano de los tres—. Y mi consejo es que no tratéis de hacerlo, son mucho más listas que nosotros.

—Eso seguro —dijo Guillermo un poco más relajado—. Lo siento.

—¿El qué? ¿Ser humano? —le preguntó Mac—. Si yo tuviera cincuenta años menos y no hubiera conocido a mi mujer, esa pelirroja también me haría perder la cabeza.

—Ya. El problema es que a mí esto no me había pasado nunca y no sé qué hacer.

—Tranquilo, por el modo en que ella te sonreía el domingo —opinó John—, diría que lo estás haciendo bastante bien.

—Bueno —dijo incómodo—, será mejor que me centre en lo que sí sé hacer, que es aconsejar a empresas. —Volvió a encauzar el tema—. Aún me falta pulir ciertos aspectos y estoy pendiente de recibir más información de un antiguo compañero mío de Barcelona, pero por ahora desaconsejaría la fusión.

—¿Puedes hacerlo? —preguntó John.

—Debo hacerlo —contestó él—. Mi trabajo consiste en asegurarme de que la fusión es beneficiosa para ambas partes, y en este caso lo más beneficioso para vosotros es no firmarla. Eso sí, antes de tomar cualquier decisión, preferiría averiguar un par de cosas más y presentaros un plan de futuro. —Vio que los MacDougall lo miraban interesados—. No quisiera que entrarais en esto a ciegas. Si rechazáis la oferta de Lab Industry y seguís adelante solos, os esperan unos años difíciles. Si os fusionáis, no tendréis que preocuparos por nada jamás.

—Suena aburrido, ¿no crees, abuelo? —preguntó John guiñando un ojo.

—Aburridísimo, pero Guillermo tiene razón; antes de tomar una decisión definitiva deberíamos averiguar más cosas. Aún no logro entender en qué pensaban tus tíos.

—Si os parece bien, podríamos repasar un par de temas más que tengo aquí anotados. —Señaló su bloc de notas—. Y así, durante la semana que viene puedo ir confeccionando el informe definitivo que le presentaré a Enrique.

—Me parece bien —asintió Mac—. Quiero que sepas que te agradezco mucho todo esto, Guillermo. Es reconfortante ver que aún queda gente con principios.

—Gracias. Lo mismo digo.

Y tras esos sinceros elogios los tres se pasaron cuatro horas más repasando los balances de los últimos años y tratando de averiguar en qué punto las cosas habían dejado de hacerse bien y por qué. Antes de dar por terminada la sesión, llegaron a tres conclusiones: una, si Fénix funcionaba, podían salir adelante; dos, Larry y Tom lo sabían y habían optado por el camino fácil, y tres, ellos no iban a hacerlo.

Tras despedir a John y a Mac, Guillermo fue a su habitación y, sin encender las luces, se tumbó en la cama. Estaba cansado, muy cansado, y no podía quitarse de encima la sensación de que esa noche había tomado una decisión muy importante. No era idiota, sabía que a su jefe no le haría ninguna gracia que la fusión no llegara a buen puerto. Su comisión dependía de ello. Pero confiaba en que Enrique pensara como él: que los principios y la integridad de uno estaban por encima del dinero. El problema era que no estaba seguro de que eso fuera así. Solo tenía que recordar las diferentes conversaciones que había mantenido con él durante aquellas dos semanas para saber que, para Enrique, el dinero y la reputación de su empresa eran lo más importante del mundo.

Trató de imaginarse lo peor que le podría pasar, un ejercicio que le había enseñado su padre, y decidió que el hecho de que lo despidieran no sería tan malo. El trabajo era importante, por supuesto, y su carrera profesional también, pero por suerte, en su vida había muchas más cosas, aunque en esos instantes, con los ojos cerrados, solo se le venía una a la cabeza: Emma. Se obligó a incorporarse y se quitó la camisa. Se aseguró de poner el despertador y se acostó pensando en que esa noche no la había besado.

# 13

Cocinar para uno no era tan divertido como cocinar para dos. «O mejor dicho —pensó Emma—, cocinar sola no es tan divertido como cocinar acompañada.» Después de la llamada de Guillermo, se dijo a sí misma que estaba contenta, que era lo mejor que le podía pasar. Para variar, y como en todo lo relacionado con él, mintió. Sin Guillermo, no tenía ganas de cocinar; probar aquella receta japonesa ya no le hacía ni la mitad de ilusión, pero aun así la hizo, solo para demostrarse que no lo echaba de menos. Le quedó fatal, aunque no se lo confesaría a nadie ni bajo tortura, y no probó ni un bocado. Se sentó en el sofá para leer un rato, pero tras dos páginas también dejó por imposible la novela que tenía a medias. Se levantó y salió a pasear, tal vez así no pensaría tanto en él. A Guillermo le habían bastado cinco días para dejar su huella en el apartamento.

Emma estuvo fuera más de dos horas; la temperatura era agradable y caminar la ayudaba a relajarse. Recordó la conversación que habían mantenido por teléfono y lamentó haber sido tan desagradable; él solo había querido avisarla, y por su tono de voz era evidente que tenía ganas de verla, pero ella se había puesto a la defensiva y había optado por mantener las distancias. Cada vez que Guillermo era cariñoso o que decía algo romántico, ella se sentía como un león enjaulado y le enseñaba las garras. Sus besos eran demoledores, pero sabía enfrentarse a ellos. Además, él jamás intentaba nada más, y eso le daba mucha tranquilidad. Pero sus palabras, aquellas frases a medio decir en las que le dejaba claro que quería estar con ella, de eso sí que no sabía cómo defenderse y, al igual que un animal herido, reaccionaba atacando.

Tal vez lo mejor sería dejar de verlo; a esas alturas ya sabía que Guillermo no era un casanova de poca monta, quizá trabajaba demasiado, pero era dulce y se preocupaba por sus seres queridos. Se merecía encontrar a una chica que lo quisiera —aunque solo de pensar en ello tenía ganas de estrangularla—, y no que lo utilizaran solo para una aventura o para hacer realidad un objetivo de una lista. Decidida y, por qué no confesarlo, triste, Emma se juró que cuando él llegase por la mañana, le diría que no quería seguir viéndolo.

Guillermo se despertó pronto, aunque con fuerzas renovadas. Había dormido menos horas de las necesarias, pero estaba impaciente por ir a ver a Emma. Quería contarle todo lo que habían decidido en la reunión y preguntarle cómo enfocaría ella la charla con Enrique. Emma era de las pocas personas que no dudaba en llevarle la contraria ni en decirle que se equivocaba, y por ello apreciaba aún más sus consejos. A él no solía importarle lo que pensara nadie, excepto su familia, y jamás le había preocupado lo que pensara de él o de su vida profesional ninguna mujer. Pero Emma era distinta, no encajaba en ninguna categoría previa y sospechaba que había creado una propia, la de la mujer de su vida.

Se duchó y siguió pensando en lo bien que se lo iban a pasar ese día; lucía un sol precioso, así que podrían ir a pasear por el parque y luego tal vez al cine. Si era afortunado, la besaría un par de veces... o muchas más. Él era el primer sorprendido de contentarse con meros besos, se moría de ganas de hacer el amor con ella, la verdad era que tenía tantas ganas que cuando la veía tenía que apretar los dientes con fuerza para serenarse. Pero iba a esperar. Esperaría hasta que Emma estuviera convencida de que lo que había entre los dos era sincero, único y... duradero.

Compró los prometidos cruasanes y se dirigió silbando hacia el pequeño piso. Llamó y no contestó nadie. Empezó a preocuparse, ella no le había insinuado nunca que quisiera darle una llave y él no se había atrevido a pedírsela, pero estaría mucho más tranquilo si la tuviera. Esperó unos segundos y volvió a insistir. Esta vez sí obtuvo respuesta y una dormida Emma le abrió.

—Buenos días —dijo él al entrar—. ¿Has dormido bien?

—Por favor, ¿puedes bajar la voz? —Él no había gritado, pero ella se había pasado la noche en vela tratando de encontrar el modo de decirle que no quería volver a verlo y tenía un horrible dolor de cabeza—. Siéntate ahí, enseguida vuelvo.

Guillermo se sentó en el sofá y ella se escondió de nuevo en la habitación. Segundos más tarde, oyó correr el agua y dedujo que se estaba duchando. Aprovechó para encender la cafetera y colocar los cruasanes en una bandeja azul que hacía juego con dos tazas. A ella le encantaba que los utensilios de la mesa estuvieran bien combinados. Unos veinte minutos más tarde, Emma entró en la cocina. Parecía cansada, tenía ojeras y los ojos hinchados, pero él jamás había visto a una mujer más hermosa.

—¿Te encuentras bien? —preguntó solícito.

—No es nada, solo tengo dolor de cabeza —respondió ella sin mirarlo a los ojos—. Me tomaré una aspirina y dentro de un rato estaré como nueva. —Se acercó al armario y buscó la caja verde y blanca.

—Toma, come un poco. Así te sentirás mejor.

—Gracias. —Aceptó un cruasán y se sentó en uno de los taburetes que había en la barra.

—He pensado que podríamos ir a pasear por el parque. Ya sé que hemos ido un par de veces, pero seguro que aún nos quedan unos cuantos rincones por descubrir, y me gustaría mucho que lo hiciéramos juntos. Luego, si te apetece, podríamos ir al cine y comernos una enorme bolsa de palomitas.

—No.

—¿No qué? ¿No quieres ir al parque o no quieres ir al cine?

—No quiero ir a ningún lado —dijo tras dar un sorbo al café.

—¿Quieres quedarte aquí con el día tan bonito que hace? —Él quería salir, pero si Emma prefería quedarse, no iba a obligarla. Al fin y al cabo, lo único que quería era que pasaran el día juntos, el lugar era lo de menos.

—No, no es eso. —Vio que él la miraba confuso y supo que había llegado la hora de la verdad—. Lo que quiero decir es que no quiero ir ni al parque ni al cine... —él iba a ofrecerle un plan alternativo cuando ella añadió—: contigo.

—No lo entiendo. —Y decía la verdad. No entendía nada.

—Mira, Guillermo, creo que lo mejor será que dejemos de vernos.

—¿Lo mejor? ¿Lo mejor para quién? —Se apartó de la barra de la cocina y notó cómo empezaban a tensársele los músculos de la espalda—. ¿Aún sigues creyendo que soy un ligón sin escrúpulos?

—No, y por eso creo que debemos dejar de vernos. —Emma era consciente de que lo que decía no tenía sentido, pero no sabía cómo explicárselo.

—Me rindo. —Frustrado, se pasó la mano por el pelo—. Hace dos semanas me dijiste que no querías ir a cenar conmigo porque era un seductor y ahora me dices que no quieres verme más porque no lo soy.

—Sé que es difícil de entender —dijo ella a la defensiva.

—¿Difícil? Mejor di «imposible». —Dio un paso en su dirección, pero al ver que se tensaba, optó por no acercarse más—. ¿Te importaría explicármelo?

—No sé si podré.

—Inténtalo —insistió él, enfadado—. Creo que al menos me merezco una explicación.

—De acuerdo. Cuando te conocí no quise ir a cenar contigo porque no quería perder el tiempo con un frívolo seductor, pero ahora, tras estas dos semanas, sé que no lo eres.

—¿Y?

—La verdad es que eres fantástico —reconoció con voz entrecortada.

—¿Y eso es malo?

—Para mí sí. —Tomó aire—. Mi vida ahora es algo confusa. —Guillermo se dio cuenta de que esa frase escondía algo más, pero no preguntó nada y la dejó que ella continuara con su explicación—. Las cenas, los paseos, el concierto y los besos de esta última semana me han dejado claro que tú quieres algo más, que buscas algo más. Y yo no. Si quisieras tener una aventura, podría planteármelo, pero ahora no quiero complicarme la vida con nada más serio. Antes tengo que hacer muchas otras cosas.

«¿Antes? ¿Antes de qué?», pensó él.

—¿Y si yo también quiero eso? —Decidió no forzar el tema y buscar el modo de seguir con ella. Si Emma quería tener solo una aventura, se conformaría con eso. Por el momento.

—¿El qué?

—Tener una aventura. ¿Y si solo quiero tener una aventura? Como tú misma te has encargado de recordarme cada dos por tres, los hombres con trabajos como el mío tienen mucho éxito con las mujeres. —¡Vaya tontería!—. Y ahora que sé cocinar seguro que aún será mejor. —Ese razonamiento era de bofetada, pero si Emma estaba más tranquila viéndole de ese modo, estaba dispuesto a soportarlo.

—¿Una aventura? ¿Quieres tener una aventura? —Se llevó las manos a las caderas—. No te creo.

—¿Que no me crees? Hace apenas quince días pensabas que me había acostado con la mitad de las mujeres del mundo, y ahora te niegas a creer que quiero tener una aventura contigo.

—Un hombre que llama a su madre casi a diario, que se preocupa por su hermana embarazada, que no le gusta que otra hermana se haya fijado en el ligón de la universidad y, no lo olvidemos, que se ha pasado una semana dándome solo un beso de buenas noches no quiere tener una aventura. —Lo miró a los ojos y vio que los tenía fijos en ella—. Un hombre así quiere algo más y yo ahora no puedo ni quiero dártelo.

—Mentira. —Estaba furioso. Emma hacía que pareciera que ser como él fuera malo, pero si lo que quería era un impresentable, se encargaría de que lo tuviera—. Lo que te pasa es que estás tan acostumbrada a que los hombres de tu vida te ignoren que no sabes qué hacer con uno al que le importas. —Era un tiro a ciegas, ella no le había contado nada sobre sus antiguas relaciones, pero por su expresión, vio que había dado en el blanco.

Emma se quedó callada unos segundos, y decidió combatir el dolor que le habían causado esas palabras con otras igual de hirientes.

—Si prefieres creerlo así, por mí perfecto, pero lo que de verdad me pasa es que no me interesa tener una relación contigo. No te preocupes —añadió con una sonrisa forzada—, seguro que no tardarás en encontrar a otra que te guste.

—¿Que me guste? ¿En serio crees que lo único que siento por ti es «que me gustas»? —Caminó hacia la puerta como si fuera a irse, pero al sentir el frío del picaporte entre sus dedos lo pensó mejor y retrocedió—. A ver si lo he entendido.

Ella le miró a los ojos y vio que él hacía un esfuerzo por recuperar la calma.

—Primero no querías ir a cenar conmigo porque era un ligón. Y ahora que no lo soy tampoco quieres empezar una relación conmigo. —Respiró hondo—. ¿Qué quieres?

—Quiero estar sola, quiero terminar el curso de cocina entre los mejores de la clase, quiero hacer las prácticas en un restaurante de prestigio de la ciudad y no quiero complicarme la vida contigo. Lo siento.

—¿Qué sientes? —Caminó hacia ella decidido—. ¿Haberme mentido?

—Yo no te he mentido —dijo Emma al ver la mirada que había en sus ojos.

—De acuerdo, no me has mentido. —Se detuvo delante de ella, a escasos centímetros—. Repítemelo.

—No pienso jugar a esto —dijo ella, casi furiosa—. Esto es un cliché, parece sacado de un culebrón.

—Repítemelo. —Se acercó medio centímetro más—. Vamos, si de verdad te parece tan trillado, seguro que no tendrás ningún problema en decírmelo.

—Ya sabía yo que eras un engreído. —Levantó la vista.

—Repítemelo. —Sus caderas se pegaron a las de ella.

—No quiero complicarme la vida contigo —le dijo, mirándolo a los ojos. Entonces, toda la luz desapareció de la mirada de Guillermo y este empezó a retroceder—. ¡Mierda! —farfulló Emma entre dientes—. Luego no digas que no te lo advertí.

Le sujetó las muñecas con las manos y lo besó.

Casi todos los besos anteriores los había iniciado Guillermo, y sentir que era ella quien tomaba las riendas fue lo más sensual que le había ocurrido nunca. Le sujetó la cara con las manos para acercárselo y lo besó con una mezcla de rabia y pasión que era intoxicante. Si iba a besarlo así cada vez que discutieran, no le importaría hacerlo más a menudo. Emma no solo lo besaba, sino que se pegó a él con todo su cuerpo para dejarle claro lo que Guillermo ya sospechaba: que si bien su corazón estaba confuso, su cuerpo tenía muy claro lo que quería. Él no quería ser solo una aventura de verano, pero por algún sitio tenía que empezar. Además, por mucho que ella se empeñara en decir lo contrario, tenía claro que una mujer como Emma no besaba así a un chico por el que no sentía nada. Su beso lo dejó sin aliento y tuvo que sujetarse a la barra de la cocina. Ella lo devoró con los labios una vez más y luego se apartó un poco para mirarle a los ojos.

—Estás cometiendo un grave error —le dijo en voz baja—. No soy la chica que te conviene.

—Eso habrá que verlo —respondió Guillermo, besándola como hacía días que quería hacerlo. El beso de ella le dejó claro que lo deseaba, y que ese deseo no era solo físico ni pasajero. La besó durante segundos, durante horas, con ella perdía la noción del tiempo.

—¿Vas a quedarte? —preguntó Emma recorriéndole el cuello con la lengua.

Guillermo se estremeció y cerró los ojos. Ella le había dejado claro que no estaba dispuesta a involucrar su corazón en la relación; le había dicho sin ningún disimulo que solo estaba dispuesta a entregarle su cuerpo. Él no quería eso, y sabía que se arriesgaba a que le hiciera daño. Más daño del que le había hecho nadie jamás. Pero no era un cobarde, jamás lo había sido, y sabía que no podría seguir viviendo sabiendo que tal vez había dejado escapar la oportunidad de ser feliz.

—Me quedo —respondió inclinando la cabeza para morderle el cuello con suavidad. Vio que se le ponía la piel de gallina y repitió la caricia para luego recorrerle el hombro con los labios. La levantó en brazos y la sentó encima de la barra—. Esto es lo que querías, ¿no? —Vio que entreabría los ojos—. ¿Una aventura?

—Exacto —dijo ella sin tener la sensación de que se hubiese salido con la suya.

Al oír esa palabra de sus labios, Guillermo se desprendió de toda su dulzura y se dejó llevar por la pasión. Le separó un poco las piernas y se colocó en medio, pegado a ella. Siguió besándola, con besos lentos y ardientes, y con las manos le levantó la camiseta. Por suerte para él, Emma no se había complicado demasiado y llevaba una camiseta y unos shorts. Le acarició el estómago y, con los dedos, inició el ascenso. Al sentir que por fin, después de desearlo durante tantos días, conocía el tacto de su piel respiró hondo para saborear cada instante.

Emma tampoco se estaba quieta y también había deslizado sus pequeñas manos por debajo de la ropa de él, haciendo que a Guillermo le costara aún más razonar. Ella fue la primera en ir más allá y, tras un sensual beso, se apartó para quitarle la camiseta. Le gustó lo que vio, eso fue más que evidente. Guillermo no era engreído y sabía que tenía un buen físico, pero por primera vez en su vida quería que la mujer que estaba entre sus brazos viera algo más que un cuerpo bien esculpido y una carrera profesional llena de éxitos. Separó los labios de los de Emma y buscó su mirada. Se negaba a creer que ella hubiera mirado así antes a nadie, en aquellos ojos había mucho más que pasión y lujuria, aunque se empeñara en negarlo.

Se quedó allí quieto un instante y, despacio, levantó la mano para acariciarle la mejilla. Un leve temblor, casi imperceptible, recorrió el cuerpo de Emma. Alentado por esa reacción, Guillermo inclinó la cabeza y volvió a besarla. Pero ese beso fue distinto; había pasión como en los anteriores, y seguro que si llegaban a estar juntos hasta la vejez, seguiría besándola de ese modo, pero también llevaba implícita la promesa de algo más de lo que hace que la vida valga la pena. Ella debió de notarlo, porque le acarició con ternura el pelo de la nuca. Guillermo disfrutó de ese beso, lo guardó en su memoria, y se juró que le demostraría que lo suyo era mucho más que una aventura. Pero al acordarse de la determinación que había en la mirada de Emma al decirle que no quería verlo más, decidió que había llegado el momento de darle lo que ella quería. Si quería una aventura, iba a tenerla. Y él iba a intentar que fuera la definitiva.

Le haría el amor como lo hacen dos amantes prohibidos, con fuego, lujuria y pasión, y entre caricia y caricia, trataría de conquistar su corazón. Sin pensarlo dos veces, siguió su ejemplo y la desnudó de cintura para arriba. Guillermo tuvo que tragar saliva para poder hablar:

—¿Te acuerdas cuando antes me has dicho que me comportaba como un cliché?

—Sí —respondió ella con la respiración entrecortada.

—Eso no lo era. —Volvió a besarla, como si aquellos segundos que había estado sin hacerlo hubieran sido demasiados—. Pero esto sí —dijo, abriendo el congelador en busca de la tarrina de helado de fresa que Emma había comprado el día que se instaló en el piso. Lástima que no quedara del que había hecho la otra noche, pensó para sí mismo.

—No te atreverás —dijo ella abriendo los ojos de par en par.

—¿Yo? ¿Por qué no iba a atreverme? —le preguntó, recorriéndole el estómago a besos—. ¿No decías que era un seductor? Pues esto es lo que mejor hacemos los seductores: seducir.

Abrió la tarrina de helado y recogió un poco con una cuchara.

—No sé por dónde empezar —dijo él como si de verdad le costara decidirse—. Ya sé, por aquí.

Dejó el contenido de la cuchara en el hueco de la base del cuello de Emma. Una gota de helado inició un lento descenso por su escote hasta detenerse en el sujetador. Guillermo lo observó fascinado y, lentamente, muy lentamente, se agachó para lamer esa gota.

Emma apretó las piernas con fuerza aprisionándolo dentro y cerró los ojos. Jamás podría volver a comer helado de fresa. Pasados unos segundos, él se apartó y se lamió el labio en uno de los gestos más sensuales que ella había visto jamás. Guillermo volvió a poner más helado en la cuchara y, esta vez, optó por el ombligo; luego procedió a besárselo hasta eliminar todo rastro del frío postre. Emma no sabía qué hacer. ¿De verdad había creído que aquel chico era demasiado dulce para tener una aventura? ¡Dios! ¡Si el más experto casanova podría aprender de él! Vio que iba a repetir la operación y optó por detenerlo y retomar un poco el control.

—Creo que ahora me toca a mí —dijo con una voz ronca que nunca habría reconocido como suya.

—Adelante. —Le entregó la cuchara—. Al fin y al cabo, todo esto ha sido idea tuya.

Ella levantó una ceja para decirle que no se creía ni por un segundo ese último comentario. Tomó la cuchara e, igual que él antes, dudó sobre qué zona «atacar» primero. Seguía sentada en la barra, así que el torso de él le quedaba a la altura de los ojos, y acercó el helado hasta el hueso del esternón. Recostó la cuchara y, despacio, la deslizó por la línea de vello que dibujaba el camino hacia su entrepierna hasta detenerse en los pantalones. Los ojos de Guillermo se habían oscurecido y todo él irradiaba fuerza. Emma se inclinó hacia delante y, con la lengua, repitió el recorrido que había trazado con el helado. El gruñido que se escapó de los labios de Guillermo le recordó al de un león ronroneando. Y él supo entonces que aquella mujer iba a ser su perdición.

Se apartó de ella y, al ver lo satisfecha que parecía por haber conseguido hacerlo gemir de aquel modo, se dio cuenta de que jamás podría estar con otra mujer sin pensar en ella. Ninguna otra estaría a la altura, así que más le valía conquistarla o le esperaba una vida de lo más aburrida. Con manos temblorosas, volvió a hacerse con el helado y hundió un dedo en él. Luego, con ese mismo dedo, le dibujó el contorno de los pechos, aún cubiertos por el sujetador, y observó fascinado cómo la piel iba cambiando de textura al sentir frío. Lentamente, agachó la cabeza y, con los labios, repitió el recorrido, besando y dándole pequeños mordiscos que la hicieron estremecer, hasta que no quedó ni rastro del helado. El cuenco estaba casi vacío, y con la cuchara recogió lo que quedaba y la acercó a los labios de ella. Cuando Emma los entreabrió, la apartó enseguida.

—¿Quieres? —le preguntó con los ojos entrecerrados, y cuando ella asintió, añadió—: Pues ven a buscarlo. —Y se metió la cucharada en la boca.

Emma reaccionó al instante, como si la hubiera atravesado un rayo, y le rodeó el cuello con las manos para poderlo besar. Le devoró los labios, lo atormentó con la lengua, y no pareció tranquilizarse hasta que él respondió con la misma intensidad. Fue el beso más carnal y sensual de toda su vida, el frío del helado junto al fuego de sus lenguas era más de lo que Guillermo podía soportar.

—El helado se ha terminado —dijo Emma cuando él se apartó para tratar de recuperar el aliento.

—Es una lástima —contestó besándola de nuevo.

—Guillermo —suspiró entre gemidos—, ¿puedo pedirte una cosa?

—Lo que quieras. —La miró a los ojos, intrigado por la petición.

—Hazme el amor.

«Para solo querer una aventura», pensó él, Emma era de lo más romántica, y se agarró a esa frase como a un clavo ardiendo. La tomó en brazos y la llevó al sofá, besándola a cada paso que daba. La dejó entre los cojines con cuidado y se agachó delante de ella para desabrocharle los pantalones. Ella arqueó la espalda para ayudarlo y, sin ningún reparo, hizo lo mismo con los de él.

Guillermo estaba tan excitado que le costó deslizarse de dentro de los vaqueros, pero si hubiera sido necesario los habría cortado; nada iba a impedirle hacer el amor con Emma. Los dos estaban ya en ropa interior, y el primer pensamiento que le pasó a Guillermo por la cabeza fue que ella llevaba un conjunto muy inocente, nada adecuado para su rol de mujer fatal. Y sonrió de felicidad. A Emma debió de gustarle esa sonrisa, porque tiró de él para volver a besarlo. Guillermo le devolvió el beso pero luego, muy despacio, volvió a agacharse. Allí, de rodillas entre sus piernas decidió que, aunque estaba desesperado por entrar dentro de ella, aún lo estaba más por descubrir su sabor. Sin darle tiempo a reaccionar, llevó las manos hasta su ropa interior y tiró hacia abajo a la vez que la incorporaba un poco y la besaba por encima de los rizos. Cuando ella arqueó las caderas, Guillermo gimió y hundió la lengua en su interior.

Besar a Emma de ese modo tan íntimo era el acto más erótico que había hecho jamás, y se dio cuenta de que podía alcanzar el orgasmo solo con su sabor. Recurrió al poquísimo autocontrol que le quedaba y se obligó a esperar, pues ese momento era solo para ella. La besó, acompañó esos besos con caricias de sus dedos y devoró todos y cada uno de los espasmos de placer que recorrieron el cuerpo de su hada. Cuando Emma gimió su nombre y se estremeció contra los labios de Guillermo, él supo que tenía que hacerle el amor o moriría allí mismo, así que empezó a incorporarse poco a poco, inundando de besos el vientre de ella, que aún seguía temblando. Apoyó las manos en el sofá, temeroso de aplastarla, consciente de que los temblores que sentía iban a ponérselo cada vez más difícil.

—Emma, deja que me siente. —Ella lo miró confusa—. Siéntate tú encima de mí.

La idea le gustó, mejor dicho, le gustó muchísimo, porque tardó menos de dos segundos en cambiar de posición. Con Emma en su regazo, Guillermo ya no tenía que preocuparse por no hacerle daño, pero estaba a punto de perder la cordura. Sentir el calor que emanaba de su interior, sentir su peso encima del suyo, que tuviera aquellos ojos vidriosos de deseo frente a él y con el sabor de ella aún en los labios era más de lo que podía soportar. Le deslizó la tira del sujetador, pero como con eso no le bastaba, con una sensual caricia se lo desabrochó y lo lanzó con el resto de ropa.

Necesitaba ver aquellos pechos y ahora iba a deleitarse con ellos. Inclinó la cabeza y los recorrió con los labios hasta que Emma le acarició el pelo, y con esa caricia estuvo a punto de estallar. Ella entendió el mensaje y con dedos inseguros, para deleite de él, empezó a quitarle los calzoncillos. Después de los apuros que Guillermo había pasado con los vaqueros, optó por levantarse un segundo y desnudarse del todo. Iba ya a volver a sentarse cuando se acordó de algo. Necesitaba un condón.

Emma debió de malinterpretar el gesto, porque le preguntó:

—¿Qué pasa? ¿Lo has pensado mejor? ¿Te quieres ir?

¿Irse? ¿Es que se había vuelto loca? ¿Ella estaba allí, desnuda, con los labios aún húmedos por sus besos, y le preguntaba si quería irse? ¿Adónde? Aquel apartamento era el único lugar donde quería estar.

—No. —Se apretó el puente de la nariz, un gesto que hacía cuando estaba nervioso—. Es que creo que no estoy preparado.

—¿Preparado? —Ella jamás había visto a nadie más «preparado» que Guillermo. Emma solo había tenido dos amantes, pero sabía que era casi imposible estar mejor «preparado» que el magnífico hombre que tenía delante.

—Condones —aclaró él, que a esas alturas estaba dispuesto a ir a suplicarle a algún vecino si tenía. ¡Menudo seductor estaba hecho!—. No tengo.

—Yo sí —dijo ella con una sonrisa—. Enseguida vuelvo. —Le dio un cariñoso beso en la mejilla—. Tú siéntate.

Guillermo sonrió; para él aquellos gestos de cariño desmentían claramente todo aquel rollo de ser solo amantes.

Emma regresó al instante y se agachó delante de él.

—Dime si lo hago bien. Es la primera vez —confesó sonrojándose.

Él habría podido decirle entonces lo feliz que lo hacía que no fuera una experta en esos menesteres, pero prefirió no hacerlo y besarla. Sus besos le dejarían las cosas mucho más claras que sus palabras.

Con Emma sentada de nuevo en su regazo, Guillermo era consciente de que apenas le faltaban segundos para llegar al límite, así que la levantó un poco y la miró a los ojos. Iba a decirle algo, no sabía el qué, algo bonito, pero ella le devolvió la mirada y se quedó sin habla. ¡Vaya! Así que esto es lo que se siente cuando se hace el amor», pensó aturdido.

Emma se deslizó despacio hacia abajo y él notó cómo cada centímetro de él iba reconociendo que, por fin, habían llegado al paraíso. El calor de ella lo envolvió y Guillermo no pudo evitar arquear las caderas acercándose. Ella gimió.

—¿Estás bien? —preguntó él apretando los dientes.

—Mucho, ¿y tú? —contestó Emma sujetándose en los anchos hombros de él.

—Sí. —La agarró por la nuca y la besó con todas sus fuerzas—. Necesito que te muevas.

El tono casi de súplica de esas palabras la emocionó y la excitó aún más cuando creía que eso era ya imposible. Emma empezó a moverse hacia arriba y hacia abajo con movimientos lánguidos y Guillermo dejó que fuera ella quien marcara el ritmo. O al menos eso fue lo que se propuso, hasta que Emma volvió a inclinarse hacia delante y le recorrió el lóbulo de la oreja con la lengua. Ese fue el fin de su cordura. Guillermo gimió, le sujetó las caderas con las manos y se arqueó hacia arriba a la vez que con los labios y la lengua seguía el mismo ritmo de la parte inferior de su cuerpo. Ella le rodeó la espalda, apenas podía abarcarlo, y le clavó las uñas. Él notó esos diminutos puñales hundiéndose en su piel e intensificó el beso; al sentir que ella estaba al límite, se precipitó hacia el suyo propio y juntos, besándose, acariciándose, abrazándose, descubrieron que la mayor aventura que existe es hacer el amor.

# 14

Estaban abrazados, recostados en el sofá sin decir nada. Guillermo permanecía callado porque sabía que si abría la boca, le confesaría que se estaba enamorando de ella, y eso no era lo que Emma quería oír. Y ella estaba callada porque tenía miedo. Se suponía que tener una aventura era fácil, que era solo una cuestión física y que luego serviría para reírse un rato con sus amigas, si las tuviera, claro. Pero lo que había sucedido entre los dos era mucho más que algo físico, quizá Emma no supiera mucho de sentimientos, pero eso sí sabía distinguirlo, y se moriría antes que contarle a nadie lo que había pasado con Guillermo. Solo de pensar en traicionar esa intimidad se le revolvía el estómago.

Fue él quien rompió el silencio:

—Creo que no podré volver a comer helado de fresa sin pensar en ti —dijo en voz baja mientras seguía acariciándole el pelo.

—Ni yo —respondió ella, aliviada al ver que Guillermo optaba por mantener una conversación desenfadada.

Siguieron así unos minutos más hasta que él volvió a hablar:

—Tengo que levantarme. —Separó despacio los brazos y la apartó de él con delicadeza. La depositó en el sofá y, aunque no hacía frío, la cubrió con una manta—. ¿Te importa que me duche? —Señaló los restos pegajosos de helado que quedaban en su torso.

—No, ¡qué va! —respondió Emma un poco incómoda. Aún le costaba creer que se hubiera atrevido a hacer aquello.

—Enseguida vuelvo.

Guillermo cerró la puerta del baño y abrió el grifo. Esperó a que el agua subiera un poco de temperatura y se metió debajo. Había sido el orgasmo más demoledor de toda su vida, y que ella pensara que era capaz de hacer eso con otras mujeres le demostraba lo inocente que era. Tras la primera caricia de Emma, cualquier recuerdo que pudiera tener de antiguas relaciones se evaporó por completo. No recordaba ninguna otra, y supuso que a partir de entonces sería siempre así. Las únicas manos que quería sobre su cuerpo eran las de Emma, los únicos labios, los únicos besos. Era incapaz de imaginarse con otra... y ella quería tener solo una aventura.

Cerró el grifo y, ya limpio, salió de la ducha. Se secó con movimientos bruscos y se vistió (de camino al baño había recogido su ropa, que estaba desperdigada por la cocina). Iba a lavarse los dientes cuando se dio cuenta de que no tenía cepillo. Bueno, después de lo que habían compartido, supuso que a Emma no le importaría prestarle el suyo. ¿Dónde estaba? Abrió un neceser que vio allí y lo encontró. Después de utilizarlo, se disponía a devolverlo a su lugar cuando algo lo hizo sonreír. Junto al rímel y el colorete, había una vieja caja de condones recién abierta. No es que él supiera mucho del tema, pero sí sabía que esa prestigiosa marca de profilácticos había cambiado el diseño de sus cajas en el último año. Sabía que era una tontería, que eso no significaba nada, pero su mente decidió ignorar el sentido común y sonreír de todos modos.

Salió del baño y se encontró con Emma dormida en el sofá. Se sentó a su lado y le acarició el pelo. Ella abrió los ojos y sonrió.

—Hola. —Se agachó para besarla.

—Hola. Me he quedado dormida. —Se estiró un poco.

—No importa. —Si hubieran estado en una cama, a él también le habría pasado.

—Voy a ducharme. —Se levantó envuelta en la manta. Era gracioso que a esas alturas tuviera aún pudor, pero no podía evitarlo. Guillermo se quedó mirándola unos segundos. ¿Quería Emma que se fuera? ¿Se suponía que ahora que ya habían «resuelto» el tema debía hacerlo? Pero él no quería, de hecho, serían necesarios varios hombres armados para obligarlo a salir de allí, sin embargo, si ella prefería que se fuera, no le quedaría más remedio. No iba a perder todo el terreno que había ganado. Optó por ser directo, los subterfugios jamás habían sido su fuerte.

—¿Quieres que me vaya?

Ella abrió los ojos de par en par, entre sorprendida y ofendida, pero debió de darse cuenta de que esa reacción no encajaba con su propuesta de ser solo amantes y la disimuló al instante.

—No hace falta —respondió recogiendo su ropa interior. La verdad era que se había agachado para ganar tiempo y poder pensar—. Si quieres aún podemos ir al parque a pasear. —Se incorporó y lo miró a los ojos—. Ahora que las cosas ya están claras entre tú y yo...

¿Claras? Desde luego que sí. Guillermo no había tenido nunca nada tan claro. Iban a estar juntos. Y no había nada más que hablar.

—Clarísimas. —Eso de tener una aventura empezaba a gustarle, siempre y cuando le durara toda la vida—. Dúchate. Mientras yo recogeré la cocina —le dijo señalando las tazas de café y las gotas de helado que manchaban la barra.

Ella se sonrojó de los pies a la cabeza e, incapaz de decir nada más, se fue al cuarto de baño. Minutos más tarde, salió con un vestido estampado con pequeñas flores verdes y el pelo recogido. Encontró a Guillermo arrodillado frente al viejo televisor que había en el salón, tratando de hacerlo funcionar.

—¿Lo has arreglado? —preguntó ilusionada. No era que le gustara demasiado ver la televisión, pero a veces encenderla le hacía a uno compañía—. Yo creía que solo estaba aquí para hacer bonito.

—Y así es. —Se levantó—. Creo que está roto. —Se acercó a Emma y le dio un beso—. ¿Estás lista?

—Claro. —Agarró el bolso y las llaves del piso y, al salir, miró de reojo la cocina, que volvía a estar inmaculada. Aquel chico era un portento.

Pasaron el día paseando y charlando. A eso de las tres, entraron en un restaurante para comer algo y al salir fueron al cine. Guillermo se moría de ganas de entrelazar sus dedos y besar su mano, pero en vez de eso, se limitó a caminar junto a ella, agarrándola por la cintura de vez en cuando. Fue agradable y, poco a poco, se fueron relajando. Emma le contó lo que había hecho el viernes en la escuela y juntos se rieron de las anécdotas que el cocinero italiano les había relatado a sus alumnos. Salieron del cine un poco tarde; la película, además de mala, había sido larguísima.

—Al final no te he contado lo que decidimos John, Mac y yo el viernes —dijo Guillermo de regreso al apartamento.

—¿Y qué habéis decidido? —preguntó ella sin mostrar demasiado interés.

Guillermo se dio cuenta de su desinterés y, dolido, le contó solo una versión resumida de los hechos.

Al acabar, ella le dijo que le parecía muy arriesgado, pero que le deseaba suerte, y él tuvo que morderse la lengua para no decirle lo que pensaba de su actitud. Al llegar al portal, se obligó a recordarse que ella no quería una relación seria y que en los últimos minutos le había dejado claro lo poco que le importaba su vida, así que lo mejor que podía hacer era despedirse.

—¿Te apetece subir? —preguntó Emma antes de que Guillermo pudiera decir nada.

¿Apetecerle?, claro. ¿Le convenía?, no estaba tan seguro.

—Mañana podríamos ir al MOMA —dijo él sin responder.

—Vale —contestó ella acercándose—. ¿Quieres subir? —repitió su propuesta.

—Y por la tarde podríamos pasear por la Quinta Avenida. —Se estaba poniendo nervioso y si quería irse tenía que hacerlo ya. Al cabo de dos segundos sería incapaz.

Emma lo besó.

Y Guillermo supo que iba a quedarse.

Subieron los escalones sin dejar de besarse, y tampoco dejaron de hacerlo dentro del ascensor. En cuanto abrieron la puerta del piso, empezaron a desnudarse mutuamente. Era como si no pudieran dejar de tocarse y, entre besos y caricias, sin decirse ni una palabra, se arrodillaron el uno frente al otro allí, en el suelo.

Emma le recorría el torso con las manos y, de vez en cuando, se apartaba un poco de él para devorarlo con la mirada. Guillermo sentía la necesidad apremiante de besarle todo el cuerpo, de dibujar cada curva con sus labios, pero ambos estaban tan desesperados que supo que tendría que dejarlo para más tarde. Ella giró la cabeza en busca del bolso que había caído a medio metro de donde ellos estaban y alargó la mano. Sacó un condón con extraña rapidez, teniendo en cuenta lo que siempre tardaba en encontrar algo allí, y colocó una mano en el torso de él.

—Túmbate.

Él obedeció sin rechistar. Solo con ver aquellas pupilas dilatadas y aquellos labios que segundos antes cartografiaban su torso, Guillermo se puso al límite. Ella se colocó encima de él e, igual que aquella mañana, lo deslizó en su interior con agonizante lentitud.

—Emma —susurró Guillermo con voz ronca—, ven aquí.

Se incorporó un poco y, con una mano en la nuca, la acercó a él para poderla besar. Ella respondió al beso con pasión y, aunque quizá no fuera consciente de ello, con algo más. Guillermo sabía que lo deseaba, lo notaba en cada caricia, en cada mirada, pero cuando lo besaba era distinto, más profundo, más sincero. Cuando Emma lo besaba, los muros que ella mantenía entre los dos desaparecían, y sentía que le entregaba un pedacito de corazón con los labios.

Ella también debió de sentir que aquel beso había sido especial, porque al terminar lo miró con un brillo distinto en los ojos. Los cerró al instante y escondió la cara en el hueco del cuello de Guillermo. La parte realista del chico ya sabía que Emma solo quería tener una aventura, pero por cómo le había esquivado la mirada justo en ese instante entendió que estaba dispuesta a todo por convencerse de que aquello era solo sexo sin más y que la magia que crearon juntos no tenía nada que ver con el amor. Dejaría que se engañara, otra vez.

Se incorporó un poco y la abrazó con fuerza. ¡Dios! Si la primera vez le había robado el alma, esta le robaría la cordura. Sintió que ella alcanzaba el orgasmo, y su cuerpo decidió fundirse también en ese mismo instante. Los dos se estremecieron y se sujetaron al otro como si sus vidas dependieran de ello. Minutos más tarde, Guillermo abrió los ojos, que no sabía que tuviese cerrados, y vio que Emma estaba acurrucada encima de él. Aún estaban en el suelo. Los dos se habían quedado medio dormidos.

—¿Estás bien?

—¡Ajá! —contestó ella moviendo un poco la cabeza—. No sé qué me pasa cuando te toco. Pierdo el control.

—A mí me sucede lo mismo. —Le acarició la espalda—. Deberíamos levantarnos antes de que nos dé un calambre.

Emma remoloneó un poco, pero finalmente se incorporó, y, ya de pie, lo ayudó a levantarse. «A este ritmo —pensó Guillermo—, acabaré con una lesión en la espalda.»

Buscó los calzoncillos, que habían ido a parar debajo del sofá, y fue al baño para vestirse. Salió y vio que ella solo se había puesto una camiseta y unos pantaloncitos cortos.

—¿Te vas? —le preguntó algo sorprendida.

—Sí, ya es muy tarde —dijo él preguntándole con los ojos si quería que se quedara—. Pasaré a buscarte a eso de las diez. —Le dio un beso en la nariz que la hizo sonreír.

—De acuerdo. —Lo acompañó hasta la puerta y, antes de dejarlo salir, se abrazó a él y recostó la cabeza en su torso. Le gustaba escuchar los regulares latidos de su corazón—. Mañana cuando vengas...

—¿Sí? —preguntó Guillermo devolviéndole el abrazo.

—Trae una muda para dejar aquí. —Él no dijo nada, así que Emma añadió—: Solo por si acaso.

—De acuerdo, solo por si acaso.

La apartó y, tras un último y sensual beso en los labios, se fue.

De regreso al hotel, lo hubiesen atracado y le habría dado igual. Estaba tan contento que no le habría importado que le quitaran todo el dinero, siempre y cuando lo dejaran entero para poder seguir haciendo el amor con Emma. Repasó cada caricia, cada beso en su memoria, y no le quedó ninguna duda de que ella sentía algo por él. Y esa última sugerencia a media voz de que dejara algo de ropa en su piso, le había hecho tocar las estrellas; tal vez no era tan bueno como si le hubiera dado un juego de llaves, pero teniendo en cuenta que esa misma mañana había querido dejarlo, no se podía quejar.

Entró en la recepción con una sonrisa de oreja a oreja; seguro que aquella pobre chica que había tras el mostrador creería que al fin había enloquecido. Le daba igual. Era feliz y el mundo era maravilloso. Ahora entendía por qué Gabriel tenía aquella cara de idiota cada vez que hablaba de Ágata; él debía de ser ahora el mayor idiota del mundo. Y estaba muy orgulloso de serlo.

Se desnudó y se acostó. Le hubiera gustado mucho quedarse a dormir con ella. Mucho no, muchísimo. Guillermo jamás había disfrutado especialmente de los momentos que siguen a un encuentro sexual; a decir verdad, no les veía el sentido y solía tener prisa por volver a su casa y dormir tranquilo en su cama. Pero con Emma era distinto y eso ya no le sorprendía. Hacer el amor con ella había sido maravilloso y tenía el presentimiento de que, si además se hubiera quedado a dormir allí, abrazado a ella, habría sido perfecto. Se imaginó lo bonito que sería despertarse a su lado, con su aroma flotando alrededor, y besarla justo unos segundos antes de que abriera los ojos. Por no mencionar lo que podrían hacer después.

«Paciencia», se dijo a sí mismo. Debía tener paciencia. La conquistaría, le demostraría que estaban hechos el uno para el otro, y se pasaría el resto de su vida despertándose a su lado.

Después de irse Guillermo, Emma se quedó sentada en el sofá mucho rato, mirando la barra de la cocina primero y el suelo del recibidor después. ¿Cómo había podido hacer el amor en el suelo? Si era sincera consigo misma, tenía que confesar que cuando sentía los labios de Guillermo en la piel se olvidaba de dónde estaba. Al parecer, a él le pasaba lo mismo. Esa mañana, después de decirle que no quería complicarse la vida, debería haberlo dejado ir. Pero cuando vio que iba a salir de su piso convencido de que no quería nada con él, fue incapaz de hacerlo. No lo besó porque quisiera, sino porque no podía evitar hacerlo. Y tras ese beso supo que tenía que dejar de engañarse: iban a convertirse en amantes.

Mientras hacían el amor, tanto en el sofá como en el suelo, tuvo la sensación de que Guillermo quería decirle algo, pero no lo hizo. Y Emma lo agradeció en silencio. Si él le hubiera confesado que sentía algo por ella, no habría podido seguir adelante porque, por maravilloso que fuera estar juntos, sabía que un hombre así no era para ella. Serían amantes durante el tiempo que él se quedara en la ciudad, luego se iría y la olvidaría. Tal como le había dicho esa mañana, eso sería lo mejor. Guillermo seguiría con su vida y Emma trataría de cumplir con todos los objetivos de su lista. ¿Y el amor?, le dijo una vocecita en su cabeza. El amor llegaría cuando todo lo demás estuviera solucionado; era imposible que lo hubiera encontrado en tan solo dos semanas y con un hombre como Guillermo.

Suspiró y se preparó un vaso de leche con galletas. Se imaginó lo que le diría si la viera comiendo algo tan infantil a esas horas de la madrugada y sonrió. Dejó la taza en el fregadero y fue a acostarse. Sabía que él había hecho lo correcto yéndose al hotel, pero por un instante deseó que se hubiera quedado.

A las nueve y media, Guillermo ya estaba tocando el timbre del apartamento de Emma, y cuando esta le abrió, no le dio tiempo ni de desearle los buenos días. La besó como si la necesitara para respirar. Cerró la puerta con un golpe de talón y la levantó en brazos sin apartarse. Ella no se quejó, sino que respondió a sus besos y empezó a quitarle la camiseta.

Guillermo no podía parar, aquellas horas que había pasado sin verla solo habían servido para reafirmar lo que sentía, y cuando ella abrió la puerta, recién levantada, el resto del mundo desapareció para él. Solo estaba Emma y las ansias que sentía de tocarla y besarla.

Con ella rodeándole la cintura con las piernas caminó hasta uno de los taburetes y la sentó en él. Emma le desabrochó los pantalones y le acercó un condón (después de lo del día anterior, y casi sin pensar, había dejado uno en el bolsillo de su pijama). Guillermo lo aceptó sin decir nada y la levantó un segundo para quitarle la ropa interior. Ella creyó que la llevaría al sofá, o a la cama, para variar, pero no, volvió a sentarla en el taburete y se colocó delante. Guillermo enarcó una ceja a modo de pregunta y ella respondió rodeándole de nuevo con las piernas.

Era muy sensual, ella sentada y él de pie, enfrente. Él llevaba aún los pantalones, y ella la camiseta. Tras asegurarse de que ambos querían lo mismo, Guillermo se introdujo dentro de Emma y volvió a besarla. Su lengua seguía el ritmo de sus caderas, y cuando ella empezó a gemir y a estremecerse en sus brazos, supo que el final estaba cerca. Al sentir que Emma le mordía el hombro para no gritar de placer, un orgasmo como ninguno de los que había tenido jamás le recorrió todo el cuerpo. Al terminar, sintió que le temblaban las rodillas y dio gracias de poder apoyarse en la barra que había justo detrás del taburete. Ella le dio un cariñoso beso encima de la pequeña herida que le había hecho con los dientes y, mirándolo a los ojos con mucha dulzura, dijo:

—Buenos días.

—Ahora lo son —contestó Guillermo dándole un último beso antes de apartarse—. Enseguida vuelvo.

Fue al baño y trató de recomponerse. Lo de la ropa fue fácil, pero tranquilizar el ritmo de sus latidos no tanto.

—¿Te apetece desayunar? —preguntó Emma desde la cocina—. A mí me ha entrado hambre.

Él sonrió y salió a buscarla. Tenía hambre, pero ya desayunaría más tarde.

Se pasaron el domingo entero en el apartamento, en la cocina y el comedor para ser exactos. Emma tenía sus dudas de que pudiera cocinar desnuda, pero Guillermo le demostró que estaba equivocada, y que el arte de la cocina era mucho más sensual de lo que creía. Tal vez él no supiera cocinar, pero sabía moverse en una cocina. A media tarde, y con la espalda dolorida, Guillermo se quedó dormido en el sofá, y cuando se despertó vio que Emma estaba escribiendo una postal.

—¿Por qué no la llamas más a menudo? —preguntó, haciendo referencia a su hermana Raquel.

—Aún no nos hemos acostumbrado a ser tan cariñosas.

—¿Aún?

—Además, a ella le encantan las postales —añadió fingiendo no haber oído aquella otra pregunta—. Las cuelga en la nevera con imanes. Dice que tienen más personalidad que los *e-mails*.

—Supongo —dijo él desperezándose. Sabía que Emma le estaba ocultando algo, pero prefirió fingir que no era así y esperar a que llegara el momento oportuno de volver a preguntárselo. Si tenía suerte, tal vez no tuviese que hacerlo nunca, y fuese ella quien le abriese el corazón y le contara qué significaban todos aquellos comentarios que entonces carecían de sentido.

—¿Me acompañas a echarla al buzón? —le preguntó con una sonrisa.

—Claro. Si quieres, podemos pararnos a cenar algo. Al fin y al cabo, no hemos comido demasiado.

Emma se sonrojó.

—Perfecto. —Él se levantó y se frotó la espalda—. Creo que me has roto algo —dijo besándola.

—¿Yo? ¿No eras tú quien quería saber si era posible hacer el amor de pie contra la nevera? —Le devolvió el beso.

—Vamos, camina antes de que cambie de opinión. —Guillermo la empujó despacio hacia la puerta—. ¿Sabes qué aprendí durante todos los años que entrenaba?

—¿Qué? —preguntó Emma, asegurándose de que tenía las llaves.

—Que el mejor modo de no tener agujetas es repetir el ejercicio que las ha causado.

Ella lo miró sonriendo y salió al pasillo.

Esa noche, Guillermo tampoco se quedó a dormir. Cuando regresaron de cenar, se sentaron en el sofá para charlar un poco más. Él le estaba contando cómo Gabriel había reconquistado a Ágata y ella lo escuchaba sin perderse detalle. Al acabar la historia, los dos estaban muy cansados, después de aquel día no era de extrañar, y Emma, en contra de su buen juicio, le preguntó si quería quedarse. Guillermo quería hacerlo, ¡vaya si quería!, pero después de todo lo que había sucedido no sabía si era lo mejor. Habían hecho el amor como si no pudieran saciarse el uno del otro, pero en cada ocasión él tenía la sensación de que ella se guardaba un pedacito de su corazón, que no se entregaba por completo. Se decía a sí mismo que no importaba, que podía esperar a que lo hiciera, pero mentía. Y cada vez le dolía más verla capaz de mantener aquella distancia. Era diminuta, milimétrica, pero estaba allí.

Lo mejor sería que fuera al hotel, así le daría a Emma la oportunidad de que lo echara de menos. Aprovechó la excusa de que al día siguiente tenía que ir a trabajar, lo cual era cierto, y que necesitaba vestirse con traje, que también lo era. Lo que ya no era tan cierto es que no tuviera tiempo de ir al hotel antes de las ocho y vestirse allí. Le dijo a Emma que tenía que estar en Biotex a primera hora y que, por tanto, lo mejor sería que durmiera en el hotel.

Para su desgracia, ella no trató de convencerlo, pero sí le dio un apasionadísimo beso de buenas noches, que, como premio de consolación, no estaba nada mal.

Al igual que la noche anterior, regresó al hotel flotando en una nube, pero esta ya no era tan perfecta ni tan inmaculada como la del sábado. Guillermo no solía engañarse a sí mismo y no iba a empezar a hacerlo ahora. Había conquistado el cuerpo de Emma, hacerse con su mente tal vez no sería imposible, pero su corazón ya era otro tema. Y, en el fondo, no quería tener que convencerla de que se lo entregara; quería que ella quisiera hacerlo, que no pudiera evitarlo. Igual que le estaba pasando a él. Bueno, como decía su madre, las cosas que valen la pena son difíciles de conseguir. Y Emma valía la pena. Aún le faltaba averiguar muchas cosas sobre ella, como por ejemplo, ¿por qué hacía referencias a que su vida había cambiado? ¿Había sufrido alguna enfermedad que la hubiese hecho cambiar? ¿Por qué nunca hablaba de sus padres, ni de sus estudios? Fueran cuales fuesen las respuestas a esas preguntas, Emma seguiría siendo la única mujer capaz de acelerarle el pulso en segundos, llevarle la contraria y hacerlo sonreír solo con un beso.

# 15

Si tuviera que definir a Ellen Blanchet con una sola palabra, sería «persistente» o, mejor dicho, «pesada», pensó Guillermo al leer el *e-mail* que la abogada le había mandado. En él le recriminaba, con mucha educación, eso sí, que no le hubiera devuelto la llamada del otro día e insistía en que tenían que verse esa misma tarde. Le respondió con una disculpa, tenía que reconocer que no había estado bien no llamarla, y diciéndole que en principio tenía la agenda muy llena y que no podía quedar hasta dentro de dos días. Pero le prometió que si había algún cambio, la avisaría sin falta. Le dio a «Enviar» y, minutos más tarde, recibía la respuesta de ella, en la que insistía de nuevo en que tenían que verse y le decía que, para ese tema en concreto, estaba disponible las veinticuatro horas del día.

Guillermo fue a comer con John, que enseguida le preguntó qué le pasaba. ¿Acaso se le notaba en la cara que había estado todo el fin de semana haciendo el amor con Emma?

—Nada —respondió escueto.

—¿Nada? —John se sentó frente a él y pidió una ensalada y un entrecot—. ¿Y ese nada tiene algo que ver con una pelirroja y la sonrisa que tienes de oreja a oreja a pesar de haber estado más de cuatro horas con los pesados de contabilidad?

—Quizá. —Hacía años que no sentía tanta vergüenza—. ¿Has podido pensar en lo que decidimos el viernes?

—Me tomaré este cambio de tema como la prueba definitiva de que por fin Emma y tú estáis juntos. —Pinchó una patata del plato de Guillermo—. Felicidades.

—Gracias —contestó resignado—. Y ahora, por favor, ¿podemos hablar de cosas serias? ¿Cómo diablos lograste conquistar a Hannah? —preguntó de sopetón.

—¿Esas son las cosas serias de las que quieres hablar? —John dio las gracias al camarero que le trajo el primer plato—. Si me pides consejos a mí, estás peor de lo que me imaginaba. Seguro que eres todo un experto.

—¿Por qué todo el mundo cree que soy una copia barata de Casanova? —Dio un sorbo de agua—. Deja que te diga que, probablemente, he estado con menos mujeres que tú.

—Eso lo dudo; yo solo he estado con Hannah.

—De acuerdo, tal vez en eso me equivoque, pero no he estado con tantas como crees. Ni tampoco he hecho nunca nada que pudiera salir en una película erótica. —«Excepto lo de este fin de semana», pensó.

—Lo que pasa, mi querido Guillermo, es que el continente no se ajusta al contenido. Me explicaré mejor —añadió al verlo tan confuso—. Mírate, eres alto y guapo. No tanto como yo, pero no estás nada mal. —Guillermo lo fulminó con la mirada, pero John continuó—: Tienes un muy buen trabajo y eres encantador. Es decir, un seductor. Seguro que casi todas las mujeres que están en este restaurante, y la mitad de los hombres, se irían encantados contigo a un hotel.

—Pero yo no quiero irme a un hotel con nadie que no sea Emma. —Se sonrojó pero siguió hablando—: Mejor dicho, ni siquiera con Emma. Lo que quiero decir es que quiero tener algo profundo, quiero cuidar de ella y que ella me cuide a mí. Como tú y Hannah.

—Y estoy seguro de que algún día lo tendrás —respondió John—, pero la pregunta que deberías hacerte es si ella quiere lo mismo.

Guillermo, inseguro de cómo responder a eso, optó por beber un poco más de agua y cambiar de tema.

—Gracias por el consejo. —Carraspeó—. ¿Has podido pensar en lo del viernes? —retomó la conversación anterior.

—Sí. La verdad es que no he hecho otra cosa. Y creo que no debemos firmar la fusión y luchar, en cambio, por salir adelante nosotros solos. Si los resultados de Fénix son la mitad de buenos de lo que prevé mi abuelo, seguro que lo lograremos. Será difícil, tal como tú dijiste, pero valdrá la pena. —Le trajeron el segundo plato y atacó al instante—. ¿Y tú? ¿Has podido hablar con tu jefe?

—Pues aún no.

—¿Te planteará problemas?

—Podría ser, pero no lo sé. —Se apretó el puente de la nariz—. Sé que estoy haciendo lo correcto.

—Me alegro.

—Cambiando de tema —dijo Guillermo—, esta mañana he recibido un *e-mail* de Ellen Blanchet en el que insiste en que nos veamos. Supongo que de algún modo se habrá enterado de que tú y tu abuelo habéis estado haciendo preguntas sobre Fénix.

—Creo que deberías ir —sugirió John—. Tal vez así sepamos de una vez por todas si lo único que ha querido Lab Industry desde el principio es la patente de Fénix.

—Tal vez tengas razón. —Guillermo se tomó el café que acababan de servirle—. A ver si encuentro un hueco en mi agenda y puedo reunirme con ella hoy mismo.

—Oye, volviendo a lo de Emma, ¿os apetecería cenar con Hannah y conmigo mañana? —le preguntó John.

—Por mí encantado, pero no sé si ella podrá. La verdad es que no sé muy bien qué tipo de relación tenemos.

John sonrió y levantó una ceja.

—Vamos, seguro que lo pasaríamos bien.

—Se lo preguntaré. —Miró el reloj—. Debería regresar al despacho, a ver si ahora tengo suerte y consigo hablar con Enrique.

—Vete tranquilo. —John se concentró en la comida que aún le quedaba en el plato y se despidió de él.

Una vez en el despacho, Guillermo volvió a llamar a España.

—Smithsons, M&A. Buenas tardes, ¿en qué puedo ayudarle?

—¿Luisa? —Creyó reconocer a la más veterana de las recepcionistas—. Soy Guillermo Martí.

—¡Guillermo! ¿Cómo estás? ¿Por dónde paras? —Era la única de las tres que era simpática.

—Bien, gracias. ¿Está Enrique por ahí? Llevo toda la mañana buscándole.

—Pues no, lo siento. Tuvo que irse de improviso a Malasia, no regresará hasta el miércoles. Pero si es muy urgente, puedes llamarlo al móvil, a ti te atenderá... Si fueras su mujer no lo tendría tan claro.

—¡Luisa! No seas mala —la riñó entre risas—. No, creo que prefiero esperar al miércoles. Ya sabes el humor que tiene siempre que viaja allí. La última vez casi despide a media plantilla, y todo porque el vuelo se había retrasado dos horas.

—Si quieres, puedo pasarte con Daniel.

Daniel era otro de los altos cargos de la empresa, un hombre listo y cordial, pero Guillermo sabía que no podía saltarse a Enrique en una cuestión tan delicada. Al fin y al cabo, iba a decirle que estaban a punto de perder una comisión multimillonaria.

—No, no te preocupes. Llamaré el miércoles. Gracias por todo, cuídate.

—Lo mismo digo.

La telefonista colgó y Guillermo tuvo un mal presentimiento. No era supersticioso y optó por desecharlo de inmediato, pero hubiera preferido mil veces poder hablar con su jefe y dar por zanjado el asunto. Si Enrique no llegaba hasta el miércoles, no podría hablar con él hasta el jueves... En fin, no tenía más remedio que esperar.

La mañana de Emma evolucionó con lentitud y sin grandes descubrimientos. Además, la conferencia que les dieron sobre el aceite fue aburridísima. Tal vez para alguien de otro país fuera interesante, pero para una española no lo era en absoluto. A las cuatro, cuando finalizaron las clases, salió sin apenas despedirse de nadie. Fue paseando hacia su apartamento y se detuvo a comprar comida y otras cosas; después del fin de semana, tenía que reabastecer la nevera. Una hora más tarde entraba por la puerta de su casa y, tras colocarlo todo en su sitio, se puso cómoda y se sentó en el sofá para descansar un rato. Segundos más tarde, estaba dormida y no oyó que sonaba el móvil.

Emma no le contestaba al teléfono. ¡Qué raro! Las clases ya habían terminado y ella no le dijo que tuviera que hacer nada especial. Volvió a intentarlo. Nada otra vez. ¿Se habría enfadado con él?

¿Por qué? No, imposible. No tenía ningún motivo. Seguro que estaba caminando por la calle y no lo había oído; ya le devolvería la llamada cuando la viera.

El resto de la tarde, Guillermo repasó las previsiones que había hecho para el futuro de Biotex y empezó a redactar su informe. Ese era uno de los momentos que más le gustaban de su trabajo: elaborar las conclusiones de su investigación y ofrecer consejo profesional sobre cómo orientar el futuro. Le hacía sentir que lo que hacía servía para algo. A las siete, y después de que John fuera a despedirse, no sin antes recordarle lo de la cena del miércoles, volvió a llamar a Emma.

—Diga —respondió ella soñolienta.

—Emma, ¿estás bien? —preguntó preocupado.

—Sí —bostezó—, me he quedado dormida en el sofá. No sé qué me pasa.

—Yo sí —dijo él, aliviado de poder al fin hablar con ella—. Te faltan horas de descanso. Este fin de semana no has dormido demasiado...

Emma volvió a bostezar.

—La verdad es que estoy muerta de sueño —confesó—. ¿Qué hora es?

—Son más de las siete. ¿Por qué no te acuestas? —sugirió Guillermo, a pesar de que eso implicaría no poder verla—. Así mañana estarás recuperada.

—Sí, creo que será lo mejor. —En la voz se le notaba que estaba aún medio dormida—. ¿Y tú qué harás?

—Sufriré y te echaré de menos. —Se la imaginó sonriendo y añadió—: Descansa, seguro que se te ocurrirá el modo de compensarme.

—Ni lo sueñes. —Volvió a bostezar—. Me voy a acostar. Nos vemos mañana.

—¿Emma?

—¿Sí?

—Me he pasado todo el día pensando en ti. —Esperó a ver qué respondía, pero ella siguió en silencio—. Hasta mañana.

—Hasta mañana.

Guillermo colgó y se quedó con la mirada fija en la pantalla del ordenador. Empezaba a molestarle ser siempre el único dispuesto a ser cariñoso. A esas alturas, Emma ya debería haberse dado cuenta de que su relación era algo más que un polvo. Respiró hondo y decidió no perder más el tiempo con eso y concentrarse en el trabajo; el nombre de Ellen Blanchet le vino a la mente. La abogada le había dicho que estaba disponible las veinticuatro horas, así que la llamó y le propuso reunirse esa misma noche. Ella aceptó, por supuesto.

Emma colgó y fue a acostarse. Ya tumbada en la cama, no podía dejar de preguntarse por qué no le había dicho que también había pensado en él. Era verdad, de hecho, no había hecho otra cosa en todo el día. Entonces, ¿por qué no se lo había dicho? Era obvio que Guillermo estaba preocupado por ella, las dos llamadas perdidas lo corroboraban, y que era sincero al decirle que la había echado de menos. No le habría costado nada corresponderle. Se movió inquieta y llegó a la errónea conclusión de que no había para tanto, seguro que él se había pasado el día trabajando y que ahora ya se le había olvidado toda la conversación. El problema fue que Emma no la olvidó, y una hora más tarde se vistió y salió a buscarlo con intención de darle una sorpresa.

Ellen esperaba a Guillermo a la entrada del edificio donde se encontraba la sede principal de su bufete. Ella le había contestado al teléfono enseguida y le había dicho que, aunque tenía una cena de negocios a las diez, podían charlar de camino al restaurante. Cuando él llegó tardó unos segundos en reconocerla, pues iba vestida con un vestido negro de noche y el pelo recogido en un elegante moño.

—Buenas noches —dijo al saludarla—. Estás muy elegante.

—Gracias. He tenido que cambiarme en el despacho —le explicó la abogada.

—Podríamos haber quedado mañana —ofreció él.

—No. Tal y como te he dicho en el *e-mail,* me urgía mucho hablar contigo. —Levantó una mano—. ¿Te importa si vamos andando? No quisiera llegar tarde.

—No, por supuesto.

Echaron a andar y, pasados unos segundos, ella volvió a hablar:

—Mis clientes empiezan a estar muy preocupados.

—¿De verdad? —Guillermo se hizo el tonto.

—Al parecer, se han enterado de que el nieto del señor MacDougall ha empezado a hacer preguntas, y no les ha gustado demasiado.

—¿Se han enterado? Ellen, deja que te diga que pareces sacada de una película de gánsteres barata.

—Ríete si quieres, pero los directivos de Lab Industry no están dispuestos a renegociar nada.

—Mis clientes tampoco. —De hecho, pensó Guillermo, lo único que querían era romper el acuerdo.

—Te lo digo porque si todo esto es un intento de subir el precio, va a ser en vano.

—Gracias por advertirme, pero no, el interés que ha podido mostrar John MacDougall por la fusión no tiene nada que ver con el dinero, sino con el cariño que siente por la empresa que fundó su abuelo.

Ella levantó las cejas dejándole claro lo que pensaba de ese comentario tan sentimental.

—Guillermo, tú y yo somos personas realistas y ambos sabemos que el trato que ofrece Lab Industry a Biotex es más que justo. No creo que ahora sea el momento de que ese chico empiece a jugar al Monopoly con una empresa de millones de dólares.

A Guillermo le molestó que lo equiparase a ella, pero tuvo que reconocer que sí, que el trato era justo. Sin embargo, eso no implicaba que John o el señor MacDougall no pudieran replantearse las cosas.

—Ellen, lo único que quieren los señores MacDougall es lo mejor para su familia, su empresa y sus empleados, algo que también deberían haber tenido en cuenta los directivos de Biotex cuando negociaron con Lab Industry. —Ella siguió andando sin inmutarse, así que Guillermo continuó—: Mi obligación, al igual que la tuya para con tus clientes, es asesorarlos de sus diferentes opciones e informarlos de las consecuencias que pueden esperar de cada una de ellas. Y eso es precisamente lo que voy a hacer.

—Por supuesto. —Ellen se detuvo frente a un elegante portal y añadió con una misteriosa sonrisa—: Y tanto mi jefe como el tuyo quieren lo mismo. Así que supongo que, a partir de ahora, no tendremos ningún problema.

No conocía demasiado bien a aquella mujer, pero Guillermo sabía que el comentario sobre Enrique no había sido casual.

—Ninguno en absoluto. Que disfrutes de la cena —dijo a modo de despedida.

—Gracias. —Un botones le abrió la puerta—. Lo haré.

Sin decir nada más, Guillermo regresó caminando hacia el hotel, y durante todo el camino se planteó la posibilidad de llamar a Malasia y preguntarle directamente a su jefe qué diablos estaba pasando allí.

Emma seguía en la esquina sin moverse, furiosa consigo misma por tres motivos: el primero, por haber salido a buscar a Guillermo para darle una sorpresa; el segundo, por haberlo encontrado paseando con una rubia despampanante, y el tercero, por habérsele roto un poco el corazón al verlo. Había salido de su apartamento corriendo, desesperada por hablar con él y disculparse por haberlo tratado con tanta indiferencia.

Estaba a unos quince metros de la entrada de Biotex cuando lo vio salir, por suerte él le había dado la dirección un día, y aceleró el paso para atraparlo. El semáforo no colaboró con ella, y Guillermo se le escapó, luego tardó unos minutos en volver a dar con él. Cuando lo vio, unos metros más allá, en el portal de un edificio de oficinas con aquella maldita rubia, casi se puso a gritar en medio de la calle. ¿Qué diablos estaba haciendo allí? ¿Y quién era aquella tiparraca vestida de noche? Durante unos segundos pensó que solo iba a saludarla, que probablemente fuera una conocida de sus anteriores viajes, pero cuando echaron a andar juntos quiso estrangularlos. ¡Él solo paseaba con ella! Pero tan pronto como ese pensamiento cruzó por su mente, Emma se reprendió a sí misma. Se suponía que era ella la que no quería tener nada serio, la que quería mantener su relación solo como algo físico y temporal, así que si él se estaba buscando la vida en otra parte, no tenía por qué enfadarse.

¡Y una mierda! Sus pies decidieron por ella y empezó a caminar tras la pareja, que, muy a su pesar, era espectacular; él tan alto y moreno, y ella tan rubia y sofisticada. Daban asco. Repitiéndose una y otra vez que eso a ella no le importaba, consiguió soportarlo durante unos minutos más, pero cuando vio que se dirigían a un restaurante, se dio media vuelta. No quería saber nada más. No le hacía falta. Seguro que cenarían, que él sería encantador, ella graciosa, y que... No. Eso a ella no le importaba.

Regresó al apartamento hecha un basilisco, furiosa con ella misma por aquellos dos minutos durante los cuales él le había roto el corazón. Pero por suerte había sido una falsa alarma, su corazón estaba intacto y, gracias a la rubia en cuestión, ahora sí que tenía claro que había hecho bien en no contarle a Guillermo la verdad.

Emma se despertó ya recuperada, llena de vitalidad y con los ánimos renovados. Fue a clase muy ilusionada, pues la de ese día iba a impartirla de nuevo Luca Accorsi, con lo que sería interesante además de divertida. El italiano estaba contándoles las excelencias de la trufa negra cuando un compañero de clase, de origen siciliano, le hizo una pregunta. A raíz de eso, la conversación derivó hacia las diferencias entre la comida italiana cocinada en Italia y la que se podía encontrar en Estados Unidos, en Nueva York en concreto. Dicha conversación no tardó en convertirse en un debate, por no decir «batalla», y al final a Luca solo se le ocurrió un modo de calmar a sus alumnos:

—*Senti*, tengo una idea.

Todos dejaron sus frases a medias para escucharlo.

—¿Qué os parece si vamos a cenar todos juntos? —La clase solo constaba de ocho personas—. Hay un restaurante cerca de aquí donde sirven los mejores raviolis y tagliatelles del mundo.

—Imposible —replicó el siciliano.

—Mira, Marcello, es absurdo que creas que Italia tiene el monopolio de la pasta, y eso no es nada propio de un cocinero tan bueno como tú. —Luca se lavó las manos, que tenía manchadas de harina tras la clase—. Yo soy tan patriota como tú, pero tienes que reconocer que la cocina no tiene fronteras. Iremos al restaurante y dejaremos que tus compañeros opinen, ¿de acuerdo?

—De acuerdo —aceptó Marcello.

Terminaron la clase y quedaron en encontrarse a las siete en la escuela para ir todos juntos. Emma estaba ilusionada; además, eso significaría que esa noche tampoco vería a Guillermo. Llegó la hora de salir y se fue a casa para escribir la postal diaria a su hermana y prepararse para la noche, pero lo primero que hizo al entrar en su pequeño apartamento fue llamar a Guillermo. Se moría de ganas de decirle que esa noche tenía un plan que no lo incluía.

—Emma —contestó al instante—, ¿cómo estás?

—Bien, ¿y tú? —preguntó. Se moría de ganas de echarle la caballería por encima por lo de la rubia despampanante. En el fondo, aquel chico le importaba mucho más de lo que estaba dispuesta a reconocer.

—Regular, pero seguro que esta noche, cuando te vea, estaré mejor. Había pensado que...

—No puedo —lo interrumpió ella—, esta noche no puedo. Hubo unos segundos de silencio.

—¿Pasa algo?

—No, ¡qué va! —Paseó por el piso—. Es que Luca, ese profesor italiano del que te hablé, quiere que vayamos todos a cenar. —Le contó lo que había pasado esa mañana y él la escuchó atento.

—¡Vaya! Entonces... —se apretó el puente de la nariz— ¿hoy tampoco te veré?

—Es que no sé a qué hora terminaremos y... —«Aunque supongo que a ti tampoco te importará demasiado, así podrás quedar con la rubia», pensó, pero no se lo dijo.

—No te preocupes, lo entiendo. —O eso se decía a sí mismo—. Tenía muchas ganas de verte.

—Y yo —contestó Emma sin dudar. No era tan tonta como para desaprovechar la oportunidad de pasar unos días, y unas noches, más con él.

Esas dos palabras llenaron de felicidad a Guillermo y borraron todas las dudas que sentía. Si hubiera sabido lo que ella en realidad estaba pensando, no se habría alegrado tanto.

—John me ha preguntado si nos apetecería ir a cenar con él y Hannah mañana; iba a decírtelo esta noche, pero en fin, ¡qué se le va a hacer!

—Me encantaría.

—Entonces le diré que sí, te llamaré para decirte a qué hora tienes que estar lista. Bueno, espero que lo pases bien esta noche.

—La verdad es que tengo ganas de ir. Al fin y al cabo, tengo que empezar a hacer amigos; si no, me quedaré muy sola cuando te vayas.

Al parecer, Emma seguía creyendo que para él aquello era algo pasajero y que al cabo de una semana y media se iría. Tenían que hablar del tema, pero Guillermo era consciente de que aquel no era el momento, y mucho menos por teléfono.

—Tengo que dejarte —mintió él; la verdad era que quería colgar y recomponerse—. Nos vemos mañana.

—Hasta mañana.

Aunque había pasado otro día sin ver a Emma, en el trabajo, a Guillermo las horas se le pasaron volando; quería tener el máximo de datos listos para cuando hablara con Enrique a la mañana siguiente. Sabía que iba a ser una conversación difícil y tenía que estar bien preparado para poder responder a todas sus preguntas. Decidió enviarle un breve mensaje a Emma diciéndole que pasaría a recogerla a las ocho. John había reservado mesa a las nueve en un precioso restaurante de las afueras y a esa hora el tráfico estaba complicado. Tras la llamada del día anterior, Guillermo había dormido fatal y estaba cansado, pero a base de cafés y adrenalina iba tirando.

A las ocho en punto se plantó delante del portal de Emma y esta no tardó en abrirle la puerta. Él se inclinó y la besó antes de que ella pudiera decir nada. Le recorrió los labios con los suyos y la besó con toda la pasión y la ternura que llevaba días acumulando. Tras unos lentos y memorables minutos, Emma se apartó.

—Hola. Estás preciosa —dijo él tras carraspear.

—Tú también estás muy guapo.

Guillermo llevaba una camisa azul claro que contrastaba con su cara de niño malo.

—No digas tonterías —farfulló él, incómodo por el halago—. ¿Estás lista?

—Sí, solo tengo que pintarme los labios —respondió dirigiéndose hacia el baño.

—Yo no perdería el tiempo con eso. Tengo la intención de recuperar los besos de estos dos días. —Oyó cómo ella se reía y le preguntó—: ¿Cómo fue la cena? ¿Quién tenía razón?

—La cena fue muy divertida —contestó ella mientras apagaba la luz antes de salir—. Y al final decidieron que los dos tenían razón. Un empate técnico, creo que lo llamaron. La verdad es que comí muy bien. Podríamos ir un día, si quieres.

—Claro. —Le gustaba ver que ella lo incluía en su futuro—. ¿Nos vamos?

—Sí.

Cerró la puerta y, en un impulso, Emma se puso de puntillas y le dio otro beso. Fue solo un segundo, una leve caricia, pero a Guillermo le dio un vuelco el corazón.

Se subieron a un taxi que, tal como había temido él, tardó más de cuarenta minutos en llevarlos a su destino. Por suerte, y gracias a su previsión, llegaron a tiempo y vieron que John y Hannah ya estaban dentro, esperándolos. La cena fue fantástica, parecía como si hubieran sido amigos toda la vida y se pasaron la noche contándose anécdotas, todos excepto Emma, claro, que seguía manteniendo las distancias. Aun así, explicó un par de detalles sin importancia sobre ella y su hermana Raquel. Más tarde, la conversación se puso más seria y John se interesó por la situación laboral de Guillermo.

—¿Has podido hablar con Enrique? —le preguntó a este.

—No, aún no. Le surgió un viaje imprevisto y tuvo que ausentarse de la oficina. Lo haré mañana.

—¿Vas a tener problemas? —se interesó Emma.

—Quizá. Pero no te preocupes. —Entrelazó los dedos con los de ella—. Seguro que, llegado el caso, saldré adelante.

Ella le sonrió, y Guillermo se dio cuenta de que se moría de ganas de presentársela a sus padres y hermanos. Estaba impaciente por que conociera a Gabriel y al impresentable de Anthony, que había acabado convirtiéndose también en un gran amigo. Le apretó la mano y luego se la soltó para que pudiera tomarse el café que acababan de servirles.

Tras ese momento más serio, la conversación regresó a temas más divertidos y Hannah le contó a Emma, aunque los chicos también lo oían, lo nervioso que estaba John por la boda y lo mucho que se liaba cada vez que ensayaban el vals.

—No es culpa mía haber nacido con dos pies derechos —se defendió él—. Además, tú tampoco eres Ginger Rogers, mi vida.

Los cuatro se rieron y pidieron la cuenta. Al despedirse, John le recordó a Emma que su abuelo estaba impaciente por probar su pastel de chocolate y ella le prometió tratar de organizar algo para la semana siguiente, la última que Guillermo iba a estar allí.

De regreso en el taxi, Emma, que estaba mucho más habladora que de costumbre, le contó con todo lujo de detalles la cena del día anterior con sus compañeros de clase. Llegaron al apartamento y ella esperó de pie en el portal a que él pagara al conductor.

—¿Quieres subir? —le preguntó antes de que Guillermo se diera media vuelta.

—¿Quieres que suba?

—¿Por qué siempre respondes con una pregunta? —atacó ella mirándolo a los ojos.

—¿Por qué nunca me dices directamente lo que quieres tú? —contraatacó él.

—Si no quisiera que subieras no te lo habría preguntado, señor quisquilloso —dijo Emma, ofendida.

—¿Qué ha pasado con el Señor Soy el Amo del Mundo? Me gustaba más ese apodo —dijo él con una sonrisa a la vez que se le acercaba.

—Que ahora te conozco mejor —dijo ella antes de darle un beso.

Guillermo respondió ansioso; la verdad era que se había pasado toda la cena muriéndose de ganas de besarla. Y darse cuenta de que a Emma le había pasado lo mismo lo llenó de felicidad y lo excitó muchísimo. Aunque bueno, eso tampoco tenía mucho mérito; se excitaba solo de pensar en ella. Separó más los labios para poder besarla mejor y dio unos pasos para esconderla en el portal. Deslizó las manos por su espalda y la sujetó por las nalgas.

—¿Subes o no? —preguntó ella apartándose.

—Subo —claudicó él, besándola de nuevo.

Emma se soltó para buscar la llave y se dio media vuelta para abrir la puerta. Guillermo la abrazó por detrás.

—Si subo esta noche —le susurró al oído—, también querré subir mañana. —Le dio un beso en el cuello—. Y al día siguiente.

Ella se estremeció y giró el pomo.

# 16

Entraron en el piso y él volvió a besarla, pero a diferencia del fin de semana, no trató de desnudarla ni de acariciarla de ningún modo. Solo la besó. Le sujetó la cara entre las manos y la besó como nunca antes había besado a nadie. Con amor. Le recorrió los labios con los suyos, la saboreó para no olvidar jamás su calor y, despacio, la soltó. Emma lo miró con los ojos vidriosos y vio que él entrelazaba los dedos con los suyos y tiraba de ella hacia la habitación.

Guillermo no tenía intención de volver a hacerle el amor en la cocina, al menos no en ese momento, ni tampoco en el sofá. Quería hacer el amor en la cama, para así poder besarla como hacía días que se moría por hacer y, lo más importante, para poder abrazarla y dormirse con ella entre sus brazos.

Entró en la habitación y vio que aquella horrible cama plegable ocupaba ya la mayor parte del espacio. Mejor, así se ahorraba tener que bajarla. Colocó a Emma delante del colchón y volvió a besarla, pero esta vez le deslizó por el hombro la tira del vestido que llevaba. Ella se quedó quieta, como si no supiera qué hacer, y él siguió adelante. Lentamente, desabrochó los botones que tenía a la espalda. Como no le había dado la vuelta, le costó un poco, pero no quería apartar los ojos de los suyos. Cuando lo consiguió, tiró hacia abajo la prenda y la desnudó. Era preciosa. Ya lo sabía. Conocía cada rincón de aquel menudo cuerpo, pero verla allí, de pie, a media luz, lo dejó sin habla.

Emma levantó las manos y, con dedos temblorosos, le desabrochó también la camisa. Guillermo se alegró de que lo hiciera; necesitaba sentir su piel contra la suya. Los pantalones siguieron el mismo camino y él se apartó un segundo para hacerlos a un lado. Ella seguía sin moverse, tal vez sentía que él necesitaba aquello más que respirar, o tal vez estaba igualmente afectada por sus caricias y sus besos. Guillermo deseó que fuera lo segundo, y volvió a besarla para asegurarse de que así era. Con la misma delicadeza de antes, le quitó el sujetador y, despacio, la tumbó en la cama. Él se tendió a su lado y con un dedo le dibujó el contorno del cuerpo. Inclinó la cabeza y buscó sus labios a la vez que se incorporaba un poco para poder acariciarla mejor. Tras ese beso, que le puso la piel de gallina porque ella lo sujetó por la nuca y le mordió levemente el labio inferior para luego recorrerle la piel con la lengua, Guillermo decidió hacer realidad una de sus fantasías y la devoró a besos. Abandonando sus labios, inició el descenso sin dejar ni un centímetro de piel sin besar. Al llegar al ombligo, levantó la vista y vio que Emma tenía los ojos cerrados y se mordía el labio. Alargó una mano y le acarició la boca con el pulgar.

—No hagas eso —dijo en voz baja.

Ella entreabrió los ojos y dijo entre temblores:

—No lo puedo evitar. Bésame.

Guillermo no tardó ni un segundo en hacer lo que le pedía, y le dio otro beso junto con un pedazo de su corazón. Volvió a apartarse y se colocó de nuevo donde estaba: con la cabeza encima del estómago de ella. La besó de nuevo y, con la lengua, recorrió la banda elástica de su ropa interior. Emma levantó las caderas sin darse cuenta y él aprovechó para desnudarla del todo. Ella enredó los dedos entre su pelo y, antes de que pudiera tirar de él y distraerlo, Guillermo descendió y la besó.

Llevaba días obsesionado con su sabor, y ahora que lo tenía entre los labios supo que estaba perdido. Jamás lo olvidaría y jamás querría conocer ningún otro. La recorrió con la lengua mientras con las manos le acariciaba los pechos con movimientos sensuales. Emma tiró de su pelo, pero no para apartarlo, como él había temido, sino para asegurarse de que seguía donde estaba.

—Guille —suspiró, y aflojó la mano para acariciarle la mejilla que rozaba su muslo.

«Bueno —pensó Guillermo—, ya sé qué tengo que hacer para que me llame así.»

Siguió lamiéndola, amándola de aquel modo tan íntimo hasta que sintió cómo se estremecía y empezaba a ondularse de placer. Quería absorber cada detalle, cada movimiento, y saber que él le daba placer era el afrodisíaco más grande que había conocido jamás. Se incorporó un poco y la abrazó hasta que ella volvió a abrir los ojos. Lo miró y, sin decirle nada, lo besó. En ese beso, Guillermo creyó escuchar las palabras que no le había dicho y se rindió por completo. Emma volvió a apartarse y él aprovechó para quitarse los bóxers. Desnudo, se incorporó un poco encima de ella y le besó el cuello, e iba a dirigir los labios hacia sus pechos, cuando Emma le dijo:

—Espera un momento.

Guillermo se detuvo y levantó la vista para poder mirarla a los ojos.

—¿Qué pasa?

—¿Te acuerdas del helado de fresa? —le preguntó, acariciándole la espalda.

—Claro. —Enarcó una ceja a modo de pregunta—. ¿Por qué?

—Tengo una idea. —Y sin decirle nada salió hacia la cocina—. ¡No te muevas! —gritó a su espalda.

Minutos más tarde, que a Guillermo le parecieron horas, reapareció con una taza.

—¿Y te acuerdas de que te dije que creía que el chocolate era mejor que el sexo?

—Me acuerdo. —Se estaba excitando solo de pensar en lo que ella iba a decirle.

—Túmbese, señor Martí.

Él obedeció sin rechistar.

—Esta taza contiene varias cucharadas del mejor chocolate del mundo —le contó, recorriéndole el torso con un dedo—. Lo he fundido. —Se arrodilló junto a él—. Y creo que solo hay un modo de saber si me gustas más tú o el chocolate.

—Emma —susurró él.

Oírlo pronunciar así su nombre le puso la piel de gallina, y la animó a seguir adelante con su plan. Ella nunca había hecho nada parecido, jamás había seducido a un hombre como a él, y, si lo pensaba demasiado, tal vez se echaría atrás. Hundió la cuchara en la taza y derramó el chocolate fundido encima del torso de Guillermo.

—¡Dios! Emma... —Apretó las sábanas con las manos. La bebida estaba caliente, pero no quemaba, y él estaba tan excitado que creía que iba a estallarle la piel de todo el cuerpo.

Despacio, ella dejó la taza a un lado y se inclinó para saborear el postre que tenía enfrente. Apretó los labios justo por encima del cacao y, con la lengua, recogió todas y cada una de las gotas que iba encontrando a su paso. Podía sentir cómo los músculos de Guillermo se estremecían bajo sus labios, y en ese instante se sintió la mujer más sensual del mundo.

Se apartó un poco para poder mirarlo a la cara, y vio que tenía los ojos cerrados y la mandíbula apretada, como si estuviera luchando contra sí mismo, y eso la excitó aún más. No lo pensó, reaccionó, y volvió a levantar la taza para repetir la operación. Pero esta vez derramó el chocolate por el ombligo y la erección de Guillermo. Él arqueó la espalda como un tigre en celo y, por un instante, Emma creyó que iba a tomar el control y a hacerle el amor, pero al igual que una tormenta que retrocede ante el mar, Guillermo volvió a tumbarse. Abrió y cerró los puños un par de veces y respiró hondo.

—Emma, cariño —farfulló con voz entrecortada.

Él nunca la llamaba «cariño», y Emma sabía que lo hacía para que estuviera más cómoda. Y supo, sin ninguna duda, que jamás volvería a encontrar a un hombre como él. En ese instante quiso decirle lo mucho que significaba para ella, quiso pedirle que tuviera paciencia, pero no fue capaz, y optó por demostrárselo besándolo como jamás había besado a ningún otro hombre. Le dibujó el ombligo con la lengua, lamiendo el chocolate despacio, con caricias muy lentas, torturándolo con los dientes. Estaba tan concentrada en lo que hacía que tardó unos segundos en darse cuenta que Guillermo le estaba acariciando el pelo. Alentada por la reacción de aquel hombre tan increíble, se atrevió a recorrerle la erección con la lengua, y él arqueó las caderas como si lo hubiera atravesado un rayo.

—Emma... —Parecía incapaz de decir otra cosa.

La boca de ella se volvió más atrevida, y recurriendo solo a sus instintos, lo envolvió con los labios. Siempre que había pensado en hacer algo así se había sentido intimidada, pero acariciar a Guillermo de ese modo era no solo excitante, sino también increíble. Sentir que podía hacerlo enloquecer con aquellos besos era indescriptible, y se dio cuenta de que saborear su piel era el acto más sensual que había hecho jamás. Lo lamió con más fuerza, sintiendo que era lo que él necesitaba en ese momento, se excitó al sentir que Guillermo flexionaba los dedos entre su melena y Emma le tocó los labios con las yemas para darle más placer. Él la detuvo, le temblaban las manos, y, tras respirar hondo, dijo con voz entrecortada:

—Así no. —Se lamió el labio inferior—. Quiero hacer el amor.

Ella le dio un último beso, que consiguió hacerlo estremecer de los pies a la cabeza.

—Basta —insistió Guillermo—. No puedo más.

Emma se tumbó a su lado y él abrió los ojos, que hasta entonces había mantenido cerrados, y la miró.

—Emma —tragó saliva—, mi amor. —Se incorporó un poco y la besó. Con ese beso trató de decirle lo que no conseguía formular con palabras. Colocó las manos a ambos lados de la cabeza de ella y se colocó entre sus piernas. Emma le acariciaba la espalda, recorriéndole los músculos con los dedos, sin dejar de besarlo con una pasión incluso más incendiaria que antes. De repente, él se apartó—. Dime que tienes condones —suplicó, apoyando la frente contra la de ella. El domingo habían utilizado el último y Guillermo había estado tan absorto en sus cosas que no se había acordado de comprar.

Emma abrió los ojos y respondió:

—No. —Al ver la cara de dolor de él, le acarició el pelo y dijo—: Pero no son necesarios.

Guillermo, que estaba apretando los dientes para obligarse a retroceder, creyó estar alucinando:

—¿Qué has dicho?

—Que no son necesarios. Hace tiempo que tomo la píldora, me la recetó el médico para regular la menstruación. —Omitió el detalle de que el médico en cuestión era su tía—. Y yo solo he estado con dos hombres antes que tú y siempre he utilizado condón.

Al escuchar aquella confesión totalmente innecesaria, Guillermo la besó otra vez.

—Yo nunca he hecho el amor con una mujer, aparte de ti —dijo él mirándola a los ojos.

—Querrás decir que nunca has hecho el amor sin preservativo —lo corrigió ella.

—Eso también.

La besó antes de que pudiera decir nada más y le acarició la cara. Emma respondió con el ardor de siempre y le rodeó el muslocon una pierna. Guillermo se estremeció y, ansioso por estar aún más cerca de Emma, se deslizó hacia su interior. Tuvo que apretar la mandíbula para no tener un orgasmo allí mismo. Los músculos femeninos lo envolvieron y creyó morir de placer. No sabía si era solo por estar piel contra piel o porque ya se había enamorado completamente de ella, pero estar así, en su interior, era la sensación más maravillosa del mundo. Empezó a moverse despacio, quería saborear cada momento, cada segundo, y sabía que si lo hacía más rápido no duraría nada.

—Guille —susurró Emma buscando sus labios para besarlo. Se quedaron así, besándose y moviéndose despacio, aprendiendo ambos lo que era entregarse a otra persona. Pronto Guillermo fue incapaz de controlar el deseo que le hacía arder la sangre y se rindió. Se dejó conquistar por el placer y arrastró a Emma hacia un orgasmo indescriptible.

Estaban abrazados, los dos con los ojos cerrados, y ella le acariciaba lánguida el pelo. Guillermo sabía que tenía que moverse, seguro que la estaba aplastando, pero no podía. No quería alejarse. Se quedó quieto unos minutos más, pero el caballero que había en él lo obligó a levantarse. Una vez se hubo incorporado un poco, se apartó y se tumbó a su lado para volver a abrazarla. Ella no dijo nada, pero se acurrucó contra él. Guillermo quería decirle muchas cosas; las palabras «Te quiero» habían estado a punto de salir de sus labios entre cada beso que le daba. Bajó un poco la vista y vio que se había quedado dormida. Sonrió. Se lo diría al día siguiente. Cerró los ojos y se durmió. Lo último que pensó fue que empezaban a gustarle mucho las camas plegables.

El despertador de Emma sonó a las siete y media y a Guillermo casi le dio un infarto. Tenía que estar en Biotex a las ocho. Iba a saltar de la cama cuando sintió que ella le abrazaba por la cintura desde atrás y decidió que no pasaba nada por llegar unos minutos tarde. Emma le dio unos besos en la espalda y él le acarició el muslo, que no veía pero sentía contra el suyo.

—Buenos días —susurró ella, estirándose—. ¿A qué hora tienes que empezar a trabajar?

—No lo sé —contestó Guillermo, dándose la vuelta para besarla mejor—. Cuando empezaste a besarme me fundiste las pocas neuronas que me quedaban.

Ella sonrió y le rodeó el cuello con los brazos.

—Adulador.

—En serio, pregúntame lo que quieras. Ni siquiera recuerdo mi número de DNI.

—Creo que ya me he decidido —dijo ella, misteriosa.

—¿Decidido? —preguntó él, y le acarició los brazos para evitar que se soltara.

—Sí, y tenías razón. —Le dio un beso en la nariz—. Tú eres mucho mejor que el chocolate.

Guillermo sonrió y volvieron a besarse, y justo cuando iba a acariciarle los pechos, sonó su teléfono móvil. Pensó en no responder la llamada, pero Emma insistió en que lo hiciera. Era John recomendándole que fuera hacia allí lo antes posible, pues sus tíos habían empezado a hacer preguntas. Maldijo por lo bajo, pero se vistió de todos modos y, tras un último beso, se fue corriendo hacia el hotel para poder ducharse y cambiarse de ropa. Debería haber seguido el consejo de Emma y haber dejado allí una muda limpia. Ese mismo día la llevaría; de hecho, pensó mientras corría, tal vez podría dejar el hotel e instalarse en el apartamento con ella. Después de lo de la noche anterior era imposible que Emma siguiera con la tontería de tener solo una aventura.

Llegó a la sede de Biotex a las ocho y veinte. Todo un récord. John tenía razón: Larry y Tom habían empezado a hacer preguntas y estaban impacientes por conocer su informe. Guillermo sabía que antes de hablar con ellos tenía que comunicarle su decisión a Enrique, y cerró el despacho con llave para llamar a España con tranquilidad.

—Smithsons, M&A. Buenas tardes, ¿en qué puedo ayudarle?

—¿Luisa? Soy yo, Guillermo Martí. —Que contestara Luisa era un buen presagio, o así lo interpretó él.

—¡Guillermo! ¡Qué alegría volver a oírte! Supongo que querrás hablar con Enrique, ¿no?

—Así es. ¿Ha llegado ya de Malasia?

—Llegó ayer y está de un humor de perros. Espero que lo que tengas que decirle sea algo bueno. Te paso enseguida.

—Gracias, Luisa.

Oyó un par de pitidos y luego el brusco saludo de su jefe.

—Guillermo, ¿cómo va todo por ahí? ¿Tienes ya el informe?

—Por eso te llamo. Quisiera comentarte un par de cosas —contestó él tanteando el terreno.

—¿Cosas? ¿Qué cosas? Pero ¡si esta fusión está más clara que el agua! —exclamó el otro, perdiendo un poco los nervios.

—Yo también lo creía así al principio, pero ahora creo que lo mejor para Biotex sería no seguir adelante con la operación.

—¿Qué has dicho? ¿Eres consciente de la comisión que perderemos si esta fusión no prospera? Lab Industry puede incluso demandarnos.

—No si demuestro que con esta pretendían quedarse de un modo irregular con la patente de un nuevo producto —respondió Guillermo, defendiéndose.

—Explícate.

Él le contó lo que había averiguado de Fénix, y que creía que con ese gran descubrimiento la empresa podía salir adelante por sí sola. Por desgracia, Enrique no lo vio así.

—Mira, Guillermo. Esto que me cuentas es precioso —dijo sarcástico—, pero tu trabajo no es hacer de hada madrina. Además, dudo que a Lab Industry le haga gracia que le eches a perder lo que podría ser el negocio del siglo.

—¿Lab Industry? Creía que nuestro cliente era Biotex. —Allí estaba pasando algo raro.

—Y lo es, pero ya sabes cómo son estas cosas.

—No, no lo sé —respondió tenso.

—Días después de que Biotex nos contratara, un par de directivos de Lab Industry me hicieron una visita y dejaron claro que sería beneficioso para nosotros que la fusión prosperara.

—Supongo que sabrás que eso tiene un nombre, ¿no, Enrique?

—Pero ¿se puede saber en qué mundo vives, Guillermo? —Soltó un taco—. A veces me cuesta creer que seas tan bueno en tu trabajo con esa visión tan inocente que tienes de las personas.

—Voy a desaconsejar la fusión en mi informe y ten por seguro que la familia MacDougall, nuestros clientes, patentarán Fénix.

—Guillermo, ni se te ocurra. Pondrías a la empresa en una situación muy delicada.

—¿Más que si se cuestiona nuestra integridad? —Le sudaban las manos.

Tiempo atrás ya había sospechado que Enrique aceptaba sobornos, pero tener la confirmación le dejó helado. Pero algo de razón tenía su jefe; si aquella fusión no salía adelante y se descubría que había sido una chapuza desde el principio, la reputación de Smithsons, M&A se vería afectada. Era un riesgo que tenía que correr, su código del honor se lo exigía y, además, estaba seguro de que Enrique, por miedo a que alguien averiguara lo del soborno, haría todo lo posible por disfrazar la historia.

—Mira, mejor será que lo hablemos cara a cara. Yo me voy a Madrid mañana, pero el lunes ya estaré aquí, y espero verte en mi despacho a primera hora.

—No...

—Ni se te ocurra plantarme, Guillermo. A no ser que quieras que te despida, claro.

La idea le parecía cada vez más atractiva, así que respiró hondo y jugó su última carta.

—Haré el informe desaconsejando la fusión y le entregaré una copia a Biotex y otra a Lab Industry. —Oyó que Enrique se sulfuraba—. Y luego reservaré un vuelo para el domingo.

—No hace falta, estás despedido. —Y colgó.

Guillermo se quedó sentado, con el auricular en la mano. Estaba despedido. Había dedicado años de su vida a aquella empresa y ahora estaba despedido. Siempre había creído que si eso llegaba a pasar se sentiría fatal, pero lo único que notaba ahora era que le habían quitado un gran peso de encima. Se sentía aliviado. Feliz. Se frotó la cara con las manos para despejarse y se levantó. Unos minutos más tarde llamaron a la puerta. Enrique había sido más rápido de lo que pensaba. Abrió y vio a Larry y a Tom en el umbral.

—Su jefe acaba de llamarnos para comunicarnos que ya no trabaja para ellos —anunció Larry.

—Así es —dijo él recogiendo sus cosas mientras hablaba.

—También nos ha dicho que no hagamos caso de su informe —continuó Tom.

—Me lo imagino —respondió con media sonrisa en los labios—. Pero creo que su suegro y su sobrino les tienen preparada una sorpresa. Si me permiten... —Pasó junto a ellos y salió al pasillo para dirigirse al despacho de John.

Entró sin llamar.

—¿Es cierto lo que me ha dicho mi secretaria? —preguntó el joven poniéndose de pie de un salto—. ¿Te han despedido?

—Sí. ¿No es genial?

—Creo que definitivamente te has vuelto loco, aunque confieso que viéndote la cara no sé si decirte que lo siento o felicitarte.

—Felicítame. Debería haberlo dejado hace tiempo y buscar algo que me gustase más. —Se sentó en el sofá que había junto al escritorio—. Llevo meses con la sensación de que no estoy haciendo nada bueno con mi vida, y la verdad es que me gustaría dedicarla a algo más constructivo.

—Me alegro de que te lo tomes tan bien, pero no puedo evitar sentirme culpable.

—¿Por qué? Ni tú ni tu abuelo me habéis obligado a hacer nada. Además, ayudaros ha sido lo mejor que he hecho en toda mi carrera profesional. Espero haberos sido útil, y estoy seguro de que tendréis mucho éxito.

—¿Por qué no te quedas y nos ayudas? Nos iría bien alguien con tus ideas, y eres el mejor con los números. —Aunque el tono era bromista, John lo decía muy en serio.

—No sé, te estoy muy agradecido por la oferta, pero creo que ha llegado el momento de que me instale en Barcelona y me arriesgue con algo mío. Me ha gustado mucho ayudaros y me ha servido para darme cuenta de que eso es lo que de verdad me hace feliz; creo que abriré una pequeña consultoría para ayudar y asesorar a nuevas empresas, o a empresas con problemas.

—Seguro que te irá muy bien. Entonces ¿qué? ¿Te vas? —preguntó incrédulo.

—No, hombre. No te vas a librar de mí tan fácilmente. —Se levantó—. Primero tengo que contárselo a Emma y, si las cosas salen como espero, me quedaré con ella hasta que mi hermana esté a punto de dar a luz. Entonces regresaré a Barcelona.

—¡Vaya! Veo que lo tienes todo pensado. —John sonrió—. Pero si las cosas se tuercen, quiero que sepas que Hannah y yo estaremos encantados de tenerte en casa.

—Gracias, pero confío en que no sea necesario. —Se dirigió a la puerta para salir.

—Este sábado van a venir a comer mis abuelos, ¿por qué no os acercáis también tú y Emma? Así mi abuelo podrá agradecerte todo lo que has hecho por nosotros y podrá probar, al fin, la tarta de chocolate de Emma.

—De acuerdo. Y ahora lo siento, pero me tengo que ir. Estoy impaciente por ver a Emma y contárselo todo.

Guillermo abandonó las oficinas de Biotex tras despedirse de John y del hombre de mantenimiento, que le deseó suerte en su nuevo trabajo. Faltaban aún un par de horas para las cuatro, así que aprovechó para ir al hotel y hacer las maletas, que dejó en recepción. No quería parecer presuntuoso y tampoco quería que Emma le pidiera que se instalara con ella solo por compromiso. Le dijo a la chica de recepción que iría a buscarlas más tarde y si, por desgracia, las cosas no salían como él deseaba, siempre podía pedir de nuevo una habitación.

Compró un ramo de flores, gardenias, y fue a esperarla a la salida de la escuela de cocina. Fue de las primeras en salir, y casi se le escapó de lo deprisa que andaba.

—Guillermo, ¿qué haces aquí?

Él le dio un beso.

—He venido a buscarte. Toma. —Le dio el ramo—. Son para ti.

—Son preciosas. Gracias. —Se puso de puntillas y le dio un beso en la mejilla—. Pero ¿qué haces aquí? ¿No tendrías que estar en el trabajo?

—Vamos, de camino a casa te lo cuento todo.

Fueron paseando hasta el edificio de Emma y Guillermo le contó la conversación que había mantenido con Enrique y que había concluido con su despido. Ella lo escuchó atenta, oliendo las flores de vez en cuando.

—¿Y ahora qué vas a hacer?

—Depende.

—¿De qué? —le preguntó al llegar al portal de su casa.

—De ti, entre otras cosas, pero principalmente de ti.

Subieron las escaleras en silencio y, al llegar al apartamento, a Emma se le cayó el bolso al suelo y él se agachó para recogerlo. Para variar, antes del percance, Emma se había hecho con las llaves y, tras abrir la puerta, se dirigió a la cocina para poner las flores en agua.

Guillermo se dio cuenta de que las cosas no iban tan bien como esperaba y decidió que lo mejor sería darle un poco de tiempo.

—¿Vas a regresar a Barcelona? —le preguntó, aún de espaldas a él.

—No sé. ¿Quieres tú que regrese? —Se pasó la mano por el pelo—. Ya sé que no te gusta que responda a una pregunta con otra, pero para decidirme necesito saberlo, así que te lo preguntaré de nuevo: ¿quieres tú que regrese?

Emma se dio media vuelta, pero tenía la cabeza baja y él no pudo verle los ojos.

—¿Qué harás si te quedas aquí?

Bueno, pensó Guillermo, no le había pedido que se quedara pero tampoco le había dicho que se fuera.

—Había pensado que podría quedarme hasta que Ágata esté a punto de dar a luz. Ya sabes que quiero estar allí cuando nazca mi sobrina, y luego, según como estuvieran las cosas —confió en que entendiera que se refería a ellos dos—, podría regresar aquí o quedarme allí. Esto de no tener trabajo es muy liberador, y creo que me merezco unas vacaciones. Más tarde me gustaría abrir mi propia oficina, nada ostentoso, y quisiera especializarme en ayudar a nuevas empresas. ¿Qué te parece?

—Perfecto. Yo llevo más de un año tratando de reorganizar mi vida y aún no lo he conseguido.

—¿Un año? —preguntó, curioso, y creyó que Emma iba a responder, pero justo en ese instante le sonó el móvil. Miró la pantalla y, como vio que era su madre, descolgó—: Mamá, ¿pasa algo?

—Nada, Guille —contestó la mujer—. ¿Cómo estás?

—Bien, la verdad es que muy bien. —Vio que Emma iba a irse para darle intimidad y le agarró la mano para que no pudiera escapar—. Ahora mismo estoy con Emma.

—¿Emma? —Su madre fingió no saber de quién le hablaba. Imposible; seguro que Helena se lo había contado—. ¿Vas a presentármela?

—Claro que sí. Me muero de ganas de que la conozcas.

Emma se sonrojó y, con la excusa de colocar bien el jarrón, se soltó, pero no se fue de allí.

—Guillermo, te llamaba para pedirte un favor —dijo Elizabeth Martí.

—¿Un favor? Por supuesto. ¿De qué se trata?

—¿Podrías llamar a Gabriel y decirle que las mujeres llevamos siglos dando a luz y que a Ágata no le pasará nada? Quiero a ese chico con locura, pero te juro que si sigue así acabaré matándolo.

—Eso está hecho, mamá. Pero trata de ser comprensiva; yo también estaría muerto de miedo si... —miró a Emma, que fingía estar muy interesada en ordenar los cojines del sofá—, si mi mujer fuera a dar a luz. Ya sabes que en el fondo todos los hombres somos unos cobardes.

—Lo sé, créeme que lo sé. ¿Lo llamarás?

—Claro. No te preocupes.

—Gracias, eres un sol. ¿Cuándo regresas?

—Aún no lo sé. Iba a hacerlo la semana que viene, pero ha habido un pequeño cambio de planes. Cuando lo tenga todo resuelto, te llamo y te lo cuento.

—De acuerdo. Saluda a Emma de mi parte.

—Lo haré. Un beso, mamá.

Colgó y buscó a Emma, que ahora disimulaba con una revista.

—Mi madre te manda saludos.

—Parecéis llevaros muy bien —señaló ella, sorprendida.

—Así es. ¿Qué me ibas a decir antes? —Fue a sentarse a su lado.

—¿Antes?

—Sí, antes de que sonara el teléfono. Sobre reorganizar tu vida. —Iba a acariciarle el rostro, pero ella se levantó antes de que pudiera hacerlo.

—¿Te apetece ir al cine? —le preguntó Emma de repente.

—Claro —contestó él sin ningunas ganas. Era obvio que oírlo hablar con su madre la había afectado, y que había aprovechado aquellos minutos para reorganizar sus defensas. Tal vez lo mejor sería ir al cine y dejar la conversación para más tarde.

# 17

Antes de que sonara el teléfono, Emma estaba confusa; después de la llamada, se quedó aterrorizada. En los últimos días, la cocina ya no la llenaba tanto y, si era sincera consigo misma, había empezado a echar de menos la Medicina. Desde que había conocido a Guillermo se sentía más tranquila, y era capaz de distinguir las cosas que la hacían feliz de las que no. Ahora era capaz de asumir que el problema no era cambiar de profesión; el problema era ella y el modo en que se tomaba la vida. Desde que escribió la lista, había cambiado, al menos un poco, pero eso no garantizaba que fuera capaz de tener una relación con un chico como Guillermo; un chico que mandaba besos a su madre y que iba a llamar a su cuñado, y mejor amigo, para decirle que no estuviera nervioso por el parto. ¿Qué pasaría ahora que lo habían despedido?

El cine estaba dos calles más abajo y ambos iban caminando por la acera sin hablar, sumidos en sus pensamientos, cuando de repente oyeron cómo un coche derrapaba detrás de ellos. El coche en cuestión, un pequeño utilitario, chocó con la farola que había a unos veinte metros de allí y una columna de humo negro empezó a salir por el capó. Desde la distancia, pudieron ver que la conductora estaba inconsciente encima del volante, y Emma no pensó, sencillamente reaccionó y corrió hacia el coche. Guillermo corrió tras ella a la vez que sacaba el móvil del bolsillo y llamaba a una ambulancia. Emma abrió la puerta y vio que la chica seguía inconsciente, estaba muy pálida y sangraba por una herida que tenía en la frente. Iba a dejarla allí inmovilizada hasta que llegara la ambulancia, pero bajó la vista y vio que estaba embarazada.

—¡Guillermo, ayúdame! —gritó.

Él corrió a su lado.

—Tal vez sería mejor no moverla —dijo, al ver que ella ya le había desabrochado el cinturón de seguridad y empezaba a colocarla en la posición más adecuada para sacarla del vehículo sin causarle más daños.

—Tranquilo, soy médico.

—¿¡Qué!?

—Soy médico, médico de urgencias. Antes trabajaba en el Hospital Central de Barcelona, así que tranquilo, sé lo que hago.

¿Médico? ¿Urgencias? Guillermo no entendía nada, pero si podía ayudar a aquella chica, no iba a cuestionárselo en aquellos momentos.

—Levántala por las piernas —le indicó haciéndose ella cargo de la cabeza—. Cuando diga «tres» tira hacia fuera y juntos la tumbamos en el suelo. —Se colocó en posición—. Uno, dos, tres.

Guillermo hizo lo que le pedía sin dejar de mirarla ni un segundo. Le había mentido, peor, le había ocultado la verdad. Él pensaba en formar una familia con Emma y ella ni siquiera le había dicho cuál era su profesión. A él no le importaba lo más mínimo si era médico, cocinera o la reina de Saba, lo único que quería era saber la verdad. Se quedó estupefacto al ver la cura de primeros auxilios que Emma le hizo a la pobre chica. Sus movimientos eran precisos y metódicos; le comprobó el pulso y el latido del corazón, luego le tocó el abdomen y, por la cara que puso, dedujo que el bebé estaba bien. Buscó en su bolso mágico y sacó un botellín de agua y unos pañuelos de papel. Humedeció uno y le limpió la herida de la frente.

La chica trató de abrir los ojos, y lo primero que hizo fue llevarse una mano al vientre. Emma se la agarró y la tranquilizó. La embarazada estaba aturdida y explicó que había sentido una punzada que le había hecho perder el control del coche, y justo en ese instante volvió a gemir de dolor. Emma le sujetó la mano y le hizo una señal a Guillermo para que se acercara. Este lo hizo, y aunque estaba confuso, obedeció.

—Dale la mano.

Después, ella centró su atención en el abdomen de la joven, y vio que empezaba a sangrar.

—Tranquila, tienes contracciones, pero todo irá bien. ¿Has llamado a la ambulancia? —le preguntó a Guillermo.

Este estaba a punto de contestar cuando oyó aliviado las sirenas. La ambulancia se detuvo a su lado y de ella saltaron dos enfermeros con un enorme maletín. Emma se limitó a decir que era la doctora Sotomayor y se hizo con él. De allí sacó el fonendoscopio y auscultó a la joven a la vez que se aseguraba de que los enfermeros la colocaban correctamente en la camilla. Iban a subirla cuando la chica los miró con ojos suplicantes y Guillermo dijo:

—¿Quiere que la acompañemos?

—Por favor, busque mi móvil en el coche y llame a mi marido; es la última llamada que he hecho.

—Tranquila, no se preocupe, yo me encargo —le prometió a la embarazada, pero antes de caminar hacia el coche accidentado le dijo a Emma—: ¿Por qué no la acompañas? Yo buscaré un taxi y me reuniré contigo en el hospital.

Ella no contestó, sino que saltó sin más dentro de la ambulancia segundos antes de que esta saliera a toda velocidad. Guillermo se quedó allí, solo en medio de la calle. De no ser porque el coche seguía empotrado contra la farola y por el montón de gente mirando, creería que todo había sido un sueño.

Buscó el móvil y pulsó la tecla de llamada. El futuro papá contestó con un cariñoso «hola», pero cuando oyó la palabra «accidente» se puso frenético. Guillermo le contó lo que había sucedido y, tras asegurarle que su esposa estaba bien, le confirmó el nombre del hospital al que se la habían llevado. El hombre le dio las gracias repetidas veces y luego colgó.

Guillermo trató de imaginarse qué haría él en una situación como aquella y se dio cuenta de que era incapaz de imaginar esas circunstancias con una mujer que no fuera Emma. Sacudió la cabeza. Ella no era quien él creía, de acuerdo que solo hacía tres semanas que se conocían, pero habían sido muy intensas, y a esa edad tres semanas eran como tres años de adolescentes. Él había compartido muchas cosas con Emma y esta había ocultado algo tan básico como a qué se dedicaba. ¿Le había ocultado algo más? Empezó a sudar y, sin ser muy consciente de lo que hacía, regresó al hotel.

Emma se aseguró de que atendieran a la chica correctamente y no se fue hasta que la entraron en quirófano. Aguardó en la sala de espera a que apareciera Guillermo, pero tras más de una hora, dedujo que no iba a ir. No le sorprendió. Seguro que estaba enfadado con ella. ¿Y quién no lo estaría? Tal vez fuera mejor así, sin promesas, sin explicaciones. Seguro que la olvidaría en un par de días. Igual que ella lo olvidaría a él. Mentira. Pero se lo repitió una y otra vez, mientras las lágrimas le resbalaban por las mejillas.

Guillermo entró en el hotel y la recepcionista, al contrario que en las últimas ocasiones, no lo miró alucinada. Se acercó a ella y le preguntó si tenían una habitación disponible, al fin y al cabo, él había dejado la suya esa misma mañana. La chica fingió que lo que estaba sucediendo era lo más normal del mundo y le dijo que sí. Segundos más tarde, le dio la tarjeta y él sonrió. Gracias a uno de esos pedazos de plástico había besado a Emma por primera vez.

Subió la maleta él mismo y, después, sentado en la cama, llamó a Gabriel. Él lo había escuchado el día en que Gabriel llegó a Barcelona dispuesto a reconquistar a su hermana después de cagarla soberanamente, así que supuso que había llegado el momento de que le devolviera el favor.

—¿Sabes qué hora es aquí en Londres? —preguntó Gabriel con voz soñolienta.

—No tengo ni idea.

—Guillermo, ¿te pasa algo? —preguntó preocupado. Le habían bastado esas cuatro palabras para saber que su mejor amigo no estaba bien. Guillermo siempre sabía los distintos usos horarios.

—¿Te acuerdas del día en que te encontré en el portal del piso de Ágata? —Se frotó la cara—. Pues yo ahora estoy peor que tú entonces.

Gabriel salió de la habitación para no despertar a Ágata y fue a sentarse en el sofá.

—¿Qué te pasa? ¿Es por esa chica del aeropuerto? Ya le dije a tu hermana que eso no iba a acabar bien.

—¿En serio? —Se rio sin humor—. Pues podrías habérmelo dicho antes de que me enamorara de ella; me habría ahorrado muchos disgustos.

—Vamos, no seas así. Cuéntame lo que ha pasado.

Guillermo le contó lo del curso de cocina, lo de la fusión, lo del despido y lo del accidente que había concluido con la gran revelación.

—¿Te han despedido?

—Sí, pero eso ahora no tiene importancia.

—¡Vaya! Ahora sí que me creo que estás enamorado. —Carraspeó—. Dime una cosa, ¿qué es lo que más te duele de todo lo que ha pasado?

—Que no me haya dicho la verdad —contestó Guillermo sin dudar.

—¿No se te ha ocurrido pensar que tal vez haya algún motivo por el que no lo haya hecho? —Guillermo no contestó, así que Gabriel continuó—: Mira, yo casi pierdo a tu hermana por no escucharla. No me considero ningún experto en el amor, pero sí sé que el orgullo es un peligroso consejero. Habla con ella, ve a buscarla y cuéntale lo que sientes. Pregúntale por qué no te ha contado antes que es médico.

—¿Desde cuándo eres tan listo, Trevelyan?

—Desde que me casé con tu hermana, cuñado. —Bostezó—. Vamos, ve a buscarla. Y ni se te ocurra contarle a Anthony que hemos mantenido esta conversación; se burlaría de nosotros durante meses.

—Tranquilo. Dale un beso a Ágata de mi parte.

—Puedes estar seguro de que lo haré. Ahora mismo. ¿Te he contado lo sexis que me parecen las embarazadas?

—Demasiada información. Voy a colgar. —Oyó que Gabriel se reía antes de despedirse.

Se levantó de la cama de un salto, fue al baño para refrescarse la cara y espabilarse y salió hacia el apartamento de Emma. La esperaría en la calle si era necesario, pero no se iría de allí hasta hablar con ella.

Llamó al timbre y le sorprendió oír su voz al otro lado del interfono.

—¿Quién es?

Sonrió al comprobar que ella ya no abría la puerta sin más.

—Soy yo, Guillermo.

El zumbido que le daba paso sonó al instante.

—Has venido —susurró ella sorprendida—. Creía que no te volvería a ver.

—¿Puedo pasar? —preguntó él desde el umbral.

—Claro, pasa.

—¿Cómo está la chica? —Fue lo primero que se le ocurrió preguntar.

—Bien. Cuando me fui entraba en quirófano. —Se frotó las manos—. ¿Quieres sentarte? —sugirió señalando el sofá.

—Así que eres médico —soltó él de repente.

—Sí, soy médico, aunque hace poco más de un año pedí una excedencia.

—¿Quieres contarme por qué? —le pidió Guillermo buscando una de sus manos porque necesitaba tocarla. La tenía helada, así que se la llevó a los labios y le dio un beso en la palma.

—Es difícil de explicar —contestó ella recuperando la mano, pero antes de apartarla le acarició la mejilla—. Todo empezó la tarde que Esteban murió en mi turno.

—¿Esteban? ¿Era un amigo tuyo?

—No. Esteban era yo. —Vio que no la entendía y continuó—: No sé quién era Esteban; solo sé su nombre, que murió de un infarto con apenas treinta y dos años y que nadie preguntó por él durante horas.

Ese chico murió y a nadie parecía importarle. —Le resbaló una lágrima por la mejilla y, como la noche que fueron al teatro, él la capturó con el pulgar—. Esa misma noche, cuando llegué a mi casa, me di cuenta de que a mí podría pasarme lo mismo.

—No digas tonterías.

—No, lo digo en serio. Si me hubieras visto entonces, no opinarías así. Me pasaba día y noche en el trabajo, mis compañeros me temían, y apenas veía a mi hermana. Nunca iba a ninguna parte, y los dos chicos con los que salí eran como el pobre Esteban; más preocupados por impresionar a su jefe que por llevarme a cenar. Esa noche hice una lista.

—¿Una lista?

Emma se levantó y fue a buscarla. Guillermo vio que se acercaba a él tendiéndole un papelito y lo tomó. Era obvio que estaba usado, y lo desdobló con mucho cuidado.

—¿Qué significa? —preguntó mirándola a los ojos.

—Son las cosas que quiero tener en mi vida antes de que sea demasiado tarde.

—¿Y cómo vas?

—Regular. He recuperado a mi hermana, pero no sé en qué categoría encajas tú.

Guillermo iba a responderle que en la del «amor», pero si ella no lo veía así, él jamás podría convencerla de lo contrario. Esperó a que acabara de contarle la historia.

—Y tampoco sé qué hacer con mi vida profesional. Creía que odiaba la Medicina, pero no es así. Lo que odiaba era el tipo de médico en que me había convertido. La cocina me encanta, me gusta mucho, pero no tengo lo que hace falta para ser una gran cocinera. Estoy hecha un lío.

—Tranquila, cariño. —La abrazó—. Todo saldrá bien, ya lo verás.

Ella lloró unos segundos, pero enseguida se apartó.

—No quiero hacerte daño, Guillermo.

—No vas a hacérmelo. —Le dio un beso en los labios—. Emma, te quiero. Mira, yo puedo quedarme aquí unas cuantas semanas más y, cuando haya nacido mi sobrinita, puedo volver. Cuando termines el curso de cocina, podríamos regresar juntos a Barcelona. —Vio que ella lo miraba con los ojos vidriosos—. O si quieres, podemos quedarnos aquí. A mí no me importa. Lo único que quiero es estar contigo. Yo puedo encontrar trabajo en cualquier parte.

—¿Y renunciarías a abrir tu propia empresa por mí? ¿Te alejarías de tu familia solo para estar conmigo?

—Emma, te quiero —le repitió—. Aún es pronto, pero sé aquí dentro —se tocó el corazón— que algún día podremos formar juntos nuestra propia familia, y seguro que seguiré viendo a mis padres y a mis hermanos.

—No puedo —dijo ella, quebrándosele la voz—. No puedo. —Se levantó del sofá y se apartó de él.

—¿No puedes qué? —preguntó un poco asustado.

—No puedo aceptarlo. —Le resbaló una lágrima, pero esta vez Guillermo no estaba cerca para secársela.

—¿El qué? ¿Mi amor?

—No puedo, es demasiado. Ahora no puedo —farfulló Emma, y otra lágrima se deslizó por su mejilla.

—Emma, mi vida, tranquila. Juntos podemos enfrentarnos a cualquier cosa. Si me quieres, seguro que saldremos adelante.

Ella no dijo nada y él trató de mirarla a los ojos, pero la joven apartó la mirada. Guillermo sintió cómo se le paraba el corazón. Emma no lo quería. Se levantó como un autómata.

—Guillermo… —Debió de darse cuenta de que le había destrozado el corazón, porque se acercó a él preocupada.

—No. —Levantó una mano para detenerla—. Estoy bien. —Se frotó el puente de la nariz—. Bueno, supongo que será mejor que me vaya.

—No te vayas así.

—¿Y qué quieres que haga? —preguntó, emocionado, junto a la puerta—. ¿Qué harás cuando hayas cumplido con todos los puntos de la lista? —le preguntó, mirándola a los ojos.

—No lo sé —respondió sincera, sin ocultar las lágrimas.

—Siento no haber encajado en tu casilla del «amor». —Notó que a él también se le llenaban los ojos de lágrimas—. Me voy. Jamás te olvidaré, Emma. Te deseo toda la felicidad del mundo. Me habría gustado ser yo quien te ayudara a conseguirla, pero supongo que nadie tiene control sobre sus emociones. Te quiero, eres la primera mujer a la que le entrego mi corazón, y si tú me quisieras habría luchado por nosotros, pero ya que no es así, trataré de olvidarte.

—Lo siento. —Era una frase inocua, pero el corazón le latía tan rápido que fue la única que se le ocurrió.

—¿El qué? —preguntó él, luchando por esconder el dolor tan enorme que sentía.

—Todo.

Esa palabra, vacía y sin sentido, pateó el destrozado corazón de Guillermo y la ira que hasta entonces había conseguido controlar lo desbordó. Él se merecía algo más que un simple «todo». Sin importarle su dignidad, ni el dolor que más tarde pudiera sentir, se obligó a enfrentarse a Emma. Si él le había entregado su amor, ella a cambio bien podía darle la verdad.

—¡Todo! —Se pasó las manos, que no dejaban de temblarle, por el pelo—. ¿Qué es lo que sientes? Dímelo. ¿Haberme mentido acerca de tu profesión? ¿Haberme utilizado para pasar el verano? ¿O ser una cobarde? Te escondes tras ese tal Esteban, tras esa lista patética y absurda, cuando lo que en realidad te asusta es que sabes que tú, y solo tú, tienes la culpa de no ser feliz.

Emma retrocedió ante esas preguntas y acusaciones, que se acercaban dolorosamente a la verdad.

—¿Sabes una cosa? —Guillermo dio unos pasos hacia ella, pero se detuvo a escasos centímetros—. Yo también lo siento. Siento haber pasado las tres mejores semanas de mi vida con una mujer que solo estaba jugando conmigo. Siento haber hecho el amor con alguien que en el fondo solo quería follar. —Le tembló la mandíbula—. Y siento haberme enamorado por primera vez en mi vida de alguien que se niega a creer en el amor. Pero lo que más siento es que esa persona seas tú, Emma.

A ella le temblaban tanto las rodillas que tuvo miedo de derrumbarse. Levantó la vista y creyó morir, pues en los ojos de Guillermo vio cómo todo ese amor que él decía sentir se transformaba en odio y desprecio. Iba a levantar la mano para acariciarle la mejilla, para pedirle, suplicarle incluso, que le diera tiempo, que la escuchara, pero él se dio media vuelta y caminó hacia la puerta.

—¿No crees que exageras un poco? Todo este rollo del amor y de que no creo en el amor cuando es obvio que tú tampoco —le recriminó ella. Estaba tan dolida que no pensó lo que decía; lo único que sabía era que se negaba a ser la única que se sintiera tan despreciable.

Guillermo se detuvo y, despacio, giró de nuevo la cabeza.

—¿A qué te refieres? —preguntó sin entender de qué estaba hablando.

—Me refiero a la rubia —lo acusó Emma—. A esa rubia despampanante con la que fuiste a cenar el otro día. —Él levantó las cejas y apretó la mandíbula sin ocultar lo furioso que estaba, pero ella continuó—: Os vi. Así que no trates de engañarme. —Levantó una mano para marcar las distancias—. Si tanto me quieres —dijo como si fuera una ofensa—, ¿quién era esa chica? ¿Y por qué no me lo contaste? ¿O es que pensabas seguir acostándote con las dos hasta que tuvieras que regresar a Barcelona?

—¡Eres increíble! —Se pasó las manos por el pelo, y ella vio que le temblaban—. No viste nada, o mejor dicho, viste lo que quisiste ver. Esa chica, esa rubia, como tú la llamas, es Ellen Blanchet, la abogada de Lab Industry. —Emma fingió no inmutarse—. Permíteme que te recuerde que la noche que nos viste, tú me habías dado plantón y yo, como un imbécil, solo estaba preocupado por si no habías dormido demasiado. En fin, aunque es evidente que te da igual, deja que te cuente lo que pasó. —Ella iba a protestar pero él se lo impidió—. Después de que me colgaras como si hubieras hablado con el chico de los recados, seguí trabajando y aproveché para llamar a la señorita Blanchet. Ella tenía una cena, pero como a ambos nos urgía vernos, me propuso que nos encontrásemos de camino al restaurante donde ella estaba citada.

Acepté. —Clavó los ojos en los suyos—. Y luego cometí el gravísimo error de no contártelo. —Se rio sin humor—. Lo más patético de todo esto es que me olvidé de decírtelo porque cuando te vi me olvidé de todo, de la fusión, de mi trabajo, de todo.

—No te creo. —Emma se mantuvo firme en sus trece porque sabía que, si cedía, iba a echarse a llorar y a pedirle que la perdonara.

—No tengo ninguna duda de que es así. Desde el primer día has estado convencida de que era un seductor de baja estofa, de modo que supongo que solo era cuestión de tiempo que cometiera algún error. Pero lo que más me duele es saber que nunca me has dado una oportunidad. Si de verdad hubieras decidido apostar por lo nuestro, arriesgar tu corazón, esa noche me habrías gritado en mitad de la calle o me habrías llamado para pedirme una explicación. —Vio que ella lo miraba sin decir nada—. Si la situación hubiera sido al revés, yo lo habría hecho. Te habría preguntado qué estabas haciendo con otro, te habría exigido una explicación. Pero no, tú no hiciste nada. ¿Por qué ibas a hacerlo si yo solo era el chico que te ayudó a instalarte y al que te tiraste un par de veces?

Emma se estremeció al escuchar esas crudas palabras, pero su rostro siguió inamovible. Tras unos segundos eternos, ella volvió a hablar:

—Veo que lo has entendido —contestó con crueldad. Y con ese comentario sentenció la poca esperanza que podía quedar en el corazón de Guillermo.

—¿Sabes que es lo peor de todo? —le preguntó él con los ojos rojos por las lágrimas contenidas—. Que te amo. —Vio que a ella le temblaba el labio inferior y que trataba de decir algo, pero continuó antes de que pudiera hacerlo—: No te preocupes, no voy a volver a decírtelo. Jamás. Yo sí sé luchar por mi felicidad, y te juro que, a partir de ahora, mi único objetivo será dejar de quererte.

Con esa última y demoledora frase, salió del piso y de la vida de Emma para siempre. Cerró la puerta despacio y se sentó en el primer escalón para recomponerse un poco. Eso de llorar era horrible, sentía que le faltaba el aire, y tuvo que respirar hondo varias veces para recuperar el aliento.

Dentro, Emma se sentó en el sofá y, al ver la figurilla de King Kong, la agarró, la apretó entre los dedos y rompió a llorar desconsolada.

Ajeno a esos llantos, Guillermo se levantó y salió del edificio, dejando allí su corazón y a la mujer que se lo había destrozado. Llegó al hotel y subió a su habitación. Abrió la puerta y, sin perder ni un segundo, conectó el ordenador portátil para comprar un billete de regreso a Barcelona; ya no tenía sentido que estuviera allí. Tuvo suerte y dio con un vuelo que salía de Nueva York a primera hora de la mañana. Compró el billete sin pensarlo dos veces y se tumbó en la cama. Se acordó de la conversación que había mantenido con Gabriel; él y Ágata también habían tenido problemas, pero ahora estaban juntos y felices, la diferencia era que, en su caso, ambos se querían. No podía quitarse de la cabeza la mirada esquiva de Emma confirmando que no le amaba. Ella no le quería. Sería mejor que lo asumiera lo antes posible. Tal vez así lograría recuperarse algún día. Bueno, al menos podía decir que él lo había entregado todo, le había confesado lo que sentía, la había escuchado y le había dicho que lucharía por ella. El que no le correspondiera no era culpa de nadie, y más le valía hacerse a la idea y seguir adelante. Lástima que lo que quedaba de su corazón se negara a aceptarlo.

Por suerte, pronto llegó la hora de ir hacia el aeropuerto y, una vez allí, con todas las colas que tuvo que hacer para embarcar, consiguió estar unas cuantas horas sin pensar en Emma. Mientras estaba sentado en una de las áreas de espera, se acordó de que había quedado con John y se apresuró a llamarlo. Cuando el estadounidense respondió, le contó una versión resumida y este enseguida se ofreció a ir a buscarlo. John también lo invitó a que se quedara unos días más, al menos hasta la boda, pero Guillermo se negó. Le dijo que quería ir a Barcelona para estar allí para el nacimiento de su sobrina, pero eso era solo una excusa. La verdad era que temía que, si se quedaba en Nueva York, iría a buscar a Emma y la besaría y pasaría una noche más con ella, aun a sabiendas de que no lo amaba. Ahora ya sabía por qué tenía la sensación de que ella no se daba del todo cada vez que hacían el amor. Emma le había entregado su cuerpo, tal vez una pequeña parte de su mente, pero ni un ápice de su corazón. Realmente, eso del amor dolía.

# 18

*Barcelona, un mes más tarde*

Guillermo había quedado con Helena y Martina para ir a ver unas oficinas. Desde su regreso de Estados Unidos, sus hermanas habían tratado de animarlo en todo momento, y gracias a Anthony y a Gabriel, que ya estaba instalado en Barcelona a la espera de que Ágata diera a luz, había conseguido seguir adelante. No se atrevería a decir que había superado lo de Emma, de hecho se había resignado a sentir una punzada en el corazón cada vez que pensaba en ella, pero poco a poco había logrado recuperar cierta paz.

Los primeros días fueron los peores, tenía que hacer verdaderos esfuerzos para no llamarla, y la primera noche que pasó solo en su casa fue un infierno. Guillermo tenía un piso en la Vila Olímpica, lo había comprado hacía bastantes años, pero nunca había vivido en él. Como viajaba tanto, siempre que estaba en España se quedaba en casa de sus padres, y ese piso se había convertido en una especie de símbolo para él. Se instalaría allí cuando tuviera pareja. El destino, o mejor dicho, Emma, no lo habían querido así, y había tenido que vivir en él solo.

Llegó a España la madrugada del domingo y llamó a su padre para que fuera a buscarlo al aeropuerto. Eduard fue allí y, al ver la cara de agotamiento de su hijo mayor, supo que había pasado algo muy grave.

Se quedaron en el aeropuerto para tomar un café, no solo para desayunar, sino también porque el patriarca de los Martí no quería que su hijo entrara en casa con aquella expresión. Guillermo siempre estaba contento y controlaba sus emociones; fuera lo que fuese lo que había sucedido tenía que ser algo fuera de lo común.

Guillermo no olvidaría jamás lo que su padre le dijo en esa ocasión:

—Hay gente que no sabe amar, y tal vez Emma tenga miedo de no poder hacerte feliz. Me niego a creer que no te quiera. Eso es imposible.

—Ya, papá, pero creo que tú no eres objetivo.

—No digas tonterías. Mira, ya verás cómo con el tiempo y la distancia se dará cuenta de que te quiere y de que te echa de menos. Seguro que pronto estará aquí, dispuesta a luchar por vuestra relación. Ya ves lo que les pasó a tu hermana y a Gabriel.

Llevaba más de tres semanas en Barcelona y no había recibido ninguna noticia de Emma. Su padre se había equivocado. Todos menos él se habían equivocado. Sus hermanos, sus hermanas y sus amigos se pasaron la primera semana diciéndole que ella pronto iría a buscarlo. Ahora ya no hablaban del tema. Guillermo lo había sabido desde el principio. Emma no lo quería y, por lo tanto, no iba a aparecer en el portal de su casa.

Helena y Martina se retrasaban, pensó, mirando de nuevo el reloj. Estaba de pie en un portal de la Vía Augusta y solo faltaban cinco minutos para que llegara la mujer de la inmobiliaria. Entonces vio aparecer a Martina.

—Siento haberte hecho esperar. —Le dio un beso en la mejilla—. Helena, para variar, tiene que estudiar no sé qué y está histérica. Me ha dicho que te llamará luego. ¿Vamos?

—La señora de la inmobiliaria aún no ha llegado. Tal vez podríamos esperarla en ese café. —Señaló un bar que había a pocos metros—. Aquí hace mucho calor.

—De acuerdo —aceptó su hermana—. ¿Cómo estás? Guillermo ya se había acostumbrado a ese tipo de preguntas.

No lo decían con palabras, pero allí se ocultaba un «¿Aún sigues sin dormir una noche entera?» o «¿Sigues echándola tanto de menos?».

—Voy tirando —respondió él, pero supo que Martina interpretaba «He logrado dormir un par de noches esta semana» y «Bueno, la echo de menos, pero creo que sobreviviré».

—¿Has visto la cuna nueva que ha comprado Gabriel? —dijo su hermana con una sonrisa.

—¿Qué le pasaba a la que tenían?

—No sé, creo que no cumplía con una norma imaginaria de nuestro querido cuñado.

Los dos se rieron y se tomaron un café charlando de tonterías. Pocos minutos más tarde, a Guillermo le sonó el móvil: la de la inmobiliaria los esperaba en el portal. Pagaron y fueron hacia allí. La mujer en cuestión era en realidad una chica, Lucía, y era muy simpática y agradable. Les enseñó las oficinas y Guillermo decidió que por fin había dado con el lugar para abrir su pequeña asesoría. Había dos despachos, una pequeña sala de reuniones, un baño y una cocina con lo mínimo imprescindible. Podía hacer frente al alquiler y estaba bien situado. Además, Martina le dio su bendición y, típico de su tremenda hermana pequeña, le organizó una cita con Lucía. Guillermo trató de zafarse de mil maneras, pero tampoco quería parecer maleducado y acabó aceptando la encerrona. El viernes, después de firmar el contrato de alquiler, iría a tomar un café con la chica. Por suerte, aún tenía tres días para tratar de idear una excusa. Salieron de allí y Guillermo acompañó a Martina a casa. Se quedaría a cenar, y quizá también a pasar la noche, así no tendría que estar solo.

Ahora que ya había encontrado las oficinas perfectas, Guillermo estaba impaciente por abrir la asesoría. Impaciente y muy nervioso. Después de la conversación telefónica que había mantenido con Enrique aquella semana trágica en Nueva York, él ya se daba por despedido, pero de todos modos, al día siguiente de su llegada fue a la oficina. Luisa, la recepcionista, y algunos de sus compañeros, lo recibieron emocionados e incapaces de creerse lo que les habían contado.

Guillermo estuvo un par de horas encerrado en un despacho con Enrique y dos socios más, que trataron de hacerlo entrar en razón, le dijeron que olvidara lo ocurrido y siguiera trabajando allí. Él se negó, a pesar de que la oferta era suculenta; estaba decidido a rehacer su vida y, tal como le había dicho a Emma, a luchar por ser feliz. Aquel trabajo ya hacía tiempo que no le gustaba, pero ahora que había visto su lado más oscuro, no quería tener nada que ver con aquella gente. Se despidió agradeciéndoles todo lo que había aprendido allí y se fue, dispuesto a crear algo que lo satisficiera. Con el dinero que tenía ahorrado gracias a su mentalidad previsora y la cantidad que le habían pagado los de la empresa al negociar su marcha, Guillermo pudo hacer frente a la inversión inicial. Si las cosas iban bien, no tardaría en salir adelante.

Había llegado el viernes y, al estar tan liado trabajando en su piso, no se había vuelto a acordar de la cita con Lucía. Había quedado con ella aquella tarde, en la inmobiliaria, para firmar el contrato, así que no podía escaquearse. Por suerte, iba a almorzar con Anthony, y seguro que a él se le ocurriría algo.

—¿Por qué no quieres tomar un café con esa chica? —preguntó el inglés sorprendido.

—Porque no me apetece.

—¿¡Que no te apetece!? —Enarcó una ceja—. Vamos, solo es un café, y a lo mejor hasta lo pasas bien.

—Tengo muchas cosas que hacer.

—Will... —Anthony hablaba ya muy bien español, pero la «ll» de Guillermo se le resistía, y había optado por traducir el nombre—. ¿Como cuáles? Vamos, hace casi un mes que regresaste a Barcelona y Emma, sí, ya sé que se supone que no debo mencionarla, ni siquiera te ha llamado. ¿No crees que deberías empezar a olvidarla?

—Para ti es fácil decirlo. Tú nunca te has enamorado.

—Sí que me he enamorado. —Vio que Guillermo levantaba las cejas—. Pero estamos hablando de ti. ¿Por qué no vas a tomar ese café con Lucía? En el peor de los casos solo perderás un par de horas de tu preciado tiempo.

—Tal vez tengas razón, es solo que...

—Que tienes la sensación de que la estás traicionando. —Su amigo terminó la frase como si de verdad supiera lo que se sentía al no tener cerca a la persona amada.

¿Cuándo se había enamorado Anthony? ¿Y de quién?

—Ya sé que es una tontería, y seguro que a estas alturas Emma ya está saliendo con otro —prosiguió Guillermo con el corazón destrozado—. Pero no lo puedo evitar. —Se frotó la cara.

—Tranquilo, con el tiempo te será más fácil. —El inglés sonrió sin ganas y bebió un poco de vino—. ¿Cómo llevas lo de la asesoría?

Guillermo agradeció el cambio de tema, y era obvio que Anthony también lo necesitaba.

—Bien. Lo único que me falta es firmar el contrato, cosa que haré esta tarde, e instalarme. Y tener algún cliente, claro.

—Seguro que no tardarás en tenerlos —lo animó su amigo.

—La verdad es que estoy muy ilusionado, y ya he recibido un par de llamadas de antiguos clientes que quieren reunirse conmigo la semana próxima.

—Me alegro.

Terminaron de comer y se despidieron, pero Anthony no le dejó marchar hasta lograr arrancarle la promesa de que iría a tomar aquel dichoso café con Lucía.

Guillermo fue a la inmobiliaria con la intención de no cumplir dicha promesa, pero tras firmar el contrato se dio cuenta de que la chica era de verdad simpática, y de que Anthony tenía razón: tenía que seguir adelante con su vida. Fueron a una cafetería preciosa que había en Rambla de Cataluña y estuvieron charlando durante casi una hora. Era una chica muy agradable y Guillermo deseó con todas sus fuerzas sentirse un poco atraído por ella, pero no lo consiguió. En su cabeza no paraba de compararla con Emma, y Lucía siempre salía perdiendo. Al despedirse, le dio las gracias por todo y, cuando ella insinuó que podrían volver a verse, él optó por decirle la verdad. O casi.

—Verás, acabo de salir de una relación y creo que prefiero estar solo una temporada.

—Lo entiendo. —Lo miró a los ojos y Guillermo vio que decía la verdad—. Cuesta asumir que algo que parecía perfecto no lo era tanto, ¿verdad?

—Sí, supongo que sí. —Aquella chica parecía haber pasado también por una mala experiencia—. Lo siento.

—No te disculpes. Me ha gustado mucho conocerte, Guillermo Martí. —Le dio un beso en la mejilla—. Y si algún día decides volver a intentarlo, llámame. Tal vez entonces tengamos mejor suerte.

—Lo haré. —Él supo que era sincero. Cuando superara lo de Emma, «cuando» y no «si», llamaría a Lucía.

Unos días más tarde, Guillermo se despertó en mitad de la noche con el corazón acelerado y la frente empapada de sudor. Había soñado con Emma. Había revivido la última noche que la vio, pero imaginándose un final distinto, uno en el que ella le decía que lo quería y hacían el amor en aquella horrible cama plegable. Tenía que dejar de hacer eso; no ganaba nada torturándose de aquel modo.

Salió de la cama y se puso la ropa de deporte. Se pasó más de tres horas corriendo por el puerto con los cascos y la música a todo volumen, para ver si así lograba atontarse lo suficiente como para dejar de pensar en ella. Creía que estaba a punto de superarlo, pero lo único que había conseguido era ocultarlo mejor a los demás. Corrió hasta que sintió que le ardían los pulmones y, mientras lo hacía, se saltaba todas las canciones cuya letra hacía referencia al amor. ¡Dios! Eran casi todas. Y todas parecían decirle que estaba perdido, que ella no le quería y que acabaría casada con otro. Corrió aún más y, cuando sintió que tenía la camiseta empapada de sudor y las rodillas a punto de doblarse, regresó a su apartamento.

Se duchó y lloró bajo el agua. No podía seguir así. Él le había entregado su corazón y Emma lo había rechazado. Punto final. Por mucho que se empeñara en creer lo contrario, esa era la cruda realidad. Pero no podía evitarlo; se negaba a creer que aquellos besos que le había dado estuvieran vacíos de amor, que aquellas caricias no tuvieran significado. Se puso una muda limpia y trató de dormir. Ni siquiera tenía una fotografía suya y a menudo creía que lo había imaginado todo. Ojalá hubiera sido solo un sueño, tal vez así le sería más fácil pasarse el resto de la vida sin ella.

Aquella horrible noche fue una especie de catarsis, de punto de inflexión, pues a la mañana siguiente Guillermo decidió que olvidaría a Emma y que lograría ser feliz sin ella. A partir de ese día, se esforzó por no recordarla y cada vez que lo hacía se reprendía a sí mismo. Llamó a Lucía y fue a cenar con ella. No pasó nada, ni siquiera le dio la mano, pero charlaron durante mucho rato y logró reír en un par de ocasiones. Tal vez cuando tuviera más tiempo, pues ahora estaba muy liado con la apertura de la oficina, volvería a invitarla.

Estaba sentado ante su recién instalado ordenador cuando llamaron al timbre. ¿Quién podía ser? Nadie, excepto Anthony, sabía que estaba allí.

—¿Sí?

—Guille, soy yo, Helena.

—Sube.

Su hermana entró y miró embobada las paredes recién pintadas.

—Ha quedado muy bien. Me gusta.

—¿Cómo sabías que estaba aquí? —preguntó Guillermo dándole un beso en la mejilla.

—No lo sabía, pasaba por casualidad y me he arriesgado a llamar. ¿Cómo estás?

—Mejor.

Sus hermanas seguían con sus tácitas preguntas y él respondía del mismo modo.

—Me alegro. La verdad es que tienes mejor aspecto que hace unos días. ¿Qué estás haciendo aquí? Creía que no empezabas a trabajar hasta el lunes y, a no ser que me haya quedado más días de la cuenta encerrada en la biblioteca, hoy es viernes.

—Quería ver si todo estaba bien. —La verdad era que había tenido que salir del apartamento para huir de la tentación de llamar a Emma. A pesar de que estaba un poquito más cerca de conseguir olvidarla, se moría de ganas de contarle que estaba a punto de hacer realidad su sueño de abrir su propia asesoría—. Supongo que estoy nervioso. —Fue lo único que se atrevió a confesar.

—¿Aún la echas de menos? —Helena era la primera que se atrevía a preguntárselo abiertamente.

—Sí, mucho. —Había decidido no ocultar lo que sentía.

—Creo que odio a esa chica, y tendrías que ver a Ágata. No sé si son las hormonas o qué, pero creo que si la tuviera delante, tendríamos que sujetarla.

Guillermo sonrió al imaginarse a su embarazadísima hermana riñendo a Emma.

—Veo que aún te acuerdas de sonreír —comentó Helena—. Empezabas a preocuparme.

—Tranquila, me acuerdo. Pero últimamente me cuesta un poquito más, eso es todo.

—¿Te apetece ir al cine o a cenar algo?

—He quedado con Anthony. —Lo había llamado antes de salir de su apartamento—. Se supone que está tratando de animarme.

Al oír el nombre del inglés, su hermana puso una cara rara, o eso le pareció a Guillermo.

—¿No tiene planes para un viernes por la noche? Creía que eso de mantener un harén exigía más dedicación.

¿Un harén?

En ese instante volvió a sonar el timbre.

—Debe de ser él. —Fue a abrir.

—¡Will, tengo grandes planes para esta noche! —exclamó Anthony al cruzar el umbral.

—Estoy segura de ello.

—¿Helena? ¿Qué estás haciendo aquí? —preguntó él confuso, mirando a ambos hermanos.

—Pasaba por aquí. ¿Y tú? ¿Cómo has conseguido escapar de las garras de tu última conquista?

—Prometiéndole que regresaría enseguida y la compensaría por ello.

Guillermo no entendía nada. Las chispas que saltaban entre aquellos dos podrían incendiar una montaña. ¿Y qué era eso de la última conquista? Anthony hacía meses que no salía con nadie. ¿Por qué no corregía a Helena?

—¡Vaya! Tendrás que esforzarte mucho —contestó sarcástica su hermana.

Helena nunca era sarcástica, al revés, era la dulzura personificada.

—Lo intentaré. ¿Y tú? ¿No tienes que estudiar? —atacó el británico.

—No, creo que esta noche saldré a tomar algo.

—¿En la biblioteca?

—Eres...

—Chicos —Guillermo optó por poner algo de paz—, ¿se puede saber qué os pasa?

—Es que siempre se mete conmigo —dijo Helena a la defensiva.

—¿Yo? —Anthony puso cara de niño inocente—. Eres tú la que siempre me provoca y pone en duda mi criterio con las mujeres.

—¡Ni siquiera las llamas por su nombre!

—Es que no tengo tanta memoria, en cambio tú, como nunca sales con nadie...

—Eres despreciable.

—¡Basta ya! —Guillermo volvió a intervenir—. Tengo la sensación de estar con un par de adolescentes. Miró a uno y luego al otro—. Vamos, dejad de discutir.

—De acuerdo —asintió Helena de mala gana—. Pero que conste que ha empezado él.

Guillermo levantó una ceja como diciéndole que no lo veía tan claro.

—No diré nada más —replicó Anthony—. ¿Nos vamos?

—Esperadme aquí un momento. Tengo que recoger una cosa del despacho. —Los dejó solos y confió en que no se mataran.

—¿Qué vais a hacer? —preguntó Helena sin mirar a Anthony a la cara.

—Un amigo mío de Inglaterra está aquí con su grupo y tocan en una pequeña sala que queda cerca de aquí —respondió él también sin mirarla.

—Suena bien.

—Tocan jazz, y como a tu hermano le gusta... —explicó incómodo. Le resultaba mucho más fácil pelearse con ella que mantener una conversación normal—. ¿Y tú?

—¿Yo qué?

—¿Vas a salir?

Helena no pudo contestar, pues Guillermo apareció por el pasillo.

—Ya podemos irnos.

En la calle, Helena se despidió de su hermano con un beso en la mejilla mientras que a Anthony solo le dijo adiós con un movimiento de cabeza. Ella se fue hacia la derecha y ellos dos hacia la izquierda, pero la cabeza del inglés estuvo ladeada hasta que Helena desapareció de su vista.

El concierto fue un éxito y Guillermo se lo pasó muy bien, aunque en un par de ocasiones deseó que Emma hubiera estado allí con él para poder escuchar aquella música tan preciosa. Llegó a su apartamento muy tarde y, gracias al cansancio acumulado, logró dormir unas siete horas seguidas. Todo un éxito para su destrozado e insomne corazón. Todo parecía ir a mejor, y el domingo recibió una muy buena noticia: John y Hannah iban a hacer escala en Barcelona de camino a París. La pareja había decidido modificar un poco el recorrido de su luna de miel y hacer una parada en la Ciudad Condal para hacerle una visita.

# 19

*Nueva York, la misma época*

Emma se sentía desgraciada y echaba mucho de menos a Guillermo. La primera semana después de que se fuera no estuvo tan mal, podría decirse que incluso estuvo bien. Pero de repente, un día, al regresar de la escuela, se detuvo a comprar comida pensando en preparar aquellos espaguetis que a él le gustaron tanto y se echó a llorar desconsolada en medio del supermercado. La chica que se encargaba de la caja registradora corrió a ayudarla, convencida de que le pasaba algo muy grave. Tras serenarse, se fue a su casa, donde lloró hasta quedarse dormida. A la mañana siguiente, se despertó y pensó en llamarlo, pero ninguna de las veces se atrevió a marcar el número. ¿Qué se le decía a un hombre al que le has roto el corazón? ¿Lo siento? Era imposible que la perdonara, así que lloró un poco más y fue a clase como cada día.

Unos días más tarde, la directora de la escuela, la señora Chabrol, le comunicó que era una de las afortunadas en pasar el curso, y que haría las prácticas en un prestigioso restaurante que había en lo más alto de un hotel de lujo. Lo primero que Emma pensó fue en llamar a Guillermo para contárselo; se moría de ganas de oír aquella voz tan grave y aquellos ronroneos que tanto le gustaban. Pero no lo hizo. No tenía derecho a hacerlo. Ella lo había echado de su vida y ahora no había marcha atrás. Así que se limitó a darle las gracias a la mujer y a preguntar cuándo podía empezar.

Trabajar en la cocina de ese restaurante le gustó mucho menos de lo que había creído en un principio. La verdad era que cada vez echaba más de menos la Medicina, y estaba convencida de que lo que debía hacer era encontrar un equilibrio entre ambas. Tal vez podría trabajar menos horas en el hospital y organizar cenas en su casa con su hermana y Guillermo. No, Guillermo no iba a estar. Y solo ella tenía la culpa.

Una noche, se despertó con el corazón acelerado y la frente empapada de sudor. Había soñado con Guillermo. Había revivido la última noche que lo vio, pero imaginándose un final distinto, uno en el que ella le decía que lo quería y hacían el amor en su horrible cama plegable. Se levantó y fue a la cocina a por un vaso de agua, pero al ver algo tan insignificante como el fregadero, se echó a llorar. Otra vez. Ahora sabía que se había equivocado, que se había enamorado a pesar de querer tener solo una aventura, y que había perdido al único hombre al que podría amar jamás. Guillermo le había dicho que la quería, y Emma se había asustado tanto que había dejado que se fuera de allí convencido de que ella no. Y lo amaba, tanto que creía que se iba a morir sin él, pero no se sentía capaz de lograr hacer feliz a un chico como Guillermo. No era que no lo quisiera, era que tenía miedo de fallarle, y de que algún día no muy lejano la mirara a los ojos y le dijera que ya no la quería. Sabía que había sido una cobarde, que había optado por dejarlo antes de que lo hiciera él.

Bebió el agua y cerró los ojos con las pestañas mojadas. Se acordó de aquel día en el teatro, cuando Guillermo capturó una lágrima solitaria que le resbaló por la mejilla. Si la viera ahora, no daría abasto. Claro que si él estuviera allí, no tendría motivos para llorar.

Fue al sofá y agarró la figurilla de King Kong, apretándola entre los dedos. Jamás había llegado a dársela, ni siquiera le había contado que se la había comprado. Había tantas cosas que no le había dicho, como por ejemplo lo mucho que le gustaba su sonrisa, lo dulces que eran sus besos y que jamás había sentido nada parecido a lo que sentía estando entre sus brazos. Ojalá pudiera decírselo, ojalá tuviera una segunda oportunidad, pero sabía que era imposible. Guillermo se lo había dejado muy claro: «Te quiero, eres la primera chica a la que le entrego mi corazón, y si tú me quisieras, habría luchado por nosotros, pero ya que no es así, trataré de olvidarte».

Unos días más tarde, iba caminando por la calle cuando oyó que alguien gritaba su nombre. Giró la cabeza a ambos lados y primero no vio a nadie, pero luego vio a John que salía de un taxi. No podía escabullirse, tanto él como Hannah ya la habían visto, así que fue a saludarlos.

—Hola, ¿qué tal estáis? —preguntó, detectando al instante la hostilidad que emanaba de la pareja.

—Bien —respondió Hannah, que al parecer tenía menos ganas de estrangularla que John.

—¿Cuándo es la boda?

—Este fin de semana —contestó él, fulminándola con la mirada—. ¿Cómo te va el curso de cocina?

—La verdad es que no tan bien como esperaba —dijo, sorprendiéndose a sí misma por ser tan sincera.

John pareció decirle con la mirada que se alegraba de que fuera así.

Los tres se quedaron en silencio, sabiendo que todos querían hablar de lo mismo, y al final fue Emma quien se tragó el orgullo y preguntó:

—¿Sabéis algo de Guillermo?

A Hannah se le cayó al suelo la bolsa que sujetaba en la mano.

—¿Tú no? —preguntó John con cinismo—. ¡Qué raro!

—Vamos, John —intervino su prometida—. Es obvio que Emma lo está pasando muy mal.

Él la recorrió de arriba abajo con la mirada, y al decidir que sí, que en realidad tenía muy mala cara, bajó la guardia.

—Desde que regresó a Barcelona —«por tu culpa», pensó sin decírselo—, hemos intercambiado varios *e-mails*. Está a punto de abrir su propia asesoría.

—Me alegro —dijo Emma, sincera. Deseó con todas sus fuerzas poder estar allí para celebrar juntos ese momento.

—Y se ha instalado en su piso —añadió Hannah.

—¡Qué bien! —Él le había contado que desde el balcón podía verse el mar y que tenía muchas ganas de poder enseñárselo. Ahora ya no sería posible.

—Nos pararemos a hacerle una visita de camino a París. Vamos de luna de miel a Europa. —Las palabras de John la sacaron de su ensimismamiento—. ¿Quieres que le digamos algo de tu parte?

Se quedó mirándolo sin decir nada. Incapaz casi de respirar.

—No, nada. —Respiró hondo—. Bueno, me tengo que ir. Os deseo lo mejor.

Se estaba dando ya media vuelta para seguir su camino, cuando John la agarró del brazo.

—Emma, ¿puedo preguntarte una cosa?

—Claro —contestó ella con la voz entrecortada por el esfuerzo que estaba haciendo por no llorar delante de ellos.

—¿Por qué lo hiciste?

No hacía falta que le dijera a qué se refería.

—Porque tenía miedo de fallarle.

El joven la miró sin entender nada, pero Hannah le dio un suave apretón de manos.

—¿Creías que si le fallaras él te dejaría de querer?

Emma solo pudo asentir.

—Yo he decepcionado a John y él a mí, es lo que hacemos los humanos, pero cuando amas a una persona, buscas la manera de superar eso, y mucho más juntos.

—Eso fue lo que me dijo Guillermo, pero no me atreví a creerlo —respondió, sin ocultar que lloraba.

John vio entonces que la chica estaba verdaderamente confusa y dolida, y la abrazó.

—Vamos, seguro que podéis arreglarlo.

—No. Antes de irse me dijo que, como yo no lo quería, haría todo lo posible por olvidarme.

—¡Pero si tú lo quieres! —exclamó Hannah, sorprendida—. Eso se ve a la legua.

—Y él te quiere a ti —dijo John, soltándola.

—Ya hace casi un mes que se fue, y en todo este tiempo no me ha llamado.

—¿Y puedes culparle? Al fin y al cabo, tú no trataste de detenerlo y, por lo que nos has contado, Guillermo está convencido de que no lo quieres.

—Lo sé, pero ahora ya es demasiado tarde.

—¿Cómo lo sabes? —preguntó Hannah—. Tú tampoco le has llamado.

—Te propongo una cosa —dijo John—. Nosotros veremos a Guillermo la semana que viene; si está feliz y se ha olvidado de ti por completo, no le diremos que te hemos visto. —Se dio cuenta de que Emma hacía una mueca de dolor y continuó—: Pero si aún está loco por ti, al día siguiente haces las maletas y vas a buscarlo.

—Eso es absurdo John. Ella debería ir allí de todos modos, tratar de hablar con él y solucionar las cosas.

—Ya lo sé, cariño. —Le guiñó un ojo—. Pero creo que Emma aún no acaba de confiar en sí misma.

—Hannah tiene razón, John. Debo ser yo la que tome la decisión de ir a ver a Guillermo, pero te agradezco que trates de ayudarme. Tal vez sea mejor dejar las cosas como están; seguro que él ya ha conocido a otra. —Se le quebró la voz.

—Imposible —dijo Hannah.

—Marchaos tranquilos. Yo acabaré el curso de cocina, luego regresaré a Barcelona y acabaré con los puntos de la lista.

—¿Qué lista?

—¿No te lo contó Guillermo? —No, claro que no, pensó ella, él no habría hecho eso—. Hace algo más de un año, elaboré una lista de las cosas que quería hacer o tener en mi vida antes de morir. Se suponía que Guillermo iba a ser solo una aventura. —Se burló de sí misma—. Y no me di cuenta de que encajaba en la casilla del amor.

—Yo también hice una lista así hace años, cuando murieron mis padres —confesó John.

—¿Ah, sí? ¿Y cumpliste con todo lo que pusiste en ella?

—¡Qué va! La rompí unos meses después de haberla escrito.

—¿Por qué? —preguntó Emma sorprendida.

—Porque conocí a Hannah. —Le dio un beso a la que iba a ser su esposa—. Y me di cuenta de que en la lista no había escrito nada de conocer al amor de mi vida. Tenía veinte años, y a esa edad ya sabes lo que piensan los hombres. Entonces entendí que era imposible que un pedazo de papel pudiera prever lo que de verdad necesitaba para ser feliz, así que la rompí sin más. Si Hannah no estaba en la lista, señal de que la lista estaba mal.

Emma lo miró aturdida. Tenía razón. ¡Qué estúpida había sido!

—Será mejor que me vaya antes de que me eche a llorar como una magdalena aquí en medio. —Les dio un abrazo a los dos—. Os deseo toda la felicidad del mundo y, por favor, no le digáis a Guillermo que me habéis visto.

—Está bien, no se lo diremos —dijo Hannah—. Pero cuento con que volváis a estar juntos muy pronto.

—¿John? —insistió Emma.

—Te prometo que no se lo diré. Cuídate mucho, y espero probar pronto tu famoso pastel de chocolate. Aún nos lo debes, y no te invitaremos a casa hasta que el señor Martí te acompañe —añadió guiñándole un ojo.

Emma regresó a su acera y caminó hacia su casa.

John y Hannah entraron en una tienda que había en la esquina.

—John, ¿tenías los dedos cruzados cuando le has prometido a Emma no contarle a Guillermo que la habíamos visto?

—Claro —reconoció con una sonrisa.

—Yo también.

Tras ese encuentro con John y Hannah, Emma fue a peor. Trabajar en aquel restaurante le parecía cada vez más absurdo, y le parecía ver a Guillermo por todas partes. Quería hablar con él, preguntarle si estaba nervioso por la inminente apertura de la asesoría, si su hermana Ágata se encontraba bien, si su cuñado estaba ya más tranquilo. Quería contarle que ese día había conseguido preparar un plato digno del más estricto crítico de la guía Michelin; que Clara, la recepcionista de la escuela, tenía novio, y que lo echaba de menos.

El fin de semana se lo pasó encerrada en el apartamento, recreándose en lo desgraciada que era. No podía quitarse de la cabeza que si no hubiera sido tan cobarde, ahora mismo podría estar con Guillermo en la boda de sus amigos. Él le había insinuado varias veces que, si estaban juntos, se quedaría hasta la boda, y que podían ir a pasar el fin de semana en un hotel en la costa. La boda se celebraba en una pequeña localidad junto al mar y se habrían alojado en un precioso hotel donde habrían hecho el amor hasta quedarse dormidos el uno en brazos del otro. Guillermo y ella solo habían dormido juntos una vez… y había sido maravilloso. Sonrió al pensar que, con la cantidad de veces que habían hecho el amor, solo habían conseguido llegar a la cama una ocasión.

El lunes, al salir del restaurante, y después de un día desastroso en el que casi hubo que llamar a los bomberos por su culpa, supo que tenía que reaccionar. No podía seguir así. Una de dos, o dejaba de pensar en él y seguía con su vida o hacía las maletas e iba a buscarlo. Se levantó nerviosa del sofá y, en un impulso, alcanzó el móvil y llamó a Raquel. Ella y su hermana, a pesar de que ahora tenían una excelente relación, no solían desahogarse la una con la otra, pero tal vez había llegado el momento de que eso cambiara.

—¿Emma? —preguntó Raquel, sorprendida al descolgar.

—Sí, soy yo. —Tomó aire—. ¿Puedes hablar?

—Claro, ¿pasa algo?

—Sí, pasa algo. ¿Recibiste esa postal en la que te decía que había conocido a un chico?

—Sí, ¿por qué? —Sonaba muy intrigada.

—Me enamoré de él, y él de mí...

—¡Eso es fantástico! —la interrumpió su hermana.

—Pero por mi culpa él ya no está y yo... —Empezó a llorar—. Le echo mucho de menos y no sé qué hacer.

—Espera, espera. —Raquel, que había contestado con las llaves en la mano y a punto de salir de su casa, se sentó en el sofá—. ¿Cómo que por tu culpa ya no está?

Emma le contó lo que había ocurrido la última vez que vio a Guillermo y le confesó también sus miedos.

—Emma, ¿de verdad crees todas esas tonterías? —Raquel estaba furiosa—. ¿Cómo puedes creer que no sabes amar? ¡Tú siempre me has querido! Y, aunque a nuestro modo, como hermanas no estamos nada mal. De acuerdo que no nos llamamos cada día, y que hace unos años nos veíamos muy poco, pero yo siempre he sabido que me querías, y yo siempre te he querido. Además, creía que desde que te pasó eso del tal Esteban eras feliz. —Su hermana era la única persona, además de Guillermo, que conocía toda la historia—. Desde que dejaste de ser un clon de papá y mamá.

—¿Un clon de papá y mamá? —preguntó Emma entre lágrimas.

—Sí, ya sabes, para ellos, el trabajo y su carrera profesional es lo primero. ¿Te acuerdas de cuando éramos pequeñas y se iban de viaje varias semanas y solo llamaban un par de veces para hablar con nuestra canguro?

—Claro que me acuerdo.

—¿Y te acuerdas de que, cuando estábamos solas, tú me leías un cuento cada noche y te asegurabas de que no me olvidara el desayuno en casa?

—Claro. —Se sonó.

—Entonces, ¿se puede saber por qué dices esa chorrada de que no sabes amar? De toda la familia, exceptuando a la abuela, tú eres la única que ha sabido hacerlo. Aunque tengo que confesarte que por un momento llegaste a preocuparme.

—¿Cuándo?

—Cuando al terminar la carrera de Medicina te pusiste en plan «Quiero ser la mejor doctora de Barcelona». Hubo un momento en que creí que eras peor incluso que mamá y papá. Pero por suerte, y no me malinterpretes, ese chico murió en tu turno y viste la luz.

—¿Por qué no me lo dijiste? —Emma había dejado de llorar.

—Lo intenté, pero no me hiciste caso. Creo recordar que el día en que saqué el tema y te dije que trabajabas demasiado, me dijiste que era una inconsciente. O algo por el estilo.

—Lo siento —farfulló ella avergonzada; al parecer, su hermana pequeña era mucho más responsable de lo que había creído.

—Yo no, porque algo de razón tenías, pero eso ya lo hablaremos otro día. —Suspiró—. Bueno, y ahora que hemos resuelto el asunto, ¿cuándo vienes? Porque vas a venir, ¿no? No puedes permitir que ese tío bueno ande suelto por Barcelona.

Ese último comentario arrancó una sonrisa a Emma.

—Tienes razón. —Se levantó del sofá sorprendida de que le hubiera costado tanto ver algo que ahora le parecía tan obvio. Quería a Guillermo, e iba a luchar por él. Y punto—. Ahora mismo voy a comprar un billete.

—¿Y qué pasará con el curso de cocina? —Al parecer, ahora le tocaba a Raquel ser la voz de la razón.

—Ni lo sé ni me importa. —Con la mano que tenía libre, colocó la maleta encima de la cama para empezar a hacer el equipaje—. Estos últimos días me he dado cuenta de que lo de la cocina era solo una excusa, y echo de menos la Medicina. Cuando vuelva, iré al hospital a ver si puedo volver a trabajar.

Raquel se rio de forma cariñosa.

—Siempre he pensado que eras muy buena doctora, pero demasiado fría; ahora que vuelves a tener el corazón en su sitio, seguro que serás la mejor.

Emma volvió a emocionarse, al parecer su hermana había dicho la verdad al decir que la quería.

—Gracias por todo, hermanita.

—Igualmente. Vamos, cuelga y llama al aeropuerto. Espero tener que ir a buscarte mañana mismo. —Se rio de nuevo y colgó. Emma colgó también y minutos más tarde ya tenía confirmado un vuelo para Barcelona. Llegaría el miércoles a primera hora.

# 20

El lunes por la noche, Guillermo llevó a John y Hannah a uno de sus restaurantes favoritos del barrio de Gracia. Estaba muy contento de ver a sus amigos, a pesar de que eso le trajo recuerdos de Emma, y tenía ganas de enseñarles aquella zona tan bonita de la ciudad.

La pareja estaba radiante, se los veía tan felices que Guillermo sintió incluso una punzada de envidia, pero se dijo a sí mismo que algún día él también lo conseguiría. Un mes atrás le hubiera parecido imposible, pero ahora empezaba a creer que existía una vida después de Emma. Siempre la querría, su corazón era así de fiel, pero últimamente conseguía no pensar en ella tan a menudo, e incluso se había planteado volver a llamar a Lucía. Había llegado a la conclusión de que el AMOR, con mayúsculas, no era para él, y que lo mejor sería conocer a una chica que solo le gustara, que no le despertara ninguna gran pasión, y así seguro que, si las cosas se torcían, no sentiría que le faltaba el aire, como le había pasado con Emma. El mundo estaba lleno de parejas que eran más o menos felices y no se querían tanto como él había querido a su hada pelirroja; seguro que podría encontrar algo así. Lo difícil quizá sería conformarse con eso.

Sus amigos le contaron lo bien que había ido la boda y lo mucho que lo habían echado de menos. Al abuelo de John, Mac, le habría gustado mucho verlo antes de que se fuera, pues aún no le había dado las gracias por todo lo que había hecho por ellos y por Biotex. Guillermo les prometió que cuando tuviera una oportunidad regresaría a Estados Unidos e iría a visitarlo. A la hora de los postres, John le contó que, después de su partida, su abuelo y él habían ido a enfrentarse a sus tíos. Al parecer, Larry y Tom eran aún más tontos de lo que parecían. Era cierto que estaban al tanto de que Fénix funcionaba, pero no se les había ocurrido pensar que con eso podían salir adelante; lo único que ellos querían era dejar de trabajar y gozar de una jubilación anticipada nadando en la abundancia. Mac optó por proponerles una alternativa, y les ofreció una cantidad de dinero más que generosa para que desaparecieran de la empresa, prometiéndoles otra cantidad aún más importante en el futuro, cuando Fénix empezara a dar beneficios, con la condición de que no regresaran jamás. No fue necesario que le dijera que habían aceptado, ni que el viejo MacDougall había regresado temporalmente de su retiro para ayudar a su nieto a sacar adelante la empresa. Guillermo estaba convencido de que John lo haría muy bien y los tres brindaron por su éxito.

Iban paseando de regreso al hotel, que estaba en una de las calles más típicas de la ciudad, cuando Hannah se atrevió a mencionar a Emma:

—Unos días antes de la boda nos encontramos con Emma. Guillermo se detuvo en seco y la miró a los ojos. Tenía la espalda erguida y no se dio cuenta de que apretaba las manos con fuerza.

—Te echa mucho de menos —dijo John, que también se había detenido.

—Cree que la has olvidado —apuntó Hannah—, y la verdad es que yo también empiezo a preguntármelo; se te ve muy bien comparado con ella.

Guillermo se rio sin humor y se apretó el puente de la nariz.

—No la he olvidado, jamás la olvidaré. —Suspiró—. Pero ¿qué se suponía que tenía que hacer? ¿Quedarme allí sabiendo que no me quería? ¿Torturarme aún más de lo que ya lo he hecho? —Reanudó el paso y los jóvenes lo siguieron. Volvió a detenerse y se dio media vuelta para mirarlos de nuevo—. ¿Sabéis que esta es la primera semana que he podido dormir una noche seguida?

John y Hannah se miraron sin saber qué decir.

—¿O que soy incapaz de ir de la mano con otra chica? Solo de pensar en acariciar otra piel que no sea la de ella siento un nudo en el estómago. Pero tengo que seguir adelante, tengo que superarlo. Emma no me quiere.

—Sí te quiere —dijeron los dos al unísono.

Guillermo hizo como que no los había oído y siguió caminando.

—Os agradezco que queráis ayudarme, y supongo que es lógico que, estando vosotros tan enamorados, veáis el amor por todas partes. Pero Emma no está enamorada de mí, lo sé, y lo mejor que puedo hacer es asumirlo. Además, cada día que pasa estoy mejor; estoy muy ilusionado con el proyecto de la asesoría, y mis hermanos no dejan de presentarme chicas. —Llegaron a la puerta del hotel—. ¿A qué hora sale vuestro vuelo?

—A las ocho; siento que no podamos quedarnos más días —apuntó John aceptando el cambio de tema.

—No te preocupes, estoy muy contento de haber podido veros. ¿Queréis que os lleve al aeropuerto?

—No hace falta, buscaremos un taxi. —Hannah lo abrazó—. Me ha gustado mucho verte, Guillermo y espero que pronto seas tan feliz como nosotros.

—Lo dudo —dijo con una sonrisa—, pero gracias de todos modos.

John también lo abrazó y, antes de despedirse, le dijo:

—Si Emma apareciera...

—No aparecerá —lo interrumpió él.

—¿Le darías otra oportunidad?

—No lo sé —mintió Guillermo, pues sabía que, a pesar de que su cabeza le decía que no, su corazón no dejaba de repetirle que le daría todas las que hiciera falta.

—Bueno, eso no es un «no» —contestó el eterno optimista de John.

—No, no es un «no».

El joven le sonrió y le dio la mano.

—Cuídate, y procura ser feliz.

—Lo intentaré.

Se despidieron de nuevo y Guillermo tomó un taxi hacia su casa.

Esa noche volvió a soñar con Emma. Les había dicho la verdad a sus amigos; esa semana había podido dormir una noche entera sin pensar en ella, claro que había sido después de correr durante más de dos horas y tras finalizar la colocación de los muebles de la sala de reuniones. Al parecer, su mente decidió recuperar el tiempo perdido, y el sueño de esa noche fue de los más reales y dolorosos que había tenido desde que no la veía. No fue un sueño erótico, esos ya había aprendido a controlarlos, no, fue mucho peor. Soñó que estaban juntos, abrazados en la cama, hablando, y que ella se reía por algo que él había dicho. En el sueño, Emma le acariciaba el pelo y, tras darle un impresionante beso en los labios, uno de esos besos que solía darle, se levantaba y desaparecía en la oscuridad. Él se levantaba también y trataba de encontrarla, pero por más que lo intentaba no lograba dar con ella.

Se despertó asustado y empapado de sudor. Fue a la cocina a beber agua para tratar de calmarse y vio que le temblaban las manos. A él no se le había dado nunca bien eso de interpretar los sueños, pero el mensaje de aquel era claro: Emma le había dejado y jamás volvería a estar con ella. Al sentir que una lágrima le resbalaba por la mejilla, tiró el vaso en el fregadero y este se rompió. Creía estar a punto de superarlo, creía tenerlo ya asumido, pero al parecer una parte de él se negaba a reconocer la verdad. Recogió los cristales y los tiró a la basura. Iba a conseguirlo. Volvió a acostarse y se juró a sí mismo que al día siguiente empezaría su nueva vida.

Emma llegó al aeropuerto la madrugada del miércoles y su hermana, tal como le había prometido, fue a buscarla. Cuando salió por la puerta de llegadas, Raquel corrió a abrazarla. Tras ese emotivo encuentro fueron hacia el aparcamiento, pues las dos estaban ansiosas por llegar al piso. En el coche, Emma le contó lo fácil que había sido despedirse del restaurante y de la escuela de cocina; solo había tenido que recoger unos cuantos papeles que certificaban las clases a las que había asistido y devolver el uniforme. Abandonar el apartamento le costó un poco más; a pesar de que había pasado poco tiempo en él, jamás podría olvidar aquella cama plegable y aquella barra de cocina. Devolvió las llaves del piso a la agencia que lo había alquilado y se quedó con el llavero. Solventadas todas las formalidades, llamó a un taxi para que la llevara al aeropuerto y se pasó el vuelo pensando en qué haría cuando viera a Guillermo, pero antes tenía que dar con él. Emma se dio cuenta de lo poco que se había interesado por Guillermo y le cayó una lágrima de vergüenza; si lograba que la perdonara, se pasaría el resto de su vida compensándolo por ello.

Nunca le había preguntado la dirección de su piso, y no tenía ni idea de dónde vivían sus padres, excepto que era una casa preciosa a las afueras de un pueblo de la costa. Lo único que sabía con certeza era su número de móvil y el nombre de la empresa en la que trabajaba. No quería llamarlo, lo que tenía que decirle quería hacerlo mirándolo a los ojos, así que tendría que recurrir a Smithsons, M&A.

Llegaron al piso y Emma quería llamar enseguida a la multinacional, pero su hermana la convenció de que antes se tranquilizara un poco. Le hizo caso y fue a su habitación para ducharse y cambiarse de ropa. Cuando salió, media hora más tarde, Raquel le dio una gran alegría.

—He llamado a ese lugar horrible —dijo señalando el papel en el que Emma había apuntado el teléfono del antiguo lugar de trabajo de Guillermo—, y tras suplicarle a una telefonista, me ha dado la dirección de las nuevas oficinas de Guillermo.

—¿En serio? ¿Cómo lo has conseguido?

—Pues no ha sido tan difícil. La verdad es que la señora era muy amable, y cuando le he dicho que necesitaba hablar con el señor Martí, y solo con él, urgentemente, me ha facilitado su dirección. Empiezo a creer que ese chico de verdad es irresistible, porque la señora parecía muy apenada de que ya no estuviera trabajando allí.

—Lo es.

Emma aceptó el papel y se quedó mirándolo como si fuera la joya más preciosa del mundo. Las oficinas de Guillermo estaban solo a unos veinte minutos de allí.

—¿Vas a ir? —preguntó Raquel tocándole el hombro.

—Sí, esta misma tarde. —Se sentó en el sofá, pues las rodillas habían empezado a temblarle—. Tengo que pensar bien qué voy a decirle.

Raquel miró a su hermana mayor y, después de darle un abrazo y decirle lo mucho que la quería, la dejó sola para que pudiera prepararse para recuperar al hombre de su vida.

Tras pasarse el martes encerrado en su despacho tratando de poner orden en la documentación de sus primeros clientes, Guillermo se despertó la mañana del miércoles con un terrible dolor de cabeza. Después de tomarse dos tazas de café, fue a la oficina y siguió donde lo había dejado el día anterior; al parecer, su reputación lo precedía y, a pesar de que hacía solo dos días que había abierto, ya tenía un montón de trabajo acumulado. «Mejor —pensó de camino—, así estoy ocupado.» Estuvo toda la mañana batallando con aquella migraña y, al mediodía, para evitar caer en la tentación de irse a su casa, llamó a Helena para que fuera a comer con él.

Su hermana estaba estudiando en la biblioteca universitaria que había allí cerca y aceptó encantada la invitación.

—Tienes muy mala cara, Guille —le dijo cuando estuvieron sentados a la mesa del restaurante.

—Ya lo sé, pero gracias por el cumplido. —Estaba de muy mal humor.

—¿Te has tomado algo?

—No, aún no. Luego iré a la farmacia. ¿Y tú qué tal estás? —preguntó frotándose las sienes para ver si así se le aliviaba un poco el dolor.

—Bien. El otro día salí con un grupo de amigos y hablé un rato con ese chico que me gusta.

—¿Ah, sí?

—Sí. Él acabó yéndose con una chica, pero creo que se fijó en mí más que las otras veces.

—Helena, ya sé que no le conozco, pero creo que ese chico no te conviene. ¿No crees que mereces a alguien que se fije en ti y solo en ti? Un chico que flirtea contigo para después irse con otra, no sé si es muy de fiar.

Ella se encogió de hombros y respondió:

—Igual que Anthony.

—¿Anthony? ¿Por qué lo dices? Él no es así.

—Vamos, no lo defiendas. —Bebió un poco de agua.

—¿Qué pasa entre vosotros dos? El otro día iba a preguntártelo, pero luego se me fue de la cabeza.

—Nada, entre nosotros no pasa nada. —En ese momento, el camarero les sirvió la comida y Helena aprovechó para cambiar de tema—: ¿Y tú? ¿No crees que deberías empezar a superar lo de Emma?

—Sí, y después del sueño que tuve el lunes, estoy decidido a lograrlo. —Probó el lenguado que había pedido—. De hecho, mañana mismo llamaré a Lucía para ir a cenar el viernes.

—Me alegro. —Helena tuvo la delicadeza de no preguntarle qué había soñado—. Ya verás como dentro de nada te has olvidado de todo esto.

Guillermo sonrió, sabía que no iba a olvidarse de «esto», pero sí iba a superarlo. Terminaron de comer charlando sobre otros temas y trató de convencer a su hermana de que dejara de perder el tiempo con aquel chico. Salieron, e iban de regreso a la oficina cuando Guillermo miró el reloj y se detuvo.

—Helena, ¿te importaría subir mientras yo me acerco a la farmacia? —Se tocó el puente de la nariz—. Se supone que a primera hora de la tarde tienen que venir a traerme el sofá que falta en la sala de reuniones.

—Claro, no te preocupes.

Helena guardó las llaves que le dio su hermano y se sentó a esperar. Llevaba allí unos cinco minutos cuando sonó el timbre. Se levantó de la silla que ocuparía la secretaria de Guillermo, el día que la tuviera, y abrió la puerta esperando hallar un par de fornidos muchachos cargando un sofá. No había fornidos muchachos ni sofá, sino una chica pelirroja que se retorcía nerviosa las manos.

—Hola —saludó Helena recorriéndola con la mirada.

—Hola. —Comprobó la dirección que Raquel había escrito en el papel—. ¿Podría ver a Guillermo Martí?

—¿Quién le digo que quiere verlo? —Helena creía saber quién era, pero necesitaba que se lo confirmara.

—Emma. —Se balanceó sobre los talones.

—Guillermo no está. —Vio que la chica iba a dar media vuelta y se apresuró a añadir—: Pero si quieres puedes esperarlo dentro. Llegará enseguida.

Emma vaciló unos segundos, pero al final entró.

—Gracias.

Helena cerró tras ella y dudó si decirle que sabía quién era. La verdad era que se moría de ganas de cantarle las cuarenta por lo mal que se lo había hecho pasar a su hermano mayor, pero en ese momento volvieron a llamar a la puerta. Esta vez sí eran los del sofá, y Helena le dijo a Emma que esperase allí mientras ella los acompañaba hasta la sala de reuniones. La chica asintió y se sentó en una silla, era obvio que estaba al borde de un ataque de nervios.

Volvieron a llamar al timbre.

—Helena, abre —dijo Guillermo desde el otro lado—. Necesito tomarme esta pastilla antes de que me estalle la cabeza.

Emma se quería morir, ahora entendía por qué aquella chica la había mirado tan mal; era una de las hermanas de Guillermo. Helena apareció corriendo por el pasillo y le dijo:

—No sé si es buena idea que te vea así de repente. ¿Por qué no lo esperas en su despacho?

Emma no respondió, sino que se limitó a levantarse y seguirla hasta donde le indicó.

—¡Helena! Abre de una vez.

—¡Ya voy! —gritó—. Espera aquí. —La miró a los ojos—. Soy Helena, y espero que hayas venido a hacer lo que creo.

Lo único que Emma pudo hacer fue asentir con la cabeza, y pocos segundos después oyó que abría la puerta.

—¿Se puede saber qué estabas haciendo? —preguntó Guillermo con voz cansada.

—Estaba en la sala de reuniones, con los del sofá.

Los operarios en cuestión aparecieron en ese instante y, tras entregarle un albarán, se fueron sin decir nada más.

—Siento haberte gritado. —Guillermo cerró los ojos un segundo—. Voy a la cocina a por un vaso de agua. El chico de la farmacia me ha dicho que me aliviarían al instante.

«Ojalá sea así», pensó Helena al acordarse de la sorpresa que le esperaba en el despacho.

—Te acompaño. —Aprovecharía para decirle que Emma estaba allí.

—¿No me has dicho que tenías que irte a estudiar?

—No vendrá de cinco minutos más. —Le acercó la botella de agua mientras él agarraba un vaso—. Antes de que llegaran los del sofá ha venido otra persona.

—¿Ah, sí? —Se tomó dos pastillas; así seguro que se le pasaría.

—Una chica.

—¿Una chica? —La miró a los ojos—. ¿Quién?

Se hizo un silencio incómodo y Guillermo la escudriñó con la mirada. Sabía que ninguna de sus hermanas podía resistir que hiciera eso.

—Emma.

Guillermo se sentó de golpe.

—¿Emma? —Se frotó la cara—. ¿Mi Emma?

—Sí.

Tenía que ser una broma. Una broma de muy mal gusto.

—¿Y dónde está? —Se puso de pie y empezó a caminar.

—En tu despacho.

—¿En mi despacho? —Volvió a sentarse. Sería mejor que se quedara quieto.

—En tu despacho.

Helena empezaba a cuestionarse si había hecho lo correcto; su hermano parecía más asustado que contento.

—Si quieres le digo que se vaya —ofreció ella para tratar de arreglar las cosas, y al ver que él no respondía, insistió—: Guille, ¿le digo que se vaya?

Él tardó unos segundos en poder hablar, pero al final lo consiguió:

—No, tranquila. —Tomó aire—. ¿Para qué habrá venido? —preguntó sin esperar que nadie le respondiera.

—No lo sé, pero si no vas a hablar con ella, nunca lo sabrás.

—Tienes razón. —Se levantó, pero no dio ni un solo paso—. Helena, ¿puedo preguntarte una cosa?

—Claro.

—¿Crees de verdad que se puede olvidar a la única persona a la que has amado?

—Yo creo que no, o al menos yo no puedo. —Y no lo decía por aquel compañero de clase—. Pero si alguien puede conseguirlo, ese eres tú. La cuestión es, hermanito, ¿quieres olvidarla?

—Debo olvidarla. Ya me rompió el corazón una vez. —Se dirigió hacia el pasillo—. Dos no lo soportaría. Además, justo ahora empiezo a estar bien; incluso he empezado a hacer planes.

—Habla con ella, Guille. —Helena le dio un abrazo, un beso en la mejilla y se fue.

Guillermo se quedó frente a la puerta de su despacho durante unos segundos. Respiró hondo y entró.

# 21

Emma oyó el ruido de la puerta al abrirse y se dio media vuelta.

—¿Aún te duele la cabeza? —Fue lo primero que se le ocurrió preguntar.

Guillermo se detuvo a medio metro de ella. ¿La cabeza? Viéndola allí, después de pasarse tantos días, y tantas noches, imaginándosela, ni siquiera se acordaba de que tenía cabeza.

—Un poco, pero ya me he tomado dos pastillas. —Le enseñó la caja y después la dejó encima de su escritorio. Cuando pasó junto a ella, no la tocó, pero respiró hondo para inhalar su perfume. Para su desgracia, era tan dulce como lo recordaba. Como no sabía qué hacer, y se negaba a sucumbir a la tentación de abrazarla o besarla, se sentó en una de las sillas que había en el despacho y le indicó a ella que hiciera lo mismo con la otra.

—No, gracias. Prefiero estar de pie —respondió Emma, que aún no lo había mirado a los ojos.

Guillermo se levantó, agarró la otra silla y la colocó frente a la suya. Así no tendría la sensación de que estaba hablando con un cliente y podría tenerla más cerca, para qué negarlo. Cuando estuvo satisfecho con la distancia de separación, insistió de nuevo:

—Siéntate, por favor.

Ella lo hizo y, al quedar el uno frente al otro, con las rodillas casi rozándose, Emma no tuvo más remedio que levantar la vista. Lo que vio en los ojos de Guillermo la dejó sin habla. No era alegría ni tristeza, sino resignación, y una determinación como no había visto nunca antes. Estaba reuniendo fuerzas para atreverse a hablar cuando él dijo:

—¿A qué has venido?

—Te echaba de menos. —Levantó una ceja, incrédulo, y ella continuó—: Siento mucho lo que sucedió la última vez que te vi.

—No te preocupes —dijo él decidido a mantenerse fuerte—. Ya está olvidado. —¿«Olvidado»?—. ¿Conseguiste las prácticas en el restaurante? —Apretó la mandíbula con fuerza y optó por mantener una conversación educada. Emma llevaba allí más de veinte minutos y no podía decirse que le hubiera confesado su amor eterno ni nada por el estilo. «Bueno, al menos te ha dicho que te echa de menos —dijo una voz en su cabeza—, pero también se echa de menos a un amigo o a un animal de compañía» —se recordó para evitarse un mayor desengaño más tarde.

Ella lo miró durante unos segundos, como si le sorprendiera que se lo preguntara.

—Sí —contestó tras carraspear—. Pero al final me di cuenta de que no era lo que quería... ni lo que necesitaba para ser feliz.

—¿Y qué necesitas? ¿La Medicina? —«¡Dios! Guillermo, haz el favor de controlarte», se dijo.

—Entre otras cosas. —Emma empezaba a creer que había llegado demasiado tarde—. ¿Y tú?

—¿Yo qué? —Tenía la espalda erguida.

—¿Qué necesitas para ser feliz?

Él se puso de pie y ella hizo lo mismo.

—No creo que eso sea ahora de tu incumbencia. —Dio unos pasos, alejándose—. Además, «antes» tampoco te importaba demasiado.

—Tienes razón... —Movió las manos nerviosa—. Y lo siento. Lo siento mucho.

Guillermo soltó el aliento y se apretó el puente de la nariz.

—¿Para qué has venido, Emma? —Se paró delante de ella y la miró a los ojos.

—Ya te lo he dicho, te echaba de menos. —Levantó la mano para acariciarle la mejilla y él dio un paso hacia atrás—. Y, por lo que veo, tú a mí no.

No se dignó responder ese comentario.

—Llevamos más de un mes sin vernos, y ni siquiera me has llamado o mandado un *e-mail* —señaló Guillermo.

—Tú tampoco.

Él empezó a caminar furioso.

—Digamos que yo ya te había dicho todo lo que tenía que decirte, en cambio tú... Tú no dijiste nada, y nunca un silencio me había dicho tanto.

—Guille, a mí nunca nadie me había dicho «eso».

«Incluso ahora —pensó Guillermo—, es incapaz de pronunciar la palabra "amor".»

—Bueno —se rio sin humor—, yo «eso» no se lo había dicho a nadie. Así que estamos en paz. Lo mejor será que los dos lo olvidemos.

—Yo no quiero olvidarlo —dijo ella, temblándole el labio.

—Pues yo casi lo he conseguido. —«Casi» era un término muy relativo—. Y te aconsejo que hagas lo mismo.

Emma quería morirse, acurrucarse en su cama y llorar hasta que el corazón dejara de dolerle. Cerró los ojos unos segundos, no quería que él la viese llorar, y trató de imaginarse la vida sin Guillermo. No pudo, y eso le bastó para convencerse de que tenía que luchar por conseguirlo. Él había luchado por su relación, y ahora le tocaba a ella.

—No lo haré. No podría, y creo que tú tampoco podrás. —Se paró delante de él—. Sé que he cometido muchos errores, pero te quiero y no permitiré que me olvides.

A Guillermo casi se le para el corazón al escuchar esa declaración, pero cuando iba a decirle que era demasiado tarde, Emma le ahorró el trabajo.

—Sé que es demasiado tarde, y sé que no tengo derecho a inmiscuirme en tu vida... Solo te pido una cosa.

—¿Qué? —preguntó él, decidido a mantenerse firme.

—¿Podemos al menos ser amigos? —Estaba insegura, como si temiera que Guillermo fuera a negarse—. Ese día, en Nueva York, tal vez no supiera aún que te quería, pero lo que sí sabía, sin ninguna duda, era que eres el mejor amigo que he tenido jamás. Aparte de Raquel.

Había vuelto a decirle que le quería y él seguía sin reaccionar. ¿Y qué esperaba?

—¿Amigos? ¿De esos que se cuentan cosas? —Guillermo no pudo resistir la tentación de lanzarle una pulla por no haberle dicho que era médico.

—Vale, supongo que me merezco ese ataque, pero sí, de esos. No volveré a ocultarte nada. —Caminó hacia la puerta—. De hecho, ahora mismo voy al hospital a solicitar mi readmisión. —Él abrió los ojos interesado, y ella continuó—: Quiero volver a trabajar en urgencias. Lo de esa chica me hizo recordar lo mucho que me gusta mi profesión. Tal vez no fuera mi sueño desde niña, pero me gusta.

—Me alegro por ti —dijo él con sinceridad—. Pero creo que lo de ser amigos no va a funcionar. —Vio que a Emma se le llenaban los ojos de lágrimas y que apretaba los dientes para no derramarlas, pero de todos modos se obligó a continuar—: No quiero ser tu amigo, nunca he querido ser tu amigo, quería ser mucho más, y ahora me doy cuenta de que no me basta con menos. —Tomó aire—. En Nueva York cometí el error de conformarme con que me entregaras tu cuerpo, tu pasión, y mira cómo terminaron las cosas. Lo de la amistad tampoco funcionaría.

—Lo siento —balbuceó ella—. No sé qué más te puedo decir.

—Sé que lo sientes —dijo Guillermo también con tristeza—. Pero es demasiado tarde.

Emma cerró los ojos un instante y luego volvió a abrirlos. Lo miró resignada, derrotada, aunque sus labios dibujaron una tenue sonrisa.

Guillermo apretó los puños con fuerza para resistir la tentación de acariciar las pecas de sus mejillas, que parecían haber aumentado en su ausencia, y besarla allí mismo. Sabía que tenía que rechazarla, que era lo mejor para él y seguramente también para ella, pero no le estaba resultando nada fácil.

—Me voy —dijo ella rompiendo el silencio—. Si no, la jefa de personal me matará. Me citó a las siete y es una señora muy estricta con los horarios.

Guillermo le abrió la puerta y vio que Helena se había ido y que estaban solos. La acompañó hasta la salida. No había tenido intención de quedarse, pero le sentaría bien estar unos minutos a solas; tal vez así pudiese recordar los motivos por los que no la había besado.

—Seguro que te irá bien —dijo, deteniéndose en la entrada.

—Bueno, la otra cita que tenía esta tarde no ha salido como esperaba —apuntó ella mirándolo a los ojos—. Me duele muchísimo que no quieras ser mi amigo, pero supongo que me lo merezco. —No sabía qué más podía decir, pero no quería marcharse de allí con las manos vacías—. Vivo cerca de aquí.

—¿Ah, sí? —preguntó él, sorprendido por el cambio de tema.

—Sí, en la siguiente calle. —Se metió las manos en los bolsillos de los vaqueros para no tocarlo—. Tal vez algún día coincidamos por el barrio.

—Tal vez.

—Y tal vez ese día me habrás perdonado un poco y me invitarás a tomar un café.

Guillermo no dijo nada y, pasados unos segundos, cuando iba a abrir la boca para responder, Emma le colocó el dedo índice sobre los labios para impedírselo.

—No digas que no. Solo te pido un «tal vez».

—Tal vez —murmuró él, y ella sintió su aliento sobre su piel.

—Gracias. —Tenía que irse de allí antes de echarse a llorar—. Será mejor que me vaya.

Y, diciéndolo, se dio media vuelta y se fue de allí sin mirar atrás. Guillermo cerró la puerta incapaz de creer lo que acababa de suceder: Emma había regresado de Estados Unidos solo porque lo echaba de menos y lo quería. O al menos eso había dicho. Debería estar contento, y una parte de él lo estaba, mucho, muchísimo. Pero la otra, la que se había pasado el último mes recomponiéndose, le decía que había hecho bien en ser cauto y en dar por cerrado ese capítulo de su vida.

Minutos más tarde, salió del despacho y se fue andando hacia su apartamento. Era un largo paseo, pero así podría pensar y revivir el encuentro de esa tarde. La había visto más delgada y volvía a tener las ojeras muy marcadas. Durante todo el rato que estuvo allí, Guillermo tuvo que hacer verdaderos esfuerzos por no abrazarla y besarla. Tal vez debería haberlo hecho, a lo mejor entonces se hubiese dado cuenta de que ya no la quería. ¡Ja!, pensó para sí mismo, ni él podía creerse tal estupidez. Claro que la quería, el problema era que no sabía si quería volver a arriesgarse a que le hicieran tanto daño. Además, si bien era cierto que Emma le había dicho que lo quería, también lo era que no había mencionado nada acerca de un futuro juntos. Llegó a casa y salió a correr durante una hora. Lo más curioso fue que las canciones que sonaron en su iPod ya no hablaban de amores no correspondidos y que, tras cenar, durmió como un niño.

El jueves, Guillermo amaneció sin sombra de aquel horrible dolor de cabeza y, a lo largo de la mañana, recuperó el tiempo perdido del día anterior, a pesar de que tuvo que pasarse dos horas al teléfono contándoles a sus hermanas, una a una, lo que le había dicho Emma. Cuando creyó que ya había escuchado todos los consejos que su cerebro podía asimilar, lo llamó su madre, con su padre al lado, e hizo lo mismo. Por suerte, Álex y Marc, sus hermanos, se apiadaron de él y solo le mandaron un mensaje al móvil dándole ánimos.

Comió solo, no se veía con fuerzas de charlar con nadie, y se pasó la tarde trabajando. Antes de salir, llamó a Anthony para ver si le apetecía quedar para cenar algo o tomar una cerveza, así no estaría tentado de ir a casa de Emma, que, para su desgracia, había comprobado que, en efecto, vivía a pocos metros de allí. No hacía falta ser un genio para darse cuenta de que, aunque su corazón no quisiera arriesgarse, había otras partes de su anatomía que se morían de ganas de estar con ella. Y que, a cada hora que pasaba, le estaba costando más y más mantenerlas a raya. Anthony, que últimamente estaba muy liado con la construcción del que sería uno de los edificios más altos de Barcelona, aceptó encantado; así podría regresar luego al estudio y seguir trabajando.

Tan pronto como su amigo entró en el local, Guillermo lo puso al tanto de la reaparición de Emma, y de no ser por el taburete, Anthony se hubiera caído al suelo de la impresión. Él, mejor que nadie, sabía que las apariencias engañan, pero estaba convencido de que Emma solo había utilizado a Guillermo. Se alegró al ver que no era así, pero le aconsejó a su compañero que fuera cauto.

—Lo seré. Además, no estoy seguro de querer volver a pasar por todo eso. Deja que te diga que no sé si esto del amor vale la pena.

—Pues claro que vale la pena.

Ante el fervor del inglés, Guillermo enarcó una ceja.

—¿Estás seguro?

—Segurísimo —respondió enigmático—. Lo que no vale la pena es el amor no correspondido, ni los líos de una noche, aunque sean muy reconfortantes —añadió con un guiño, adoptando el papel de seductor que tanto le encajaba.

—Esta misma semana, antes de que Emma regresara, estaba convencido de que podía olvidarla. Y creía haberlo superado. —Se burló de sí mismo—. Pero ha bastado con que la viera media hora para que vuelva a estar hecho un lío.

—No estás hecho un lío. —Anthony bebió un poco de cerveza—. Estás enamorado, que es peor.

—No estoy enamorado. Lo estaba. —También bebió—. Pero ya no.

—Si tú lo dices... —Se rio el otro.

—¿De qué te ríes?

—Mira quién acaba de entrar.

Guillermo se dio media vuelta y vio a Gabriel, su cuñado, esquivando a un par de chicas para llegar hasta ellos.

—Lo llamé antes de salir —le explicó Anthony—. Para variar, me dijo que no sabía si podría acercarse, ya sabes lo histérico que está con lo del parto, pero veo que tu hermana ha conseguido echarlo de casa.

—Ágata me ha echado de casa —dijo Gabriel al sentarse en un taburete—. Dice que si no me pierde de vista durante un rato acabará estrangulándome, y todo porque no quiero que suba y baje escaleras.

Sus dos amigos levantaron las cejas entendiendo perfectamente la reacción de la chica.

—Y también me ha dicho —Gabriel siguió hablando— no sé qué cosas sobre que Emma ha regresado.

—Así es —le confirmó Anthony.

—¿Emma ha regresado? —preguntó atónito como si lo estuviera escuchando por primera vez, cuando su esposa se lo había repetido hasta la saciedad. El problema no era que no la escuchara, sino que su cerebro no era capaz de asimilar tantas cosas; iba a convertirse en padre—. ¿Y qué vas a hacer?

—El muy estúpido está convencido de que no está enamorado.

—¿En serio? Y yo que creía que era inteligente.

—¿Queréis hacer el favor de no hablar de mí como si no estuviera delante?

—Creo recordar una época no muy lejana en que tú me hiciste lo mismo —dijo Gabriel ya más relajado.

—¿Y? ¿Tienes alguna queja de cómo resolví las cosas? —Guillermo estaba convencido de que, si no hubiera sido por él, su hermana y su mejor amigo no se habrían reconciliado.

—Ninguna, así que ahora déjate asesorar por «los maestros».

—Gabriel movió los dedos señalándose a sí mismo y a Anthony.

—¡Que Dios me ayude! ¿Maestros de qué?

—No sé —dijo el inglés—, pero me encanta el nombre.

—¿Por qué será que no me extraña? —añadió Guillermo sonriendo.

Al entrar en su piso, un montón de horas más tarde, Guillermo seguía sin tener las cosas claras, sin embargo, gracias a un par de cervezas y a sus dos mejores amigos, estaba menos preocupado. Tanto Gabriel como Anthony le aconsejaron que fuera cauto, pero que a la vez le diera una oportunidad a la chica. Según ellos, seguía enamorado, y era absurdo que lo negara. Además, aunque él no quisiera creérselo, Emma le había dicho que le quería y eso debía de significar algo.

El viernes estuvo igual de ocupado que el día anterior y, lo mismo que el día anterior, estuvo tentado de llamar a Emma. No lo hizo, y se obligó a llamar en cambio a Lucía y preguntarle si quería salir a cenar con él esa misma noche. La chica de la inmobiliaria aceptó encantada, y quedaron en que él pasaría a buscarla por las oficinas. Satisfecho consigo mismo por haber dado ese paso, se dedicó a trabajar y, de no ser porque Helena fue a buscarlo para ir a comer, habría seguido horas y horas.

Comió con su hermana en un restaurante chino que había allí cerca, de esos de los que se sale oliendo a comida, y ella le contó que estaba liadísima con los exámenes y que había progresado un poco con aquel chico, aunque este seguía sin hacerle demasiado caso. Guillermo le repitió lo poco que le gustaba el tipo ese, cuantas más cosas le contaba su hermana, más convencido estaba de que era un ligón, pero al parecer Helena no opinaba igual y lo veía como un rebelde sin causa.

Él le explicó que la noche pasada había ido con Gabriel y Anthony a tomar unas cervezas, y tuvo la impresión de que, cada vez que mencionaba el nombre del arquitecto, su tímida hermana se incomodaba. Debían de ser imaginaciones suyas; Helena y Anthony se habían conocido cuando este llegó de Londres, más o menos en la misma época en que Ágata regresó de allí, y que él supiera, habían coincidido pocas veces. Claro que, antes de dejar Smithsons, M&A, Guillermo solía pasar mucho tiempo fuera de España. La idea de que hubiera algo entre los dos era ridícula, seguro que lo único que pasaba era que a la estricta de Helena no le caía bien el despreocupado de Anthony. Se despidieron y Guillermo regresó andando hasta su recién estrenada oficina.

—¡Guille!

¿Por qué diablos había decidido llamarlo así precisamente ahora?, se preguntó al oír la voz de Emma, que lo saludaba desde la otra acera.

Él no se movió y esperó a que ella cruzara.

—Hola —dijo sonrojada al plantarse delante de él.

—Hola —respondió Guillermo sin saber cómo saludarla. ¿Le daba un beso? ¿Le estrechaba la mano?

Por suerte, Emma escogió por él, y se puso de puntillas para darle un beso en la mejilla. Peor, mucho peor; su salud mental iba de mal en peor. Vio que iba cargada y, como un cobarde, fingió que ese gesto no lo había emocionado.

—¿Qué llevas ahí? —preguntó, señalando las bolsas.

—Fruta, verdura. Ya sabes, comida.

—Creí que ibas a regresar a la Medicina —dijo Guillermo como un tonto.

—Claro, pero también tengo que comer —apuntó ella con una sonrisa—. Si no hubieras comido ya, te invitaría. Iba a hacer espaguetis.

Cruel, ese comentario había sido muy cruel, y ahora su cerebro no podía dejar de reproducir la noche en que los probó por primera vez.

—¿Te ayudo? —se ofreció él.

—No, no hace falta. Tengo que espabilarme sola. —No lo dijo, pero en sus palabras se ocultaba un «Ahora que tú ya no estás conmigo». Confió en que él lo entendiera y la corrigiera, pero no lo hizo—. Será mejor que me vaya; las bolsas empiezan a pesar.

Guillermo no dijo nada. Había entendido perfectamente la insinuación y, mentalmente, trataba de recordar por qué no quería volver con ella. Como no sabía qué decir optó por seguir en silencio y se limitó a quitarle unas bolsas de la mano para ayudarla.

Emma tampoco dijo nada, pero empezó a caminar con él al lado. Unos cien metros más adelante, se detuvo delante de un portal.

—Gracias. —Buscó las llaves y el bolso se le cayó al suelo. Los dos se quedaron mirándose el uno al otro, recordando, pero esta vez la única que se agachó para recoger sus cosas fue ella. Y no vio cómo Guillermo apretaba la mandíbula con fuerza y que tenía los nudillos blancos del esfuerzo que estaba haciendo para no besarla en medio de la calle.

—Me tengo que ir —dijo él dando un paso hacia atrás—. Ya debería haber regresado al despacho.

Emma se limitó a asentir y abrió la puerta; entonces, Guillermo vio que utilizaba el llavero que él le había regalado en Nueva York. Pero no dijo nada y siguió mirándola en silencio. Hasta que, segundos más tarde, se dijo a sí mismo que bien podía quedarse a charlar con ella un poco más, así que le preguntó:

—¿Qué tal te fue con la jefa de personal?

—Mejor de lo que esperaba. —Era obvio que Emma también se alegraba de hablar con él—. En urgencias siempre falta gente, así que me dijo que podía incorporarme en el turno de esta misma noche. Le he dicho que sí, aunque trabajaré todo el fin de semana. —Esbozó una sonrisa—. En los próximos días haré vida de vampiro.

Guillermo le devolvió la sonrisa.

—Solo espero que sea un fin de semana tranquilo —continuó ella—. Y tú, ¿tienes planes? —Cuando se dio cuenta de que no debería habérselo preguntado, rectificó—: Lo siento. No tienes por qué contestarme.

Él respondió de todos modos.

—Esta noche tengo una cita. —Durante unos instantes, se le pasó por la cabeza no decírselo, pero llegó a la conclusión de que lo mejor para ambos sería dejar claro que ya no había nada entre los dos—. Y supongo que el sábado Anthony tratará de convencerme para salir por ahí.

Emma, que tenía las manos ocupadas con la compra, colocó un pie delante de la puerta para evitar que se cerrara.

—Bueno, seguro que lo pasarás mejor que yo —dijo, tratando de aparentar indiferencia—. No creo que haya nada peor que estar de guardia el sábado por la noche.

—No estés tan segura; salir con Anthony es toda una aventura. —Al parecer, los dos habían decidido fingir que la misteriosa cita del viernes no existía—. En fin, será mejor que me vaya.

—Me ha gustado mucho verte —reconoció Emma.

Él asintió y se dio media vuelta, y, cuando se hubo alejado lo suficiente como para que ella no pudiera oírle, añadió:

—Y a mí.

Guillermo regresó al trabajo y, si bien la mañana había sido muy productiva, no podía decirse lo mismo de la tarde. Tras mandar unos *e-mails* que tenía pendientes, dio por terminada la semana. Dado que aún faltaban un par de horas para ir a recoger a Lucía, decidió irse a su casa. Tenía que reconocer que estaba contento de haber tomado la decisión de instalarse en aquel apartamento. Tenía dos habitaciones bastante espaciosas, una le servía de dormitorio y la otra de estudio, un comedor en el que había colocado un sofá que iba casi de un extremo de la pared al otro y vistas al mar. Disfrutar de esa vista en una ciudad como Barcelona era todo un lujo, y aunque siempre había soñado con compartirla con alguien, contemplarla solo seguía siendo igualmente espectacular.

La cena con Lucía fue muy agradable, a pesar de que durante la primera media hora o más, estuvieron un poquito incómodos. Ella le contó que hacía tres meses que había roto con Daniel, su novio de toda la vida. Al parecer, el tal Daniel había decidido que era demasiado joven para comprometerse y que quería vivir «nuevas experiencias». Guillermo, que no era tan abierto como ella, no le contó los detalles de lo suyo con Emma, pero sí lo suficiente como para que pudiera hacerse una idea. Al terminar, la acompañó a su casa y se despidieron con un abrazo. Sin decírselo con palabras, ambos entendieron que ninguno de los dos había olvidado a sus respectivas parejas, pero también se dieron cuenta de que podían llegar a convertirse en grandes amigos.

—Daniel es un imbécil —le dijo él con una sonrisa—. No sé cómo puede dejar escapar a una mujer como tú.

—Gracias —le respondió ella—. Lo mismo digo de tu Emma.

—Bueno, tengo que confesarte que esta ha sido la cita más rara de toda mi vida, pero lo he pasado muy bien.

—Y yo. Buenas noches, Guillermo.

—Buenas noches.

Y se fue de allí pensando que era una lástima que el corazón no fuera un órgano sumiso, al igual que las piernas o los brazos, que se mueven a nuestro antojo.

# 22

Como de costumbre, el sábado fue a casa de sus padres y comió allí con sus hermanos. Su madre, que siempre era cariñosa con todos, lo mimaba aún más desde que había regresado. Él creía que era por lo del trabajo, pero Marc y Álex insistían en que era por lo de Emma. Durante todo el rato que estuvo allí, nadie le preguntó nada sobre ella, como si todos hubieran decidido darle un respiro. Y Guillermo lo agradeció. Sus intenciones eran muy buenas, pero prefería resolver el tema solo.

A media tarde regresó a Barcelona, con la intención de repasar unos documentos que el viernes había dejado a medias, e ir al gimnasio a boxear un rato. Desde su regreso de Nueva York, y al instalarse definitivamente en la Ciudad Condal, había vuelto a practicar el boxeo. Así se mantenía en forma y conseguía quemar la rabia y la frustración que lo consumían desde entonces. Entró en su apartamento, pero solo se quedó el tiempo justo para preparar la bolsa de deporte, y salió hacia el despacho. Como era de esperar, Anthony lo llamó para salir; al parecer, se había tomado muy en serio eso de animarlo y, viendo que no podía negarse, le siguió la corriente. Media hora más tarde, sintiéndose satisfecho por haber resuelto algunos de los temas pendientes, apagó el ordenador y abandonó la oficina. Estaba en la calle, con el iPod sonando a todo volumen, cuando vio que por la otra acera pasaba Emma. Iba vestida con tejanos y una camiseta, y llevaba el pelo recogido. Al igual que él, de su hombro colgaba una bolsa de deporte, y entonces recordó que le había dicho que le había tocado el turno de noche.

—¡Emma! —la llamó antes de que su cerebro le dijera que no era buena idea.

Ella tardó unos segundos en detectar de dónde venía la voz, y giró la cabeza a ambos lados antes de dar con él.

—Hola —la saludó Guillermo, a la vez que cruzaba la calle para acercarse.

—¿Qué haces por aquí? Creía que el sábado no trabajabas —le preguntó la pelirroja al verlo.

—Y no trabajo, pero ayer dejé unas cosas a medias y he venido a echar un vistazo. ¿Vas al hospital? —le preguntó, señalando la bolsa.

—Sí. ¿Y tú? —Señaló la de él.

—Voy al gimnasio.

—¡Ah, bueno! ¿Cómo fue tu cita de ayer? —Se había jurado a sí misma que, si por casualidad volvía a verlo, no se lo preguntaría, pero al parecer su boca había decidido ir por otro camino.

—Bien. —No le dio más detalles y ella no insistió—. ¿Qué tal tu primer día en urgencias?

—Horrible —reconoció, pero una sonrisa acompañó el comentario—. Creo que trabajé más de quince horas seguidas. La verdad es que estoy muy contenta. —Miró el reloj—. Lo siento, pero me tengo que ir.

—Yo también voy en esa dirección. —El gimnasio de Guillermo estaba relativamente cerca del hospital donde trabajaba Emma—. Si quieres, podemos caminar juntos.

Ella levantó la cabeza, y él se dio cuenta de que hasta ese instante no lo había mirado a los ojos.

—¿No te importa? —le preguntó Emma con un nudo en el estómago.

—¿Por qué iba a importarme?

—No sé. —A falta de mejor explicación, se limitó a encogerse de hombros y echó a andar.

Al igual que en esos paseos que habían dado por la Gran Manzana, Emma y Guillermo caminaron sin darse la mano, pero muy cerca el uno del otro, y perfectamente armonizados. Estuvieron unos segundos en silencio, hasta que él le preguntó de repente:

—¿Tu padre es el doctor Sotomayor?

—Sí —respondió ella—. ¿Por qué lo preguntas?

Él sonrió.

—¿Por qué sonríes? —insistió Emma.

—Creo que le está haciendo la vida imposible a mi hermana Helena.

—No me extraña. —También ella sonrió—. Es lo que mejor se le da, aparte de la Medicina, claro. Dile que tenga paciencia.

—Se lo diré.

Volvieron a quedarse en silencio y, cuando estaban llegando a la puerta de urgencias, fue Emma quien habló:

—Por eso no te dije mi apellido. —Vio que él levantaba las cejas, y se lo explicó—: Pensé que, si te lo decía, tarde o temprano atarías cabos.

—¡Vaya! —Se rio de sí mismo—. La verdad es que no lo habría hecho. Tengo muy mala memoria para los nombres. Fue Helena quien se dio cuenta. —Carraspeó. No quería que Emma supiera que seguía sin poder olvidarla—: Digamos que tu padre es el primer obstáculo académico con el que se ha topado mi hermana.

—Por lo que me has contado de Helena, estoy segura de que aprobará con honores. Tengo que entrar. —Se paró frente la entrada y respiró hondo—. ¿Guillermo?

—¿Sí?

—¿Qué tengo que hacer para que me perdones y me des otra oportunidad?

La miró a los ojos y se dio cuenta de que ni siquiera él sabía la respuesta.

—No lo sé, Emma. No lo sé.

—Me voy —respondió cabizbaja, dispuesta a darse media vuelta, pero antes, y con lágrimas en los ojos, se puso de puntillas y le dio un beso en los labios. Fue tan suave, tan dulce, que cuando él reaccionó, ella ya había desaparecido tras las puertas del hospital.

Guillermo fue al gimnasio tal como tenía previsto, pero al ver que no estaba por la labor, y antes de terminar con la nariz rota por enésima vez, se fue y regresó a su apartamento, donde esperó a que apareciera Anthony. El inglés, que también hacía mucho que no salía, le propuso ir a una fiesta que habían organizado unos compañeros suyos del despacho de arquitectos, y a él le pareció un buen plan. Aunque la verdad era que le daba igual. No podía quitarse de la cabeza el beso de Emma y la sensación de vacío que sintió al comprender que no sabía cómo perdonarla. Una parte de él había empezado a entender por qué ella no le había contado la verdad, pero si era sincero consigo mismo, no sabía si alguna vez sería capaz de perdonarla. Y si no la perdonaba, no volvería a tenerle confianza, y él no concebía el amor sin confianza.

La fiesta en cuestión fue de lo más normal. Tanto Guillermo como Anthony, con la excusa de que estaban cansados tras una semana muy ajetreada, se retiraron pronto y se fueron cada uno a su casa. El único momento memorable fue cuando, a eso de la una de la madrugada, antes de irse, Guillermo y Anthony tuvieron una conversación de lo más extraña:

—Esta tarde he visto a Emma —dijo Guillermo.

—¿Cuándo? —preguntó su amigo.

—De camino al gimnasio. Ella iba a trabajar.

—¿Te ha costado mucho fingir que no tenías ganas de besarla?

El otro levantó las cejas al escuchar esa pregunta tan romántica.

—Mucho.

Al parecer, los dos habían bebido más de la cuenta.

—Tranquilo. Te acostumbrarás. —Le dio una palmada en la espalda—. Solo fíjate en mí con... —Se calló de golpe.

—¿Con quién?

—Con nadie. —Carraspeó y vació la copa que tenía en la mano—. Con nadie. No me hagas caso. —Y tras ese comentario se alejó de allí y fue a charlar con un par de chicas del trabajo.

Una hora más tarde, y tan solos como habían llegado, abandonaron el local.

El lunes, y después de aquel fin de semana surrealista, Guillermo abrió la puerta de su despacho con ánimos renovados. A él siempre le había gustado trabajar y estaba muy ilusionado con aquella nueva etapa que justo estaba empezando. Llevaba allí una media hora cuando sonó el timbre de la puerta y, de camino al interfono, se prometió a sí mismo que, tan pronto como pudiera permitírselo, contrataría a un ayudante.

—¿Sí?

—Soy Emma. ¿Puedo subir?

Tardó unos segundos en responder, pero no dudó ni un instante en apretar el botón que abría el portal.

—Claro.

Minutos más tarde, Emma, con cara de agotamiento, se plantaba en su oficina.

—No sabía si estarías —dijo ella—. Pero de camino hacia mi casa he pasado por una panadería y he comprado estos cruasanes. Creo recordar que te gustan rellenos de chocolate. —Le ofreció una bolsa de papel marrón que desprendía un aroma maravilloso.

—Gracias. —La aceptó inseguro—. No tenías por qué hacerlo.

—Ha sido un impulso. —Como él no decía nada, se frotó nerviosa las manos—. Me voy. Tengo que acostarme.

—Se te ve muy cansada. —Guillermo no pudo resistirlo más y le acarició el pómulo con los nudillos.

—Lo estoy. —Un escalofrío le recorrió el cuerpo y no era de agotamiento—. Bueno, ya nos veremos.

Ella había bajado ya cuatro escalones cuando él la llamó:

—¿Emma?

—¿Sí? —Se detuvo, pero no se dio media vuelta. No quería que viera que tenía los ojos llenos de lágrimas.

—¿A qué hora tienes que volver al hospital?

—A las ocho.

—A esa hora yo voy al gimnasio. —Era mentira—. ¿Te importaría que fuéramos juntos?

—Me encantaría —respondió ella emocionada, aún de espaldas.

—Pues a las ocho estaré en la esquina del otro día. ¿Te parece bien?

—Me parece que es lo mejor que he oído en los últimos días.

Bajó la escalera mucho más animada de lo que la había subido y, cuando por fin se acostó, no pensó en la cantidad de horas que había estado de pie en urgencias, ni en lo mucho que le dolía la espalda. Solo pensó en que, por fin, Guillermo le estaba dando una oportunidad.

Guillermo se pasó el día pensando en ella, aunque no quisiera reconocérselo a sí mismo, y Emma soñó con él; y estaría encantada de confesárselo al mundo entero. A la hora prevista, ambos estaban en la esquina. Ella, con mejor cara tras las horas de sueño, y Guillermo, con mucho peor aspecto que aquella mañana, pues se había pasado un montón de horas frente al ordenador. Igual que el sábado, fueron paseando hasta el hospital. Emma le contó que su hermana se había ido a París por trabajo y que, aunque solo iba a estar fuera una semana, ya la echaba de menos. Aprovechando que había sido ella quien había sacado el tema de la familia, Guillermo preguntó:

—¿Has visto a tus padres?

—¿Desde que regresé de Nueva York? No, la verdad es que no.

—¿Y te gustaría? —preguntó él, inclinando la cabeza para poder verle los ojos.

—¿Ver a mis padres? —Emma esquivó la mirada—. No lo sé. Bueno, sí, supongo que me gustaría poder contarles que por fin sé por qué me gusta ser médico, y que me entendieran, claro. —Esbozó una triste sonrisa—. Pero no creo que eso llegue a suceder jamás. Verás, ellos dos son los mejores en sus respectivos campos.

—¿Y eso es malo? —preguntó cauto.

—Sí y no. —Sabía que esa respuesta tan críptica se merecía algo más de desarrollo—. Lo es si por el camino te olvidas de que tus pacientes son personas y que para alguien son el centro del universo. Hay quien dice que por eso precisamente son tan buenos, porque solo se concentran en la enfermedad y no en el enfermo. Pero yo no lo creo. Ya no.

—¿Antes lo creías?

Habían llegado a la puerta, pero Guillermo no quería despedirse aún. Aquella era, sin duda, una de las conversaciones más sinceras que habían mantenido hasta el momento.

—Sí. —Emma se pasó nerviosa las manos por el pelo—. Si me hubieras conocido entonces, habrías salido huyendo.

—No creo —contestó Guillermo con dulzura—. Siempre me ha gustado el peligro.

—Ya, eso lo dices ahora que has escapado de mis garras. —Trató de gastar una broma, pero se dio cuenta de que se le quebraba la voz y volvió a ponerse seria—. Ser médico es algo más que tener la mejor consulta de la ciudad o la mejor reputación en el hospital. No sé cuándo me olvidé de eso, pero me alegra haberlo recordado.

—Dudo que lo olvidaras. Tal vez solo estabas un poco despistada —sugirió él.

—Tal vez. —A Emma le dio un vuelco el corazón al ver que Guillermo se ponía de su parte—. Raquel opina lo mismo.

—Seguro que tu hermana es muy inteligente.

—Tiene sus momentos —respondió ella, aliviada por cambiar de tema.

—Como todos.

La puerta del hospital se abrió de golpe y salieron unos enfermeros.

—Me voy, seguro que los compañeros del turno de día están impacientes por verme entrar.

—Yo iré al gimnasio. —Se colocó bien la bolsa en el hombro—. ¿Cuándo te cambian el turno?

—Aún no lo sé. ¿Por qué?

—Porque quiero invitarte a tomar un café.

Tras esa frase, y antes de que pudiera arrepentirse, Guillermo se agachó y le dio un cariñoso beso en la mejilla. Al igual que el otro día y en ese mismo portal, pero con los papeles cambiados, y ella se quedó sin habla y él se fue de repente.

# 23

No habían quedado en nada, de modo que cuando ni el martes ni el miércoles tuvo noticias de Emma, Guillermo se recordó a sí mismo que había sido precisamente él quien había dicho que no quería seguir viéndola. Claro que también había sido él quien la había besado en la mejilla. ¿En la mejilla? «Se necesita ser bobo», se repitió por enésima vez. Frustrado, resignado y enfadado, se obligó a centrarse en su trabajo y a esperar. Esperar. Algo que a él jamás se le había dado especialmente bien; si Emma quería verlo, ya sabía dónde encontrarlo. Como teoría no estaba mal, pero el jueves, después de reescribir un *e-mail* más de diez veces, se dio cuenta de que, tanto él como ella se habían equivocado en algo básico. En Nueva York Emma había esperado a que él hiciera todos los movimientos. Y ahora, en Barcelona, él estaba haciendo lo mismo. ¡Vaya par! Si de verdad estaban dispuestos a darse una oportunidad, ambos tenían que luchar por su relación. Convencido de que estaba haciendo lo correcto, la llamó.

—¿Sí? —Una voz soñolienta contestó a la quinta llamada.

—¿Te he despertado? —preguntó Guillermo, maldiciéndose por no haber caído en que tenía el turno de noche—. Lo siento.

—¿Guillermo? —Se sentó en la cama—. No te preocupes. —Bostezó—. Iba a llamarte, pero en el hospital hubo un problema, y estos días he tenido que trabajar no sé cuántas horas seguidas.

—¿Estás bien?

—Cansada. —Volvió a bostezar—. De verdad que iba a llamarte, pero cada vez que tenía un momento eran las tantas de la madrugada. Y tú tampoco me has llamado —añadió con timidez y sin despertarse del todo.

—Tienes razón, y lo siento. Ya hablaremos más tarde, vuélvete a dormir.

—No, no, tranquilo.

—En serio, no te preocupes. Luego hablamos. —Se sentía fatal por haberla despertado.

—¿Me lo prometes? —Emma no sabía si aquella conversación era real o formaba parte de un sueño, pero por si acaso, insistió—: ¿Me lo prometes?

—Te lo prometo. ¿Te apetecería ir a tomar un café el viernes?

—Preferiría ir a cenar. —Convencida de que era un sueño, se atrevió a pedir lo que de verdad quería—. Además, este fin de semana tengo turno de día.

—Hecho, quedamos el sábado. Y ahora, acuéstate.

Ella farfulló algo parecido a «Buenas noches», cuando en realidad era ya mediodía, y le colgó. De no ser porque cuando se despertó se encontró con un mensaje en el móvil en el que Guillermo le decía que el sábado pasaría a buscarla a las nueve para ir a cenar, Emma habría seguido creyendo que todo había sido un sueño.

Iba a llegar tarde, iba a llegar tardísimo. Era sábado, jugaba el Barça y él estaba atrapado en la ronda. Furioso con el destino y con la liga de fútbol, Guillermo conectó el manos libres y llamó a Emma.

—Hola —contestó ella al ver su nombre en la pantalla del móvil.

—Hola. —Le bastaba con oír su voz para quedarse en blanco—. Estoy parado en la ronda; no sé si ha habido un accidente o es que todo el mundo es idiota —suspiró exasperado—, pero no creo que llegue a Barcelona hasta las diez.

—¿Tú estás bien? —preguntó preocupada.

—Sí, solo estoy enfadado. Me molestan mucho los atascos.

Emma sonrió, era típico de él que le molestara perder el tiempo sentado al volante de un coche.

—¿Qué quieres decir con eso? ¿Quieres anular la cita de hoy?

—¡No! —respondió él al instante para alegría de ella—. Pero voy a tener que cambiar la hora de la reserva. Espero que tengan mesa para más tarde. Te llamaré cuando llegue a mi casa; vuelvo de casa de mis padres, y mis hermanos y yo hemos tenido que montar no sé cuántas estanterías, así que me tengo que duchar. Si te va bien, pasaré a buscarte a eso de las diez y media.

Ella se quedó callada unos segundos; primero porque tuvo que hacer esfuerzos por borrar de su mente la imagen de Guillermo desnudo en la ducha, y segundo porque tardó un poco en reunir el valor necesario para proponerle una alternativa:

—Si quieres podemos cenar en mi piso. Así no tienes que preocuparte por si llegas tarde. Mi hermana aún no ha regresado de París... —Él seguía callado, así que añadió—: El otro día compré demasiado y me apetece cocinar. —Iba a decir «contigo», pero no lo hizo.

—De acuerdo —contestó Guillermo soltando el aire que hasta ese momento retenía en los pulmones—. ¿Seguro que no te importa?

—Seguro. Llámame cuando salgas de tu piso, para que pueda calcular el tiempo de cocción.

—Si quieres podemos dejarlo para otro día. —La verdad era que preferiría cortarse un brazo a anular esa cena, pero no sabía si sería capaz de ir al piso de Emma y salir de allí con el corazón intacto.

—No digas tonterías —dijo ella tratando de no suplicar—. Tengo muchas ganas de verte.

Él no dijo nada respecto a eso, pero no volvió a insinuar que cancelaran la cita.

—Parece que los coches empiezan a moverse. —Cambió de marcha—. Te llamo cuando llegue... Yo también tengo muchas ganas de verte.

Y colgó.

Emma, más feliz de lo que lo había estado en los últimos días, caminó hacia la nevera y buscó los ingredientes necesarios para preparar una de las últimas recetas de pasta que le había enseñado Luca Accorsi y, aunque estuvo tentada, al final decidió no hacer helado... Eso lo dejaría para cuando volvieran a estar juntos. Porque, si bien unos días antes había pensado que no podría recuperar a Guillermo, ahora sabía que sería difícil, pero que iba a conseguirlo. De ningún modo permitiría que le dijera a otra las palabras que le había dicho a ella. Le gustaba ser la primera, y única, mujer a la que le había confesado su amor: él era el primero, y también el único, al que Emma se lo había dicho. Quizá Guillermo fuese capaz de volver a sentir lo mismo por otra, pero sabía que ella no lo conseguiría jamás.

Guillermo se pasó la casi hora y media que estuvo encerrado en el coche cuestionándose lo de ir a cenar al piso de Emma, cambiando de opinión cada vez que el coche de delante se movía unos metros. El atasco se le hizo eterno, al igual que sus dudas, que persistieron mientras se duchaba y cambiaba de ropa. Estaba tan despistado que no la llamó al salir, sino que sencillamente se presentó en su casa. Y cuando llamó al timbre tuvo una extraña sensación de *déjà vu*.

—¿Quién es? —preguntó Emma con la voz entrecortada, pues había ido corriendo hasta el interfono.

—Soy yo, Guillermo.

—Sube —dijo cuando se recuperó de la sorpresa.

Él entró en el apartamento y se quedó quieto, observando cada detalle. Aquel sí encajaba con Emma. No era que el de Nueva York no le gustara, siempre recordaría con cariño aquella cocina, pero no acababa de pegar con su hada.

—Pasa —lo invitó desde la cocina—, ponte cómodo. Creía que me ibas a llamar.

—Me olvidé. —No iba a decirle que había estado tan absorto pensando en ella que no había atinado a hacerlo—. ¿Quieres que te ayude?

—No hace falta. —Sonrió mientras mezclaba una salsa con la pasta—. Además, aún me acuerdo de lo que pasó la última vez que me «ayudaste». —Tan pronto como acabó de decir esas palabras, supo que había cometido un error. Por la mirada de Guillermo, fue más que evidente que él también se acordaba y que no quería pensar en ello. Durante el fin de semana que pasaron haciendo el amor en su piso de la Gran Manzana, trató de enseñarle a preparar salsa boloñesa y, con la excusa de ayudarla a remover el tomate, él la desnudó, le recorrió la espalda a besos y, cuando acabó de hacerle el amor, la salsa se había echado a perder. Aunque a ninguno de los dos le importó lo más mínimo.

—¿Lo has pasado bien con tus hermanos? —preguntó ella para tratar de arreglar la situación.

Él la miró a los ojos, como si acabara de regresar de un doloroso viaje por los recuerdos.

—¿Qué? ¡Ah, sí! Muy bien. —Metió las manos en los bolsillos de los vaqueros—. Pondré la mesa.

—Los manteles están es ese cajón. —Lo señaló con la cuchara—. Y los cubiertos en el de arriba.

Guillermo se aferró a esa tarea como a una tabla salvavidas.

—¿Y tus hermanas?

Aún le sorprendía que ella se interesara tanto por él. Antes no lo había hecho.

—Bien. —Sonrió al acordarse de su última conversación—. Cuando me he ido estaban viendo *Orgullo y prejuicio.*

—Tienen buen gusto. Esto casi está; creo que serviré los platos aquí. —Iba hablando sola.

Con lo que prometían ser los mejores macarrones del mundo, Emma se dirigió a la mesa del comedor. Guillermo había traído vino y lo había colocado entre las dos copas.

—No sabía si tenías —dijo él un poco incómodo al ver que miraba a la botella.

La verdad era que Emma se había quedado embobada pensando en lo cariñoso y atento que era y en lo poco que ella le había correspondido. Pero las cosas iban a cambiar.

—Es perfecto —contestó—. Pero no hacía falta que trajeras nada, aparte de ti, claro. —Se sonrojó—. Vamos, sentémonos y comamos antes de que diga más tonterías.

Guillermo sonrió y tuvo la delicadeza de no decir nada acerca de ese último comentario.

Pasados un par de minutos algo tensos, la cena fue muy agradable. Los dos se olvidaron de todo lo que los separaba y se concentraron en lo bien que estaban juntos. Emma le preguntó un montón de cosas sobre la apertura de la nueva oficina y sobre su salida de Smithons, M&A, y también le contó que había visto a John y a Hannah pocos días antes de la boda. Guillermo respondió feliz a todas sus preguntas y se dio cuenta de lo distintas que son las cosas cuando se está con alguien que se interesa de verdad por uno. Él le dijo que también había visto a los recién casados en su luna de miel y le confesó lo mucho que los envidiaba.

—Supongo que no todo el mundo puede tener algo así —dijo al terminar.

—Supongo que no —convino ella, diciéndole con la mirada que ellos sí podían.

—Te ayudaré a recoger esto. —Guillermo se levantó de la mesa y llevó los platos a la cocina.

Emma hizo lo mismo, a pesar de que le hubiera gustado que siguieran charlando.

Tardaron menos de cinco minutos en dejar la pequeña cocina inmaculada.

Guillermo tenía que salir de allí, pues una cosa era resistirse a la Emma que le había mentido y otra muy distinta resistirse a aquella hada que le miraba con tanta dulzura en los ojos. Se encaminó hacia la puerta con toda la intención de despedirse desde allí y escapar antes de que fuera demasiado tarde. Pero vio algo en la mesilla, justo al lado del teléfono, que captó su atención y entonces se detuvo.

—¿Una figurita de King Kong? —preguntó, sujetándola en la mano—. ¿La compraste en el Empire State?

—Sí, la compré para ti —confesó ella sonrojándose. No tenía sentido que le mintiera.

—¿Ah, sí? —Ahora miraba al gorila con otros ojos.

—Sí. —Emma se acercó a él y se la quitó de las manos.

—¿Y por qué no me la diste?

—La compré al día siguiente de conocerte, después de llamarte señor Soy el Amo del Mundo, y cuando la vi pensé en ti. —Se sentó en el sofá—. Luego, cuando te conocí mejor, supe que no encajaba contigo, pero aun así me apetecía regalártela.

—¿Y por qué no lo hiciste? —insistió Guillermo, sentándose a su lado.

—Nunca era el momento adecuado y luego... luego ya fue demasiado tarde. Iba a tirarla, pues cada vez que la veía me echaba a llorar desconsolada, pero ya ves. —Emma levantó la vista y él vio que tenía los ojos llenos de lágrimas—. Toma. —Le ofreció la figurilla.

El corazón de Guillermo latía tan fuerte que creía que iba a romperle las costillas. Sentía una presión en el pecho que casi le impedía respirar y era como si su cuerpo tuviera vida propia. Levantó una mano sin ser consciente de ello, pero no para aceptar el suvenir, sino para rodear la nuca de Emma y acercarla hacia él. Inclinó la cabeza y la besó. Al sentir el roce de sus labios fue como si todos aquellos días no hubieran pasado, como si todas aquellas lágrimas no se hubieran derramado, como si no se le hubiera roto el alma. Besar a Emma era uno de los motivos por los que merecía la pena vivir. Y ahora que ella le correspondía, aquellos besos llenos de sentimiento eran aún más adictivos. Si apenas había podido sobrevivir a su primera ruptura, estaba seguro de que no sobreviviría a una segunda. Iba a apartarse y levantarse, pero ella deslizó la mano por debajo del polo que llevaba y, al sentir su piel contra la suya, dejó de pensar. Emma lo desvistió de cintura para arriba y empezó a recorrerle el cuello y el torso con los labios. Iba a volverse loco. Le colocó las manos en los hombros, sin saber si abrazarla o apartarla, y entonces sintió que ella levantaba la cabeza para mirarlo a los ojos.

—Guillermo, te...

—No lo digas —la interrumpió él, besándola de nuevo. No quería pensar en si Emma lo amaba o no, no quería preguntarse qué pasaría en el futuro, si estarían juntos o si ella volvería a irse para cumplir con los puntos de una absurda lista, dejándolo con el corazón irremediablemente destrozado. Lo único que quería era sentir. Lo único que se veía capaz de asumir era que, al menos en lo que se refería a la pasión, Emma jamás le había mentido. Y él necesitaba hacerle el amor, al menos otra vez en la vida—. No lo digas —repitió.

Ella pareció entenderlo y le acarició el pelo.

Guillermo se hundió en su mirada una vez más y volvió a besarla como si no existiera el mañana. Llevaba un mes torturándose con sus recuerdos, un mes en el que había sido incapaz de olvidarla, un mes en el que había llegado a preguntarse si tal vez se lo había imaginado todo; era imposible que ella oliera tan bien, que su sabor fuera tan intoxicante, que fuera tan perfecta, la única para él.

Emma no tardó en besarlo con la misma pasión, y pronto los besos se convirtieron en una especie de batalla para ver quién besaba más al otro.

—Guillermo... —susurró Emma cuando tomó un poco de aire.

—Calla —murmuró él besándole el lóbulo de la oreja—. No digas nada.

Ella le hizo caso, pero a su modo, pues le sujetó la cabeza con las manos y le dijo con los ojos lo que no le permitía decir con palabras. Cuando estuvo segura de que lo había entendido, lo besó y, con los labios, lo retó a que volviera a tratar de detenerla.

No lo hizo. Guillermo se hartó de resistir y asumió que jamás habría otra mujer como ella, que ninguna otra encendería su pasión como su hada, y se rindió a lo inevitable.

Entre besos y caricias empezaron a desnudarse el uno al otro. Emma le dibujó los músculos de la espalda con los labios y él hizo lo mismo con los de su abdomen. Ella le acarició las piernas y él imitó el movimiento en las suyas. Pronto estuvieron tumbados en el suelo y, cuando

Emma creía que iba a quitarle por fin la ropa interior, Guillermo se detuvo y la miró.

—Aquí no. —No se veía capaz de formular una frase entera—. En tu cama. —Parecía un hombre de las cavernas, pero llevaba demasiados días anhelando tenerla entre sus brazos como para perder unos preciosos segundos hablando.

—Allí. —A ella le pasaba igual, pues con esa única palabra, y un movimiento de barbilla, le señaló dónde estaba su habitación.

Guillermo la tumbó en la cama y la observó durante un instante. A lo largo de todos los días que habían estado separados, le había obsesionado no tener ninguna foto de ella. Ahora no iba a hacerle ninguna, ni mucho menos, pero quería asegurarse de que esa imagen le quedaba para siempre grabada en la memoria. Emma levantó una mano para pedirle que se acercara y él no tardó en hacerlo. Desnudos y desesperados por estar el uno con el otro, Guillermo se colocó encima de ella y se dispuso a hacerle el amor. Volvió a detenerse; ninguno de los dos le había preguntado al otro si, durante ese tiempo, había habido otras personas.

—Ni se te ocurra preguntármelo —dijo ella con lágrimas en los ojos—. No habría podido. —Lo acercó pidiéndole con el arqueo de sus caderas que se introdujera en su interior—. Ni en un millón de años.

Él quiso decirle que tampoco, pero se le hizo un nudo en la garganta. Emma le estaba haciendo el amor. Aquella sensación de que ella no se entregaba por completo había desaparecido y en ese instante Guillermo supo que seguía amándola y que ella le amaba a él. Pero, por maravilloso que fuera darse cuenta de eso, seguía sin confiar en que los sentimientos de Emma fueran duraderos. Por suerte, o por desgracia para su salud mental, ella arqueó la espalda justo en ese instante y le lamió el lóbulo de la oreja, y eso bastó para que él perdiera el poquísimo control que le quedaba. Le hizo el amor como si necesitara asegurarse de que jamás podría hacerlo con otro hombre, como si quisiera entrar en su interior y no salir jamás de su alma y de su corazón. Emma le besaba cada centímetro de piel que tenía al alcance de los labios y le recorría la espalda con las manos. Cuando él empujaba, ella le apretaba las nalgas, y en cuanto sintió que ambos iban a llegar al final le susurró al oído:

—Te quiero.

Guillermo jamás había tenido un orgasmo como aquel. Jamás había creído morir y resucitar en el Cielo.

Se quedaron dormidos abrazados, pero a las cuatro de la madrugada una moto que pasaba por la calle despertó a Guillermo. Tuvo que parpadear varias veces para saber dónde estaba, y cuando vio a Emma acurrucada entre sus brazos lo recordó todo. Había sido maravilloso, pero tenía que irse de allí cuanto antes: le había dicho que lo quería y era obvio que lo deseaba, pero ¿estaba dispuesta a luchar por ellos? ¿A tener una relación? «¿Por qué no se lo preguntas?», se dijo a sí mismo mientras trataba de salir de la cama sin despertarla. Sabía perfectamente la respuesta: porque tenía miedo de que ella volviera a quedarse en silencio. Tenía miedo de que volviera a alejarse y de que él fuera incapaz de recomponer su corazón por segunda vez. Ahora empezaba a estar bien, y si Emma no hubiera aparecido, quizá se habría atrevido a pedirle una nueva cita a Lucía. «¡Y una mierda! Sabes perfectamente que eso no es verdad», le decía su voz interior. Fue al comedor en busca de la ropa y se vistió sin hacer ruido. Un poco más tarde, conducía por las Ramblas hacia su casa. Cuando llegó a su piso, a pesar de que sabía que no podría dormir, se desnudó y se acostó. Al menos así quizá descansaría un rato.

# 24

Emma se había fingido dormida. La moto también la había despertado a ella, pero al tener la cabeza recostada contra el pecho de Guillermo, se dio cuenta de cómo a este se le aceleraba el corazón. Primero pensó que iba a besarla, incluso se puso nerviosa anticipando que lo hiciera, pero pronto se dio cuenta de que lo que de verdad quería era salir de la cama. Se merecía un Oscar por lo que acababa de hacer; había fingido estar plácidamente dormida cuando lo que de verdad quería hacer era levantarse y preguntarle por qué se iba. Por qué no quería quedarse con ella.

Al oír el clic de la puerta, le cayó una lágrima. De nada servía ya que siguiera con la farsa, lo mejor que podía hacer era levantarse y cambiar las sábanas de la cama; no podría dormir en aquellas que aún olían a Guillermo. Cerró los ojos y apretó la mandíbula para contener el grito de rabia que estaba formándose en su garganta; él se había ido porque no quería estar con ella. Era así de simple y así de complicado a la vez. Se había ido por el mismo motivo por el que no le había dicho que también la quería cuando ella se lo había confesado al hacer el amor: porque la había olvidado, porque ya no estaba enamorado. Estuvo triste unos segundos, pero después se puso furiosa. ¿Cómo se atrevía a acostarse con ella sin quererla? ¿Qué clase de hombre era? ¿Por qué clase de mujer la tomaba?

Emma sabía que estaba exagerando, que estaba sacando las cosas de quicio, pero una no puede tener el orgasmo más increíble de su vida y luego quedarse impasible al ver que el hombre con el que lo ha compartido se va a hurtadillas de su lado. Superado el momento de crisis inicial, se levantó y buscó unas sábanas limpias. Las cambió con movimientos enérgicos y dejó las sucias junto a la lavadora. Iba a tratar de dormir cuando vio la luz del comedor encendida y fue a apagarla. No debería haberlo hecho; vio la figurilla de King Kong y las lágrimas que había logrado contener se desbordaron. Se sentó en el suelo hasta que se cansó de llorar y, agotada, se acostó después de dejar al gorila junto al despertador. Tal vez por la mañana descubriría que todo había sido un sueño.

Por suerte, tanto para Emma como para Guillermo, el domingo ambos se despertaron tarde; sus mentes y sus cuerpos necesitaban descansar después de lo de la noche anterior. Él se pasó el día tratando de olvidar lo sucedido, pero pronto se dio cuenta de que era imposible y optó por irse a pasar el resto de la jornada con sus padres. El problema era que recordaba cada beso, cada caricia de Emma, y que no paraba de escuchar en su cabeza su dulce declaración de amor. Tan pronto como hubo salido del piso, a aquellas horas de la madrugada, supo que se estaba comportando como un cobarde y un grosero. Al hacer eso la estaba tratando como si solo fuera el rollo de una noche, y nada más lejos de la verdad. Debería llamarla, se dijo miles de veces, pero no consiguió marcar el número ni una sola vez.

Sus hermanos lo distrajeron contándole sus problemas en el trabajo y sus últimas conquistas y sus hermanas tuvieron la delicadeza de no preguntarle nada. No habría sabido qué responderles. Regresó a Barcelona casi a medianoche, había aprovechado cualquier excusa para quedarse en casa de sus padres un poco más y estar así acompañado, pero cuando todos empezaron a irse a la cama decidió que había llegado el momento de regresar. Su madre le dijo que durmiese allí, aún tenía su antigua habitación, pero él se negó; solo le faltaría eso para sentirse más patético.

Por su parte, Emma se pasó el día sola; su hermana no iba a regresar hasta el lunes y ni siquiera sabía si sus padres estaban en el país. Por culpa de la soledad, sus cambios de humor fueron tan frecuentes como impredecibles, y si por la mañana quería matar a Guillermo, a mediodía quería hacerle el amor, por la tarde torturarlo y por la noche sencillamente quería hablar con él. Sí, eso era lo que tenían y debían hacer: hablar. A eso de las ocho de la noche, el cansancio y los nervios le empezaron a hacer mella y optó por acostarse; al día siguiente tendría mucho trabajo en el hospital y no quería darle ningún motivo a la jefa de personal que la hiciera cambiar de opinión sobre su reciente readmisión.

El lunes, Emma salió disparada de su casa, comprobando que llevaba todo lo que necesitaba a medida que bajaba la escalera: el móvil (Guillermo no la había llamado, pero como se suele decir, «la esperanza es lo último que se pierde»), las llaves, el monedero, una chaqueta (en el hospital el aire acondicionado estaba a tope) y la figurilla de King Kong. Después de todas sus dudas e histerias, había decidido que cuando finalizara su turno, iría hasta su despacho para hablar con él.

Guillermo empezó la semana con mal pie; no había dormido casi nada, volvía a dolerle la cabeza y tenía un montón de trabajo atrasado. La asesoría del mayor de los Martí se estaba abriendo camino en el sector, y aquel no era el mejor momento para que su «fundador» y único trabajador tuviera una crisis existencial. Se pasó media mañana al teléfono y la otra media repasando y rehaciendo un par de informes; podría decirse que el viernes no había estado demasiado inspirado. Comió solo, en menos de veinte minutos; bajó a una cafetería que había en la esquina y compró un bocadillo que se comió en la sala de reuniones.

No le apetecía estar con gente y así también podía seguir torturándose con los recuerdos sin que la persona que tuviese al lado se extrañase de sus diferentes caras. Debían de ser las cinco de la tarde cuando Helena lo llamó y le dijo que pasaría por allí para hacerle una visita. Seguro que era la visita regular de control familiar.

Llamaron al timbre y abrió la puerta sin preguntar quién era.

—Creo recordar que me reñiste por hacer algo así —dijo Emma de pie en el umbral.

—¿Emma? —preguntó, como si sus ojos no le hubieran confirmado que era ella la que estaba allí.

—¿Puedo pasar?

—Claro, adelante.

—¿Esperabas a alguien?

—A una de mis hermanas, y tienes razón, debería haber preguntado antes de darle al interfono. —Como no sabía qué hacer con las manos, se apretó el puente de la nariz. No contaba con que ella se presentara allí; Guillermo había decidido ir a verla esa noche para ver si resolvían el tema de una vez por todas.

—Acabo de salir del hospital —dijo Emma— y estoy reventada. ¿Te importaría que nos sentáramos? —Estaba cansada de verdad, pero también le temblaban las rodillas de los nervios.

—Claro, perdona. Vamos a la sala de reuniones, allí estarás más cómoda. —Caminaron por el pasillo—. ¿Qué tal te ha ido hoy?

—Más o menos. —Se sentó en el sofá—. La jefa de personal ha pasado por allí varias de veces, supongo que aún no acaba de creerse que he cambiado, y ha venido a espiar. Y un par de antiguos compañeros no me han quitado la vista de encima durante todo el turno.

—Eso puedo entenderlo; si eran hombres seguro que no han podido evitarlo. —Le acarició la mejilla—. Estás muy guapa.

—Gracias. —Le agarró la mano antes de que él pudiera apartarla del todo—. ¿Por qué te fuiste?

Guillermo se levantó y se paseó nervioso.

—¿Por qué no me llamaste ayer? —volvió a preguntar ella.

—Necesitaba estar solo.

Emma se rio sin humor al escuchar una de las excusas más típicas de la historia del mundo.

—¿Y? ¿Te ha servido de algo? —insistió. Ahora que estaban por fin hablando no iba a dejar que se le escapara.

—No, la verdad es que no —reconoció sincero.

Emma se puso también de pie y se colocó frente a él. Aquel iba a ser uno de los momentos más importantes de su vida, así que prefería no estar sentada.

—Guillermo, sé que en Nueva York cometí un error. Muchos en realidad. —Él fue a hablar, pero ella le colocó un dedo en los labios para detenerlo—. No te conté que era médico porque no quería que jugaras ningún papel en mi vida; pensé que lo único que quería de ti era una aventura. —Sonrió—. No quería que tu opinión me importara, no quería tus consejos, lo único que deseaba era acostarme contigo. O eso me decía yo cada vez que me moría de ganas de contarte la verdad. Y por si eso fuera poco, cuando estábamos juntos no me interesé por ti como debía, ni siquiera fui buena amiga; estaba tan empeñada en mantener las distancias, que me comporté fatal contigo. —Guillermo trató de hablar de nuevo—. Déjame terminar. Cuando pasó lo del accidente de esa chica y me dijiste que me querías, no supe ni pude reaccionar. Pensé que lo mejor sería que te fueras, dejarte antes de que tú me dejaras y un montón de estupideces más. —Ya no pudo sostenerle la mirada por más tiempo y empezó a pasear por la sala—. La primera semana no fue tan mal, pero cuando me contaron que había pasado el curso, corrí a decírtelo y tú no estabas, o quise probar una receta nueva y... Jamás había echado tanto de menos a nadie. Entonces me di cuenta de que sin ti no soy nada. Sin ti, mi vida no es mi vida. Tal vez me costó darme cuenta, pero lo hice, y ahora sé, sin ninguna duda, que te amo. —Se paró frente a él y apartó el mechón de pelo que le caía sobre la frente—. Te quiero, Guille.

Se puso de puntillas y lo besó. Él respondió al beso y, aunque fue muy dulce, Emma sintió que faltaba algo.

—¿No vas a decir nada? —preguntó ella con los ojos brillantes al apartarse.

—No sé qué decir.

—Podrías decir que me perdonas, que no he llegado demasiado tarde, que aún me quieres o que nunca has dejado de quererme —sugirió, ya llorando.

Guillermo se sentó en el sofá.

—Nunca he dejado de quererte —dijo él, y ella habría sido feliz si no hubiera añadido—: pero he tratado de hacerlo. Me hiciste mucho daño, Emma. Tú me has contado cómo fue tu primera semana sin mí; deja ahora que te cuente la mía. Los primeros días no podía ni dormir, a pesar de que corría hasta el agotamiento. Cada vez que cerraba los ojos, imágenes tuyas invadían mis sueños y me despertaba con el corazón acelerado y la frente cubierta de sudor. Creía que jamás dejaría de sentir ese horrible vacío en el pecho, y no me avergüenza decirte que nunca había llorado antes. —Ella iba a tocarlo, pero él la detuvo—. Unos días antes de que regresaras, conocí a una chica. Esa cita que tuve el otro viernes fue con ella. —Vio el gesto de dolor de Emma, pero continuó—: No pasó nada, porque ni siquiera podía soportar la idea de darle la mano. Pero me di cuenta de que tenía que rehacer mi vida sin ti. Te ofrecí mi corazón y no quisiste aceptarlo, de modo que lo mejor que podía hacer era seguir adelante.

—Ya no sé qué hacer para convencerte de que lo siento. —Se sentó a su lado y sujetó una de sus manos con las suyas—. Creía que abriéndote las puertas de mi alma lo conseguiría. Creía que anoche, después de hacer el amor, podríamos empezar de nuevo. Pero ahora ya no lo tengo tan claro. Ojalá pudiera cambiar lo que hice, pero no puedo.

—Lo sé.

—Guille, te quiero.

—Y yo, pero no sé si quiero volver a intentarlo.

Ella se levantó; le temblaban las manos y las piernas, pero tenía que irse de allí cuanto antes.

—Creo que será mejor que me vaya —dijo sin mirarlo.

—Emma —susurró él—, una parte de mí quiere creerte, quiere confiar en tus sentimientos y pedirte que vengas conmigo, pero otra me dice que lo mejor será que no volvamos a vernos, que los dos sigamos con nuestras vidas. No soportaría volver a perderte.

—Eso no pasará. Ya te he dicho que te quiero, que te amo, pero supongo que no me crees.

—Lo siento —dijo él. Y así era; sentía no poder confiar en ella, sentía no ser capaz de volver a arriesgar su corazón.

Emma se dirigió a la puerta principal y Guillermo la siguió. Al llegar allí, ella se detuvo y buscó algo en su enorme bolso. Él la miró absorto.

—Toma, siempre fue para ti. —Y le dio la figurita de King Kong.

Guillermo no iba a aceptarla, pero le bastó una mirada a sus ojos para abrir la palma de la mano. Emma depositó allí al gorila con cuidado, como si estuviera hecho de cristal de Murano y no de plástico barato.

—Tal vez pudiésemos intentar eso de la amistad —propuso él, sorprendiéndose a sí mismo.

—No, mejor que no. En eso tenías razón. No podría soportar verte rehacer tu vida con otra. Supongo que eso no dice nada bueno de mí, pero soy así. —Se secó las lágrimas con el reverso de la mano—. Te quiero, Guillermo. —Le dio un beso en la mejilla, pues no se veía capaz de dárselo en los labios—. ¿Sabes una cosa?

—¿Qué? —preguntó él a través del nudo que le estrangulaba la garganta.

—Rompí la lista. —Vio que la miraba atónito y continuó—: El día en que me subí al avión de regreso a Barcelona. Estaba en el aeropuerto, sentada en un banco, y la busqué para volver a leerla. No me di cuenta de que estaba llorando hasta que una lágrima cayó en el papel. —Le estaba contando todo esto sin mirarlo, con la vista fija en algún punto de la pared—. En ese instante, entendí lo estúpida que había sido; por culpa de mis miedos y de ese pedazo de papel, había perdido lo único bueno que me había sucedido en la vida: tú.

Guillermo se quedó sin aliento, y apretó la figurilla de King Kong con fuerza.

—Porque la verdad es que te he perdido —continuó ella con el corazón roto al ver que él no la había corregido—. Siento mucho haberte hecho daño, Guillermo. Siento mucho haber sido una cobarde, pero lo que más siento es no haber sabido aceptar tu amor cuando me lo diste.

—Emma, por favor. —«Por favor, ¿qué? —pensó él—. ¿"Por favor, vete" o "Por favor, quédate y bésame"?».

—Tranquilo, lo entiendo. —O trataría de hacerlo—. Me voy. —Y luego añadió—: ¿Te acuerdas de lo que me dijiste antes de irte de mi apartamento ese día en Nueva York? —Él asintió, ¿cómo podría haber olvidado esa conversación?, y ella continuó con lágrimas en los ojos—: Siento no haber luchado entonces por nosotros, no sabía cómo hacerlo, ahora sé que te he perdido y sé que jamás volveré a sentir por nadie lo que siento por ti. Y ya es demasiado tarde para hacer nada. No sé cómo pedirte perdón y tú no sabes si quieres perdonarme.

Segundos antes, había descartado besarlo en los labios, pero cambió de opinión y se puso otra vez de puntillas. Lo besó con el corazón, acariciándole una mejilla con una mano, y esperando a que él derribara el muro que había levantado entre ambos. No lo hizo. Guillermo le devolvió el beso, pero Emma sabía distinguir perfectamente cuándo la besaba con amor y cuándo no, y en aquel beso no había alma, solo había tristeza.

—Adiós, Guillermo.

Y se fue de allí antes de que él pudiera reaccionar o de que ella volviera a pedirle otra oportunidad.

Guillermo cerró la puerta y se quedó allí durante lo que bien pudieron ser horas. Ya no tenía la lista. Él había llegado a odiar aquel miserable trozo de papel con todo su ser y Emma lo había roto. Aún sentía sus labios contra los suyos, aún le temblaban las manos del esfuerzo que había hecho para no abrazarla y retenerla allí con él para siempre. Se moría de ganas de hacerlo, pero aún tenía miedo. Miedo de salir herido. Al igual que ella, sabía que jamás volvería a sentir nada igual por nadie, pero también sabía que no lograría superar otra ruptura tan dolorosa como la primera. De repente, el timbre volvió a sonar y abrió con el corazón latiéndole desbocado en el pecho. Había vuelto.

—¡Emma!

—No, lo siento, Guille —respondió Helena, mirándolo—. ¿Qué ha pasado?

Por el rostro desencajado de su hermano mayor, era obvio que había pasado algo muy grave.

Guillermo le contó lo sucedido sin omitir detalle, necesitaba desahogarse.

—¿Y has dejado que se fuera? —preguntó Helena emocionada. Todas sus hermanas tenían una vena romántica muy acusada.

—¿Y qué querías que hiciera? —No podía decirse que sus neuronas hubieran estado a pleno rendimiento después de escuchar las palabras de Emma.

—No sé, besarla, abrazarla, decirle que estás loco por ella. Vamos, Guille, tú sabes que es la mujer de tu vida.

—Tú no lo entiendes, Helena —contestó él a la defensiva.

—Tal vez lo entienda mejor de lo que crees —respondió misteriosa—. Pero eso ahora da igual. Tienes que ir a buscarla, Guille.

—No. Creo que lo mejor será olvidarla.

—Es imposible olvidar a la única persona que hace que tu vida tenga sentido. Si solo hubiera sido tu amante, o incluso una amiga con la que te hubieras acostado, seguro que podrías. Pero a ella no podrás olvidarla.

—De acuerdo, tal vez no lo logre, pero seguiré adelante con mi vida. Encontraré a otra persona, a una que no me haga sentir que el corazón va a estallarme en el pecho, y crearé una familia con ella.

—¿Y serás feliz? —Su hermana, a pesar de que era más joven que él, parecía tener muy claras las cosas de la vida—. No te engañes a ti mismo, te doy la razón en lo de que hay mucha gente a la que le basta con eso, pero ¿a ti? Ni en un millón de años. Mírame a los ojos y dime que te conformarás con tener un matrimonio «normal», con acostarte con una mujer que no te roba el alma y me retractaré de todo lo que he dicho.

Guillermo, tal como Helena había temido, fue incapaz de decir esa tontería.

Abrazó a su hermano y lo dejó allí solo para que pudiera pensar en lo que iba a hacer con el resto de su vida.

# 25

Había pasado ya una semana desde aquel horrible lunes en que perdió a Guillermo para siempre. A pesar de que todos los libros de Medicina afirmaban lo contrario, Emma podía constatar que se podía vivir sin corazón. El suyo estaba roto en mil pedazos y su cuerpo seguía funcionando. Cada mañana se levantaba con la almohada mojada por las lágrimas y por la noche se pasaba horas con la mirada fija en el teléfono, o en la puerta, como si así pudiera conseguir que él la llamara o fuera a verla.

Gracias a Raquel no se había desmoronado por completo, y sus compañeros de trabajo estaban encantados de que aceptara hacer todos los turnos imaginables. En uno de esos turnos, le tocó hacerse cargo de un par de niños que habían tenido un pequeño accidente en el colegio. Nada grave, pero los mocosos aprovecharon la excusa de ir al hospital para hacerse mimar por sus respectivas madres. Emma estaba cansada, llevaba varios días trabajando más horas de las aconsejables y sin apenas comer, pero lo prefería así. Era el único modo de seguir funcionando, porque si se quedaba quieta, empezaría a pensar en lo que había perdido y se acurrucaría en la cama para no volver a salir jamás.

—¿Me pondré bien, doctora? —preguntó uno de esos pilluelos.

—Pues claro que sí, pero la próxima vez deberías pensarlo mejor antes de saltar de un columpio tan alto.

—Es que estábamos jugando a...

—Ya lo sé —lo interrumpió ella—, pero tenéis que ir con cuidado. Los niños de verdad no sois como los de las consolas. Si os rompéis, alguien tiene que arreglaros, y no querrás que tu mamá se preocupe más de la cuenta, ¿verdad?

—Tiene razón —respondió el niño cabizbajo—. Le prometo que no lo volveré a hacer.

—Me alegro. Esto ya está. —Le enseñó el brazo con el yeso recién colocado—. ¿Me dejas que sea la primera en firmártelo?

—¡Claro!

Emma le dibujó un monigote ridículo y el pequeño se fue de allí orgulloso de su herida de guerra. Ella se levantó del taburete y estiró las piernas, que sentía entumecidas después de estar tanto rato sentada. Lo mejor sería que caminara un poco, así que decidió ir hasta la máquina de café que había junto a la entrada. Estaba buscando un par de monedas en el bolsillo cuando entró una pareja.

—Gabriel, ¿quieres hacer el favor de tranquilizarte? —dijo la embarazadísima chica.

—¿Y cómo quieres que me tranquilice, Ágata? —respondió él—. Podrías haberme avisado de que ibas a romper aguas.

—Seguro. Todo el mundo sabe que, antes de romper aguas, unos duendes te avisan por triplicado —contestó ella tratando de regular la respiración.

—No seas sarcástica, no es bueno para la niña. —Él sonrió y le dio un beso en los labios—. Espera aquí, voy a buscar a la comadrona. Me dijo que estaría esperándonos.

Emma, que había observado toda la escena, estaba segura de que aquella chica tenía que ser la hermana de Guillermo. ¿Cuántas Ágatas a punto de dar a luz podía haber en Barcelona? Emma iba a irse sin decir nada, pero en ese momento la otra tuvo una contracción y, sin pensarlo, corrió a su lado.

—Tranquila —le dijo agarrándole la mano—. Gabriel volverá enseguida.

Al oír a aquella desconocida llamar a su marido por su nombre, Ágata levantó la vista. Quería preguntarle quién era, pero otra contracción se lo impidió.

—Soy Emma —explicó—. Tu hermano me conoce.

—¡Emma! —Le apretó la mano—. ¿Esa Emma? —preguntó furiosa.

—Sí, esa Emma. Aprieta mi mano y respira. Vamos a sentarnos en ese banco. Seguro que la comadrona no tarda en llegar.

—Le he dicho a Gabriel que todo irá bien —dijo Ágata—, pero la verdad es que estoy un poco asustada. —Eso no se lo había dicho a nadie.

—Tranquila, es normal. —Le tocó el vientre—. Todo saldrá bien, ya lo verás.

—Por cierto, ¿dónde está Gabriel? Parece haber desaparecido. —Sonrió a pesar de tener otra contracción.

—¡Ya estoy aquí! —exclamó su marido, que llegaba acompañado de un enfermero con una silla de ruedas y de la comadrona—. ¿Estás bien, princesa?

—Más o menos. —Ágata volvió a apretar la mano de Emma—. Esta es Emma.

—¿Emma? —Él tardó unos segundos en reaccionar—. ¿La Emma de Guillermo?

—Ya no. —Ayudó a Ágata a levantarse, y esta la miró como diciendo que no dijera tonterías.

—Respira tranquila, Ágata —dijo la comadrona—. Vamos.

Guio al enfermero hacia la sala de partos. Emma los acompañó.

—Emma —dijo Ágata antes de entrar.

—¿Sí?

—¿Puedes llamar a mi hermano y decirle que estamos aquí?

—Claro, no te preocupes.

Medio segundo más tarde, Ágata y Gabriel desaparecieron tras la puerta. Sin pensarlo dos veces, porque si lo hacía no seguiría adelante, marcó el número de Guillermo. Sonó dos veces, tres, cuatro, tal vez no contestaría al ver quién llamaba. Cuando estaba a punto de colgar para volver a intentarlo desde el teléfono que había en información, él contestó.

—¿Emma? —Guillermo llevaba días pensando en ella. Mejor dicho, no había dejado de hacerlo ni un segundo, y se había cuestionado miles de veces si no se había equivocado; había llegado a la conclusión de que sí. Era un imbécil. Estaba enamorado de Emma. Y ella estaba enamorada de él. Seguro que lo demás lograrían solucionarlo.

—Siento molestarte.

Le dolió que creyera que oír su voz lo molestaba. De hecho, había bastado eso para saber que tenía que volver a verla esa misma noche. Él había pensado en organizar algo más romántico, pero ya que Emma había llamado, no iba a desaprovechar la oportunidad.

—No me molestas...

—Ágata ha llegado al hospital —lo interrumpió—. Está bien, muy bien, pero antes de entrar en la sala de partos, me ha pedido que te llamara.

—¿Está dando a luz?

Realmente, a los hombres ese tema los supera.

—Sí. Gabriel está con ella. La comadrona y la doctora que la atienden son las mejores.

—Voy para allí —dijo Guillermo a la vez que buscaba las llaves del coche—. Tardaré diez minutos. Tengo que llamar a mis padres y a Nana, la abuela de Gabriel, que vive en Inglaterra.

—Bueno, yo estoy en urgencias, así que si no te importa, pasaré luego a ver cómo van las cosas.

Él apenas le prestaba atención, pero se dio cuenta de que ella se estaba despidiendo. ¿Y qué era esa tontería de preguntarle si le importaba que se pasara por allí?

—Entraré en urgencias antes de ir hacia la sala de espera.

—Como quieras. —Supuso que sería para darle las gracias por haberlo llamado—. Felicidades, seguro que serás un gran tío. —Notó que se emocionaba y colgó antes de que él pudiera decir nada más.

Guillermo llegó al hospital al cabo de diez minutos y, aunque llamó a sus padres y a la futura bisabuela para ponerlos al tanto de la situación, no dejó de pensar en Emma ni un solo momento. Esos días sin ella habían sido de los peores de su vida, quizá incluso peores que cuando regresó de Nueva York. Entonces, el resentimiento le daba cierta fuerza, pero ahora que el rencor había desaparecido, lo único que le impedía estar con Emma era él mismo. No le gustaba ver que era un cobarde, y Helena había dado en el clavo al decirle que no se conformaría con tener una relación cordial y cariñosa con su hipotética esposa. Él quería pasión, quería saber que tanto él como ella eran la mitad del otro y quería... quería a Emma. Y no la había llamado ni había ido a buscarla porque no sabía cómo decirle que, igual que ella hacía un mes, había sido un cobarde y había cometido un error. Al parecer, Gabriel y Ágata, sin ser conscientes de ello, le estaban proporcionando el empujón necesario para arreglar las cosas. Sonrió. Bueno, después de lo que él había hecho por ellos, era lo mínimo.

Entró en urgencias, como le había prometido, y buscó a su hada. La vio atendiendo a una mujer que estaba más pálida que la pared. Se acercó un poco, pero guardó una distancia respetuosa.

—Emma —la llamó.

Ella se dio media vuelta y parpadeó, como si no pudiera creerse que de verdad estaba allí.

—Ahora no puedo —dijo mientras alcanzaba un papel para escribir las pruebas que quería que le hicieran a aquella mujer—. Ve a la sala de espera.

—¿Vendrás luego? —No pensaba irse de allí hasta que le asegurara que iría.

—De acuerdo —cedió ella, pero lo hizo principalmente para evitar que su paciente se desmayara allí mismo. Los miraba como si estuviera viendo un culebrón—. Vete.

Guillermo sonrió y se fue hacia la sala de espera que Emma le había indicado. Se sentó y llamó a todos sus hermanos. La única que no respondió fue Helena, seguro que estaba en la biblioteca y había puesto el móvil en silencio. Lo intentaría más tarde si ella no le devolvía la llamada al darse cuenta. También llamó a Anthony, que era una especie de hermano adoptivo para Gabriel, y este le dijo que tan pronto como pudiera escaparse iría hacia allí.

Unos veinte minutos más tarde, y justo cuando empezaba a impacientarse, llegó Emma.

—¿Han salido ya? —preguntó ella.

—No, aún no. Siéntate a mi lado —dijo Guillermo dando unos golpecitos a la silla que había pegada a la suya—. Estoy nervioso.

—Es normal. —Ella se sentó, pero puso las manos debajo de los muslos para no tener la tentación de acariciarle el pelo—. Todo irá bien. Tu hermana tenía muy buen aspecto.

—Sé que todo irá bien, pero aun así estoy nervioso. Dame la mano —le pidió, tirando a la vez del brazo de ella para entrelazar los dedos con los suyos—. Así está mejor. Te he echado mucho de menos —añadió mientras le acariciaba los nudillos con el pulgar.

Emma no sabía qué decir. Si la había echado tanto de menos, ¿por qué no la había llamado?

—Quería llamarte —dijo Guillermo como leyéndole la mente—, pero no sabía si me responderías, ni tampoco sabía cómo explicarte lo que había pensado.

—No pasa nada. —Le costó, pero al final consiguió hablar—. Lo entiendo. Pero me alegro de que al menos podamos ser amigos.

¿Amigos? ¿Emma creía que solo quería ser su amigo? Iba a tener que besarla allí mismo para que entendiera que quería ser algo más, mucho más.

—¡Guille! —exclamó su madre interrumpiendo el momento más crucial de su edad adulta—. ¿Dónde están?

—Aún no han salido, pero todo va bien —respondió él sin soltar la mano de Emma, que esta trataba de recuperar por todos los medios—. Te presento a Emma.

—¿Emma? —Elizabeth miró primero a la chica y luego a su primogénito—. ¿Tu Emma?

Él iba a responder, pero vio que Emma sonreía nerviosa.

—¿Por qué sonríes? —le preguntó mirándola.

—Tu hermana y tu cuñado se han sorprendido casi tanto como tu madre. Todos me llaman así: «tu Emma» o «la Emma de Guillermo». Ya les he dicho que estaban equivocados.

«En absoluto», pensó él. Le encantaba que la llamaran así. Pero antes de que pudiera decírselo, el destino, con su peculiar sentido de la ironía, volvió a jugarle una mala pasada.

—Ya estoy aquí —dijo su padre—. ¿Dónde está mi primera nieta?

—Aún no han salido —dijeron su esposa y su hijo al unísono.

—Ella es Emma —aclaró Elizabeth y, para variar, Eduard reaccionó igual que todos.

—Encantado de conocerte al fin. Tus hermanos vendrán enseguida y traerán a Martina. ¿Has podido localizar a Helena? —añadió dirigiéndose a Guillermo.

—Aún no —respondió él—, pero le he dejado un mensaje. Llegará en cualquier momento.

Allí estaban los cuatro, esperando a que salieran la doctora o la enfermera, y Guillermo se dio cuenta de que no era así como se había imaginado que sus padres conocerían a Emma, pero se alegraba de que ella estuviera allí en aquel momento tan importante para todos ellos.

Gabriel apareció de repente con una expresión de pura felicidad en el rostro.

—Es la niña más guapa del mundo —dijo, abrazando a Guillermo emocionado.

Este, que tuvo que soltar la mano de Emma, le devolvió el abrazo.

—¿Cómo están? —preguntó cuando su madre lo apartó de Gabriel para poder abrazarlo ella.

—Muy bien. Ahora las están subiendo a la habitación. Me han echado de su lado un momento; los médicos son unos insensibles. Perdón —añadió al ver a Emma.

—No pasa nada.

—He aprovechado para venir a buscaros. —Volvió a abrazar a su amigo—. ¿Te he dicho alguna vez que te quiero?

—No, y yo también. Pero si no dejas de decir tonterías pediré a una enfermera que te sede. Vamos, papá, tus princesas te esperan.

Guillermo sabía que Gabriel no era consciente de lo que decía, que aún flotaba en una nube, pero también sabía que lo que le había dicho era verdad. Eduard y Elizabeth siguieron a Gabriel hacia el ascensor que subía a las habitaciones. Guillermo iba a buscar la mano de Emma para hacer lo mismo, pero vio que ella permanecía de pie unos metros más allá, y que no parecía tener intención de acompañarle.

—Tengo que volver al trabajo —dijo, antes de que él se lo pidiera.

—¿Subirás luego? —le preguntó, mirándola a los ojos.

—No —respondió sincera—. Pero no te preocupes, me aseguraré de que tu hermana y tu sobrina reciban todos los mimos necesarios. La jefa de esa planta estudió conmigo y...

—Eso no me importa. Sé que estarán bien. —Dio un paso hacia ella—. Lo que quiero es que subas para estar conmigo.

En ese momento, llegó una ambulancia y Emma aprovechó la excusa.

—Me tengo que ir.

—Emma, espera. —Tenía que volver a intentarlo.

—No, de verdad me tengo que ir. —Se pasó la mano por el pelo—. Felicidades de nuevo. —Y como no sabía cómo despedirse, añadió—: Ya nos veremos.

Guillermo se quedó estupefacto delante del ascensor y la dejó marchar.

# 26

Guillermo entró en la habitación. Su hermana estaba radiante, se la veía cansada pero feliz, y su marido la miraba embobado.

—Hola, peque —dijo, dándole un beso—. ¿Cómo estás?

—Muy bien y muy, muy contenta. ¿Cuándo traerán a la niña? En ese momento entró una enfermera con la cuna y todos empezaron a decir tonterías. Cuando le tocó el turno a Guillermo de tener al bebé en brazos, sintió una punzada en el corazón al no poder compartir ese momento con Emma.

—¿Dónde está Emma? —preguntó Ágata con su especial sentido de la oportunidad.

—No ha querido subir —dijo él sin dejar de mirar a la pequeña.

—¿¡Y no piensas hacer nada!? —exclamó Gabriel acunando a su hija—. No es propio de ti. Es obvio que estás enamorado, y ella está loca por ti. No entiendo qué os pasa.

—Ni yo —secundó su madre—. ¿Por qué no vas a buscarla?

—¿Y si no quiere venir? —preguntó Guillermo dando así voz a sus miedos.

—Pues entonces tal vez tendrás que plantearte quedarte donde está ella —sentenció su padre—. Vamos, ¿a qué esperas?

¿A qué esperaba?

Salió de la habitación sin despedirse y corrió hacia el ascensor. Entró en urgencias y buscó a Emma con la mirada. Tardó solo un segundo en encontrarla; estaba de pie junto a una cama en la que había un anciano. Sin cuestionarse si podía acercarse o no, fue a su encuentro. Ella estaba de espaldas y no le había visto, así que aprovechó el factor sorpresa y la levantó para besarla. La besó delante de todos, delante de los otros médicos, de las enfermeras y de los pacientes. Si ella se hubiese apartado, la habría soltado, pero Emma empezó a devolverle el beso y mucho más. No se soltaron, se besaron hasta convencerse de que por fin estaban el uno en brazos del otro. Se besaron hasta que sus corazones acompasaron los latidos.

—Te quiero —le dijo cuando se apartó para respirar—. Te quiero.

Vio que a Emma se le llenaban los ojos de lágrimas y la volvió a besar. Esta vez con más dulzura, pero no por ello con menos pasión.

—Te quiero —repitió al apartarse de nuevo—. Siento mucho lo del sábado, y lo del lunes. Y lo de todos estos días. Siento mucho haber dudado de ti, de nosotros.

Ella le hizo callar con otro beso y él la abrazó aún más fuerte. El anciano de la cama carraspeó y Emma recordó dónde estaban.

—Suéltame —susurró vergonzosa—. Todo el mundo nos está mirando.

—Por mí no se preocupe, doctora —dijo el hombre—. Hacía tiempo que no veía a una pareja tan enamorada.

Ella sonrió y Guillermo aprovechó para robarle otro beso. Ahora que le había dicho que la quería, era como si se hubiera roto un dique en su interior y todos los besos y caricias que había retenido durante ese tiempo lucharan por salir.

—Emma, te quiero —volvió a decir—. Te quiero.

—Yo también te quiero. Te quise desde el principio, o casi —añadió al ver que él levantaba una ceja incrédulo—. Está bien, no sé desde cuándo te quiero, pero lo que sí sé es que te querré toda la vida.

Guillermo la besó de nuevo y, mientras lo hacía, la depositó en el suelo. Se había imaginado ese momento en otro entorno, pero bueno, no iba a permitir que se le escapara de las manos. Y con su hada tenía que cazar las oportunidades al vuelo, así que se arrodilló delante de ella.

—¿Qué haces? —preguntó Emma nerviosa.

—No le interrumpa, doctora. El chico es listo —dijo el anciano, al que al parecer ya no le dolía nada.

—Emma, haz caso al señor —la riñó él, cariñoso.

—Guille, dime que esto no es lo que estoy pensando. —Le resbaló una lágrima por la mejilla y vio que todo el mundo los estaba mirando—. Levántate ahora mismo.

—No pienso hacerlo. —Le agarró una mano y le besó los nudillos—. Emma, te quiero. El día en que te conocí pusiste mi mundo patas arriba, por no mencionar que convertiste el vuelo en el peor de toda mi existencia. Mi vida sin ti no es mi vida —dijo, repitiendo las palabras de ella—. Y no pienso conformarme con menos, así que ¿quieres pasar el resto de tu vida conmigo? Me da igual si quieres casarte ahora o dentro de mil años, o nunca. Solo dime, por favor, que quieres que estemos juntos.

Ella no decía nada; tenía miedo de que, si se movía, todo desaparecería como en un sueño.

—¡Doctora! —gritó una mujer—. Dígale que sí.

—Sí.

Guillermo se puso de pie de un salto y, tomándola en brazos, la besó con toda el alma.

—Esto es mejor que *Anatomía de Grey* —dijo el anciano riéndose, y todo el mundo aplaudió.

—¡Mira la que has liado! —exclamó Emma sonriendo cuando se apartó un segundo—. Ya verás mañana, seguro que tendré que soportar los comentarios de todo el hospital.

—¿Y te importa?

—Para nada. —Le sujetó la cara con las manos y lo besó de aquel modo que tanto le gustaba—. Te quiero, Guillermo.

—Y yo. —Le devolvió el beso, pero pronto se apartó, pues no quería causar un escándalo aún mayor—. Vamos, estoy impaciente por que conozcas a mi sobrina.

En ese instante, y como caído del cielo, uno de los compañeros de Emma se acercó a ella y se ofreció a cubrirle el turno. La joven le dio las gracias y, sin dudarlo ni un instante, enredó sus dedos entre los de Guillermo y juntos caminaron hacia el ascensor. Estaban allí de pie cuando de repente se quedaron a oscuras.

Ella aprovechó para besarlo de nuevo y recorrerle el torso con la mano.

—¿Te he dicho alguna vez que los médicos tenemos una habitación para descansar entre los turnos? —le susurró al oído.

—No —respondió Guillermo, acariciándole la espalda—. Pero me alegro de que hayas decidido contármelo ahora. Creo que me encuentro muy mal y necesito que me vea un médico —le susurró él mordiéndole el lóbulo.

Emma se rio.

—Eso sí que es un cliché. —Se estremeció—. Pero si te hace feliz te seguiré el juego.

Guillermo la abrazó contra él para que viera lo excitado que estaba.

—Una de dos, Emma. O vamos a esa habitación o, cuando regrese la luz, te verás en un compromiso.

Ella volvió a reírse.

—Vamos. —Le dio otro beso. Le encantaba besarlo; él respondía como si la necesitara para respirar—. Pero que conste que nunca he hecho algo así. ¿Y si nos pillan?

—Yo tampoco. —La abrazó un instante—. Te quiero tanto...

—Y yo a ti.

Entonces regresó la luz. Por suerte, todo el mundo parecía estar muy ocupado y nadie se percató de que estaban allí de pie, abrazados y besándose.

—¡Vaya! —se lamentó Emma. Ahora ya no podían escabullirse.

—Lo mismo digo. —Guillermo volvió a apretar el botón del ascensor, pero al parecer este no funcionaba—. Será mejor que vayamos a ver a mi sobrinita.

Ella asintió y se apartó un poco.

—Pero esta noche...

—¿Me enseñarás tu piso? —lo interrumpió Emma.

Guillermo se acordó entonces de que ella nunca había estado en su casa, y decidió remediar la situación.

—Por supuesto, y si te gusta, ¿crees que algún día podrías mudarte y quedarte conmigo?

Emma volvió a mirarlo a los ojos del mismo modo en que lo había hecho cuando Guillermo le pidió que pasara el resto de su vida con él.

—No creo ser capaz de pasar ni una noche sin ti —prosiguió él como si fuera lo más lógico del mundo—. Las vistas son preciosas y la cocina...

Emma se puso de puntillas y volvió a besarlo.

—Las vistas me dan igual. Todo me da igual. Lo único que quiero es estar contigo. —Otro beso—. Yo tampoco soy capaz de pasar otra noche sin ti.

El ascensor hizo un ruido y volvió a funcionar. No tardaría en llegar.

—Entonces, está decidido. Hoy mismo te vienes conmigo, y te advierto que esta vez no te dejaré escapar.

—Tranquilo. No pienso hacerlo.

—¿Puedo pedirte una cosa? —dijo él sonrojándose un poco.

—Lo que quieras —respondió ella sin dudarlo.

—El día que te instales en casa, que espero que sea pronto, ¿podrías volver a hacer helado de fresa para celebrarlo?

Emma se rio y lo besó, y Guillermo supo que todo iba a salir bien. Meses atrás, harto de frivolidades, había decidido arriesgarse y buscar otro camino, y, aunque parecía imposible, un hada le había robado el corazón y le había enseñado a vivir de verdad.

# CAPÍTULOS INÉDITOS

## GUILLERMO Y EMMA

# 1

*Cuatro años más tarde...*

La lluvia pilló a Guillermo en la zona olímpica, justo a medio camino de su recorrido habitual cuando salía a correr, lo que hizo que su día de mierda empeorase hasta niveles estratosféricos. Aceleró el ritmo tanto como pudo o como se lo permitieron los peatones armados con paraguas que se cruzaba a su paso y las bicicletas que se saltaban las normas del carril que les correspondía. Llegó a casa empapado, estornudando y furioso, dando gracias a los astros de que Emma no estuviese y no tuviese que presenciar su lamentable estado ni aguantar su mal humor. Emma estaba muy cansada últimamente y lo último que quería Guillermo era darle un motivo más de preocupación. De hecho, había ignorado las previsiones de mal tiempo y había salido a correr para ver si así se le ocurría qué podía hacer para que Emma descansase el siguiente fin de semana.

No había tenido suerte, lo único que se le ocurría, porque en realidad era lo que se moría por hacer, era retenerla en la cama las cuarenta y ocho horas del sábado y el domingo y hacerle el amor tantas veces como los dos quisieran. Y, aunque seguro que a Emma le gustaría la idea, Guillermo sabía que no era eso lo que necesitaba. Llevaba semanas con un nudo en el estómago, con un mal presentimiento pegado al cuerpo del que no podía desprenderse.

Se lo había comentado a Emma y ella le había besado y se había burlado de él. Deja de preocuparte, le había dicho, todo va bien.

También se lo había comentado a su madre, que le había respondido más o menos lo mismo, y a su hermana Ágata, que lo había llamado «pájaro de mal agüero» y se había reído de él.

Él sabía que tenían razón, todo iba bien, muy bien. Y ese era el problema, llevaba casi cuatro años casado con Emma y cada día que pasaba descubría algo nuevo sobre ella que hacía que la quisiera más y más. Nunca se había imaginado que algo así fuera posible; siempre había creído que una vez alguien se enamoraba, si tenía la suerte de que le sucediera, este sentimiento se convertía en algo estanco y fijo, no contaba con que fuese una montaña rusa en la que de momento solo iba de subida.

Ese era el problema; que Guillermo, a pesar de que todos le consideraban analítico y optimista, tenía el horrible presentimiento de que la bajada de la montaña rusa estaba esperándolo a la vuelta de la esquina. Si supiera cuál iba a ser el problema, podría atacarlo, desmenuzarlo hasta encontrar cómo arreglar la pieza en cuestión que hubiese fallado, pero según su mujer, sus amigos y su familia no había ningún problema y lo único que le pasaba era que se estaba haciendo mayor y tenía una especie de crisis existencial.

¡Y una mierda!

Entró en la ducha antes de resfriarse y para no seguir dándole más vueltas al tema. Se quedó bajo el chorro de agua caliente hasta que se le aflojaron los músculos de la espalda y cuando cerró el grifo estaba igual de preocupado que antes, pero al menos el cansancio empezaba a pasarle factura y le pesaban los párpados. Tal vez esa noche consiguiera dormir. Se puso unos pantalones cómodos y una camiseta y fue a la cocina a preparar la cena. Emma tenía guardia y llegaría tarde, y aunque él no tenía demasiada hambre, y sus técnicas culinarias no se parecían ni de lejos a las de Emma, quería asegurarse de que ella comiera algo cuando llegase.

Encendió la luz del pasillo y se detuvo en seco.

—¿Emma, cielo?

Estaba dormida en el sofá; seguía con la gabardina puesta y con las llaves en la mano. A juzgar por la postura en la que estaba, se había sentado y se había quedado dormida en el acto, por suerte había caído de lado y estaba recostada en el montón de cojines que había en el rincón.

Se sentó a su lado y con cuidado le quitó las llaves antes de acariciarle el pelo y el rostro.

—Emma, ¿qué voy a hacer contigo?

Ella sonrió dormida y Guillermo dio de nuevo gracias al destino por haberle dado la oportunidad de encontrarla.

—Emma, cariño.

—Déjame, estoy soñando —contestó ella ya despierta.

—¿Ah, sí? ¿Y qué estás soñando?

—Estamos en una playa tomando el sol, yo acabo de pedir un margarita.

—¿Y yo?

—Tú estás leyendo un libro, acabas de ponerme crema solar en la espalda y me has hecho un masaje.

—¿Y tú a mí no?

—Lo que quiero hacerte yo no es apto para la playa.

Guillermo soltó un carcajada y buscó las manos de Emma para incorporarla. Ella se dejó hacer, sonriendo también y cuando quedó sentada frente a él lo miró a los ojos.

—Hola.

Guillermo le apartó el pelo de la cara; se le habían escapado unos mechones del recogido.

—Hola.

Acercó su rostro al de ella y la besó como se imaginaba haciéndolo en la playa que ella acababa de describirle; un beso de esos que son el principio o, mejor dicho, de esos que pertenecen a una colección porque llevas toda la mañana y toda la noche dándotelos.

—¡Vaya! —susurró ella al terminar, mordiéndose el labio inferior.

—Sí, ¡vaya! Me ha gustado tu sueño, tal vez deberíamos pensar en hacerlo realidad.

Ella debió de ver la preocupación en el rostro de él porque el suyo perdió la sonrisa.

—No. No lo digas.

Guillermo se hizo el tonto.

—No he dicho nada.

—Pero ibas a decirlo. Ibas a decir que estoy demasiado cansada y que necesito unas vacaciones.

—Los dos las necesitamos. —Guillermo se puso a la defensiva—. Todavía llevas la gabardina.

Emma bajó la mirada y, al comprobar que Guillermo al menos en eso tenía razón, se sonrojó. Ser pelirroja era una cruz en momentos como ese, porque no podía disimular. Aun así, se levantó como si nada y fue hacia la cocina.

—¿Qué podemos cocinar?

—Estás intentando cambiar de tema. —Guillermo la siguió.

—No. —Colgó la gabardina en la percha del pasillo—. Estoy intentando decidir qué cenamos.

—Emma.

Cerró la nevera.

—Vale, tienes razón. No quiero discutir contigo, Guille. —Se acercó a él y colocó las manos encima del torso de él. Todavía las tenía frías y quizá por eso a él le falló el aliento un segundo. O quizá fue porque acto seguido Emma se puso de puntillas y lo besó.

—Ahora estás jugando sucio —farfulló él un par de minutos más tarde.

—Lo sé. —Emma se apartó con una sonrisa y abrió de nuevo la nevera—. ¿Qué te apetece, pescado o pollo? Puedo…

No terminó la frase porque él se colocó a su espalda y, agachando la cabeza, le mordió el cuello y después deslizó despacio los labios por esa misma zona hasta detenerlos junto al oído.

—Prepara lo que quieras, solo dime qué quieres que haga. —Vio que ella tragaba saliva y satisfecho le depositó un beso en la mandíbula—. Yo también sé jugar sucio, cielo.

No se apartó y siguió esperando.

—Toma, corta estos calabacines en rodajas. Yo enseguida vuelvo, voy a cambiarme.

—Claro, aquí te espero.

Guillermo contuvo la sonrisa; primero porque él estaba tan afectado como al parecer lo estaba Emma y porque en su mente ya estaba imaginándose todo lo que harían después de cenar. Pero antes iba a cortar calabacines en rodajas.

Como no podía ser de otra manera, la cena improvisada fue deliciosa. A los dos les encantaba cocinar juntos. Había días en los que charlaban en la cocina mientras se repartían las tareas y otros días que bailaban; también los había que discutían y otros como aquel en los que trabajaban en silencio y mirándose, anticipando lo que sucedería después.

—¿Vas a contarme qué te ha pasado en el trabajo para que te quedases dormida nada más llegar?

Emma cortó el muslo de pollo antes de contestar.

—No me ha pasado nada fuera de lo común.

Guillermo la miró.

—Vamos, desembucha.

Emma suspiró resignada.

—Es como si tuvieras poderes. Me lees la mente, estoy segura.

Guillermo sacudió la cabeza.

—No es verdad y lo sabes. Tú sí que es como si vivieras en mi cerebro. Yo no puedo ocultarte nada, en cambio tú a mí sí.

Emma se sonrojó y se apresuró a beber un poco de agua.

—Tu incapacidad para mentirme o ocultarme la verdad es una de las cosas que más me gustan de ti —confesó.

—¿Te gustan? —Guillermo enarcó una ceja—. ¿Solo te gustan?

—¿Estás buscando halagos?

—Nunca vienen mal, pero no. Casi consigues despistarme. —La señaló con el tenedor—. No cambies de tema y cuéntame qué ha pasado hoy en el hospital.

—Lo de siempre. Falta personal —masticó un poco—, nadie se responsabiliza de nada y he tenido que cubrir medio turno en urgencias.

Desde hacía dos años, Emma trabajaba en la planta de ginecología del hospital. Después de algunos cambios, por fin había encontrado su sitio, su rincón dentro del vasto mundo de la Medicina y era feliz. Era una de las doctoras más queridas por las pacientes y la taquilla donde guardaba la ropa empezaba a estar llena de fotografías de bebés.

—¿Por qué? —Guillermo no disimuló lo poco que le gustaba la idea. Emma había luchado mucho por lo que quería y se ponía alerta siempre que creía que alguien podía arrebatárselo.

Y cuando ella se encogió de hombros, él todavía se inquietó más, aunque se esforzó en disimularlo.

—¿Por qué has tenido que ir tú a urgencias, cielo? Estoy seguro de que hay más médicos en el hospital.

—En urgencias estaban desbordados y en ginecología lo teníamos todo controlado.

No era habitual que Emma le contase las cosas de esa manera, sin decir nada, solo lo hacía cuando... ¡Mierda! Guillermo de pronto lo comprendió todo.

—Tu padre estaba en el hospital. Él les ha pedido que te llamasen.

Emma levantó el vaso para beber.

—Ha dicho que quería mi opinión...

—¡Y una mierda!

—Es mi padre —Emma se puso a la defensiva.

—Y siempre que él o tu madre se entrometen en tu vida te hacen daño.

—No ha sido para tanto. Solo le he visto diez minutos. —Emma volvió a comer.

Guillermo enarcó una ceja y esperó; sabía que ella no había terminado de hablar.

—Me he quedado en urgencias el tiempo necesario y, cuando ha llegado uno de los médicos del nuevo turno, me he ido sin despedirme de mi padre. Me había dejado una nota invitándonos, ordenándonos, mejor dicho, que fuésemos a cenar con ellos mañana.

Emma dejó el tenedor y alargó una mano. Guillermo colocó la suya encima en un intento de protegerla. Estaba convencido de que, a pesar de que afirmaba lo contrario, a Emma aún le dolía la relación que tenía con sus padres.

—Si quieres, vamos.

—Gracias. —Ella giró la palma de la mano hacia arriba para entrelazar los dedos con los de él—. Sé que lo harías por mí, pero no quiero ir. Estoy bien. Confía en mí, ¿de acuerdo?

—De acuerdo.

Entonces ella sonrió, tal vez la primera sonrisa sincera que le regalaba esa noche, y Guillermo respiró un poco mejor.

—Pues dejemos de hablar de ellos y acabemos de cenar, que esto nos ha quedado buenísimo.

# 2

Guillermo se despertó antes de que sonara el despertador, apenas había pegado ojo durante la noche; se la había pasado casi entera mirando a Emma como si así, mientras ella estaba dormida, pudiera entrar dentro de su cabeza y de su corazón y averiguar qué le pasaba.

Se habían acostado temprano. Ella se había quedado dormida en el sofá mientras él recogía la cocina y, aunque había rechistado (de un modo muy poco convincente, la verdad), Guillermo la había llevado en brazos a la cama.

—Deja que te lleve —le pidió él dándole un beso en la frente.

—Está bien, pero puedo cuidarme sola.

—Lo sé, créeme.

Emma no había contestado nada más; una prueba más de lo exhausta que estaba, porque siempre que él hacía uno de esos comentarios ella se ponía a la defensiva. No le gustaba que fuera tan rencoroso y que todavía le echase en cara, aunque solo fuera con esos comentarios, lo que había sucedido años atrás en Nueva York. Guillermo sabía que era absurdo y no le gustaba reconocer que aún le escocía, pero no podía negarlo.

Salió de la cama con cuidado. Con un suspiro apartó a Emma de su lado, pues se había pasado la noche ahí acurrucada, con una mano justo encima del corazón de Guillermo. Le apartó el pelo de la cara y la besó en la mejilla y en la punta de la nariz antes de ir a ducharse. Emma ni se inmutó y él se maldijo por tener una reunión a primera hora y no poder esconderse del mundo bajo las sábanas junto a ella.

Después de vestirse sin hacer ruido, salió a la cocina, donde preparó café, y tras tomarse una taza y dejar una nota junto a la cafetera, se fue al trabajo.

Iba tan concentrado en sus cosas que, cuando entró, no vio a su hermana Martina detrás del ordenador de la pequeña recepción.

—¿Te pasa algo, Guillermo? —Martina lo miró intrigada—. ¿Le pasa algo a Emma?

Hacía tiempo que la relación entre Martina y él había cambiado, pero a Guillermo todavía le costaba asumir que la benjamina de la familia también pudiera leerle la mente.

—No. ¿Por qué lo preguntas?

Martina se limitó a enarcar una ceja y él fingió no darse cuenta y se dirigió a su despacho. De camino le lanzó una pregunta para ver si así lograba despistarla y cambiar de tema.

—¿Qué estás haciendo aquí?

—¡Oh! A ti definitivamente te pasa algo. —Martina lo siguió—. Tú me pediste que hoy estuviera aquí y tú, señor controlador, nunca te olvidas de nada. Ayer ya lo sospeché, cuando no me mandaste tu típico mensaje recordatorio.

—Yo no mando mensajes recordatorios.

—Sí que lo haces. Disimulas un poco, preguntas algo más para disimular, pero en el fondo me mandas un mensaje para recordarme que tengo que pasar por aquí a hacer de superasistente.

—No haces de superasistente.

—Mamá dice que hago de salvavidas. ¿Te gusta más?

Guillermo dejó la bolsa donde llevaba el ordenador portátil encima de su mesa y frustrado se pasó las manos por la cara.

—No lo sé.

—Eh, ¿qué te pasa? —Las pulseras de Martina tintinearon cuando levantó el brazo para colocar una mano en el brazo de su hermano mayor.

Ofrecían una imagen algo cómica; él tan alto, vestido con vaqueros y camiseta negra (tenía la camisa que iba a ponerse para la reunión colgada en el armario) y ella pequeña y con aspecto de haberse escapado de un cuento de hadas. Guillermo a menudo se preguntaba si su relación con su hermana pequeña había cambiado a mejor tanto en los últimos años porque había algo en ella que le recordaba a Emma.

—Nada —recapacitó y decidió sincerarse—: Estoy preocupado por Emma, le pasa algo.

Martina lo miró como si ella fuera la mayor y él un mero niñato. Últimamente su hermana tenía los ojos tristes.

—¿Se lo has preguntado?

—Claro que se lo he preguntado.

—Pero ¿se lo has preguntado bien o de esa manera que preguntas tú las cosas?

—¿Cómo pregunto yo las cosas?

—Como si dieses por hecho que los demás vamos a contestarte.

—Ese es el funcionamiento normal de las preguntas, Martina. Uno la formula y el otro responde.

—No seas cretino. Una cosa es querer saber la respuesta y la otra es exigirla. Es distinto.

Guillermo se quedó pensando y Martina se apartó y fue a abrir el armario donde estaba la camisa.

—Tal vez tengas razón —concedió él.

—Soy una chica muy sabia —le respondió con una sonrisa y le dio la camisa—. Vamos, póntela. Tienes que convencer a esos inversores para que donen no sé cuántos miles de euros para una causa perdida.

—No es una causa perdida y fuiste tú la que me animó a hacerlo o, mejor dicho, no paró de perseguirme con sus discursos hasta convencerme.

—Es una buena idea.

—La mejor.

—Lo sé, ya te he dicho que soy muy sabia.

Él se abrochó el último botón de la camisa y Martina se dirigió hacia la puerta de la oficina.

—Martina, ¿tú estás bien?

Ella se detuvo y lo miró.

—Claro. No te preocupes por mí —le dijo, consiguiendo que Guillermo hiciera justo lo contrario—. Vamos a conseguir ese dinero para abrir el centro juvenil, ¿no es así?

—Por supuesto, pero no me refería a eso. ¿Todo va bien? ¿Sigues escribiendo?

—Nunca dejaré de hacerlo.

Guillermo comprendió entonces lo cierto que era eso que su hermana le había dicho antes sobre las respuestas.

—¿Y ese chico, Leo, ha reaparecido?

—Todo está bien, te lo aseguro. —Cerró los dedos alrededor del pomo de la puerta—. Voy a ponerme mi disfraz de superasistente.

—Así estás perfecta.

Martina sonrió.

—Gracias. Tú y Emma vais a estar bien, lo sé. Estoy segura. Habla con ella.

La reunión fue un éxito, pero después el día se convirtió en un séquito de llamadas y *e-mails* y Guillermo apenas tuvo tiempo de respirar. Por suerte para él, Martina pudo quedarse hasta tarde y entre los dos consiguieron salir victoriosos de casi todo.

—¿De verdad no puedo tentarte a que te quedes trabajando conmigo para siempre?

—De verdad. Me hace feliz poder ayudarte de vez en cuando, pero esto no es para mí. Vamos, vete a casa.

—¿Y tú adónde vas? Te acompaño.

—No hace falta. Mira, mis amigas están allí esperándome. —Señaló una bar con terraza que había en la esquina y dos chicas levantaron la mano saludándola.

—Está bien. Gracias, hermanita. —Se agachó y le dio un beso en la mejilla—. No te quedes hasta muy tarde.

—Eso, señor, no es de tu incumbencia. Dale un beso a Emma de mi parte.

—Lo haré. —Le guiñó un ojo.

—Todos los tíos sois iguales. Me voy antes de que pierda la buena opinión que tengo de ti.

Guillermo caminó a paso ligero, estaba cansado, tenía hambre y no había conseguido hablar con Emma en todo el día, pero hablar con Martina le había ayudado y las cosas habían salido bien en la oficina. Compró un ramo de tulipanes en una floristería que estaba a punto de cerrar y rebuscó en su mente el nombre de ese pequeño restaurante italiano de Gracia que tanto le gustaba a Emma. Tal vez tendría suerte y podría reservar una mesa para esa misma noche, sería estupendo. Era viernes, saldrían a cenar, se relajarían y él escucharía todo lo que Emma tuviera que contarle. Era un idiota, tendría que habérsele ocurrido antes.

Estaba sacando el móvil del bolsillo de los vaqueros cuando sonó y sonrió por la casualidad.

Hasta que descolgó.

—Guillermo, soy la doctora Figueroa. Tienes que venir al hospital, Emma...

No oyó nada más, empezó a correr.

Los tulipanes cayeron al suelo y algunos pétalos se esparcieron por la acera.

# 3

Maribel, una enfermera que trabajaba en ginecología con Emma y de la que esta se había hecho amiga los últimos años, le estaba esperando en urgencias. Llevaba el bolso de Emma colgado del brazo y estaba pálida, aun así, Guillermo se obligó a no anticipar nada.

—¿Dónde está? ¿De qué la están interviniendo de urgencia? ¿Qué ha pasado?

El corazón le latía tan rápido que cada palabra sonaba como un disparo en sus oídos.

—Todavía están en el quirófano, no tardarán en bajar. —Le colocó una mano en el antebrazo y lo guio hacia la zona donde estaban las habitaciones—. Yo tampoco sé nada. Hace días me comentó que tenía que hacerse unas pruebas y hoy se ha desmayado.

Guillermo no podía respirar.

—¿Qué pruebas? ¿Desmayado? Pero... ayer, esta mañana, estaba bien. —Guillermo no podía dejar de temblar—. Si hubiera sabido...

—No eres adivino. Además, le ha pasado en el mejor lugar posible. —Abrió una puerta y lo empujó hacia dentro—. Espera aquí, voy a ver si averiguo algo. No, no me acompañes. Serénate un poco, no serviría de nada que asustases a los médicos de la planta.

Aceptó la orden y el bolso de Emma y lo primero que hizo cuando Maribel lo dejó a solas fue ir al baño y vomitar. Lo que sentía iba más allá del miedo. Con el estómago vacío y aún revuelto, se incorporó y se echó agua helada en la cara.

—Tienes que tranquilizarte —le ordenó a su reflejo en el espejo—. Seguro que Emma solo está cansada. Ella no puede estar enferma. No puede.

Era lo único que se repetía y a pesar de que todo indicaba lo contrario, se negaba a plantearse la posibilidad de que Emma no le hubiese contado lo que le estaba pasando.

Se abrió la puerta de la habitación y Guillermo se precipitó hacia ella.

—Dicen que no tardarán en bajarla —le informó Maribel—. No sé nada más, voy a buscarte un zumo, estás muy pálido—. Y volvió a salir.

Guillermo habría salido tras ella, habría golpeado todas las puertas del pasillo de ese hospital y habría gritado a todos los médicos si con ello pudiese conseguir ver antes a Emma. Como sabía que no sería así, y no quería correr el riesgo de que lo echasen de allí, se sentó en la silla que había junto a la cama vacía y abrió sin pensar el bolso de Emma.

No buscaba nada en concreto, o quizá sí. Quizá buscaba una prueba de que todo iba a salir bien, quizá quería oler el perfume de Emma, o quizá necesitaba distraerse de alguna manera, la que fuera, para no volver a ceder al miedo que tenía de que a ella en verdad estuviera sucediéndole algo malo.

Lo primero que extrajo del bolso fue un paquete de chicles con sabor a sandía y otro con sabor a regaliz. Sonrió. Estaba seguro de que Emma era la única que combinaba ambos sabores. Los dejó caer de nuevo hacia el interior y tiró de lo que resultó ser un pañuelo. Se lo había comprado él en sus primeras vacaciones juntos y Emma alternaba llevándolo alrededor del pelo a modo de diadema o en el cuello como bufanda. Se lo acercó a la nariz y se imaginó que todavía detectaba el calor de la piel de Emma entre los hilos de algodón gastado. El pañuelo estaba descolorido por el paso del tiempo y por los lavados, pero, aunque él le había regalado muchos más, ella siempre decía que aquel era especial. Volvió a guardarlo en el bolso y valoró la posibilidad de subir a la planta donde estaban los quirófanos y exigir que le dijeran qué estaba pasando. Con los dedos tocó otro objeto que lo obligó a detenerse, lo extrajo y cuando la figurilla de King Kong lo saludó notó un horrible escozor en los ojos. Estaba siendo dramático, seguro que Emma lo reñiría en cuanto lo viera. Ofendido, lanzó el gorila de plástico al bolso y lo sustituyó por una hoja de papel con la que se había tropezado todas las veces que había metido la mano en el bolso.

Era un folio blanco doblado hasta formar un pequeño cuadrado. A juzgar por las dobleces, Emma lo había doblado y desdoblado con frecuencia, así que hizo lo mismo.

Era una lista.

Un golpe sordo abrió la puerta y apareció la espalda de un camillero. Guillermo se metió la lista en el bolsillo de los vaqueros y se puso en pie de un salto.

En la camilla estaba Emma aún dormida y la doctora Figueroa cerraba la comitiva a los pies de la cama.

—No te asustes —fue lo primero que le dijo la doctora al verlo—. Al final no es tan grave como creíamos.

¿Tan grave como creíamos? ¿Quiénes? ¿Desde cuándo?

Guillermo sacudió la cabeza y se colocó junto a Emma para darle la mano. Estaba algo pálida, pero tenía mejor temperatura que él, que estaba helado y seguía sudando.

—No es grave — repitió. Era lo único que había conseguido procesar y decidió que se aferraría a esa idea costara lo que costase.

—Tendríamos que haber hecho las pruebas antes, pero ya sabes cómo es Emma. —La doctora, ajena al terremoto de emociones que lo asaltaban, le siguió hablando—: Nunca le iba bien y me prometió que se las haría después de vuestra escapada a Florencia, que, por cierto, tendrá que esperar.

—No importa —balbuceó él—. ¿Ahora ya está bien?

—Primero tiene que recuperarse y tal vez, más adelante, tengamos que volver a intervenir. Vamos a hacer más pruebas para asegurarnos de que realmente no hay ningún otro foco, pero soy optimista. —Comprobó que las enfermeras, que habían entrado sin que se percatase Guillermo, lo habían dejado todo como quería y después volvió a dirigirse a él—. Tardará un rato en despertarse; yo volveré a pasar más tarde. Llama a Maribel si necesitas cualquier cosa, le he pedido que hoy se quede en esta planta y esté al tanto.

La doctora se detuvo junto a él y le puso una mano en el hombro.

—Guillermo.

—Eh, sí, disculpa. Lo siento.

La doctora sacudió la cabeza.

—No te disculpes, es normal que los dos estéis asustados, pero te aseguro que el caso de Emma es lo que yo considero buenas noticias. Se pondrá bien.

—Gracias.

—Os dejo solos.

En cuanto oyó el clic, Guillermo hundió la cabeza en la cama, apoyando la frente en la mano de Emma y apretó los dientes hasta que consiguió detener las lágrimas. No lo logró con todas. Pasados unos minutos, se incorporó y con la mano que no tenía entrelazada a la de Emma sacó la lista que había guardado antes en el bolsillo del pantalón y la desdobló.

«Si tengo que irme». Ese era el título y Guillermo notó el sabor de la bilis.

*Si tengo que irme*

*Guillermo*
*Decirle a Martina que no dude*
*Conseguir que Guillermo hable de verdad con Álex*
*Venecia*
*Guillermo*
*Conseguir que Raquel pase unos días en Barcelona*
*Guillermo*

*Adoptar un perro*

*Pintar la estantería de los libros de cocina*

*Guillermo*

*¿Lucía?*

—Más te vale que esta lista —se le rompió la voz— no sea lo que me imagino que es. Más te vale.

La arrugó furioso y la dejó encima de la mesilla que había al lado de la cama. Apretó los dedos de Emma una vez más y se incorporó un poco para poder darle un beso en la frente. Le temblaban las manos cuando le acarició el rostro y le apartó un mechón de pelo. Hasta ese momento se había negado a fijarse en los tubos que salían de su mano y la conectaban a esos monitores, y tampoco en que tenía la melena rojiza apartada hacia un lado porque en el otro estaba cubierto por una venda.

—Más te vale.

Cerró los ojos y fingió que no se daba cuenta de que estaba llorando.

# 4

Guillermo no apartó la mirada de Emma, tenía miedo incluso de parpadear por si justo en aquel instante ella hacía algo. Después del terror inicial, ahora tenía la mente en blanco, saturada por el miedo y lo único que lo mantenía cuerdo era notar el pulso de Emma bajo las yemas de sus dedos. Mientras su corazón siguiera latiendo, lo demás no importaba.

Notó que la mano de ella se tensaba y desvió la mirada hacia su rostro para ver cómo intentaba despertarse. Se incorporó para estar más cerca y le soltó la mano para acariciarle el rostro.

—Guille —fue lo primero que susurró ella.

—Estoy aquí. —Apenas podía hablar; el alivio le había robado la voz.

No le dio prisa, siguió sentado a su lado en la cama, acariciándole el rostro y negociando con cualquier dios que se le pasase por la cabeza, él que no creía en nada, para que ella se despertase.

Poco a poco Emma fue levantando los párpados y enfocando las pupilas hasta centrarlas en él y, cuando lo logró, los ojos se le llenaron de lágrimas.

—Lo siento —balbuceó.

Guillermo mandó a la mierda las precauciones que le habían dado antes las enfermeras y se inclinó encima de Emma para rodearla con los brazos y abrazarla con todas sus fuerzas.

—Eh... No digas eso. No pasa nada.

—Lo siento —repitió ella llorando.

—¡Joder, Emma! Basta. Por favor.

La apretó con cuidado y se esforzó por contener o al menos disimular los temblores que le recorrían el cuerpo.

Ella no dijo nada más, pero a Guillermo se le paró el corazón cuando Emma hundió el rostro en su torso y respiró profundamente, como hacía cuando estaba asustada.

Se apartó de ella despacio y, sin ocultar que también había llorado, le dio un suave beso en los labios antes de ayudarla a tumbarse mejor en la cama.

—Voy a ir a buscar a la doctora —le dijo porque de repente las paredes de esa habitación se cerraban encima de él y necesitaba salir de allí.

—Guille...

No, no podía quedarse ni un segundo más.

—Volveré con la doctora —mintió y salió.

En el pasillo, Guillermo no pudo dar ni un paso más. Tuvo que sentarse en una de las sillas que milagrosamente estaban allí y meter la cabeza entre las rodillas para ver si así conseguía respirar y no tener un infarto. Sentía tantas cosas y todas tan irrevocables, tan ciertas, que tal vez lo mejor sería que saliera corriendo. Él no estaba hecho para sentir de esa manera, tal vez había conseguido engañarse esos últimos años, pero visto estaba que no. Le temblaba el pulso, no podía pensar, y no estaba capacitado para enfrentarse a eso, a lo que fuera que acababa de sucederle mientras abrazaba a Emma.

—¿Puedo sentarme aquí?

Guillermo parpadeó confuso al oír la voz de su hermano Álex. Unas horas atrás, perdido en medio del miedo y de la confusión, y tras leer la lista de Emma, había llamado a su hermano Álex y le había contado dónde estaba. Antes de colgar le había exigido que no se lo contase nada a nadie y este había accedido, y en ningún momento le había dicho que se acercaría al hospital. Álex ni siquiera estaba en Barcelona cuando había hablado con él.

—Claro —accedió. Tal vez se lo estaba imaginando.

—He venido en el primer AVE —le explicó como si le hubiera leído la mente—. ¿Han vuelto a llevarse a Emma para hacerle más pruebas? ¿Sabes ya qué tiene?

—No, no se la han llevado. Está dentro, en la habitación.

Álex apoyó la espalda en la pared, parecía muy cansado y triste, y Guillermo se dio cuenta de que realmente hacía mucho que no hablaba con él y que no tenía ni idea de qué le estaba pasando. Y ahora mismo era incapaz de recordar por qué había discutido con él, qué era exactamente lo que les había distanciado.

—¿Sigue dormida?

—No.

—Entonces, ¿qué estás haciendo aquí fuera? ¿Por qué no estás dentro con ella?

Guillermo soltó el aliento.

—Tengo miedo —reconoció—. No sé qué decirle, no sé qué puedo hacer por ella y no sé... ¡Joder! No sé si puedo estar a la altura de lo que necesita.

Álex lo miró y Guillermo tuvo la certeza de que su hermano comprendía exactamente lo que estaba sintiendo.

—Por suerte para nosotros, lo único que necesitan las personas a las que amamos es que estemos a su lado. No seas cobarde y no... Mira, voy a ir a la cafetería a por una botella de agua, dos cafés y una de esas pastas horribles. Te lo tomarás y después entrarás en esa habitación y estarás con Emma. ¿Está claro?

—Pero y si...

—No, Guillermo. Nada de peros. Harás lo que te digo y punto. No voy a permitir que tú también la cagues. No tardaré y tú no te muevas de aquí. No entres en la habitación antes de que yo vuelva, serías capaz de decir alguna estupidez de la que te arrepentirías toda la vida.

Álex se puso en pie y se dirigió hacia el ascensor. Guillermo estaba tan aturdido que no tuvo más remedio que hacerle caso. Además, algo le decía que su hermano tenía razón.

Pocos minutos más tarde, fiel a su promesa, Álex reapareció con las provisiones.

—Cómetelo —le tendió un bollo con un aspecto horrible y Guillermo obedeció—. Y ahora bébete esto.

El café era malísimo, pero el calor le sentó bien y el azúcar empezó a hacerle efecto.

—Gracias —balbuceó a falta de algo más inteligente.

—De nada. —Álex volvió a sentarse y también bebió su café—. Es normal tener miedo, pero eso no significa que tengas que salir corriendo o que no estés preparado para hacerle frente. Tú quieres a Emma, ¿no es así?

—Pues claro que la quiero —respondió sincero—. Es el amor de mi vida.

Álex asintió y apartó la mirada.

—Entonces díselo y ve con ella. Dices que la doctora te ha dicho antes que el caso de Emma es lo que ella considera buenas noticias, así que, ¡joder!, alégrate de eso. Da igual que no te lo haya contado hasta ahora o que te haya mentido o lo que sea, cualquier problema que tengáis puede solucionarse si estáis juntos. Habla con ella, escucha sus razones y haz el jodido favor de no ponerte en plan autoritario o macho alfa. A veces creo que el complejo de hermano mayor se te ha subido a la cabeza.

Arrugó el vaso de cartón de la cafetería y se levantó para lanzarlo a la papelera.

—¿Qué estabas haciendo en Madrid? —le preguntó Guillermo, incapaz de reconocer en voz alta que el discurso de su hermano pequeño había acertado de pleno.

—Eso no importa ahora. Vamos, ve con Emma.

Guillermo se levantó y miró a Álex.

—Gracias por venir.

—De nada. No le diré nada ni a mamá ni a papá, pero llámame en cuanto sepas qué ha pasado o si necesitas algo.

—Lo haré, pero tú haz lo mismo, ¿de acuerdo? —Al ver la mirada confusa de Álex, añadió—: Llámame si necesitas algo.

—Lo haré —carraspeó—. Vamos, entra de una vez. Tengo que irme de aquí si quiero pillar el próximo AVE.

—¿Vuelves a Madrid? ¿Solo has venido a verme?

Álex se encogió de hombros.

—Claro.

Álex salió apresuradamente y Guillermo miró el reloj. Si no le fallaba la memoria, su hermano tenía apenas una hora para llegar a la estación de Sants y, por lo que había visto en su mirada, era de vital importancia que subiera a ese tren.

Lanzó su vaso y el resto del bollo industrial a la papelera y, decidido y avergonzado por lo que había estado a punto de hacer, entró de nuevo en la habitación.

Emma estaba despierta, tenía los ojos desencajados y apretaba nerviosa las manos en el regazo. La cama la engullía y a esa distancia las pecas que le cubrían el rostro eran como chispas de lumbre flotando en la leve oscuridad que aún dominaba en la habitación.

—Has vuelto —dijo ella.

—No tendría que haberme ido —reconoció él acercándose a ella y separándole las manos para que dejase de moverlas y porque quería tocarla—. Perdóname.

Ella apartó una para enjuagarse una lágrima.

—No pasa nada.

—Sí, sí que pasa. Lo siento. Me he asustado.

—Yo estoy muerta de miedo.

Guillermo la miró a los ojos.

—La doctora ha dicho que todo saldrá bien, que vas a recuperarte.

Emma sacudió la cabeza.

—Lo sé.

—¿Entonces?

—Tengo miedo de que se haya equivocado. Tengo miedo de que todo esto sea una pesadilla y de que la realidad sea aún peor. Tengo miedo de haberte perdido por no haberte contado nada de esto antes. Tengo miedo de...

—Para, cielo. Para. —Se sentó en la cama a su lado y le acarició el rostro—. A mí nunca vas a perderme, ¿entendido? La única manera de que yo saliera de tu vida sería si tú me lo pidieras y me temo que aun así intentaría convencerte de lo contrario. No voy a irme a ninguna parte y... —se le hizo un nudo en la garganta— y tú tampoco.

—¿De verdad?

—De verdad. —Él alargó una mano hacia la mesilla de noche y buscó la hoja de papel arrugado—. ¿Puedes contarme qué es esto? Por favor.

Emma cerró los ojos un segundo y un par de lágrimas resbalaron por las mejillas. Cuando volvió a abrirlos empezó a hablar.

—Hace unos meses, en mi última revisión me hicieron un análisis. Los resultados fueron confusos y la doctora pidió repetirlos. Aquel día no te dije nada porque me olvidé y lo cierto es que no le di ninguna importancia. Pero al cabo de una semana, cuando llegaron los resultados de la segunda analítica y fui a la consulta me encontré allí con la doctora Figueroa. Me dijo que había unos marcadores que no le gustaban, mi abuela tuvo cáncer y al tener antecedentes familiares quería estar segura. Me hizo una serie de preguntas y lo que más le preocupó fue...

—El cansancio y los dolores de cabeza —adivinó Guillermo.

—Exacto. Me dijo que quería hacerme más pruebas, un escáner y otros análisis; que en cuanto supiéramos a qué atenernos podríamos tomar la decisión adecuada y yo... me asusté.

—No tenías por qué pasar por esto tú sola, Emma. Me tienes a mí.

No fue capaz de decirle lo mucho que le dolía que no hubiese contado con él.

—Lo sé. Sé que no vas a creerme, que parece justo lo contrario, pero sé que estás siempre a mi lado.

—Y, sin embargo, no me lo dijiste.

—Todo el mundo cuenta siempre contigo, Guillermo, y tú, tú no te das cuenta, pero llevas el peso de demasiada gente encima.

—A mí solo me importas tú.

—No es verdad y por eso eres tú, por eso te quiero tanto. No quería que te preocuparas por mí y... —le colocó una mano en los labios para detenerlo— y la verdad es que creía que si no te lo contaba no sería real. Sabía que el día que te hablase de los análisis, de las pruebas, de todo esto, te pondrías en plan protector y que lo dejarías todo por mí. Y entonces los dos tendríamos que hacer frente a esto y... Fui una estúpida y una cobarde. Quería seguir fingiendo que no me pasaba nada.

Guillermo se quedó mirándola, respiró hondo para calmar los latidos de su corazón y con una mano apartó la que ella tenía silenciándolo.

—Voy a preguntarte una cosa y quiero que me respondas la verdad. Si yo estuviera enfermo, ¿tú qué harías? ¿Querrías estar a mi lado?

—No es lo mismo.

—¿Cómo que no es lo mismo?

—Yo solo te tengo a ti, bueno, y quizá a Raquel. Pero tú, tú tienes a tanta gente que te necesita, que te cuenta sus problemas, que no quería...

A Guillermo solo se le ocurrió hacer una cosa: eliminó la distancia que los separaba y la besó. Fue un beso corto y algo violento porque él todavía estaba enfadado y asustado, pero también lleno de «Te quiero» y de «No puedo y no voy a vivir sin ti».

—Te quiero, Emma. Tú no estás en la misma categoría que los demás. Tú eres tú y sin ti el resto carece de sentido. Creía que lo sabías.

—Lo sé.

Guillermo se apartó y recuperó el tema.

—¿Qué ha pasado hoy?

—El quiste que tenía en la cabeza ha presionado lo que no debería y ha producido un leve derrame. Por suerte la doctora Figueroa estaba trabajando y la han llamado. —Emma lo contó rápido, como si necesitara quitarse el peso de encima—. Ha decidido intervenir porque no quería correr el riesgo de que se produjera un mayor daño cerebral.

—Derrame cerebral. ¡Dios mío, Emma! Podrías haber muerto.

—Estoy aquí.

—Podrías haber muerto y yo… —Guillermo desvió la vista hacia el papel—. Háblame de la lista. ¿Qué se supone que significa?

# 5

Guillermo fue a casa a buscar algo de ropa para él y para Emma. Cuando salió a la calle tardó unos segundos en comprender que el mundo había seguido girando con normalidad mientras él estaba en el hospital. La doctora Figueroa había pasado a ver a Emma y le había contado con más detalles lo que Emma ya le había dicho. Él había fingido ya estar al corriente porque no creía que la buena doctora tuviera que saber esa parte. Después, Emma le había hablado de la lista.

No era una lista de despedida, le había asegurado, no exactamente. Él no acababa de creérselo y aún sentía como si Emma, la persona a la que él quería más que nada en este mundo, le hubiese pisoteado el corazón. Una parte de él podía entenderla, podía entender que hubiese actuado de esa manera, pero otra estaba dolida por no haber podido estar a su lado esos días. Le quemaban las entrañas solo con pensar lo asustada que había estado Emma sin que él lo supiera o pudiera hacer nada para ayudarla.

La lista, le había dicho Emma, era una especie de recordatorio de lo que era importante y solo la había escrito para que no se le olvidase lo que de verdad necesitaba. Él no había reaccionado especialmente bien a ese comentario. Al final ella había bostezado y él se había sentido como un completo cretino y como un monstruo egoísta por estar allí ofendido por lo que había pasado mientras ella acababa de salir de una cirugía. Podían hablar de eso más adelante, cuando estuviera recuperada, le había asegurado cuando ella había insistido en seguir discutiendo lo que había pasado, pero él no había cedido y tras darle un beso, que al parecer fue lo único que sirvió para convencer a Emma de que ellos dos estaban bien, ella había vuelto a acostarse.

No tardó demasiado, entró en casa y preparó la bolsa con lo indispensable. Canceló las reuniones que tenía la semana siguiente, pues no sabía cuándo le darían el alta a Emma, la doctora había evitado concretar, pero no quería separarse de ella y no tenía cabeza para ello. Llamó a su madre y la puso al corriente de todo; obviamente Elizabeth se ofreció a ir al hospital y a ayudar en lo que hiciera falta. Guillermo le dio las gracias y le dijo que de momento no hacía falta, además, preferían estar solos hasta que estuvieran las cosas más claras.

—Esto no es culpa tuya. ¿Me oyes, Guillermo?

—No he dicho que lo fuera.

—Soy tu madre y sé que lo estás pensando. Estás pensando que es culpa tuya o que tendrías que haberte dado cuenta o que lo has causado con tu mal presagio.

Guillermo pensaba todo eso.

—No es verdad.

—Deja de pensarlo —le insistió su madre—, acaba de meter lo que necesitas en la bolsa y vuelve al hospital. Y llámanos para mantenernos al día. Ni tú ni Emma tenéis que hacerlo todo solos.

—Lo haré, mamá. Gracias.

De camino al hospital llamó a Martina, que contestó a la primera.

—Mamá me lo ha contado. ¿Emma está bien?

—Tiene que recuperarse.

—¿Y tú?

—¿Yo?

—¿Estás bien?

Guillermo tuvo que tragar saliva antes de contestar.

—Ahora lo importante es Emma. —Aunque no la vio, se imaginó a su hermana poniendo los ojos en blanco—. No, no estoy bien. Estoy asustado, ¿vale?

—Vale. Ahora dime qué puedo hacer para ayudarte.

Guillermo soltó un bufido entre una carcajada, un ataque de tos y un intento de disimular que le escocían los ojos.

—Ya he anulado mis reuniones, pero ¿puedes pasar por la oficina el lunes y asegurarte de que no me he olvidado nada?

—Iré cada mañana, no te preocupes.

—Gracias, Martina.

—De nada, hermanito. Cuida de Emma y avisa si podemos ir a verla o hacer algo.

—Es raro —dijo él entre sorprendido y confuso.

—¿El qué?

—Ser el que tiene que pedir ayuda.

—¡Oh, vamos! Ya iba siendo hora de que nos necesitases tú a nosotros para variar, Guille. Te quiero, cuelga de una vez y ve con Emma.

Una semana más tarde le dieron el alta a Emma. Los resultados de la muestra eran buenos, no había células cancerígenas y aunque tendría que hacerse análisis de nuevo en unos meses para asegurarse de que seguía así, por ahora podía estar tranquila. Todavía tardaría unos días en recuperarse de la intervención, los dolores de cabeza irían aminorando poco a poco y la sensación de cansancio desaparecería. Lo único que tenía que hacer era tomárselo con calma y hacer caso de las instrucciones de la doctora.

No era tan fácil como parecía.

—¿Y si nos quedamos unos días más? —sugirió Guillermo mientras la doctora les daba las últimas directrices.

Las dos mujeres se miraron.

—¿Aquí, en el hospital? —especificó la doctora.

—Claro, aquí. Así si sucede algo...

Las cejas de la doctora sobresalieron de las gafas que llevaba.

—Marisa, ¿puedes dejarme a solas con Guillermo, por favor? —le pidió Emma.

—Por supuesto. Estaré fuera firmando el alta.

Emma palmeó la cama donde estaba sentada para que Guillermo hiciera lo mismo a su lado. No habló hasta oír que se cerraba la puerta de la habitación.

—No podemos quedarnos aquí para siempre.

—Todavía tienes ojeras y estás… —Guillermo suspiró cuando ella le sujetó una mano y se acercó a él para besarlo en la mejilla—. ¿Y si vuelve a sucederte algo así y estás en casa? ¿Y si…?

—No puedes controlarlo todo, Guille, y yo tampoco. Además, echo de menos nuestra vida. Nos echo de menos a nosotros.

—Yo… —Guillermo carraspeó y metió una mano en el bolsillo—. Mira esta lista. La escribiste tú.

No habían vuelto a hablar del tema desde esa primera madrugada.

—Lo sé.

—Se supone que esto es lo que querías hacer antes de morir. No, no intentes convencerme de lo contrario, sabes que es así. Hubo un día, quizá solo fue una hora o un minuto, en el que creíste que estabas muy enferma y podías morir y que decidiste escribir esta lista y no contarme nada. ¿Qué se suponía que tenía que hacer yo después, eh? Dímelo. ¿Qué ibas a hacer? Ibas a tachar cada punto de tu lista, igual que cuando nos conocimos, y después desaparecer, pero esta vez para siempre. ¿Y yo? ¿Cómo crees que estaría? —La miró a los ojos—. ¿De verdad crees que puedo vivir sin ti, que me quedarían ganas de hacerlo? La respuesta es no, Emma. No.

—Lo siento. Tenía miedo y me asusté.

Él se agachó para besarla, tampoco había vuelto a hacerlo desde el primer día. Le sujetó el rostro, esquivando la cicatriz con cuidado y dejó que sus labios acariciaran los suyos.

—Lo sé y odio que estuvieras sola y asustada, aunque solo fueran unos días. Y no lo digo porque no crea que puedas con ello o que me necesites para superar nada. Lo digo porque quiero compartirlo todo contigo.

—Y yo contigo. Te quiero, Guille.

—Y yo a ti. Si quieres hacer listas, las hacemos juntos a partir de ahora, ¿de acuerdo?

Ella sonrió y lo besó.

—Y nada de poner nombres de mujeres o de hombres en ellas. ¿Qué se supone que querías hacer? ¿Buscarte una sustituta? —Vio que ella se sonrojaba—. Mira, no, mejor no contestes. ¿De verdad crees que estás bien para salir del hospital?

—De verdad lo creo.

—Tardaré un poco en dejar de tener miedo —confesó él.

—Y yo, pero tenemos que irnos de aquí. Estoy bien, no volveré a dejar que se me pasen las citas de ninguna revisión y haré todo lo que me ha dicho Marisa. Y no volveré a ocultarte nada y las únicas listas que haré sola serán las de sorpresas para ti.

—Y yo prometo hablar contigo y no ponerme en plan protector sin decirte nada.

—Todo saldrá bien, Guille. Ya lo verás.

—Está bien, salgamos de aquí.

# 6

*Un mes después de salir del hospital*

La lluvia pilló a Guillermo en la zona olímpica. Otra vez. Había vuelto a hacer caso omiso de la previsión del tiempo y volvía a llegar a casa empapado y exhausto. Lanzó las llaves encima de la cómoda y se desnudó tan rápido como pudo para ponerse bajo el chorro de agua caliente cuanto antes. No quería resfriarse, no por él, eso no le importaba demasiado, sino porque no quería correr el riesgo de contagiar a Emma. Ella insistía en que ya se había recuperado del todo y, aunque la doctora Figueroa decía exactamente lo mismo y Emma ya tenía el alta y había vuelto al trabajo, él no quería correr ningún riesgo. Nunca olvidaría el terror que sintió cuando la vio en esa cama de hospital.

Agachó la cabeza y dejó que el agua le golpease la nuca. Apoyó las manos en las baldosas que tenía delante e intentó dejar la mente en blanco. El mal presagio que lo había asediado meses atrás había desaparecido, Emma estaba mejor y ellos dos... Oyó que se abría la mampara de la ducha un segundo antes de notar la mano de Emma en su espalda.

No, eso sí que no.

—¿Qué estás haciendo aquí? —le preguntó sin darse media vuelta. Existía la posibilidad de que estuviera imaginándosela, no sería la primera vez que le sucedía algo así.

—No sé —respondió ella depositando un suave beso en su columna vertebral, rozándole la piel desnuda y mojada de la espalda con la suya—. ¿Jugar al parchís? ¿Qué crees que estoy haciendo aquí, Guillermo?

—No me hagas esto, Emma. Por favor, todavía es... ¡Joder! —Se mordió el labio inferior cuando ella se pegó a su espalda y deslizó las manos mojadas hacia el torso de él al mismo tiempo que seguía dándole besos y leves mordiscos—. Tienes que salir de aquí.

—No, yo no tengo que hacer nada. Tú tienes que escucharme. —Bajó las manos por el torso, pero él reaccionó a tiempo y con una de las suyas capturó las muñecas antes de que pudiera llegar adonde se dirigía.

—Emma, cielo —farfulló sin poder disimular el efecto que le causaba la cercanía de ella.

—Dime.

A él se le escapó una risa ronca y dolorida.

—Sal de la ducha.

Ella le lamió la espalda antes de contestar.

—No.

—Todavía no...

—Si vas a decir que todavía no estoy recuperada para hacer esto, te morderé en una parte donde no te va a gustar, créeme. ¿Qué te pasa, Guillermo? Apenas me tocas —a él se le aceleró más la respiración— y me besas como si tuviéramos doce años. —Guillermo apoyó la frente en la pared que tenía delante—. Y si me acerco demasiado a ti en la cama, pegas un salto y sales de debajo de las sábanas con la excusa de ir al baño o a beber un vaso de agua. —A Emma se le rompió la voz y se apartó un poco—. ¿Qué pasa? —Tragó saliva—. ¿Acaso me ves como una enferma a la que ya no puedes dese...

Guillermo se giró tan rápido y la levantó en brazos con tanta fuerza que a Emma se le nubló un poco la mente. Él había girado las tornas y ahora ella estaba pegada a la pared con las piernas alrededor de la cintura de él.

—Mírame y dime otra vez que te veo como una enferma a la que no puedo desear —dijo él entre atónito y enfadado.

—¿Pues por qué...?

—Salgo de la cama porque tengo miedo de lanzarme encima de ti y hacerte daño, y te beso como un adolescente idiota porque si te beso de verdad sé que perderé el control. —Para demostrarle que decía la verdad no disimuló lo excitado que estaba—. Claro que te deseo; creo que me volveré loco de lo que te necesito.

—Yo a ti también.

Él los había colocado de tal manera que él agua solo le golpeaba a él y además tenía una mano detrás de la cabeza de ella para asegurarse de que no se hiciera daño.

—Pero cada vez que cierro los ojos —siguió Guillermo—, te veo en esa cama de hospital y se me hiela la sangre. ¡Joder, Emma! Moriría si te hiciera daño de alguna manera y tengo miedo de...

—Eh... Para. Para. —Ella le acarició el rostro desencajado. El miedo de Guillermo le desbordaba las pupilas—. Estoy aquí y estoy bien. Todo está bien. Y si algún día deja de estarlo, estaremos juntos.

—Yo...

Realmente Guillermo era incapaz de decir nada, de pensar nada. Tenía a Emma desnuda en sus brazos. Ella le había besado y acariciado y su cuerpo y su corazón la echaban demasiado de menos.

Ella debió de entender lo que le estaba pasando porque por fin se dibujó en su rostro una sonrisa y acercó la cabeza a la de él para besarlo. El beso empezó despacio, suave, pero en cuanto sus lenguas se rozaron y ella deslizó una mano por la nuca de él, Guillermo perdió realmente el control. No dijo nada; él, que solía decirle cosas bonitas o sexis siempre que estaban juntos, no podía hablar. Fue como si por fin pudiera derrotar el miedo que lo había hecho prisionero aquel día en el hospital y la única vía de escape que necesitara fuera ella. Estar con ella, dentro de ella, notar que Emma lo rodeaba con sus brazos y sus besos y sus caricias.

No dejó de besarla, de tocarla, de moverse dentro de ella hasta que los dos se olvidaron de todo excepto de ellos.

Al terminar, Guillermo la depositó con cuidado en el suelo de la ducha y también en silencio le enjabonó el pelo y el resto del cuerpo. La observaba como si fuera un milagro y para él lo era, aunque en ese instante fuera imposible decírselo. Después de enjabonarse él y de asegurarse de nuevo de que ella estaba bien, cerró el grifo y fue a por unas toallas.

—Espera aquí —le pidió con la voz muy ronca.

Emma asintió y le sonrió, y se puso de puntillas para darle un beso en los labios antes de que saliera de la ducha.

Unos segundos más tarde, la mampara volvió a abrirse y Guillermo envolvió a Emma con una toalla y volvió a levantarla en brazos para llevarla a la cama, donde procedió a besarla de nuevo y a hacerle el amor con una ternura que tal vez fue incluso más demoledora que la intensidad y voracidad de la ducha.

Después, horas más tarde, Guillermo la rodeó con los brazos y los metió a ambos bajo las sábanas. Emma creía que iba a dormirse, pero la voz de él la despertó.

—Sé que no estás hecha de cristal y que no vas a romperte. Me temo que el que tiene miedo de romperse soy yo. Nunca había pasado tanto miedo, Emma.

Ella se giró y lo miró a los ojos.

—Yo tampoco.

Él soltó el aliento y tiró de ella para besarla.

—Te quiero. Te quiero tanto...

—Y yo a ti.

—Siento haber estado distante estos días. Gracias por hacerme entrar en razón —reconoció él al fin, y lo dijo tan serio y tan solemne que a Emma se le escapó una carcajada.

—De nada. Ha sido un placer.

Entonces Guillermo se rio y a Emma le dio un vuelco el corazón. Ahí estaba, ahí estaba el chico que la había conquistado años atrás y del que se había enamorado sin remedio. Había sido una tonta por no contarle lo que le estaba pasando, por protegerlo cuando en realidad lo que más necesitaba era tenerlo a su lado.

Lo besó porque no pudo no hacerlo y cuando se apartó lo miró a los ojos.

—Eres lo mejor que me ha pasado en la vida, Guillermo Martí.

—Ven aquí. —Tiró de ella y siguió besándola—. ¿Basta de listas?

—Basta de listas.

*Florencia, unos meses más tarde*

La ciudad era tan bonita como decían. Martina les había pasado un itinerario, pero Emma y Guillermo se lo saltaban a menudo. Habían decidido quedarse dos semanas en esa zona de Italia y descubrir no solo la ciudad, sino también los preciosos pueblos de los alrededores, y habían alquilado un coche pequeño para moverse tranquilos, aunque Guillermo se arrepentía de no haberse decidido por una moto.

Se habían pasado el día en un pueblo con una preciosa playa, habían tomado el sol y habían comido en un viejo restaurante. Guillermo estaba convencido de que nunca había sido tan feliz en su vida y de que nunca había visto a Emma tan tranquila y radiante. Estaba convencido de que nunca la había visto sonreír tantas veces y se prometió a sí mismo que se esforzaría para que a partir de ese momento esa fuera la constante en sus vidas. Sonreír y besarse cada vez que les apetecía; lo que solía ser siempre, vaya.

De regreso al hotel, una antigua casa toscana en las afueras de la ciudad, Emma se quedó dormida en el coche y Guillermo tuvo que hacer verdaderos esfuerzos por mantener la vista fija en la carretera y no en las piernas bronceadas de su preciosa acompañante. Él no lo había creído posible, pero cada día que pasaba la quería más; era como si Emma tuviera el poder de hacerle crecer el corazón y al mismo tiempo ir conquistando cualquier espacio que creaba.

A Guillermo no le importaba, de hecho, ella bien podía quedarse con todo.

La despertó al llegar al hotel y la sonrisa que ella le regaló nada más abrir los ojos consiguió que se le acelerase el pulso.

—Hemos llegado. ¿Estás cansada?

—No —ensanchó la sonrisa—. Estoy feliz. Son las mejores vacaciones de mi vida. —Se desperezó mientras lo afirmaba—. ¿Tenemos planes para esta noche?

Él bajó del coche para ocuparse de las bolsas que se habían llevado a la playa.

—No. Haremos lo que tú quieras.

—¿Estás seguro de que confías en mí, señor organizado? —bromeó ella.

—Segurísimo.

—De acuerdo. Pues tengo una idea.

Guillermo la siguió hacia el interior del hotel igual que la habría seguido a cualquier lugar del mundo. Y cuando la idea de Emma consistió en desnudarlo y recorrerle el cuerpo a besos, volvió a dar gracias al destino por haberse cruzado con ella en ese avión.

Más tarde fueron a cenar a un restaurante que les recomendó la propietaria del hotel y se pasaron el rato haciendo planes para el día siguiente. Esa zona les estaba gustando tanto que incluso bromearon acerca de que si algún día les tocaba la lotería no les importaría comprarse allí una casa.

—A mí no me tocará jamás —afirmó él terminándose la cerveza italiana que bebía—. Ya he tenido demasiada suerte en la vida.

—Adulador —se burló ella, aunque se sonrojó.

—Es un hecho.

—Vale, lo que tú digas. Entonces supongo que a mí tampoco me tocará. Da igual. Tú eres mucho mejor que una casa en la Toscana.

—Gracias.

Estaba amaneciendo cuando Guillermo se despertó y le sorprendió no encontrar a Emma en la cama. Se sentó apresuradamente y lo único que consiguió que no se le desbocara el corazón fue que oyó ruido en el baño.

—Emma, cielo, ¿estás bien?

—Sí, enseguida salgo.

Guillermo no encendió las luces de la habitación. Las cortinas de lino no detenían la luz del alba y pudo ver perfectamente la silueta de Emma saliendo del baño.

—¿Estás bien? —repitió.

Él se esforzaba por no ceder al pánico de los meses anteriores y podía afirmar que, después de lo que había sucedido, había aprendido a confiar plenamente en Emma. Si ella le decía que estaba bien, estaba bien.

—Muy bien.

Pero había algo en la mirada de ella que le inquietó.

—Entonces, ¿por qué me miras así?

Emma se sentó en la cama a su lado, cruzó las piernas como una india y sonrió nerviosa. Guillermo empezó a sudar.

—¿Te acuerdas de la conversación de anoche, cuando hablamos de que los dos ya habíamos tenido demasiada suerte?

—Claro que me acuerdo.

—¿Qué me dirías si te digo que vamos a necesitar un poco más?

Él respiró hondo y se esforzó por controlar los latidos de su corazón.

—Te diría que no sé de qué me estás hablando y que estoy a punto de tener un infarto. ¿Estás bien? ¿Tienes que repetirte algunos análisis? ¿Te ha llamado la doctora Figueroa?

Emma sacudió la cabeza y sacó algo que hasta entonces había tenido oculto detrás de la espalda.

—Estoy embarazada. Vamos a...

No pudo terminar la frase. Guillermo la levantó en brazos y la besó.

—¡Dios mío! ¿Estás segura? —le preguntó sujetándole la cabeza con las manos y volvió a besarla en cuanto ella asintió—. ¡Oh, lo siento! Perdona, soy un bruto.

—Vuelve a besarme.

Guillermo no pudo contener las ganas de hacerlo y obedeció. Después, cuando se calmó un poco y fue capaz de soltarla, empezó a hacerle preguntas.

—¿Cómo es posible? ¿Desde cuándo lo sabes?

—Eh... Ve más despacio. —Sonrió y se acurrucó en los brazos de él—. Ya sabes cómo es posible, eso no hace falta que te lo explique. Y menos cuando parecemos incapaces de estar juntos sin quitarnos la ropa y lanzarnos el uno encima del otro. —Notó que él se excitaba debajo de ella y sonrió.

—No me hagas caso —le pidió él algo sonrojado—, pero no pienso pedir perdón por desearte tanto.

—Yo tampoco, y que conste que no tengo ninguna queja.

—No me desconcentres, sigue con lo que me estabas contando, porque al parecer saber que estás embarazada me parece lo más sexi que me has dicho nunca. —Apoyó la frente en lo alto de su cabeza y la besó.

—Después de la intervención dejé de tomar pastillas.

—Me acuerdo.

—Y tú y yo decidimos que no tomaríamos ninguna medida anticonceptiva. Por no mencionar todo ese tiempo que estuviste evitándome.

—No me lo recuerdes.

—Hace un par de días empecé a sospecharlo —siguió ella—, y cuando te llamó Martina y estuviste hablando con ella fui a la farmacia.

—Te vi, compraste pastillas para el mareo y crema solar.

—Y un test de embarazo. ¿Estás contento?

—¿Contento? «Contento» me parece una palabra demasiado pequeña para describir lo que estoy sintiendo. Feliz. Eufórico. Asustado.

Emma echó la cabeza hacia atrás para que él la besara.

—Vamos a tener que hacer una lista —le dijo al apartarse.

—¿Una lista? No, quedamos en que no haríamos más listas.

—Esta podemos hacerla juntos. —Emma se giró entre los brazos de él para quedar sentada frente a frente—. Una lista de los nombres que nos gustan.

Guillermo sonrió y se inclinó hacia delante para besarla, aunque antes le contestó:

—Está bien. Haremos esa lista juntos.

# NOTA DE LA AUTORA

*A fuego lento* se publicó por primera vez en el año 2009 y es la segunda entrega de la serie de los hermanos Martí. Una serie de cinco novelas independientes con protagonistas que son hermanos. La novela que ahora tienes en las manos es idéntica a la que se publicó entonces, exceptuando los cambios a los que nos ha obligado la Real Academia Española, como no acentuar «solo» y algunas otras correcciones por el estilo.

La única diferencia importante entre esta novela y su primera versión son los capítulos inéditos que has leído al final, que no la cambian en absoluto, pero añaden una capa más porque a todos nos gusta saber qué hacen los protagonistas de las novelas que leemos después de llegar al final. Al menos a mí sí, y la verdad es que quería escribirlo.

Quería escribir un poco más sobre Guillermo y Emma porque este año se reeditan todas las novelas de los hermanos Martí (*Nadie como tú, A fuego lento, Dulce locura, Hotel California*) y se publica la última, la novela sobre Martina, con el título *No hay manera.* Además, confieso que Guillermo siempre ha sido y será uno de mis protagonistas favoritos.

Una anécdota, ahora que estamos aquí solas: cuando publiqué la novela por primera vez, en una entrevista en un periódico barcelonés me preguntaron por qué había decidido que fuese el protagonista masculino y no el femenino el que se enamorara primero. Me quedé atónita.

Al parecer, para el periodista, ese enfoque era toda una revolución. Le contesté que de eso trataba la novela romántica: de revolucionar el mundo, de defender que las emociones son iguales para todos, y creo que entre todas, lectoras y escritoras, estamos demostrando lo equivocados que estaban (y algunos lo están todavía, lamentablemente) con nosotras. Gracias por formar parte de este grupo revolucionario.

Si has conocido a los Martí con *A fuego lento*, ojalá te haya gustado tanto que quieras leer las historias del resto de hermanos, que pueden leerse en el orden que quieras. Y si ya los conocías, deseo de corazón que este reencuentro te haya gustado y que quieras leer también la novela sobre Martina. Escribir esta historia y poder revisitar las anteriores y crear unos capítulos inéditos ha sido para mí uno de los regalos más bonitos que me ha dado la vida.

No puedo cerrar esta nota sin dar las gracias a las lectoras y a los lectores que dieron una oportunidad a esta historia hace años. Gracias por leer y por confiar en las historias con alma y corazón.

Gracias a Titania y a su editora, Esther Sanz, por creer en esta novela y en mí; por cuidarla y mejorarla y por dar un nuevo hogar a los Martí. Estoy convencida de que se sentirán como en casa.

Otra anécdota, la última: cuando publiqué esta novela la dediqué a todos mis hermanos, pero hubo un error en la maquetación y eliminaron el nombre de uno, de Josep. Así que ahora que, gracias a un giro del destino, tengo la suerte de volver a publicarla, no puedo despedirme sin dedicársela solo a él, o casi. Para Josep, la vida es sorprendente, pero tú lo eres más.

Y también para Marc, Ágata y Olivia, porque ellos siempre están.